Margot d'Anvers

Juin 2015

Titre original : *Galgenmeid*

Pour l'édition française :

Rue de l'Ouvrage, 18
B-5000 Namur
www.mijade.be

Cet ouvrage est publié avec le concours du Fonds flamand des Lettres (Vlaams Fonds voor Letteren – www.flemishliterature.be)

Couverture : Annick Masson
Photographie de couverture : Darja Vorontsova / Shutterstock

D/2015/3712/28
ISBN 978-2-87423-085-1
Imprimé en Belgique

Jean-Claude van Rijckeghem
Pat van Beirs

Margot d'Anvers

Roman

Traduit du néerlandais
par Anne Rogghe et Jean-Philippe Bottin
Revu par Emmanuèle Sandron

Mijade

Nous dédions cet ouvrage à Michel de Cervantès (1547-1616), écrivain espagnol,
et à Pieter Bruegel, peintre flamand (1526-1567)

Le jeune homme maintenant savait son secret, secret terrible, que tout le monde ignorait, excepté lui. Elle se retourna, non plus comme une femme furieuse mais comme une panthère blessée.

« Ah, misérable, dit-elle, tu m'as lâchement trahie, et de plus, tu as mon secret ! Tu mourras ! »

Alexandre Dumas père, *Les trois Mousquetaires,* Chap. XXXVIII (Le secret de Milady).

1

1582
LA FOURRURE DE MARTRE

C'est jour de foire annuelle, à Anvers, et les riches viennent parader avec leurs collerettes plissées et leurs manteaux de fourrure. J'aurais dû y réfléchir à deux fois. J'aurais pu arracher la petite bourse qui pendouillait à la ceinture de cet homme ivre au chapeau à plumes. J'aurais peut-être aussi pu subtiliser la houppelande du marchand de vin qui l'avait laissé traîner sur un banc. Au vu de la foule, encore bien ! Quel imbécile ! Foi de Margot, oui, j'aurais pu les chiper toutes les deux sans que personne ne s'en aperçoive. Ce soir, Gus l'Aveugle m'aurait refilé vingt sous pour la houppelande, ce qui, avec le contenu de la bourse, m'aurait fait une bonne journée.

Mais, en cette fête de la saint André, qui comme quiconque sait a lieu fin novembre, je n'ai d'yeux que pour une demoiselle et sa pelisse de martre. La voilà qui se dirige vers la grand-place : je la suis. Un corbeau croasse, oiseau de malheur. Un regard au clocher le plus proche, et je me signe pour chasser le mauvais œil.

– Margot, espèce de bécasse ! Toi et tes superstitions ! me chuchote Karel le Pisseur d'église.

Il a deux ans de plus que moi. Il est le meilleur trancheur de bourses de tout Anvers. C'est mon fiancé. Il me prend la main quand on s'assied devant la cheminée de Piet le Noir.

D’un mouvement du menton, je lui indique la demoiselle à la martre. Il fait non de la tête.

– Une autre fois, dit-il. Regarde plutôt le marchand de vin ! Il a laissé traîner son nouveau manteau sur le banc.

– Je veux cette martre ! dis-je dans un murmure avant de cracher par terre pour lui faire comprendre que je parle sérieusement.

La demoiselle à la martre a environ seize ans. Elle a des yeux d’encre, des lèvres presque blanches, et une peau à la transparence du petit lait. Ses cheveux bruns tirés en arrière sont enserrés dans une petite coiffe noire. Ses épaisses jupes se déploient en ballon sous une camisole de laine grise qui emprisonne son corps mince. Les marchands de la grand-place la saluent, parce qu’elle est riche comme le roi d’Espagne. Ici, un homme se découvre en la croisant. Là, une femme s’incline légèrement. Mais elle, la demoiselle à la martre, elle n’y prête guère attention. Ses pieds touchent à peine le sol. Ses yeux sont froids comme l’hiver qui l’entoure et son souffle forme un petit nuage hautain. C’est peut-être la fille d’un marchand qui l’appelle « ma petite fleur ». J’imagine qu’elle habite une maison en briques à trois cheminées où, le matin, elle est habillée par une servante du nom de Gretje ou de Mariette. Le soir, elle se réchauffe les pieds aux flammes de l’âtre. Tous les jours – sauf le vendredi –, elle trouve un morceau de viande braisée dans son assiette d’étain. La veille des jours de fête, elle prend un bain chaud à l’huile de lavande. Onze chances sur dix que ses fiançailles sont déjà arrangées avec un nobliau qui sait compter et qui connaît les bonnes manières, et qui lui lira des livres érudits à la lueur d’une chandelle jusqu’à ce que cette peste s’endorme d’ennui ! Je déteste cette demoiselle à la martre ! Je la déteste de toute mon âme !

La martre en question est une fourrure de prix, soyeuse, et garnie de deux petites pierres précieuses à la place des yeux et de miroitantes piécettes d'argent sur ses pattes avant. La demoiselle l'a enroulée autour de ses bras. Généralement, les dames de son rang portent leur fourrure au cou ou à la taille, mais ce n'est pas son genre. Elle l'a enroulée autour de ses manches pour parader fièrement, comme une oie des polders se dandinerait, le croupion emplumé. Eh bien, va ton chemin, demoiselle ! Et regarde bien autour de toi ! Moi, tu ne me vois pas... Tu ne m'entends pas... Je me faufile parmi les gens, ombre grise dans la foule bariolée, hormis ma coiffe rouge et ma broche à l'effigie de la Sainte Vierge. Mais tout le monde en porte, des coiffes colorées et des broches. Bref, je passe inaperçue. Personne ne me remarque, ni les receveurs de tonlieux[1] et leurs petits carnets, ni les gardes de la ville et leurs mousquetons, ni les bourgeois d'Anvers qui admirent bouche bée la camelote exposée sur les étals. J'évite le regard des marchands d'art et des forains, des nobles et des valets, des colporteurs de pain d'épice et des hommes d'église. Je me frotte aux gens en marmonnant quelque excuse. Je suis l'humilité personnifiée ! Mais mes doigts sont plus légers que le vent et mon couteau de poche, que j'appelle mon souriceau, est plus tranchant que la pointe d'une épée espagnole. En un toussotement, j'ai coupé les cordons d'une bourse. Avant même que notre Père qui est aux cieux ne se soit rendu compte de quoi

1. Tonlieu : droit payé par les marchands pour exposer leurs marchandises sur des étals dans les foires et marchés. (NdT)

que ce soit, j'ai délesté le gros curé de la bague qu'il portait au doigt. Je vois tout ! Rien ne m'échappe ! Je suis la vengeance des pauvres ! Avant que tu ne le remarques, petite demoiselle à l'âtre et aux trois cheminées, tu ne l'auras plus, ta stupide martre ! Et avant que les cloches n'aient sonné midi, tu iras pleurnicher chez ton père et ton fiancé !

Ce soir, j'irai voir Gus l'Aveugle, à deux maisons de l'auberge « Au joyeux Brabançon ». Bien entendu, Gus n'est pas aveugle. En échange des pierres précieuses et des piécettes d'argent, il me donnera leur pesant de deniers et de sous, qui nous permettra de manger, de boire et de dormir pendant au moins une semaine. La martre, je la garderai pour moi. Je me l'enroulerai autour du cou et, à la lueur d'un reste de chandelle, je me regarderai dans le miroir fêlé accroché à la poutre. Elle ne sera peut-être pas tout à fait assortie à mes habits sales de chenapan, à mon visage plein d'éraflures, à mes molaires cassées et à mes cheveux blonds hirsutes, mais ce sera ma martre à moi.

Karel tire la manche de mon pourpoint.

– Laisse-la partir, murmure-t-il sans me regarder.

– Toi, tu n'oserais pas ! dis-je pareillement.

Personne ne doit percevoir que nous nous parlons. Personne ne doit soupçonner que nous préparons un mauvais coup. C'est Karel le Pisseur d'église, maître ès filouteries, qui m'a enseigné le métier de voleur. Il m'a appris à dorloter mon couteau de poche et même à lui donner un nom. Il m'a appris à l'affûter avec ma pierre à merde, ce galet lisse que je porte toujours sur moi, comme tout un chacun, pour me nettoyer les fesses, et qui m'a servi à aiguiser mon couteau depuis la pointe jusqu'à la garde en corde qui en protège la poignée. Karel m'a aussi appris à dissimuler mon couteau dans ma manche, à l'en sortir en un clin d'œil, et à glisser dans ma ceinture ou dans ma chemise, ni vu ni connu, le gant ou la bourse que je viens de voler. Il m'a appris la course, l'escalade, l'entrée par effraction…

– Trop dangereux… Trop difficile…, murmure-t-il sans me regarder.

– Pas si tu m'aides.

– Tu es folle, siffle-t-il sans le penser vraiment.

Des flocons de neige tourbillonnent dans le ciel. L'Escaut commence à être figé par la glace, et les bateaux amarrés à quai sont immobilisés. «*Neige de Saint-André fait mal au blé*» dit le proverbe. La récolte de l'an prochain s'annonce mauvaise et l'hiver difficile.

La grand-place d'Anvers est entouré des plus hauts hôtels de maître de tous les Pays-Bas. Leurs cheminées crachent une fumée grasse et noire, à cause du charbon utilisé pour le feu. Ils vont jusqu'à quatre, voire cinq étages. Au sommet des façades, on a construit de petits escaliers pour qu'ils paraissent encore plus hauts – on appelle cela des façades à redents. Derrière les vitres colorées, une armée de clercs s'affairent à compter sans relâche des pièces de monnaie entre leurs doigts tachés d'encre. Tout cet argent appartient aux propriétaires des grands navires marchands qui, depuis Anvers, traversent les mers et reviennent chargés de soie d'Italie, de drap d'Angleterre, de vins, d'épices... Les navires acheminent tous ces produits vers cette ville dans la ville, le plus grand des marchés, la grand-place d'Anvers, cette métropole qu'on appelle parfois le carrefour des nations. Ici, tout est à vendre.

Près des quais, d'énormes barriques de vin montent la garde. Des appentis de toile sont adossés aux échoppes des marchands de vin où fabricants de cruches, tailleurs de bouchons, tonneliers, maîtres cavistes, embouteilleurs et distillateurs font le commerce de tout ce qui a rapport au vin et à l'eau de vie. Les maîtres épiciers ont monté leurs étals tout à côté. Les doux arômes de l'anis, du thym et de la camomille flottent dans l'air vif de l'hiver, mais les gens, avec leur rhume de novembre, ne sentent pas grand-chose. Viennent ensuite les échoppes des fabricants de tabac, chacun avec sa recette secrète, puis les tables des marchands d'étoffe. Un peu plus loin, les charrettes des marchands d'ivoire et les amoncellements des marchands de bois. Et ainsi, le marché tout entier tendu d'appentis et d'échoppes s'étend jusqu'à buter contre les maisons de pierres où des femmes abritées sous de minuscules auvents vendent leurs dentelles sur de petites tables pliantes.

Mais Margot se moque bien du monde et de ses marchandises ! Pardieu, je n'ai d'yeux que pour la demoiselle à la martre ! Elle traîne à sa suite sa gouvernante, une femme tout de bleu vêtue, massive comme une grue, avec ses joues de cornemuse, ses doigts potelés et ses yeux terribles capables de décourager les abrutis qui se mettraient en tête d'importuner sa maîtresse. Elle porte un petit coussin de soie pour quand la demoiselle ira prier à l'église : ses genoux fragiles ne toucheront pas les dalles froides.

La gouvernante et sa maîtresse passent devant le marchand d'ivoire. La demoiselle caresse de la main les énormes défenses jaunes. Le marchand lui assure qu'elles proviennent bien de pachydermes vivant en Afrique, quelque part au sud des grands déserts, et non pas de morses originaires des mers glacées du Grand Nord. Sans répondre, la demoiselle poursuit son chemin. Le marchand crie derrière elle qu'il a aussi de splendides bijoux en ivoire, mais elle ne veut rien entendre. Il sort de son étal et court derrière elle en brandissant un collier. La gouvernante lui barre le chemin. Pendant un instant, je me demande si elle ne va pas le flanquer par terre d'un bon gros coup de poing, mais son aspect est si imposant qu'il a suffi à effrayer l'homme qui, déjà, rebrousse chemin.

La demoiselle à la martre poursuit sa flânerie jusqu'au marchand d'animaux. À côté des paniers où des oiseaux multicolores se blottissent les uns contre les autres à cause du froid, l'homme présente une cage avec trois petits singes. Vêtues de pourpoints de laine, les petites bêtes agrippent les barreaux de bois et essaient de mordre les doigts de deux garçons qui les taquinent avec une branche. La demoiselle regarde la scène d'un air amusé. D'après le marchand, les singes proviennent des collines de Malte. L'homme au fort accent espagnol assure qu'il s'agit de joyeux compagnons avec qui on ne s'ennuie jamais. Il écarte les gamins d'un coup de pied et s'empare d'un singe. L'animal porte un collier attaché à une fine chaîne. Il crie comme tous les diables de l'enfer, grimpe, paniqué, sur l'épaule du marchand en regardant anxieusement autour de lui, à la recherche sans doute des collines de Malte. Les badauds, qui sous son bonnet, qui dans son châle, regardent avec curiosité le petit singe hurleur, incapables de détacher les yeux du spectacle. Je vois Karel passer derrière l'étal. Il me regarde. Je hoche la tête. C'est maintenant ou jamais.

Karel donne un coup de pied dans la cage et se retourne avant même qu'elle ne touche le sol. Le résultat est meilleur qu'espéré. La trappe s'ouvre, les deux autres singes sortent à leur tour, filent comme l'éclair le long des poteaux de l'étal et font un chahut monstre sur la toile de l'auvent. Le commerçant lance des imprécations dans une langue très peu chrétienne, ce qui détourne l'attention de la demoiselle. C'est à ce moment-là, alors que tous les regards se fixent sur les singes, que je coupe les cordons de sa fourrure avec mon souriceau et que je cueille la martre sur sa noble manche. Il ne m'a pas fallu le temps d'un soupir. La demoiselle n'a rien remarqué, distraite comme elle est par le vacarme des singes. Je glisse immédiatement la martre sous mon pourpoint. Il ne me reste plus qu'à déguerpir. Le marchand de singes fonce dans la foule à la poursuite de ses bestioles qui hurlent en sautant du bonnet d'un chaland au chapeau d'un autre. Je fais deux pas de côté, prête à disparaître entre les étals et à me volatiliser dans les venelles de la ville. Mais à ce moment précis, je reçois un tel coup sur la tête que je m'allonge de tout mon long sur le pavé. Ma joue racle le sol. Comme j'essaie de me relever, je reçois un deuxième coup sur la tête, puis un troisième. Je vois des étoiles, des comètes et tous les cratères de la lune. Puis je sens un poids énorme dans mon dos, et j'ai l'impression que mes vertèbres se brisent une à une. Je me débats, mais je n'arrive pas à me dégager. Tétanisée, je lève la tête et, à travers une masse floue de pieds remuants, de doigts tendus et de tronches hilares, je m'aperçois que la gouvernante, cette montagne de lard et de muscles, est venue asseoir ses énormes fesses sur moi.

– J'ai attrapé un voleur ! crie le tas de viande en jupons. Un voleur !

– Laissez-moi ! dis-je la tête bourdonnante. Vous me brisez le dos ! Je n'ai rien fait !

– Jésus, Marie, Joseph et les Rois Mages ! s'écrie la femme, stupéfaite. C'est une fille !

Des visages pâles au nez rougi et au gros bonnet se bousculent autour de la robuste gouvernante. Depuis ma position inconfortable, je vois que la demoiselle me regarde avec une expression faite d'étonnement et de mépris. Je sens la haine brûler en moi. Regarde-moi bien, petite demoiselle à l'âtre et aux trois cheminées ! Oui, j'appartiens à la boue de la rue où je me traîne. Je ne suis que la bête gluante qui se terre sous les pierres. Mais je te pisse dessus, toute fille de prince que tu es !

J'entends les gardes avant de les voir : des épées qui cliquettent, des plaques de harnais qui claquent... Ils sont deux, et j'en reconnais un. C'est Jacobus Croës, et il m'a déjà prise la main dans le sac, il y a un an de cela. Et merde ! Rien ne va aujourd'hui. Si cette teigne de Jacobus me reconnaît, je suis perdue. Le corbeau noir était un mauvais présage. J'aurais dû y réfléchir à deux fois !

Jacobus Croës me contemple de toute sa hauteur. D'abord, je ne vois que ses chaussures, déchirées çà et là, ce qui, je l'espère, lui donne les pieds mouillés. Il est vêtu de laine et d'acier, et sa moustache grise est censée le faire paraître plus important qu'il n'est. Deux sacs et un poignard pendouillent à sa ceinture. Il s'est pomponné et a mis une boucle d'oreille noire pour impressionner les dames. J'espère qu'elles lui fileront une vilaine maladie. Quel vaniteux ! Le voilà qui me prend par le col et me soulève du pavé.

– Alors, t'es un gars ou une fille ? demande-t-il.

Je fais comme si je vacillais sur mes jambes et que j'étais à tout instant susceptible de m'écrouler à nouveau.

– Je n'ai rien fait ! C'est cette baleine qui s'est assise sur moi ! Je ne peux pas me relever, je crois que j'ai le dos cassé.

Quelque part dans la foule j'entends Karel le Pisseur d'église crier :

– Laissez partir cette fille, elle n'a rien fait !

Il ne peut pas intervenir davantage. Maintenant, c'est chacun pour soi.

La petite demoiselle de porcelaine arrive vers moi et retire la martre de dessous ma veste.

– Et ça, alors ? pépie-t-elle d'une voix de soie et de brocard. C'est le *zibellino* que tu m'as pris !

Un *zibellino* ! La prétentieuse ! Ça parle flamand avec l'accent hispanique ! Je suppose que c'est la fille d'un riche commerçant espagnol.

– Mais, noble dame, dis-je en gémissant, c'est un terrible malentendu ! Cette fourrure est tombée par terre quand les singes se sont échappés et qu'ils sautaient de la tête de l'un à la tête de l'autre. Je l'ai vue tomber et je l'ai ramassée pour vous la rendre. Et ensuite ce monstre s'est assis sur moi. D'ailleurs, qu'est-ce que je pourrais faire d'un *zilbelbilo* ?

– C'est un *zibellino*, une zibeline ! Et les cordons ont été coupés, dit la demoiselle d'un air glacial en inspectant sa fourrure et en tapotant dessus pour en chasser la poussière.

– Coupés ?! Mais non, vous voulez dire arrachés ! Arrachés !

– Ho là ! Tout doux, laideron ! intervient Jacobus Croës. Je sais comment m'y prendre avec les petites voleuses comme toi !

– Mais, vous Monsieur, et belle et noble dame, et vous aussi Madame la gouvernante, dis-je en bredouillant. Il s'agit d'un affreux malentendu ! Je ne veux absolument pas de ce *zi-bel-li-no*. Que voulez-vous que j'en fasse ? Je suis une honnête lavandière qui travaille pour son père aveugle ! Je suis pauvre comme Job. Je ne vole pas. Ces singes hurleurs se sont échappés de leur cage. Les gens ont eu peur, ils ont couru dans tous les sens et se sont bousculés. Certains sont presque tombés et d'autres n'ont réussi à se maintenir debout qu'en agrippant les habits de leur voisin. Et alors, j'ai vu tomber votre belle fourrure. Je pense que quelqu'un l'a arrachée par mégarde quand il a essayé de rester debout. Oui, cela a dû se passer comme ça, ce n'est pas possible autrement. Je ne suis pas une voleuse ! Ah ça, je suis une honnête fille ! Je le jure sur la tombe de ma grand-mère !

Les mots ont jailli de ma bouche. La petite demoiselle hésite. Les badauds me regardent. Ils voient les traces de boue sur mon visage, les éraflures sur mes joues, le bonnet sur ma tête et les vieux vêtements de garçon sur mon corps. Pour eux, je suis une pauvre fille, née pour le malheur. Un vieux monsieur, un peigne fiché dans le bord de son chapeau, se détourne. Il en a assez de ce spectacle. Jacobus Croës relâche un peu sa prise.

Ah, noble garde, Jacobus, avec votre pauvre boucle d'oreille noire et vos bas mouillés, laissez-moi partir ! Il ne s'est tout de même rien passé ! Une peau de martre usée tombée par terre, et voilà : je l'ai ramassée. Vous avez sûrement d'autres chats à fouetter ! Et sans doute aussi quelques lapins à écorcher.

Et, oui, Jacobus Croës soupire. Il me laisse le bénéfice du doute. Encore un peu, et je serai sortie d'affaire. Encore un peu. Mais c'est alors que l'horrible baleine trouve à propos d'ouvrir à nouveau ses fanons.

– Non, non, aboie la matrone, j'ai tout vu ! Cette fille a volé le *zibellino* sous mes yeux et elle voulait s'enfuir avec !

Il est temps, me dis-je, de montrer aux gens mon visage le plus désespéré et de laisser couler mes larmes.

– J'ai seulement ramassé le *zibellino* pour vous le rendre, noble dame, dis-je en sanglotant. Je n'ai pas réfléchi. Que voulez-vous que je fasse d'une fourrure ? Une fourrure, c'est pour les dames comme vous, non ? Je voulais vous la rendre !

Les sanglots font hoqueter mon corps. Ma respiration siffle. Mes lèvres tremblent. Pleurer, pour moi, c'est du pipeau !

Le garde de ville Jacobus Croës en a déjà entendu des vertes et des pas mûres dans sa longue carrière : toutes les excuses, toutes les affabulations, tous les accès de haut mal, tous les mensonges aussi noirs que l'encre des moines... Mais je suis Margot aux longs doigts, Margot la coupeuse de bourses, Margot la meilleure élève du maître ès filouteries, Karel le Pisseur d'église ! Et sur la question des pleurs et des larmes, il n'y en a pas deux comme moi. Je laisse les larmes couler jusqu'à mon menton, et elles semblent bien ramollir, réchauffer et faire battre le cœur de pierre du garde de ville Jacobus Croës.

– Jurez-vous sur Dieu et la Bible que vous avez vu cette fille voler ? demande Jacobus Croës à la dame de compagnie.

– Sur Dieu et la Bible ? demande-t-elle, hésitante.

Les menteurs finissent toujours dans les cuisines de l'enfer, doit-elle penser, dans la soupe brûlante de Lucifer. Elle sent déjà le cuisinier infernal lui enfoncer la pointe de son trident dans le gras de la couenne pour vérifier si elle est cuite à point.

– Quelqu'un d'autre a-t-il vu cette fille voler cette fourrure ? demande Jacobus Croës aux passants.

Il roule des yeux autour de lui. Les gens évitent son regard.

– Alors ?! crie-t-il. En dehors de cette dame, y

a-t-il quelqu'un qui a vu quelque chose ?

Personne ne pipe mot. Les badauds ont tous regardé ces imbéciles de singes.

– Et pourtant elle l'a fait, répète la gouvernante, déjà un peu moins sûre de son affaire.

Jacobus Croës me lâche le col. Je baisse les yeux et j'essuie les larmes de mon visage. Le garde sort une petite Bible de sa poche.

– Jures-tu, ma fille, sur la Bonne Parole, que tu es innocente ?

– Oui, Monsieur, tout à fait innocente.

– Jure-le sur la Bible !

Je regarde la couverture de cuir brodée d'une croix. J'hésite. Et si, en posant ma main sur la Bible, mon mensonge faisait blanchir de chaleur la couverture ? Et si des cloques apparaissaient sur mes doigts et sur ma paume ? Et si ma main se mettait à flamber ?

– Et alors, qu'est-ce que tu attends, ma fille ? Tu es peut-être… ?

– Est-ce bien une Bible catholique ? dis-je tout à trac. Je ne veux pas prêter serment sur une Bible hérétique.

La foule murmure. À Anvers, il y a presque autant de protestants que de catholiques et c'est tout juste s'ils ne s'arrachent pas les yeux au nom du Père, du Fils, du Saint-Esprit et des douze apôtres. Mais j'ai vu que Jacobus Croës porte une médaille de la Sainte Vierge, la preuve qu'il n'est pas un disciple de ces hérétiques de Luther et Calvin. La voix de Jacobus se fait douce, presque tendre.

– Sois tranquille, ma fille, c'est la Bible de la vraie foi. Pose ta main.

Je pose la main sur la Bible. Elle est froide. La croix ne brûle pas ma paume. Pourtant, je suis en train de mentir, je sens d'ici les vapeurs de soufre de l'enfer, les chiens de Satan s'apprêtent à m'entredéchirer. Mais, comme dirait mon maître ès filouterie, Karel le Pisseur d'église, on verra ça plus tard…

– Je jure sur Dieu, Jésus-Christ et le Saint-Esprit, dis-je, pleine de conviction, en posant ma main sur la couverture de cuir, que je ne suis pas une voleuse et que je n'ai jamais volé.

L'immense duègne grommelle. Ses narines tremblent. Mais elle n'ose plus rien dire.

– Comment t'appelles-tu ? me demande Jacobus Croës.

J'hésite un court instant. Comme une idiote, je le regarde dans les yeux. Tout à coup, il semble se souvenir de quelque chose. Jacobus Croës est garde de la ville depuis dix ans et il a la mémoire d'un confesseur. Dans cette mémoire infinie, il a répertorié les visages des vagabonds, des va-nu-pieds et des vauriens, des voleurs et des cambrioleurs, des grandes crapules et des petites canailles, des vieux hérétiques et des jeunes mendiants. Il remarque mes yeux noirs, les boucles blondes échappées de mon bonnet, mes molaires cassées.

– Mais je te connais, toi ! dit-il.

– Moi, Monsieur, moi ? dis-je, stupéfaite.

– Tu es la fille qu'on a arrêtée l'hiver dernier !

– Moi, monsieur ? L'hiver dernier, j'habitais une ferme en Campine. Chez mon père aveugle et ma mère infirme, avec mes sept frères et Flor, notre vieux cochon…

– Tu t'es échappée…

– … et nos trois poules squelettiques qui ne pondaient qu'un seul œuf par semaine, et encore, à tour de rôle.

– Non, tais-toi, je te reconnais !

– Vous devez me confondre avec quelqu'un d'autre. Je viens de Campine.

– Tu viens avec nous ! commande Jacobus Croës, et il fait signe à l'autre garde.

Celui-ci s'avance vers moi, la hallebarde dans le poing gauche et la main droite posée sur le pommeau de son épée.

Le pauvre homme aurait mieux fait de garder une main libre. Je lui flanque un coup de pied juste sous la rotule ; j'ai renforcé la pointe de ma chaussure avec du fer, en prévision de ce genre de rencontre. De douleur, l'homme lâche sa hallebarde. Les gens reculent. Je me laisse tomber, roule sur le sol et, dans le même mouvement, je tire mon couteau de ma manche. Comme je l'aime, mon souriceau ! Il est plus tranchant que le trident de Lucifer. Jacobus Croës ne tarde pas à en faire l'expérience, car voilà que je me relève d'un bond et qu'il veut m'agripper par les vêtements. *Zip-zip !* dit mon souriceau qui traverse la chair de sa paume comme du beurre. Le sang gicle. Les gens crient. Aussitôt, je me jette sous une bâche et, d'un bond, j'en ressors de l'autre côté, pour courir en direction de l'étal du marchand d'ivoire. Celui-ci me regarde bouche bée quand je saute par-dessus la table des défenses d'éléphant pour foncer dans la foule. Emportée dans mon élan, je plante ma tête dans l'estomac d'un très vieux marchand d'épingles de voyage. Le vieillard se plie en deux de douleur, et les épingles volent en l'air. Je me faufile entre des jambes et me redresse d'un bond. Un coup d'œil derrière moi, et je vois Jacobus Croës qui me montre du doigt tout en enveloppant sa main en sang dans un tissu. La douceur et l'attendrissement de tout à l'heure ont disparu de son regard. Il a le visage rouge de colère.

– Arrêtez cette fille ! hurle-t-il d'une voix suraigüe.

Diantre ! Il crie comme une poissonnière, ce Jacobus !

Je me faufile, je rampe, je glisse, loin de la grand-place, direction les marchands de vin et l'Escaut. Un muletier tente de m'attraper : j'agite mon petit couteau vers lui. Je m'élance vers le quai, le long d'un mur de barriques de vin, et me voici avec des fûts à ma gauche et l'Escaut à ma droite, qui fonce vers le sud, vers les ruelles sombres et étroites. Le mur de tonneaux s'étend sur près de cent mètres, jusqu'à la grande grue qui décharge le fret des bateaux à l'aide de deux énormes roues activées par la marche de quatre hommes. Avec un peu de chance, parvenue là, je serai sauvée. Mais j'arrive presqu'au bout du mur de tonneaux quand un garde surgit, un pistolet à la main. Diable ! Voilà qu'ils vont me tirer dessus, et pour une fourrure de martre ! Aussitôt, je fais volte-face, je cours déjà dans la direction opposée quand je vois devant moi un marchand de vin me couper la route. Je pourrais sans doute lui foncer dessus, le faire reculer avec mon couteau et, comme une anguille, me glisser entre ses jambes. Mais l'homme ne prend aucun risque : il dégaine son épée, une épée en acier longue d'un mètre qui brille au soleil hivernal. Je ne sais plus de quel côté me tourner. Derrière moi, le garde et son pistolet. Devant moi, le marchand de vin et son épée. Sacrebleu ! Je suis coincée ! Mais l'Escaut est là. En un éclair, j'ai déjà descendu la petite échelle rouillée. Le marchand de vin s'accroupit sur le quai et tente encore de m'attraper, mais la seule chose qu'il saisit, c'est mon bonnet rouge et ma belle broche de la Vierge Marie. Tête nue, je saute de l'échelle et je fais précisément ce qu'enfant, on m'avait toujours exhortée à ne jamais faire : je m'élance sur la glace trop mince pour patiner.

Il gèle à pierre fendre depuis plusieurs semaines. Une couche de glace recouvre la rivière presque d'une rive à l'autre. Ici et là, il y a encore des trous, mais je pourrai les contourner. Les contrôleurs doivent encore passer mesurer la glace, mais ces couards ne prennent jamais de risques. La glace portera bien une gamine de quatorze ans.

– Arrête ! crie Jacobus Croës derrière moi. Au nom de la loi et du bon ordre !

Je n'écoute ni le nom de la loi, ni celui du bon ordre. Je parcours une dizaines de mètres sur la glace. J'entends bien des craquements, ici et là : qu'importe, je continue à avancer.

Lorsque je me retourne, c'est pour voir des dizaines de curieux amassés sur le quai. Tous veulent savoir comment se terminera ma fuite sur la glace. Ils crient que je suis folle, que je dois revenir, que sinon je vais mourir. Chacun n'a d'yeux que pour moi et ne fait plus attention à sa bourse qui pendouille ou à sa broche qu'il ne cache plus. Ce serait l'occasion rêvée pour un coupeur de bourses comme Karel, voilà tout ce qui me passe par la tête. J'espère qu'il va en profiter pour faire son coup et qu'il me donnera tout à l'heure la moitié de son butin. La rive que j'ai quittée est à cent mètres déjà, et j'aperçois le marchand et le garde qui descendent la petite échelle. Le marchand de vin n'a pas froid aux yeux : après s'être tenu à l'échelle quelques instants, il s'aventure sur la glace. J'espère qu'il passera à travers, avec ses deux cents livres. Mais il atteint une barque prise dans les glaces et saute dedans. Le garde est bien obligé de suivre son exemple héroïque. Il risque quelques pas et prend place lui aussi dans l'embarcation. Entre-temps, le marchand s'est mis à briser la glace tout autour à l'aide d'une rame. Je vois le garde agiter son pistolet, mais sans me viser. Il n'ose pas tirer sur une jeune fille avec une balle en pierre.

Je continue ma course vers le milieu de la rivière gelée. Je suis entourée de brumes qui semblent s'échapper des trous dans la glace. Pour les gens sur le quai, je ne suis plus qu'une silhouette. Plus j'avance sur l'Escaut, plus mince est la couche de glace. Elle craque à chacun de mes pas. Tout à coup, mon pied passe à travers. Froid ! Froid ! Froid ! Je retire mon pied, perds l'équilibre, tombe. La glace craque dangereusement. Mon cœur bat dans ma gorge. J'ose à peine bouger. Mais la glace ne se rompt pas.

Au loin, j'entends des craquements. Des rames s'enfoncent dans l'eau. Le garde et le marchand de vin sont parvenus à dégager la barque de sa gangue et se sont lancés à ma poursuite. Avec mille précautions, je progresse à quatre pattes sur la mince couche de glace qui recouvre le milieu de la rivière. Je vois l'autre bord, la boue gelée et les champs de la rive gauche. Je me retourne une nouvelle fois pour mesurer la lente progression des deux hommes dans leur petite embarcation. Ils gagnent du terrain, mais ils sont encore loin. Je continue à avancer en m'aidant des pieds et des mains. Plus vite ! La glace s'épaissit. J'ai dépassé le point le plus dangereux. La rive opposée se rapproche. Bientôt, je pourrai me relever. Bientôt, je pourrai reprendre ma course. Bientôt, je pourrai filer dans les bois. Et Jacobus Croës ne me retrouvera jamais.

Mais tout à coup, ma main passe à travers la glace. L'eau comme un monstre vivant agrippe mon bras et me tire vers le bas. L'instant suivant, je suis happée par la gueule noire de la rivière. Je sens à peine l'eau. Je sens seulement l'incroyable lourdeur de mes vêtements mouillés et le froid meurtrier qui fige ma morve et mon sang. Les mâchoires géantes de la rivière m'arrachent tout l'air de mes poumons. J'essaie de remuer les bras et les jambes, mais ils sont devenus lourds et gourds. Je lève la tête vers le miroir qu'est devenue la surface de l'eau et je me hisse vers le haut avec mes dernières forces. Pendant un bref instant, mon visage refait surface. Je crie, je hurle, je bois la tasse. Puis je coule à nouveau. Mes vêtements sont trop lourds. La rivière ne relâche pas son étreinte. Je vais mourir dans l'eau ! Eh bien, soit ! Ma dernière pensée est pour un bol de riz au lait, avec deux petites cuillères rondes en bois. Une cuillère pour moi, une cuillère pour Maman. Nous finirons le bol jusqu'au dernier grain de riz. Puis, c'est comme si l'eau, en un coup furieux, m'arrachait la tête et mes dernières pensées. Je cherche de l'air, et c'est toute la rivière qui coule dans ma gorge. Et là, tout s'arrête.

2

1572
UN PEU DE RIZ AU LAIT

Pour tout comprendre, revenons au début : ma vie a vraiment commencé avec un voyage dans une carriole à travers un pays d'eau, de vent d'ouest et d'averses.

Le pays était plat comme une crêpe. Tirée par quatre chevaux, notre carriole cahotait et bringuebalait sur le chemin de sable bourbeux, menée par un cavalier juché sur un canasson, l'épée affûtée et le pistolet chargé à la ceinture pour effrayer les brigands et les vagabonds. Suivait une petite voiture tirée par un vieux cheval qui peinait et patouillait. Le premier véhicule n'était rien de plus qu'un grand chariot à quatre roues dont le vent tiraillait la toile. Dans la voiture, un petit bout de chou de cinq ans à peu près, tout emmitouflé contre le froid : c'était moi. Je me serrais contre ma mère. Je portais autour du cou une cordelette avec un coquillage, une dent de cheval et une petite croix de bois. La dent de cheval devait m'apporter de belles dents, et la croix, me protéger contre le mauvais œil. Quant au coquillage, c'était un bijou gravé d'un nom espagnol censé me porter bonheur. J'arborais mon plus beau bonnet, celui des jours de fête. Il était mouillé parce que j'avais appuyé ma tête contre la bâche. À côté de ma mère et moi, quatre hommes : trois marchands de drap qui piquaient du nez de temps en temps et un peintre on ne peut plus éveillé qui transportait un sac contenant plusieurs tableaux. Il avait les cheveux grisonnants, une barbe blanche de quelques jours et la goutte au nez.

Pour vaincre l'ennui du voyage, le peintre me montra ses œuvres, les portraits de deux messieurs et d'une dame, tous le regard sérieux au-dessus de leur fraise ; le quatrième panneau représentait un paysage estival. Je fixais ce paysage où un champ de blé mûr s'étirait, écrasé par la lumière vive du soleil. Un homme au large chapeau de fermier traversait le champ de blé. Je tendis un moment les mains comme si la toile pouvait dégager de la chaleur. Le peintre sourit et la rangea. Puis il tourna les yeux vers ma mère, et je compris que c'était cela qui l'intéressait. En bavardant avec moi, il espérait engager la conversation avec elle. Il renifla, lui dit qu'elle avait une jolie petite fille et lui demanda où nous mènerait le voyage. Ma mère avait caché ses cheveux roux sous un foulard blanc qu'elle avait attaché à un petit béguin. Elle portait une longue houppelande grise, une jupe d'un vert passé et, dessous, des bas bruns. Sous ses vêtements ravaudés et démodés de paysanne, ma mère était belle et fière comme une statue de la Sainte Vierge dans une église. Elle répondit d'un bref « Anvers », sans même regarder le peintre. L'homme lui demanda ensuite s'il pouvait connaître son nom. Elle répondit brièvement que non et détourna la tête pour ne pas croiser son regard étonné. Elle tira sur sa longue pipe blanche et en souffla la fumée, puis regarda les champs vides et le ciel sombre qui s'étendaient derrière la carriole bringuebalante.

J'adressai un sourire au peintre déçu. Ma mère s'appelait la Rousse, et c'est ainsi que je devais m'adresser à elle. Elle travaillait dans une auberge à côté d'un champ de blé. Ses beaux et longs doigts sentaient les bâtons de cannelle qu'elle émiettait au-dessus des cruchons de bière, et son cou fleurait bon l'eau de rose avec laquelle elle se rafraîchissait chaque soir. À l'auberge, elle ne portait ni houppelande ni foulard, mais une jupe longue et une chemise ceintrée qui lui remontait bien haut les seins. Elle chaussait des mules de velours pour faire le tour des tables avec les bières. Elle laissait pendre sauvagement ses belles boucles rousses sur ses épaules. Les hommes l'attiraient sur leurs genoux ou lui pinçaient les fesses, et ça les faisait rire très fort. À ce moment-là, la Rousse n'avait plus rien de la Sainte Vierge.

Vers midi, la carriole et la petite charrette s'arrêtèrent devant l'enceinte d'une auberge. Je reçus un morceau de pain blanc avec du fromage et un oignon cru, que j'avalai debout contre la carriole. Ma mère allait et venait nerveusement et demanda plusieurs fois au cocher quand nous repartirions. Mais l'homme resta imperturbable. Je proposai à ma mère de jouer avec moi.

– Laisse-moi un peu tranquille ! me rabroua-t-elle.

Comme je me mettais à pleurer, elle devint plus gentille. Nous nous assîmes toutes les deux dans l'herbe, l'une en face de l'autre. Elle joignit les paumes.

– Bon après-midi, Madame la duchesse ! dit le majeur droit au majeur gauche, et il fit la révérence.

Le majeur gauche l'imita :

– Bon après-midi, Monsieur le duc !

Les doigts de ma mère allaient et venaient. L'index gauche était un laquais, l'annulaire, une petite grand-mère. À eux dix, ils formaient toute une famille de seigneurs qui se faisaient la conversation avec courtoisie. Sur le temps pluvieux qui ne s'améliorait guère, sur les poux que le mitron avait ramenés au logis, sur la femme du tailleur qui, au début de l'été, avait déjà lavé trois fois cette année ses jupes et ses cottes – à quoi cela pouvait-il bien lui servir ? –, sur la sorcière qui aurait empoisonné le puits et qui avait fini sur le bûcher, jusqu'à ce qu'il ne restât de son vieux corps qu'un petit tas d'os noircis, sur cette jeune fille pâle comme la mort et sur la maladie dont elle pouvait bien souffrir.

– Ah, l'amour ! chuchotait la petite grand-mère annulaire. Ah, l'amour !

Des conversations entières, qu'ils faisaient, les doigts de ma mère ! Je ne comprenais pas tout, mais j'aurais pu regarder ses doigts et écouter sa voix pendant des heures. Du moins, il me semblait que c'étaient des heures ; en réalité, ce n'étaient que quelques minutes volées au jour.

Le cocher revint et cria que le départ était imminent. Les doigts se souhaitèrent poliment bon voyage. Ma mère me jucha sur son épaule et me ramena vers la carriole. Je m'esclaffai de joie. La carriole se remit en chemin, suivie de l'étroite petite charrette.

En fin d'après-midi, nous atteignîmes le gibet d'Anvers. J'ouvrais de grands yeux. Des deux côtés du chemin, des cadavres gonflés dans des chemises étriquées et moisies pendaient à des constructions de bois. Au pied de la potence, des chiens sauvages grattaient le sol et s'étripaient pour un morceau de macchabée. La puanteur me coupa le souffle. Je sentis la nausée monter en moi, mais la carriole continua, cahin-caha. Je repris mon souffle. Après le gibet, se dressèrent devant nous les énormes murs d'Anvers. Il me semblait que toute la ville était construite en hauteur. Partout je voyais des tours, des façades à redents, des arcs décorés de fleurs en pierre. Et les rues étaient pavées !

La ville fourmillait de gens. Je n'en avais jamais vu autant à la fois. Le temps me manquait pour tout regarder. La Rousse remercia furtivement le cocher, puis nous descendîmes de la carriole et partîmes à pas pressés le long du fleuve, en direction du centre de la ville. La Rousse me tenait la main avec fermeté. Je gardais le nez rivé au sol, attentive à ne pas poser les pieds sur les lignes entre les pavés, c'était vital, ni dans les flaques. Je sautillais d'un pavé à l'autre. La Rousse avançait sans même regarder où elle posait les pieds. Je fis un grand saut pour éviter un tas de crottin et faillis perdre l'équilibre. La Rousse m'attira à elle et me regarda d'un air sévère :

– Arrête !

Elle pressa le pas. Je trottinais derrière elle. Je me mis à geindre : j'avais faim, j'étais fatiguée. Pour la centième fois ce jour-là, je demandai où nous allions. Je n'avais jamais dépassé l'auberge près des bleuets dans les champs de blé. La Rousse grommela que je ne devais pas traîner, qu'il fallait avancer. Nous longeâmes une église fantôme. Les vitraux étaient brisés ; on ne voyait plus que les châssis, avec ici ou là un éclat de verre. Un pigeon entra d'un coup d'aile dans la béance noire de la nef. J'arrachai ma main de celle de ma mère et m'immobilisai. Je voulais savoir si l'oiseau allait ressortir. Mais ma mère m'agrippa par la manche et me poussa :

– Avance, mais avance donc !

Il faisait de plus en plus froid, et les rues étaient de moins en moins fréquentées. Ici et là, une lampe à huile brûlait derrière une fenêtre. L'automne me picotait le nez, et un vent cinglant traversait mes vêtements. La Rousse et moi passâmes devant une maison incendiée où un enchevêtrement de poutres noircies s'élevait derrière un mur effondré, puis sous des arcs de pierre et le long d'interminables murs nus. La ville était un dédale de pierres grises, mais la Rousse savait très exactement où elle allait. Elle marchait la tête penchée et détournait le visage lorsqu'elle croisait des passants, comme si elle avait peur qu'on la reconnaisse. Maintenant qu'il commençait à faire sombre, les gens portaient des lanternes, sauf ma mère et moi, qui n'en avions pas. Nous arrivâmes sur une petite place sur laquelle se dressait un arbre. Il faisait presque nuit noire.

Sous l'arbre, un tapis de feuilles mortes recouvrait un tas d'immondices en putréfaction que fouillait un rat. La Rousse porta son regard vers une bâtisse. La lumière dansait derrière les fenêtres faites de petits carreaux colorés. La cheminée fumait. La Rousse s'accroupit devant moi. Son visage n'était plus qu'une vague tache noire dans l'obscurité, mais je voyais nettement le blanc de ses yeux. Elle respirait lourdement. Elle voulut dire quelque chose, mais aucun son ne franchit sa gorge nouée. Fatiguée, je me laissai tomber sur le sol. Ma mère me dit qu'il faisait trop froid par terre, qu'à l'intérieur, là, derrière la porte, il y avait du feu dans la cheminée, du lait chaud, et peut-être même du miel. Je me relevai d'un bond et regardai vers la maison avec convoitise. Les yeux de ma mère allaient de droite à gauche, inquiets, comme si elle craignait que le diable surgisse d'une venelle à tout moment. Je répétai que j'avais faim. Elle me sourit d'un air nerveux et me répondit que, si on aimait le riz au lait, il fallait frapper cinq coups à la porte. Elle s'ouvrirait, et nous irions en chercher un grand bol fumant avec deux grandes cuillères. Nous le viderions à deux, chacune prenant une bouchée à son tour – une cuillère pour Maman chérie, une cuillère pour Fifille chérie –, jusqu'au dernier grain de riz. Je serrai ses longs doigts dans ma main. Je ne voulais pas la lâcher. Le malheur flottait dans l'air. Nous nous dirigeâmes toutes les deux vers la porte. C'était là que nous entrerions, c'était là que nous mangerions du riz au lait, après quoi nous nous écroulerions toutes deux dans un lit tendu de draps frais en lin de Hollande, si doux et si duveteux que même le roi d'Espagne y trouverait son bon plaisir. Et le lendemain, la Rousse et moi, nous repartirions vers l'auberge aux milliers de bleuets, loin des pierres froides de la ville crépusculaire.

Le heurtoir en fer avait la forme d'une gueule de lion. Je levai les yeux vers ma mère. Comme elle était grande !

– Il faut frapper cinq fois, répéta-t-elle à voix basse.

Une fois de plus, elle regarda derrière elle. Il n'y avait personne.

– Cinq fois, répéta-t-elle. Comme cela, ils savent que c'est pour le riz. Pour nous deux.

– On frappe ensemble, dis-je.

– Non, c'est à toi de le faire, à toi ! chuchota-t-elle.

Je la regardai, désemparée. Je ne comprenais pas. La gueule de lion en fer m'effrayait.

– Allez, vas-y !

Je lâchai la main de ma mère, je pris la gueule de lion dans mes menottes et je la fis tomber sur la plaque en fer de la porte. Une fois. Deux fois. Trois fois. Quatre fois. Cinq fois. Les coups résonnèrent sur la place.

– Du riz au lait ! m'écriai-je en sautillant.

Je me retournai.

Il n'y avait plus personne derrière moi. La nuit était d'un noir d'encre.

– La Rousse ! criai-je. Où es-tu ?

Je n'osais pas bouger. Du regard, j'interrogeai les ombres de la placette.

– La Rousse ?!

Rien ne bougea, hormis le rat qui continuait à gratter la saleté sous l'arbre. J'eus subitement très froid. Mon estomac avait gelé d'un coup dans mon ventre. Je sortis la ficelle avec la croix, la dent de cheval et le coquillage de dessous ma petite veste et serrai mes trois porte-bonheur.

C'est alors que la porte s'ouvrit en grinçant. Je me retournai. Devant moi se tenait un homme en houppelande, coiffé d'un chapeau noir. Il portait à la ceinture une large sacoche et, dans la main gauche, une lampe à huile d'où pendouillait une courte mèche qui brûlait. Il m'observa quelques instants, l'air étonné, fit ensuite un pas en avant, leva sa lampe et regarda autour de lui à la faible lueur de la mèche incandescente. Il n'y avait personne d'autre que nous.

– Bon Dieu de bon Dieu de bon Dieu, murmura l'homme. Encore une !

– Je viens pour le riz au lait, dis-je en serrant mes porte-bonheur. J'ai frappé cinq fois. La Rousse, ma mère, est là aussi. Elle est… euh… elle est…

– Du riz au lait ? balbutia l'homme, éberlué. Ce soir, il n'y a qu'au ciel qu'ils mangent du riz au lait ! Nous, c'est seulement à Pâques, à Noël et à l'Épiphanie ! Bon allez, c'est bientôt Noël…

– La Rousse est là aussi, répétai-je.

Je fis volte-face et je répétai en direction de la nuit :

– La Rousse ?

L'homme leva une dernière fois sa lampe, comme si ma mère, en voyant la faible lueur, sortirait d'un coup de sa cachette et crierait « Hou ! » comme elle le faisait parfois, avant, dans la mansarde de l'auberge. Mais la placette resta déserte, et la mèche vacilla dans l'obscurité béante. L'homme au chapeau noir et moi, nous attendîmes encore un moment.

– Rentre donc ! finit-il par dire. Il fait trop froid.

– Non, la Rousse doit arriver ! m'entêtai-je. Je vais l'attendre ici.

À l'auberge on aurait encore pu distinguer certaines choses, mais ici, en ville, avec les ruelles étroites et les façades de guingois, la nuit était noire comme dans un four. La placette était déserte et silencieuse, hormis le rat qui poursuivait inlassablement sa besogne. L'homme soupira.

– Écoute, rentre un moment, répéta-t-il.

– Non, non ! fis-je.

– Il y a d'autres filles à l'intérieur, tu sais ! Tu veux faire leur connaissance ?

– Non, non ! dis-je.

– Ici, c'est le foyer des innocentes, soupira l'homme. L'orphelinat pour filles.

Je le fixai un instant et voulus lui dire que je n'étais pas orpheline, que j'avais un père et une mère. Mais, d'un coup, la peur me déchira les entrailles. Je serrai fermement la petite croix.

– La Rousse ! la Rousse ! Où es-tu ?! hurlai-je aussi fort que je pouvais.

Le rat s'arrêta de grattouiller. Je hurlai de plus belle. Je voulais dire à la Rousse que je ne voulais plus de riz au lait. Plus jamais ! Si seulement je pouvais retourner à l'auberge, près des bleuets ! Là où le sable crissait sous mes pieds nus, là où il y avait mon lit : un bac de bois avec une paillasse et des couvertures où j'avais caché mes trésors, trois balles en bois, sept rondelles de monnaie de cuivre, quelques rouleaux de papier avec des dessins au fusain et une poupée faite de chiffons et de duvet de canard qui s'appelait Isadora.

Mais la Rousse ne pouvait plus m'entendre. Elle était déjà loin. À chaque pas qu'elle faisait, elle s'éloignait davantage de moi. Ou peut-être m'observait-elle, quelque part, invisible derrière une porte qui donnait sur la placette ?

– La Rousse ! S'il te plaît, la Rousse ! hurlai-je, désespérée.

L'homme abaissa sa lampe. Tout devint noir. Mes yeux continuèrent à scruter le vide de l'obscurité.

– On m'appelle maître Adriaan, dit-il. Je suis maître d'école. Et si je te réchauffais un bol de lait de chèvre ?

– Non, dis-je. Je reste ici !

L'homme me prit par les épaules et me poussa à l'intérieur du foyer des innocentes. La porte se referma derrière moi dans un vacarme assourdissant. L'homme me traîna vers une vaste cuisine plongée dans la pénombre où un feu brûlait dans une grande cheminée. Face à l'âtre, il y avait une longue table qui n'en était pas vraiment une. C'étaient des planches grossières, posées sur des tréteaux. Avec une nappe de lin, elle aurait ressemblé à une vraie table. Maître Adriaan me poussa sur un tabouret.

– Aïe ! criai-je. Vous me faites mal !

– Chut ! fit-il. Les filles dorment déjà.

Une femme se tenait devant la cheminée, les jupes retroussées pour se réchauffer les jambes. Au-dessus du feu, il y avait un trépied avec un pot de terre dans lequel quelque chose fumait. La pièce entière sentait le lait de chèvre.

– C'est ma femme, Greta, dit maître Adriaan.

La femme laissa retomber ses jupes. Se protégeant la main d'un morceau de tissu, elle prit le pot par le manche et remplit de lait une timbale qu'elle déposa devant moi.

– En fait, il était pour moi, ce lait, fit-elle.

– Merci.

Une grosse peau flottait sur le liquide blanc. Greta m'arracha mon bonnet.

– On se découvre, quand on est à table !

Surprise, je la dévisageai. Elle avait une vilaine ride entre les yeux.

– Ici, on se tient bien à table !

J'acceptai la timbale et pris prudemment une gorgée du lait chaud. Je regardai furtivement autour de moi en frissonnant. Étais-je arrivée dans un conte de fée horrible ? La Rousse m'avait-elle abandonnée chez une sorcière et un mage qui allaient m'engraisser avant de me manger ?

– Ce n'est pas un mauvais endroit, ici, dit Greta en essayant de me tranquilliser. Maître Adriaan est un homme de grande sagesse. C'est lui qui instruit les filles.

L'homme remarqua la ficelle autour de mon cou, avec mes trois porte-bonheur.

– C'est quoi, ce bijou ? demanda-t-il.

– Ce coquillage vient de mon père, expliquai-je. Il est espagnol.

Il prit le bijou dans sa main, examina l'écusson et lut le nom gravé en dessous.

– Et pas n'importe quel Espagnol, siffla Adriaan. Un noble !

Je hochai la tête.

– Mais toi, tu es une petite Flamande, dit-il lentement, parce que tu es en Flandre, et que l'Espagne, c'est loin. Aussi loin que la Lune !

Je le fixai, les yeux écarquillés.

– Laisse cette gamine tranquille, dit Greta. Elle est encore si petite !

Elle m'accompagna au grenier, où des filles dormaient dans des châlits, par groupes de cinq. Le toit était fait de tuiles. Je n'avais encore jamais dormi sous un toit en dur.

De certains jours de ma vie, il ne me reste que quelques bribes de souvenirs, quelques couleurs. Mais il y en a un qui est resté gravé dans ma mémoire et dont je me souviens comme si c'était hier, du matin où ma mère m'a réveillée à l'auberge près des bleuets jusqu'au soir, loin de là, où Greta m'a brutalement enlevé mon bonnet. Ce jour-là, tout a basculé.

3

1576
AU FOYER DES INNOCENTES

Le premier Espagnol que je vis avait une moustache noire, une barbiche en pointe et un casque fixé sous le menton par une lanière de cuir. J'avais déjà entendu des histoires sur les « broyeurs de fer » et les « Zwarte Pieten »[2], comme les appelaient les Anversois, parce que leurs officiers portaient un pourpoint noir, mais l'Espagnol qui, ce jour-là, descendit lentement les marches de l'escalier de la cave n'était pas un officier. Il portait une tunique rayée brun et orange sous le plastron de sa cuirasse, et son casque était orné d'une branche verte, le signe des insurgés. Il avait une culotte courte et bouffante, de longues chausses orange qui disparaissaient dans de petites chaussures brunes, une épée à la main droite et une torche à la main gauche.

Sans doute alerté par un bruit, il leva sa torche et nous aperçut dans le coin le plus éloigné de la cave, blotties les unes contre les autres entre les bottes de paille, le tas de bois de chauffe et les vieux pots de cuisine. Cinquante-sept filles, les cheveux pleins

2. « Pierre le Noir » : encore aujourd'hui, aux Pays-Bas et en Belgique, le Père Fouettard, le valet de saint Nicolas, est un Maure habillé en soldat espagnol de la Renaissance : culotte bouffante et pourpoint tailladés. Le *Zwarte Piet* donne des coups de fouets aux enfants qui n'ont pas été sages, les met dans un sac et les emmène… en Espagne, d'où saint Nicolas et lui arrivent en bateau. (NdT)

de poussière et de toiles d'araignées, habillées de surcots rouges les couvrant du cou aux chevilles. Nous étions enfermées dans cette cave depuis que les canons s'étaient mis à tirer sur Anvers et que des cris avaient commencé à retentir çà et là. Nous avions entendu tout ce qui s'était passé dans la rue par le trou d'aération : cela n'avait été que martellement de bottes des soldats, claquement des fers des chevaux, bruit de portes que l'on enfonce, vitres que l'on brise, sans compter un méli-mélo de voix flamandes, françaises, allemandes et espagnoles, et le cliquetis des épées, les supplications des hommes, les cris des femmes et, toujours, des déflagrations sourdes de pistolets. Les plus petites d'entre nous pleuraient, mais nous leur donnions des taloches jusqu'à ce qu'elles s'arrêtent. Cela n'a jamais servi à rien de pleurer.

L'Espagnol nous regarda attentivement en balançant sa torche de droite à gauche avant d'abaisser son épée. C'était notre deuxième nuit dans la cave : le seau contenant nos excréments débordait ; la faim et le manque de sommeil nous donnaient le tournis. Le soldat prononça quelques mots en espagnol en direction de la porte. Un jeune homme maigre – il n'avait pas seize ans – fit avancer maître Adriaan en le traînant par les rares cheveux qui lui restaient. Le premier soldat dit quelque chose au plus jeune, et celui-ci lâcha notre maître, les yeux remplis de larmes, la goutte au nez, les mains tremblantes.

Ah, maître Adriaan, océan de sagesse, vous faisiez subitement moins le fier que les jours où vous nous tapiez sur la tête avec votre Bible en nous traitant de graines de sorcière ! Où étaient les journées où vous criiez : « Reste tranquille, quand je te frappe ! » ? Mon bon maître, vous aviez beau connaître le vaste monde et tous les psaumes, vous aviez beau lire la Bible jusqu'à ce que les moineaux en tombent raides morts, vous aviez beau nous raconter que le roi d'Espagne avait atteint le quatrième degré de la bêtise, face à ces soldats, dans votre cave, c'était une autre chanson, pas vrai ?

Maître Adriaan dit quelques mots en flamand au jeune soldat. Son supérieur pouvait tout de même voir de lui-même qu'il n'avait absolument pas menti et que sa maison était bel et bien un orphelinat pour fillettes ! Il les avait enfermées dans la cave pour les protéger des soldats espagnols qui avaient envahi la ville pour la mettre à feu et à sang !

– La plupart des filles ici ont un père espagnol, geignit-il. Regardez-les ! Elles ont presque toutes les yeux noirs ! Vous ne voyez pas que ce sont des yeux espagnols ?! Je m'occupe d'elles depuis qu'elles sont toutes petites ! On les dépose ici à la naissance, devant la porte, dans un panier ! Ou alors, quand elles ont trois ou quatre ans, avec un balluchon contenant leurs vêtements. Nous accueillons ces orphelines au sein de notre institution charitable, nous les nourrissons, nous les soignons, nous leur donnons tout l'amour de Dieu sur terre… !

Le jeune soldat traduisit cette longue tirade au plus âgé. Je me rendis compte qu'il n'était nullement espagnol. C'était un Flamand qui travaillait pour le compte des Espagnols. Un valet au service de l'Homme de Fer venu du sud.

– Nous faisons le bien au nom du Seigneur, reprit maître Adriaan en dessinant signe de croix sur signe de croix sur sa poitrine comme si sa vie en dépendait.

L'Espagnol se fâcha et cria un ordre à son valet. Celui-ci asséna un coup sur la tête de maître Adriaan.

– Mon capitaine dit que c'est une drôle de façon de faire le bien ! Il vous ordonne de libérer immédiatement ces filles de la cave et de leur donner du pain et du lait !

– Mais je me faisais du souci pour elles ! protesta maître Adriaan. À cause des soldats espagnols qui sont partout en ville ! Toute cette violence, tous ces meurtres, tous ces incendies, tous ces…

L'Espagnol poussa un nouveau cri, et maître Adriaan reçut une taloche de plus sur le crâne.

– Mon capitaine a dit : « Tout de suite ! »

L'instant d'après, on nous poussait hors de la cave comme des poules. Pendant deux jours, maître Adriaan nous y avait enfermées à clé. Nous avions dû lécher l'humidité des murs pour étancher notre soif et mâchonner des brins de paille pour tromper notre faim.

Une odeur âcre d'incendie flottait dans la cuisine. À travers les petits vitraux, nous aperçûmes des lambeaux de fumée noire flotter dans la nuit claire de novembre. Nous nous jetâmes sur le pain et le lait. La cruche circulait de bouche en bouche, sans qu'aucune de nous ne prenne le temps de se servir d'une timbale. Le lait avait tourné, mais cela n'avait pas d'importance. Dès qu'elle fut rassasiée, Geertje piqua du nez et s'endormit la tête sur la table. Janneke, qui s'était goinfrée de pain noir, faillit s'étouffer. On lui tapa dans le dos jusqu'à ce qu'elle arrive de nouveau à respirer.

– Ils ont bouté le feu à l'hôtel de ville ! geignit dame Greta, la femme de maître Adriaan.

Elle avait les yeux gonflés, et son col en dentelle était déchiré. Elle aussi avait dû recevoir une correction de la part des Espagnols.

Tandis que maître Adriaan nous lisait des histoires tirées de la Bible et nous apprenait qu'à l'ouest du Grand Océan, il y avait un pays où l'or poussait sur les arbres et où habitaient des sauvages à deux nombrils, dame Greta nous enseignait de ses doigts noueux l'art de la broderie et de la dentelle – celui du filage, il n'était plus nécessaire de nous l'apprendre, car nous filions à longueur de journée. Le vendredi, nous brodions des lettres de l'alphabet aux initiales de dames de qualité pour leur trousseau. Je brodais toujours des lettres M, le plus souvent en vert, et je les agrémentais de petites boucles pour les faire ressembler à des plantes.

Ce que Dame Greta aimait dans la vie, c'était les belles choses. Le dimanche, elle s'accrochait des manches de soie avec des épingles. Elle veillait à ce que le chapeau rouge de son mari ne présente aucun faux pli et à ce que sa collerette de dentelle se dresse fièrement. Dame Greta nous avait aussi inculqué les bonnes manières. Nous ne pouvions pas passer à table avec les ongles en deuil. Nous devions dire nos prières avant chaque repas, les yeux rivés sur la croix, et attendre que la nourriture soit bénie avant d'y toucher. Nous devions tracer une croix sur le pain avant de l'entamer. Pour rompre un morceau de pain, nous devions commencer par le dessous – à l'endroit où il était souvent brûlé – avant de le passer à notre voisine et, si nous le laissions tomber par terre, nous devions le baiser. Dame Greta nous enseignait les bonnes manières comme un capitaine apprend à ses soldats à patauger dans la boue. La ride entre ses yeux se creusait d'indignation quand une fille ne respectait pas ses consignes. Et si la pauvre s'obstinait, dame Greta la gratifiait d'un coup de Bible sur la tête.

Elle était la radinerie personnifiée. Elle aurait préféré se faire foudroyer plutôt que de passer chez le tailleur pour nous faire confectionner de nouveaux surcots. À mesure que nous grandissions, elle les rallongeait avec des bandes de tissu rouge soigneusement mises de côté – ceux des filles les plus âgées en comptaient jusqu'à quatre, dans des dégradés de couleurs allant du rose délavé au carmin vif, en fonction du nombre de lessives. Quand cela n'allait vraiment plus, on les passait aux petites.

Dame Greta avait aussi une terrible répulsion pour les cheveux sales ; chaque dimanche, elle inspectait nos tignasses hirsutes et nous infligeait d'atroces tortures en passant son peigne dedans. Ce supplice faisait pleuvoir poux et lentes sur le dallage. Comme nous hurlions ! Surtout les petites dans leurs trotteurs d'osier, qui ne s'arrêtaient plus de pleurer après une telle séance Comment nous avions encore des cheveux après toutes ces années passées au foyer des innocentes ? Je me le demande encore : cela tient du miracle.

– Mon maître demande où vous cachez votre argent, dit le soldat flamand.

Maître Adriaan était au bord des larmes.

– Mais je vous ai déjà expliqué que nous ne recevons qu'une maigre dotation mensuelle de la ville pour nourrir et instruire ces orphelines ! gémit-il. Ce n'est pas assez. Nous sommes obligés d'aller mendier de l'argent à l'hôtel de ville pour parvenir à joindre les deux bouts !

Le jeune soldat traduisit tout pour son maître, qui, impassible, alluma une longue pipe en terre. La fumée s'éleva en volutes vers le plafond tandis que l'odeur nous picotait les narines. L'Espagnol nous examina une à une : nos surcots rouges qui nous tombaient jusqu'aux chevilles, nos chaussettes ravaudées que nous tirions jusqu'à nos cuisses, nos visages bouffis par le manque de sommeil et nos cheveux encrassés par la poussière de la cave l'indignèrent. Maître Adriaan n'avait pas exagéré en invoquant nos pères espagnols : nous avions presque toutes les yeux noirs, et deux d'entre nous avaient même la peau foncée et les cheveux crépus, comme les Maures. Dix ans plus tôt, les Espagnols étaient déjà venus en Flandre, avec des arquebuses, des épées, des piques et des canons, parce que des bandes de paysans mettaient les églises à sac et pendaient les curés aux ormes. C'étaient des hérétiques et des iconoclastes qui s'appelaient eux-mêmes des « gueux » et qui refusaient d'écouter la Parole de Dieu. Mais cela n'avait pas duré longtemps : les hérétiques furent eux-mêmes pendus aux ormes, et les nobles qui les avaient protégés furent décapités. Dès qu'ils eurent réglé le problème, les soldats espagnols s'étaient peint les moustaches, s'étaient épouillé les cheveux, avait pris un bain et, les joues fleurant bon le savon et les cheveux luisant d'huile de rose, ils s'en étaient allés conter fleurette aux femmes de Flandre, lesquelles avaient été nombreuses à succomber à leurs charmes. De sorte qu'au moins trois quarts des filles en surcots rouges[3] avaient un père soldat espagnol et une mère flamande qui, poussée par la honte ou la pauvreté, avait abandonné sa progéniture à la porte du foyer des innocentes.

L'Espagnol marmonna quelque chose à son valet. Celui-ci hocha la tête et s'approcha de nous.

– Qui, parmi vous, va me dire où votre maître cache son argent ?

3. À Paris, à l'orphelinat du Marais, on appelait les orphelins les « garçons rouges », car ils étaient eux aussi vêtus de rouge, la couleur de la charité. (NdT)

Cinquante-six paires d'yeux le fixèrent. Seule Greetje continua à roupiller, la tête sur la table, en ronflotant. Personne n'osa répondre. Maître Adriaan leva le sourcil gauche, façon de nous signifier que cela barderait si nous nous risquions à rapporter quoi que ce soit à l'Espagnol. Le Noël d'avant, je lui avais demandé en toute innocence si le petit Jésus des protestants avait reçu autant d'or, de myrrhe et d'encens que le petit Jésus des catholiques. Son sourcil s'était déjà relevé d'un coup. C'est qu'il était protestant, comme la plupart des Anversois – autrement dit calviniste, ou hérétique. Il avait rugi que son Jésus ne s'intéressait pas aux choses terrestres et que le sein maternel lui suffisait largement. J'avais rétorqué que, moi, j'aurais préféré recevoir de l'or, de la myrrhe et de l'encens, sur quoi il m'avait traitée de maudite papiste et m'avait exhortée à aspirer aux bonheurs célestes plutôt qu'aux biens matériels. Il avait levé sa Bible dans l'intention de la faire rebondir le plus fort possible sur ma tête – la Bible de maître Adriaan était un exemplaire relié de cuir orné d'une couverture de cuivre qui contenait le texte intégral, de la Genèse à l'Apocalypse. Le Livre des livres pesait à peu près cinq livres et quand je l'avais vu s'élever vers le plafond, j'avais fait un bond de côté, de sorte que la Bonne Parole avait abouti sur la tête de Hendrickje. La pauvre petite s'était écroulée sur-le-champ, et elle était restée un long moment étalée au sol comme un tas de vieux chiffons.

– Reste tranquille quand je te frappe ! avait beuglé maître Adriaan en passant par-dessus le corps de Hendrickje et en se lançant à ma poursuite, sa Bible à bout de bras. Les filles s'étaient dispersées. J'étais sortie de la pièce en faisant un saut acrobatique par-dessus les petites et en les bousculant. Maître Adriaan avait hurlé que je finirais comme ma mère, cette « sale Espagnole » que Satan en personne brûlerait bientôt à petit feu dans l'antre le plus torride de l'enfer, jusqu'à la fin des temps et même après. Finalement, dame Greta m'avait attrapée dans l'arrière-cour au beau milieu des poules et m'avait traînée par les cheveux à l'intérieur de la maison. Après ça, Hendrickje eut le vertige et des maux de tête lancinants qui l'obligèrent à garder le lit. Ce ne fut qu'au bout de quatre jours qu'elle put à nouveau réciter le Pater, la poseuse ! Comme punition, j'avais dû traîner un boulet – une boule de bois fixée à ma cheville par un anneau – pendant deux jours. C'était avec ce boulet que j'empruntais l'escalier du dortoir, c'était avec lui que je me couchais dans le châlit sur ma paillasse déchirée, c'était avec lui que je me rendais à la chapelle. Le pasteur m'appelait « Margot le boulet » et me filait deux ou trois torgnoles pour le principe. Ce ne fut qu'au troisième jour que maître Adriaan me délivra, en espérant que cela me servirait de leçon. Ah ça !

L'écuyer répéta sa question.

– Où est l'argent de votre maître ?

– Mais je vous ai dit qu'il n'y avait pas d'argent ici ! gémit maître Adriaan. Nous n'avons rien !

L'Espagnol sortit un petit morceau d'argile de sa besace.

Bucaro ! nous dit-il.

Nos yeux endormis s'écarquillèrent. Le *bucaro* est une argile aromatique qui se mâche – un délice, avions-nous entendu dire. Nous savions aussi que toutes les Espagnoles en mâchonnent. J'aurais commis un meurtre pour un petit morceau de *bucaro*. Mais ce ne serait pas nécessaire : je devais seulement dire que maître Adriaan cachait son butin sous la pierre branlante, près de la cheminée.

J'allai me poster devant l'Espagnol. Il me regarda. Quels yeux noirs ! Quels sourcils drus ! Quelle moustache impressionnante !

– Si je vous le dis, je pourrai venir avec vous ? demandai-je en flamand.

L'homme ne comprit pas.

– Je te vends au premier pouilleux venu si tu racontes quoi que ce soit, Margot ! cria maître Adriaan.

Le valet de l'Espagnol frappa mon misérable maître en pleine figure. On entendit craquer l'os de son nez. Le maître hurla de douleur. Le sang gicla.

– Adriaan ! s'exclama dame Greta.

Son cri nous fit dresser nos cheveux sur la tête. Maître Adriaan tituba.

– Assieds-toi. La tête en arrière ! cria dame Greta, paniquée.

Maître Adriaan lui obéit, comme à son habitude. Il s'assit sur une chaise et se pencha en arrière, mais le sang continua à couler de son nez et à dégouliner de la commissure de ses lèvres.

– Je vous dis où se trouve l'argent et je viendrai avec vous, répétai-je en flamand à l'Espagnol.

Le valet traduisit. L'Espagnol grimaça.

– Où est l'argent ? me cria l'écuyer dans les oreilles en me prenant au collet.

Je me débattis. Mon surcot rouge se déchira. Le valet voulut me gifler.

– *No* ! dit l'Espagnol, et le jeune homme baissa le bras.

– *Habla !* me demanda l'Espagnol, ce qui voulait dire : « Parle ! »

– À droite, dans le bac à tourbe, dis-je en tournant la tête.

Le jeune homme trifouilla à l'endroit dit et en sortit une boîte de fer où cliquetaient quelques sous et quelques bagues qui appartenaient à dame Greta. Le capitaine approuva de la tête. Cela lui suffisait. C'était probablement la première maison qu'ils dévalisaient.

– Ne nous prenez pas notre argent ! gémit dame Greta. C'est tout ce que nous avons ! Et nous l'utilisons pour les filles !

La pingre ! Au lieu d'être contente que je n'aie pas dévoilé la cachette de leurs économies et de ses bijoux sous la dalle branlante !

Le capitaine me tendit le *bucaro.* Mais le bout de friandise ne m'intéressait pas.

– Emmenez-moi avec vous, *señor,* s'il vous plaît ! chuchotai-je. Emmenez-moi avec vous en Espagne !

Il me comprit et me répondit en me regardant dans les yeux :

– Pourquoi ?

– Mon père vit en Espagne.

Le valet traduisit mes paroles.

– Tu sais comment il s'appelle, ton père ?

Je secouai la tête et lui montrai la ficelle autour de mon cou. Il l'examina.

– C'est un noble, ajoutai-je.

Le capitaine lâcha le coquillage et secoua la tête. Il ne me croyait pas. Ou il n'avait aucune envie de s'embarrasser d'une gamine comme moi.

Il se leva et mit le petit morceau de *bucaro* entre mes doigts. Il dit quelque chose à son valet, qui tout de suite acquiesça et se dirigea vers maître Adriaan.

– S'il arrive quoi que ce soit à la fille en notre absence, menaça le valet, on vous tuera, toi et ta femme, et on mettra le feu à ta maison, c'est clair ?

– Oui, gémit maître Adriaan.

– Mon maître mérite cet argent, continua le valet. Il n'a plus reçu de solde depuis un an et demi.

Et si ces salauds de pirates anglais ne s'étaient pas emparés des navires de notre roi, et s'ils n'avaient pas volé notre solde, on n'en serait pas là !

Dehors, on entendit un édifice s'écrouler à grand fracas. Les vitres tremblèrent.

– Notre hôtel de ville ! Notre bel hôtel de ville ! se lamenta dame Greta, comme si elle l'avait bâti de ses propres mains, pierre après pierre.

Arrête de geindre, sale bonne femme ! pensai-je.

L'Espagnol et son valet quittèrent la maison, et le silence revint aussitôt dans la cuisine. L'odeur du tabac flottait encore au-dessus de la table.

– Pourquoi tu as fait ça, sale peste ?! cria maître Adriaan, la tête toujours penchée en arrière, un linge imbibé de sang sur le nez.

– Vous auriez préféré que je lui parle de la bourse et des bijoux sous la dalle, près de la cheminée ? demandai-je.

Les filles se regardèrent, éberluées. J'étais de toute évidence la seule à être au courant.

Maître Adriaan balança la tête vers l'avant et me fixa d'un air étonné. Du sang gicla de nouveau de son nez.

– Tiens donc ta tête en arrière, Adriaan ! brailla sa femme. Tu salis tout le dallage !

Le maître obtempéra. J'allai me rasseoir sur mon tabouret, sous le regard des autres filles. Je cassai le *bucaro*, mis une partie dans ma bouche et passai le reste à la fille à côté de moi. Elle aussi en rompit un petit morceau et donna le reste à sa voisine. Il y en avait pour plus ou moins sept filles. Deux filles qui n'avaient rien eu recueillirent les miettes sur la table de leur doigt humecté. Nous mâchonnâmes le *bucaro* lentement, très lentement. Cela fondait dans nos bouches. C'était tellement sucré ! Si vous voulez savoir, cela avait le goût de l'Espagne.

4

LA PESTE

Ce soir-là, maître Adriaan m'appela auprès de lui après que les filles, chancelantes de sommeil, s'étaient laissées tomber dans leur lit. Il était assis à califourchon sur sa chaise près de la cheminée, ses bras sur les accoudoirs. Il avait toujours le nez pourpre et gonflé. Une bûche ardente crépitait dans l'âtre. Au loin, on entendit un coup de pistolet.

– Bien joué, aujourd'hui ! finit-il par dire, en me dévisageant. Je ne pense pas que les Espagnols reviendront.

Je hochai la tête.

– Le nom sur le coquillage est « Almendraje », poursuivit-il.

Je restai un moment silencieuse. C'était la première fois que j'entendais ce nom. Je n'avais encore jamais rencontré quelqu'un qui m'avait lu l'inscription sur mon coquillage.

– Le duc d'Almendraje a fait le voyage deux fois d'Espagne aux Pays-Bas, reprit-il. D'abord avec le roi d'Espagne, Philippe II. Le duc s'était lié d'amitié avec le prince néerlandais, Guillaume d'Orange. Ils allaient ensemble à la chasse et n'étaient pas les derniers à faire la fête.

– Est-ce que le duc espagnol parlait le néerlandais ? questionnai-je pleine d'espoir.

– Non, mais Guillaume d'Orange non plus. Ils se sont sûrement parlé en français, la langue de la noblesse. Après un an environ, le duc est retourné en Espagne avec son roi. Quand il est revenu une seconde fois en Flandre, il y a dix ans de cela, c'était avec toute une armée, pour réprimer l'insurrection.

– L'insurrection des hérétiques et des iconoclastes, complétai-je.

– Une insurrection soutenue par Guillaume d'Orange, dit-il. Et là, plus question d'amitié ! Le duc d'Almendraje considérait que le prince Guillaume avait bafoué l'honneur de l'Espagne en prenant les hérétiques sous sa protection. C'était le chef de camp de l'armée espagnole, et le bras droit du général Fernando Alvarez de Toledo, plus connu sous le sobriquet : l'Homme de Fer, ou le duc d'Albe. À eux deux, ils ont fait pendre les hérétiques et décapiter les nobles qui essayaient de les protéger. Ils ne sont pas parvenus à capturer Guillaume d'Orange, bien sûr. N'empêche : le duc d'Almendraje est un redoutable soldat.

Des chevaux passèrent sur la placette. Nous sursautâmes, mais le cliquetis cessa, et le silence se rétablit. La bûche crépitait dans l'âtre.

– Dieu a conçu la destinée de chacun de nous, Margot, reprit mon maître. S'il avait voulu faire de toi une dame espagnole, à cette heure, tu serais en Espagne, tu te promènerais au soleil et tu cueillerais des oranges ! Et le soir, tu t'assiérais à côté de ton duc de père.

– Mais c'est encore possible, remarquai-je doucement. Quand je serai assez grande, j'irai en Espagne et je partirai à sa recherche !

– Dieu dirige notre vie, Margot. Il connaît le passé, le présent et l'avenir. Et Dieu ne veut pas faire de toi une dame d'Espagne. Dieu t'a envoyée ici. Dans cette maison. Chez nous. Dieu veut que nous t'instruisions, pour qu'à treize, quatorze ans, tu puisses être placée dans une famille de grands bourgeois, où tu habiteras et où tu travailleras comme servante. Avec un peu de chance, tu pourras rester toute ta vie dans cette famille. Voilà la voie que Dieu t'a tracée. Voilà ta vie. Voilà ton bonheur.

– Servante…, rêvassai-je. Mais je suis la fille d'un duc ! Ma vie n'est peut-être pas du tout ici !

Irrité, maître Adriaan secoua la tête. Ce mouvement inattendu lui causa un brusque élancement de douleur au niveau du nez.

– Je n'ai pas eu beaucoup de chance jusqu'à présent. Je suis une fille abandonnée, continuai-je.

– Comme toutes les filles de cette maison ! rugit maître Adriaan. La plupart ont des pères espagnols, et toutes rêvent de l'Espagne ! Mais cela n'a aucun sens. Votre vie est ici !

Ce fut cette nuit-là que tombèrent les premières pluies d'automne. Les gouttes tambourinaient sur le toit du foyer des innocentes et éteignaient les incendies encore allumés çà et là dans la ville. J'allai m'étendre sur ma paillasse. À côté de moi, Hendrickje se réveilla.

– Pourquoi tu voulais partir avec cet Espagnol ? demanda-t-elle.

Je ne répondis pas.

– Allez ! m'encouragea-t-elle.

– Peut-être parce qu'il aurait pu me conduire chez mon père, répondis-je.

– Oh oui, ton duc de père, bien sûr ! se moqua-t-elle.

– Oui, mon duc de père ! répliquai-je vertement.

– Tu es bête comme un pigeon, chuchota-t-elle. Aller avec le premier soldat espagnol venu… ! Il se mettrait à te tripoter avant même que tu ne t'en rendes compte !

– Il avait l'air gentil, dis-je. C'est grâce à lui que nous avons eu à manger.

– Même s'il t'avait emmenée avec lui en Espagne et s'il t'avait payé le voyage, le gîte et la nourriture, continua Hendrickje, qu'est-ce qu'il aurait pu attendre de ton père ? Une récompense pour lui avoir livré une petite Flamande devant sa porte ? Une fille dont il ignorait l'existence ? Une bâtarde qu'il n'a jamais vue, qui ne parle pas un seul mot d'espagnol et qui ne sera jamais pour lui qu'un fardeau ? Le pauvre, il a sûrement des fils, des filles et bien assez de problèmes comme ça en Espagne !

– C'est un duc ! Un ami du roi !

Hendrickje marqua la surprise.

– Comment es-tu sûre qu'il est ton père ?

– Ma mère me l'a dit, affirmai-je. J'avais cinq ans quand elle m'a… déposée ici. Je m'en souviens parfaitement.

– Tu mens comme Judas !

– Et pourquoi ma mère m'aurait-elle donné ce coquillage ?!

– Comme ça, parce que tu pleurnichais pour l'avoir !

– Fiche-moi la paix, soufflai-je.

– Tu sais ce que je sais, moi ? Que ton père est un Espagnol pouilleux avec un froc rapiécé et un chapeau crasseux, comme mon père ! lâcha Hendrickje.

– Ouais, ton père ne peut être qu'un pouilleux, lui lançai-je sur un ton tranchant. D'ailleurs, tu as vu ta gueule de pouilleuse ?

– Mieux vaut avoir une gueule de pouilleuse qu'une gueule de rupine ! ricana-t-elle. Tu ne vaux ni plus ni moins que nous !

– Moi, au moins, je connais encore le nom de ma mère, répliquai-je. Pas toi ! Je parie que tu ne sais même plus à quoi elle ressemble !

Elle se tut. Et moi aussi. En fait, j'avais oublié les traits du visage de ma mère. Mais son odeur de cannelle, ça, je m'en souvenais. Et ses boucles rousses. Et ses jupes qui voletaient au vent.

Malgré la pluie, l'odeur de brûlé continuait à flotter au-dessus d'Anvers. Les Espagnols se retirèrent dans leur château, un peu en dehors des murs de la ville. L'altier hôtel de ville était en ruines. Trois hôtels de maître se trouvaient réduits en un enchevêtrement de poutres calcinées et de pierres éparses. Partout dans les rues, une odeur de cadavre nous serrait le nez, la gorge et l'estomac. La puanteur nous épuisait, ralentissait nos mouvements et nous privait de sommeil. Un endroit du cimetière avait été réservé aux pauvres, mais les cadavres étaient enterrés trop peu profondément et seraient à découvert dès les prochaines pluies. Les bourgeois, par contre, étaient enterrés dans l'église, sous une dalle de granit. Quant aux cadavres des milliers de soldats, ils avaient été jetés dans une fosse commune. Ce furent de sombres journées scandées par le glas et le gémissement des femmes.

Quatre jours plus tard, les cloches et les voix se turent. Tout Anvers semblait plongé dans un deuil profond et silencieux. Aucun navire ne passait plus sur l'Escaut. À l'auberge à l'enseigne de *La Chemise Sale,* un peu plus loin dans la rue, on ne jouait plus de musique. Le nez de maître Adriaan guérissait mal ; il resterait de travers. Aux journées sombres succédèrent d'autres journées sombres. Il faisait de plus en plus froid. Pour nous, c'étaient des semaines de couture et de broderie, près de la cheminée sans vraie chaleur, des semaines où nous nous couchions la faim au ventre, des semaines où nous recevions régulièrement des coups de Bible sur la tête.

La veille de Noël, la couche de glace fut assez épaisse pour les luges et les patins. Jeunes et vieux, hommes et femmes, prêtres et prédicants, commerçants et baillis, tous se hâtèrent vers la glace des canaux et de l'Escaut complètement obstrués par le gel. Çà et là, près du rivage, on avait fait des trous, pour avoir accès à l'eau en cas d'incendie. Nous avions passé une courte veste par-dessus nos surcots rouges, noué un vieux bas autour de nos oreilles, enfilé un bonnet ou une casquette par-dessus… et nous voilà qui galopions vers l'Escaut, les patins en bois sous le bras. Nous nous jetâmes sur la glace en braillant notre joie. Hendrickje, Jobbe et moi, faute de luge, nous avions emmené un petit tabouret triangulaire que nous mîmes à plat sur la glace ; nous tirions ainsi quelques petites qui criaient de plaisir. Des tentes avaient été dressées sur la rive ; les mères et les grand-mères y avaient fait du feu et vendaient de la soupe, de la bière épicée et brûlante et des marrons grillés. Dame Greta, bien sûr, aurait préféré se tuer plutôt que de nous donner quelques sous pour nous acheter l'une ou l'autre gourmandise, mais je savourais les odeurs de nourriture qui s'élevaient çà et là. Nous remontâmes l'Escaut en patinant, avec le vent du nord-est qui nous fouettait le visage, faisait pleurer nos yeux et pompait la morve de nos nez. Le fleuve était un miroir mat et gris où chatoyaient de petites couleurs dansantes : patineurs, tabourets, petites luges... Les soldats espagnols s'agglutinaient par dizaines au sommet du mur de leur château, observant bouche bée cette gaieté hivernale. Nous leur fîmes signe de la main, et certains nous répondirent. Les petiotes se mirent à s'égosiller parce qu'elles voulaient continuer à faire de la luge.

L'été arriva, et les Espagnols quittèrent Anvers. La ville fut en liesse et les Anversois démolirent les murs du maudit château d'où les canons des Espagnols avaient tiré sur la ville. Nous n'avions presque pas de leçons, passant notre temps à courir dehors, nous les cinquante-sept filles en surcot rouge. Par exemple, nous mimions un enterrement et nous tirions à la courte paille pour savoir qui serait le prêtre et qui le cadavre. Celle d'entre nous qui faisait le prêtre recevait une bague de lin et nous lui baisions la main, et celle qui jouait le cadavre s'enduisait le visage de suie et devait rester immobile sur une planche. Nous étions alors une dizaine à porter une de nos compagnes en terre, précédées par la cloche des morts. Quand nous en avions marre, nous décidions de jouer à autre chose : aux osselets, à « qui a la balle » ou à « la queue du diable ». Nous grimpions dans les maisons calcinées, nous attrapions un sale cabot et nous jouions avec lui à « juge, bourreau et potence ». Nous jugions les crimes du chien, après quoi nous lui attachions une ficelle autour du cou et nous le pendions jusqu'à ce que mort s'ensuive.

Chaque année, des filles mouraient. Le plus souvent c'était des petites, mais lorsque la peste vint, plus personne ne fut en sécurité. L'été de 1577, le mal noir vint de Roermond, et trois d'entre nous furent contaminées. Leurs visages se couvrirent de bubons et elles se mirent à trembler de fièvre. Dame Greta les relégua immédiatement dans la porcherie, dans l'arrière-cour, et en barricada la porte. Ensuite, chacune de nous fut soigneusement examinée pour voir si nous n'avions pas la moindre petite pustule. Dame Greta avait des doutes sur deux des filles ; elles durent dormir en position assise dans le coin de la cheminée fumante et ne purent en sortir qu'après un jour et une nuit de ce régime, quand dame Greta fut sûre qu'elles n'avaient pas été contaminées. Le premier soir, elle fit brûler toutes les paillasses, de sorte que nous dûmes dormir plusieurs jours à même le plancher. Une botte de paille pendait à la fenêtre et indiquait que le foyer des innocentes était touché par le mal noir. Nous ne pouvions quitter la maison qu'avec un bâton blanc, comme ceux qui avaient un frère ou une sœur malade de la peste. Ni dame Greta, ni Adriaan n'osèrent porter à manger aux trois pestiférées dans l'arrière-cour. Le chirurgien n'osa pas non plus y aller. Quant au pasteur, qui devait tout de même les entendre en confession, il ne les bénit qu'à trois mètres de distance. Parmi elles, il y avait mon amie Hendrickje.

Adriaan demanda qui d'entre nous voulait porter les repas aux filles malades. La petite Jobbe, qui n'avait jamais peur de rien ni de personne, fit un pas en avant. J'allai me poster derrière elle : si elle osait le faire, moi aussi ! C'est ainsi que Jobbe et moi, nous traversâmes ensemble l'arrière-cour en passant devant les poules, le tas de fumier et l'amas de ferraille pour porter une cruche de lait chaud et du pain blanc aux malades. Le maître de la peste nous avait donné un encensoir contenant des herbes qui, en se consumant, nous protégeraient. Je poussai le battant de la porte et déposai l'encensoir devant nous. La fumée sortait par tous les orifices, faisant fuir les puces. La soue puait affreusement.

– Du lait et du pain blanc ! dis-je sur un ton aussi enjoué que possible, comme s'il n'y avait pas de quoi se faire du souci et que les filles étaient là parce qu'elles souffraient de vulgaires suées.

Je ne reçus pas de réponse. Elles étaient couchées toutes les trois sur la vieille paille d'hiver.

Cela puait la pisse et le vomi. Une des filles avait perdu connaissance ; de la bave moussait à hauteur de sa bouche et sa tête dodelinait comme si la mort la regardait en face et qu'elle tentait de fuir son regard. Une autre fille, qui avait sombré dans un sommeil fébrile, n'en sortit que pour bredouiller des mots incompréhensibles. Seule Hendrickje semblait avoir conservé ses esprits. Son visage luisait de sueur, mais ses dents claquaient de froid. C'était terrible de la voir ainsi, elle toujours pleine de vie et avide de raconter des plaisanteries. Je ne parvenais pas à détacher mes yeux de son pauvre visage.

– Va-t-en ! cria-t-elle. Ne reste pas là à me regarder !

– J'ai du lait chaud au miel pour toi.

– Je n'en veux pas, de ton lait !

– Il te fera du bien, dit Jobbe en déposant la cruche devant la malade.

– Je ne vais pas mourir ! haleta Hendrickje. Tu entends, Margot ! Je ne vais pas mourir !

– Non, tu ne vas pas mourir, confirma Jobbe calmement.

– Je sais ce que je dis ! hurla Hendrickje, les yeux pleins de larmes.

– Moi aussi, dit Jobbe en hochant la tête.

– J'ai rêvé de mon père, reprit Hendrickje après quelques instants. Il était soldat. Il ressemblait un peu au soldat de l'autre jour, dans la cave. Mais mon père avait un énorme chapeau avec cinq plumes et une longue moustache. Il était dans une taverne en Espagne et il fumait la pipe. Il s'appelait Don Pedro. Je me suis avancée vers lui dans mon surcot rouge. C'était tellement réel que j'avais l'impression de ne pas rêver, que ça se passait vraiment dans la vraie vie. Je sentais chaque grain de sable sous mes pieds et la fumée qui flottait dans la taverne me chatouillait les narines. Don Pedro m'a regardée et s'est levé. Et tu sais ce qu'il a dit ?

Je regardais Hendrickje, le souffle coupé.

– Qu'est-ce qu'il a dit ? demandai-je.

– Il a dit : « Enfin te voilà, ma fille ! Enfin ! Je t'ai attendue si longtemps ! »

Je hochai la tête.

– Puis, il m'a prise dans ses bras et il m'a portée au dehors.

Nous restâmes silencieuses un instant. Hendrickje essaya de s'asseoir, mais elle n'avait pas beaucoup de force dans les bras. Je lui saisis la main et la redressai un peu. Elle avait du mal à rester assise. Hendrickje prit la cruche de ses deux mains, la souleva avec beaucoup de difficultés et but goulûment. Le lait dégoulina de son menton sur son surcot rouge. Elle déposa la cruche, se recoucha et me regarda.

– Margot ?

– Oui ?

– Promets-moi que je ne vais pas mourir.

– Je te le promets !

– Promets-moi qu'on ira encore patiner, l'hiver prochain !

– Je te le promets !

– Promets-moi de rester toujours mon amie.

– Je te le promets !

Hendrickje toussa plusieurs fois en se recroquevillant sur elle-même. Elle essuya la bave et la morve qui salissaient son surcot. Comme celui-ci était rouge, elle remarqua à peine que du sang s'y mêlait. La vapeur de l'encensoir diminuait. Hendrickje toussa de nouveau. Elle chercha ma main. Elle avait un bubon purulent au poignet.

– Nous reviendrons tout à l'heure avec un peu de soupe, promit Jobbe.

Hendrickje hocha la tête. Je la lâchai et tins ma main quelques instants au-dessus des dernières effluves de l'encensoir. Pourvu que le docteur de la peste n'ait pas raconté de bobards ! Pourvu que l'encens soit efficace contre la contagion !

– À tout à l'heure, fis-je. Prends encore un peu de pain !

Retournée au grand air, je ne compris pas pourquoi le soleil pouvait être si gai un jour comme celui-là. Jobbe et moi, nous dûmes passer la journée entière dans la cheminée pour que la fumée nous purifie. Nos yeux brûlaient, nos têtes bourdonnaient et nos joues étaient sèches comme du parchemin.

Le soir, quand Jobbe et moi nous allâmes porter la soupe, Hendrickje et les deux autres filles étaient mortes. Leurs corps étaient livides, raides et froids. Hendrickje avait la bouche grande ouverte, comme si elle s'étonnait que la mort soit tout de même venue la chercher. Le lendemain matin, après qu'Adriaan et dame Greta lui eurent payé cinq livres, et pas avant, le croquemort enveloppa les filles dans des draps blancs et les porta une à une jusqu'à sa brouette. Puis il poussa celle-ci sur les chemins boueux jusqu'au cimetière en dehors de la ville, là où les tombes ne portaient pas d'inscription et où toutes les victimes du mal noir étaient jetées dans une grande fosse commune. Nous étions cinquante-quatre filles du foyer des innocentes à le suivre en un long cortège. Les enterrements, ça nous connaissait.

Le soir venu, maître Adriaan jeta cinq torches sur l'enclos aux cochons, et il le brûla entièrement. Je ne pleurai pas, et Jobbe non plus. Comme je l'ai déjà dit, pleurer, ça ne sert à rien.

Au foyer des innocentes, j'étais à peine différente des autres filles. Je continuais à broder mes lettres M en vert, comme les autres. Depuis que j'avais soigné Hendrickje, je n'avais plus reçu de coups de Bible sur la tête. Trois ans s'étaient écoulés depuis que les Espagnols avaient laissé derrière eux un sillage de mort, d'extorsion et de destruction, et on déposait un enfant après l'autre à la porte du foyer des innocentes. Maître Adriaan et dame Greta ne savaient plus où donner de la tête. La ville mit à leur service deux cuisinières chargées de faire de la bouillie au lait pour tous ces enfants. Les petites dormaient au grenier et nous, les plus grandes, nous avions placé notre châlit dans la cuisine, devant la cheminée.

Durant ces mois d'automne, maître Adriaan écrivit à tous les marchands d'Anvers pour essayer de placer le plus de filles possible comme servantes. Maaike fut prise dans une famille italienne de marchands verriers, les Santacrocce ; Trees devint une des douze servantes de la famille du tailleur de diamants juif David Smitt ; Marieke se retrouva dans les cuisines de la famille Van Rijhove, des calvinistes qui avaient envoyé la totalité de la bibliothèque des Dominicains dans l'Escaut, pour, à ce qu'ils prétendaient, apprendre le latin aux poissons. Jobbe aussi s'en alla : elle avait déjà treize ans, du cran et du bon sens à revendre et n'avait peur de rien.

– Je serai au service du marchand de vin portugais Manuel de Castelão.

Pour aider à la cuisine, dit-elle, presqu'en passant, sur un ton détaché, comme si elle allait chercher du pain. Nous étions en train de filer lorsqu'elle l'annonça, chacune avec une touffe de lin sur un support de bois et un petit pot d'eau pour humecter nos doigts pendant que nous tirions les fibres de la touffe et que nous les enroulions autour d'un bâtonnet.

– Si tu pars, je deviendrai folle d'ennui ici, soupirai-je. Il n'y a plus que des gamines qui courent dans tous les sens.

– Maître Adriaan dit que nous sommes toutes prédestinées à devenir servantes, dit Jobbe. C'est ce que Dieu a prévu pour nous !

– Il n'y a vraiment rien d'autre, Jobbe? demandai-je. C'est ça, la vie ? Laver, récurer, repriser et faire les courses pour une famille de riches bourgeois ?

– Une famille, Margot ! remarqua-t-elle. On fera partie d'une famille !

– Là, tu as raison, reconnus-je.

– Ça me manquera, ces séances de filage, le soir, dit-elle après un silence.

– Moi aussi, je vais m'ennuyer à mourir ici toute seule.

– Ce ne sont pas des mots pour une servante, me réprimanda Jobbe.

– Maintenant, je peux encore me le permettre, rétorquai-je.

– Adriaan trouvera sûrement une famille pour toi, Margot, dit-elle après un moment. Patience… Je suis certaine que tu seras prise par une des plus riches familles d'Anvers ! Tous les soirs, tu pourras lécher les restes de riz au lait !

– Le riz au lait me paraîtra deux fois meilleur sur une assiette en étain, souris-je.

– Je préfère avoir deux fois plus de riz dans une assiette en terre cuite, ricana Jobbe.

Nous nous tûmes. On n'entendait que le bruit des fibres que nous arrachions à la touffe et le tapotement de nos doigts dans le petit bol d'eau. Le jour tombait dans la pièce, mais cela ne nous dérangeait pas. Nous arrivions à filer dans l'obscurité. Le feu dans la cheminée était presque éteint ; seules quelques braises rougeoyaient encore.

– Vous n'allez pas dormir, les filles ? demanda dame Greta, qui venait d'entrer.

– Bientôt, répondit Jobbe. On termine ceci.

– D'accord, dit-elle. Vous mettrez l'étouffoir sur les cendres ?

– Oui, oui.

Dame Greta disparut. Jobbe continua à filer, comme si elle voulait faire durer le plus longtemps possible cette dernière soirée que nous passions ensemble. Lorsqu'elle eut tiré toutes les fibres de sa touffe de lin, elle se leva sans mot dire, résolue, comme toujours. Elle prit la cloche de fer qui servait d'étouffoir et la déposa sur les cendres. Je rangeai nos supports de bois. Nous montâmes les marches grinçantes de l'escalier dans l'obscurité. La maison semblait tellement vide maintenant que toutes les grandes étaient parties et qu'il n'y avait plus que toutes ces petites qui pleuraient pour un rien... Nous ôtâmes nos surcots et nos bas rouges, enfilâmes nos bonnets de nuit, coinçâmes nos chemises entre nos genoux et nous nous couchâmes sur notre paillasse.

– Tu pars demain, alors, Jobbe ?

– Demain dans la matinée.

Il y eut un silence. Une souris trottina sur les dalles entre les châlits.

– Ne te laisse pas faire, Margot ! dit Jobbe.

– Toi non plus, Jobbe ! répondis-je.

5

1580
PIET LE NOIR

Un matin de septembre, je fus appelée à la cuisine. Je sus que, d'une manière ou d'une autre, mon tour était venu. Maître Adriaan m'avait trouvé une famille de bourgeois qui avait besoin d'une servante – un marchand, un artisan ou un artiste aisé à qui il fallait un peu d'aide pour l'entretien de sa maison. Je serais bien habillée et je porterais un chaperon blanc, peut-être même une belle paire de manches bleues que j'attacherais avec des aiguillettes, et une chemise orange, joliment lacée sous les seins, à laquelle mes larges jupes seraient fixées. D'ici peu, je rencontrerais les filles du foyer des innocentes au marché au poisson ou à la viande, un panier sous le bras, quand je ferais les provisions pour le repas du soir de cette famille riche. Cela me paraissait une belle destinée, ce matin-là.

Mais il n'y avait aucun marchand ni aucun artisan nanti dans la cuisine. Un homme à la houppelande usée se tenait près de l'âtre. Il était affublé d'une paire de mancherons si longs qu'ils lui pendaient jusqu'aux chausses. Heureusement qu'ils étaient découpés au niveau du coude, cela lui permettait de bouger les bras normalement. Le col, les manches et les crevés de la houppelande laissaient échapper une fourrure de lapin. Quand l'homme me vit entrer dans la pièce, il s'inclina devant moi, et ses mancherons traînèrent sur le sol qui, fort heureusement, avait été ciré.

– Quel âge a-t-elle ? demanda l'homme à maître Adriaan.

– Presque treize ans, je pense. Cela fait huit ans qu'elle est chez nous.

L'homme portait une sorte de bonnet muni d'une petite pièce de tissu sur le devant, de sorte que son nez était toujours à l'ombre. J'appelai cette chose : un bonnet à bec d'oiseau.

– Piet est apothicaire, déclara maître Adriaan, sur le même ton sonore et important que celui qu'il utilisait quand il nous lisait la Bible. Il a besoin d'une servante.

Il y eut un silence, comme si maître Adriaan voulait souligner la solennité du moment.

– Avez-vous de la famille à Anvers, Messire Piet ? demandai-je poliment.

– Je voyage, dit l'homme au bonnet à bec d'oiseau, d'une voix qui sembla lui sortir du nez. Je fais les foires des dix-sept Provinces avec ma famille et j'ai besoin de quelqu'un qui puisse cuisiner, lessiver et coudre. C'est une vie aventureuse que de voyager comme cela de ville en ville. Je ne peux en imaginer de plus belle.

– Voyager ?! demandai-je.

– Nous avons un chariot très confortable, sourit-il.

Il n'avait plus que quelques chicots noirs en guise de dents. Il sentait la boue et la pauvreté.

– Pourquoi ne vais-je pas dans une famille riche d'Anvers ? demandai-je à maître Adriaan. Vous avez toujours dit que nous étions destinées à des familles de bourgeois. Je devais tout de même rester à Anvers ? Pourquoi me vendez-vous à ce… ce …

– Ce drôle d'énergumène ! m'interrompit l'homme.

– Il y a quelques années, Anvers était encore le centre du commerce mondial, répondit maître Adriaan. Chaque année de nouveaux commerçants s'y installaient. Des Anglais, des Allemands, des Italiens, des Espagnols, des Portugais et même des Turcs. Mais, depuis les journées sombres de novembre, où des soldats espagnols ont volé tout ce qu'il y avait à voler dans la ville et mis le feu à l'hôtel de ville, les grands marchands s'en vont. Il n'y a plus de nouvelles familles.

– Je veux rester à Anvers ! répétai-je.

– Il y a cinq ans, tu voulais partir en Espagne avec un soldat que tu ne connaissais ni d'Eve ni d'Adam, tu te souviens ?! rétorqua maître Adriaan.

– En ce temps-là, je voulais vraiment m'en aller, répondis-je. Depuis, Maaike, Trees, Marieke et Jobbe sont dans des familles de bourgeois. Je les vois parfois quand je vais au marché avec Greta. Elles vont très bien. Je veux rester à Anvers comme elles.

– Elle me plaît, grimaça l'homme.

– Piet est un vieil ami, expliqua maître Adriaan, et un homme plein de sagesse. Certes, il est catholique, mais c'est bien la seule chose que je puisse lui reprocher. Il a étudié à l'université de Louvain. Il cherche une jeune fille qui a du caractère, que rien n'effraie et qui n'a pas sa langue en poche. Qui d'autre ferait mieux l'affaire ?

– Toutes les grandes ici ! répondis-je. Rien ne les effraie, et aucune n'a sa langue en poche !

– Tu crois vraiment que je te laisserais partir avec le premier forain venu ? Piet prendra bien soin de toi.

Je regardai l'homme maigre. Sa houppelande usée était rafistolée ici et là, et le bord en était si taché par la boue qu'aucune lessive n'en viendrait à bout. Il portait à son chapeau une broche qui représentait des herbes. Il rit en découvrant ses chicots noirs.

– Ce n'est pas possible ! protestai-je.

– C'est tout vu, Margot ! dit maître Adriaan avec sévérité. Tu pars avec Piet !

Je fis mes adieux aux filles que je connaissais encore. Elles étaient toutes plus jeunes que moi. Je pris les quelques vêtements que je possédais, ma couverture et mon coussin, et les roulai en boule avec un bout de corde. C'était tout ce que je possédais. Je pris la cordelette avec le coquillage, la petite croix et la dent de cheval, me la passai autour du cou et cachai mes porte-bonheur sous mon pourpoint.

Peu après, je me retrouvai dans la salle à manger. Je regardai dame Greta, la radine, la plaintive, la brandisseuse de Bible, la chasseuse de poux. Je ne m'étais jamais bien entendue avec elle, mais je l'avais connue plus longtemps que ma mère. Comment imaginer qu'à partir de cet instant, je ne la reverrais plus jamais ? J'en eus les larmes aux yeux. Malheureusement, elle le vit.

– Margot, qu'est-ce qui t'arrive ? demanda-t-elle, avec son éternel pli d'agacement entre les yeux.

– Rien, répondis-je. J'ai fixé trop longtemps la bougie pendant les prières.

Dame Greta mit son pouce dans sa bouche et, de son doigt mouillé, me signa le front.

– Bonne chance, ma fille ! dit-elle.

La ride disparut un bref instant. Je hochai la tête et parcourus une dernière fois du regard la grande salle à manger et la longue table avec ses planches inégales. Que disait-on à une salle à manger quand on savait qu'on ne la reverrait jamais ?

Je touchai une dernière fois la table sur laquelle, huit ans plus tôt, j'avais bu ma première timbale de lait de chèvre. Et je sortis du foyer des innocentes sans me retourner.

Je suivis Piet le Noir. Ses longs mancherons traînaient dans les boues de la rue.

– Chaque hiver, nous retournons à Anvers, dit Piet. Tu verras !

Un peu en dehors des murs de la ville, à côté d'une rangée de saules et loin de la puanteur du gibet, j'aperçus un chariot. Un cheval maigre dont on pouvait compter les côtes broutait les mauvaises herbes du fossé. Deux garçons étaient assis sur chacune des grandes roues du chariot et fumaient une longue pipe. Quatre grands chiens gris se prélassaient au soleil. Quand il nous entendit, l'un d'eux eut un bref aboiement et vint vers nous, suivi par les autres. Je me figeai.

– N'aie pas peur, dit Piet.

Les chiens léchèrent les doigts de Piet, puis ils se frottèrent contre moi et me donnèrent des coups de museau dans le dos. Je tins mes mains le plus haut possible, de peur qu'ils ne me mordent ou qu'ils ne se mettent à attraper mon baluchon.

– Les chiens s'appellent Matthieu, Marc, Luc et Jean, expliqua Piet. Méfie-toi surtout de Matthieu. Il est méchant, c'est un vrai salaud qui est capable de te mordre les pieds ou les mollets dès que tu ne fais pas bien attention.

– C'est lequel des quatre, Matthieu ? criai-je peureusement, au moment où ces bêtes poilues commençaient à se frotter contre moi.

Un chien fourra même son museau sous mes jupes. Je sentis sa truffe humide sur mes cuisses.

– Gros cochon ! m'écriai-je.

Je m'éloignai du chien en tirant sur mes jupons.

– C'est Jean, sourit Piet. Toujours à fureter sous les jupons. Il ne fait rien de mal.

Piet siffla. D'un bond, les chiens le suivirent. Quatre chiens ! Voilà ma punition pour tous ces cabots que, l'été, nous avions attrapés, jugés et pendus !

Une femme s'avança en clopinant. Elle traînait le pied droit. Elle avait les cheveux noirs frisés sous un chaperon vert et une petite bouche où des dents beaucoup trop grandes se chevauchaient. Elle était bien plus jeune que Piet. Je lui donnai environ vingt-cinq ans.

– Peut-elle cuisiner, lessiver et coudre, Piet ? demanda-t-elle en faisant la moue.

– Mais oui, ma chérie, dit Piet en dodelinant de la tête. Et elle n'a pas froid aux yeux !

– Bah ! renifla la femme en me dévisageant. Elle a l'air trop bien. Encore un peu, et les garçons auront de drôles d'idées derrière la tête. Tu ne pouvais pas en ramener une plus moche ?

– Les autres étaient toutes trop jeunes, ma chérie, répondit Piet.

La femme claudiqua autour de moi et m'examina de profil.

– Bon, ça va. Elle n'est pas non plus si jolie que ça. Elle n'a pas de menton et son nez est beaucoup trop grand pour son visage. Les garçons la laisseront bien vite tranquille. Du moment qu'elle est capable de cuisiner, de faire la lessive et de coudre.

La femme fit demi-tour sur son pied valide et s'éloigna en boitant.

– Ça, c'est Esméralda, ma femme, expliqua Piet. Elle vient de petite Égypte.

– De petite Égypte ?

– C'est le pays d'où sont originaires tous les astrologues, les diseurs de bonne aventure et les voyants. Les gens des foires l'appellent Esméralda la Boiteuse.

– Et où se trouve la petite Égypte ?

– Tu vois là-bas, les trois arbres, près du petit pont ?

Je hochai la tête.

– Là, tu prends à droite et puis, tu continues toujours tout droit.

Je le regardai tout étonnée et il me fit une grimace.

Il appela les garçons. Ils éteignirent leur pipe en la tapotant contre leur roue et se laissèrent lentement glisser à terre. Ils s'approchèrent en traînant des pieds, comme pour signifier qu'ils étaient presque des hommes et qu'une fille en surcot rouge ne les intéressait vraiment pas. L'aîné devait avoir quinze ans. Il avait les yeux clairs et un léger duvet sur les joues.

– Voilà Karel, me présenta Piet.

Karel me salua d'un signe de tête, crâneur et taciturne comme un petit coq.

– Et voici Ric la Science, expliqua Piet. Ils viennent tous les deux du foyer des garçons d'Anvers. Ric s'occupe du cheval.

Ric n'avait qu'un bon œil. Celui-ci me dévisagea avec méfiance tandis que l'autre fixait le sol. Je saluai Ric poliment et il me serra la main de toutes ses forces, pour me montrer que lui aussi était un homme.

– Il faut partir, Piet le Noir, vociféra Esméralda. Sinon nous n'arriverons jamais à Boom à temps ce soir.

Elle cria à Ric d'atteler le canasson. Il ne sembla pas tout à fait comprendre l'ordre et continua à me regarder crânement de son bon œil.

– Et ne te dépêche surtout pas, nous avons tout notre temps ! cria la femme.

Le jeune homme se mit à courir vers le cheval et le prit par le mors.

J'avais l'impression qu'il ne fallait pas prendre son nom de Ric la Science trop à la lettre. Ce garçon n'avait pas l'air d'avoir de l'intelligence à revendre.

Esméralda se hissa sur le siège du cocher. Dans sa jeunesse, elle avait dû tomber d'une clôture et se fracturer la cheville ou la jambe. Ensuite, la fracture avait guéri, mais le pied était resté de travers. Au foyer des innocentes, il y avait deux filles qui boitaient. Une fracture, c'est généralement pour la vie.

Dans le chariot, un vieil homme se releva péniblement. Il portait une houppelande poisseuse. Il avait posé sur ses longs cheveux blancs un bonnet décoré d'une coquille saint Jacques.

– Dégage, le vieux ! cria Esméralda.

Piet me sourit comme pour me tranquilliser.

– Elle n'est pas mauvaise, tu sais. Elle veut seulement montrer qui commande.

Le vieillard ne descendit pas assez vite du chariot et Esméralda lui donna quelques coups de bâton.

– C'est saint François d'Ardooie, expliqua Piet. Il peut faire des miracles. Des paralysés qui marchent, des aveugles qui voient, ce genre de trucs, quoi.

– Tu le fais exprès, ou quoi, le vieux ?! cria Esméralda.

– Ces miracles, il ne peut tout de même pas les faire pour de vrai ? demandai-je.

– Si, si, et il parle aussi régulièrement au Saint-Esprit, m'assura Piet. Tu verras !

Saint François s'avança vers moi. Il était vieux comme mon surcot – au moins soixante ans – et dégageait une odeur de cave. Il s'inclina devant moi et me dit que je pouvais l'appeler simplement François. Il avait une voix douce.

Peu de temps après, cahin-caha, nous nous mîmes en route pour Boom. Ric tenait le canasson par la bride et le tirait pendant qu'Esméralda la Boiteuse avait pris place dans le chariot.

– Marche ici, à côté de moi, dit Karel. Tu seras à l'abri des chiens.

C'est ainsi que nous cheminâmes vers Boom. D'abord Ric et le cheval, puis Esméralda sur le chariot, ensuite Piet, François et les chiens et, enfin, Karel et moi. Karel me demanda si je voulais qu'il me bourre une pipe, il avait du bon tabac. Sans attendre ma réponse, il alluma sa longue pipe de terre et me la passa. J'aspirai la fumée. Je toussai à en cracher mes poumons et lui rendis sa pipe.

– Il est fort, hein, le tabac ! ricana Karel, avec une grimace aussi virile que possible.

– C'est quoi, ton nom complet ? lui demandai je un peu plus tard.

– On m'appelle Karel le Pisseur d'église, se vanta-t-il.

– Oh, ça n'est pas très convenable, dis-je un peu niaisement.

Il me raconta alors comment, un jour, il s'était vidé la vessie contre le mur d'une église. Comme c'était la coutume pour les églises et les maisons distinguées, on y avait peint des portraits de saints, justement pour que les garnements réfléchissent à deux fois avant de défaire les cordelettes de l'œuf de Pâques qu'ils avaient sur le devant de leur pantalon pour faire leur petite commission. Karel était sans doute en train de secouer son braquemart contre l'image de saint Martin, le saint patron des tisserands et de la ville d'Ypres, quand un curé furibond, aidé de trois enfants de chœur bien costauds, l'avaient empoigné par le collet et lui avaient flanqué vingt coups de bâton sur son cul nu devant la moitié de la ville... On ne pisse pas impunément contre un mur d'église, ni contre l'image de saint Martin. Et certainement pas dans la ville d'Ypres ! Depuis, il s'était nommé lui-même Karel le Pisseur d'église.

– Et Piet, c'est un vrai apothicaire ? demandai-je.

– Évidemment ! Il a fait des études de médecine pendant un an à l'université de Louvain et il y a obtenu un diplôme. Un rouleau de parchemin rempli de mots latins avec un cachet rouge. C'est d'ailleurs ce qu'il affiche toujours devant le chariot quand il vend ses trucs. Le parchemin dit que Piet est habilité à porter le titre de maître ès médecine. Il veut que moi aussi, je devienne maître dans l'art de la médecine.

– Et Esméralda ?

– Esméralda la Boiteuse prédit l'avenir. Pour cinq sous.

– Elle s'y connaît ?

– Évidemment ! dit Karel. Elle te regarde droit dans les yeux et elle lit dans les lignes de ta main. Elle voit le chemin que Dieu a tracé pour toi. Elle voit ta destinée. Elle voit ta vie.

– Boom, c'est encore loin ? demandai-je pour changer de sujet de conversation.

– Une journée de marche, répondit-il. Tu verras bien. La vie des foires, c'est ce qu'il y a de plus chouette. Un forain voyage de ville en ville, de fête en fête. Tu donnes à Piet le nom d'une ville ou d'un village, et il te sort immédiatement le nom du saint patron et les dates de la foire annuelle ! Nous sommes toujours sur les quatre chemins.

Nous continuâmes en silence. Les arbres élancés qui se dressaient le long de la route penchaient tous du même côté à force d'être battus par le vent d'ouest. Des hirondelles tournoyaient dans le ciel au-dessus des champs. Les talus étaient pleins de fleurs, et l'air, de bourdons. À l'horizon, un berger faisait paître ses moutons. J'étais tout excitée de m'en aller par les chemins. Je ne pus m'empêcher de sautiller sur quelques pas, et Karel en fut tout étonné. Je fis une grimace et me mis à regarder la route, droit devant moi. Quelque part, au détour du chemin, Boom nous attendait.

6

LA FOIRE DE NOTRE-DAME DE BOOM

Un saint patron, c'est comme une lumière dans les ténèbres, un soutien. Chaque ville a le sien. À Boom, c'est la Sainte Vierge qui protège les gens contre le diable, les catastrophes naturelles, le malheur, la guerre, la peste, la famine, les tempêtes d'arrière-saison, et même les punaises. Chaque jour, les habitants de Boom adressent donc leurs prières à Notre-Dame et espèrent ainsi s'assurer bonheur et prospérité durant les périodes sombres.

Nous étions arrivés à Boom tard dans la soirée et nous avions dormi dans le chariot. Le lendemain, nous fûmes réveillés de bonne heure. Les habitants de Boom avaient tous mis leurs plus beaux atours et un chapeau neuf pour la fête mariale. Tandis que les cloches sonnaient à toute volée, quelques heureux élus entrés dans l'église soulevèrent la statue de bois représentant la Vierge, la posèrent sur un tréteau drapé de blanc et parsemé de pétales et partirent ainsi en procession dans toute la ville. Un enfant de chœur précédait le cortège en balançant son encensoir fumant pendant qu'un autre faisait tinter des clochettes. Les prêtres bénissaient les badauds qui s'agenouillaient à leur passage en marmonnant des *Ave*. Presque toute la ville suivait le cortège lorsqu'il termina son long parcours dans l'église, illuminée pour l'occasion de dizaines de cierges. Durant cette messe de jour de foire, des gens baisèrent sans discontinuer l'ourlet de la robe de la Vierge en dessinant d'amples signes de croix sur leur poitrine.

Au sortir de la messe, marchands et musiciens attirèrent la foule à la foire avec leurs tentes plantées autour de l'église. Les airs de flûte, de viole et de cornemuse résonnaient de toutes parts. Des enfants poussaient des cris de joie en se poursuivant à travers la foule. Les auberges étaient si bondées que les aubergistes avaient disposé des tréteaux devant leur porte. Les gens s'asseyaient sur des tabourets, sur des tonneaux vides ou, simplement, par terre. Sous les tentes, on vendait des gâteaux, de la toile, de la poterie, du verre, des bijoux, des tableaux… Joris le Blond, chasseur de rats de son état, allait de porte en porte pour proposer ses services. Jan le Tordu exhibait son cochon à deux têtes, son âne qui pétait à la commande et son dromadaire enrhumé. Lars le Viking, un géant blond tout droit venu du Danemark, crachait du feu et avalait du verre liquide et des charbons ardents comme si c'était des biscuits.

Piet avait monté une armoire qui débordait de pots, de cruches et de fioles et me demanda de l'aider à surveiller ses affaires :

– Attention ! Pendant les foires, on te vole tes biens sous ton nez ! prévint-il.

Les médicaments avaient des noms latins que Piet avait écrits de manière alambiquée sur les étiquettes de ses récipients. Dans de grands pots à pipes, il conservait de l'huile de lézard, qui avait un effet particulièrement positif sur le foie, de l'huile de crapaud, un véritable bienfait pour les reins, et de l'huile de poisson, qui accélérait le transit intestinal. Il avait des flacons, du plus grand au plus petit, contenant moult décoctions d'herbes, et de grands pots de verre opaque remplis de poudres diverses et variées. Sa poudre de croûtes d'impétigo, par exemple, était un excellent remède contre les maux de tête, tandis que sa poudre de chiot était tout indiquée pour les crampes à l'estomac des tout-petits. Mais il ne vendait pas que des drogues. Dans une grande bouteille brune arborant une étiquette simplement marquée d'un A, il conservait une poudre particulièrement prisée par les lavandières. Piet m'expliqua que ce « A » était l'initiale du mot *acidus*. Les femmes mettaient à tremper leur linge sale dans une eau où elles avaient dilué cette poudre, mais il était formellement déconseillé de la toucher à l'état pur car elle brûlait très rapidement la peau.

Piet possédait aussi des pots à sirop munis d'un bec verseur qui ressemblaient à une tête d'oiseau. Il me montra le plus beau d'entre eux, un bleu décoré de fleurs peintes en blanc, en s'exclamant qu'il s'agissait de son *sirupus miraculum,* un sirop miraculeux qu'il fabriquait à partir de mille fleurs, de miel, de pavot et d'ambre brûlé. Il ne préparait ce brassage qu'à la nouvelle lune, quand le monde était plongé dans l'obscurité et que les dieux des anciens erraient dans les bois.

Ce sirop miraculeux pouvait être prescrit contre l'insomnie, la goutte et les rages de dents. Piet le vendait dans de tout petits pots : les gens y trempaient un doigt avant de le suçoter. Mais il valait mieux ne pas trop en avaler le soir, de peur de ne pas se réveiller le lendemain matin. Karel se promenait aux abords de l'échoppe de l'apothicaire et demandait aux passants s'ils se sentaient bien, s'ils n'étaient pas incommodés par le scorbut, la goutte, les calculs biliaires, les verrues, les furoncles, l'insomnie, la fatigue ou n'importe quel autre mal et les dirigeait vers la tente de Piet, en leur assurant qu'ils trouveraient la solution à tous leurs maux.

Piet jurait à tous que ses drogues faisaient des miracles. Ses huiles, ses poudres et ses onguents guérissaient de tout. Il possédait même une pommade de croissance faite à partir de poudre de racines de sanguinaire ; il suffisait d'en enduire les enfants restés trop petits. À un pauvre hère de Boom qui n'avait plus qu'un bras, il raconta que cette pommade avait un jour guéri un unijambiste : pendant un an, il en avait enduit son moignon, et sa jambe avait entièrement repoussé.

J'en attrapais le tournis, à écouter tous ces boniments. Le pauvre manchot était sur le point d'acheter deux petits pots lorsqu'un curé qui passait l'invectiva. Ce n'était que sornettes et balivernes ! Il ne s'agissait pas d'*unguentum radix,* mais d'*unguentum nigritella,* parce que le mot *radix* signifiait simplement racines d'herbe à lapin, tandis que *nigritella* était le nom d'une racine noire d'où s'écoulait un suc rouge. Piet en resta bouche bée. De plus, poursuivit le curé, les mots latins écrits sur les autres étiquettes de Piet étaient truffés de fautes d'orthographe. Piet eut tôt fait de répondre qu'il utilisait le latin moderne, et non le latin vieillot qu'on trouve dans la Bible et qui était encore à la mode chez les Grecs. Le curé hurla que les anciens Grecs n'avaient absolument rien à voir ni avec le latin, ni avec la mode, ni avec la Bible. Là-dessus, Piet demanda s'il n'avait pas vu le curé la nuit précédente sortir en titubant d'une taverne de mauvaise réputation. Le curé jura par le nom de Dieu qu'il n'allait jamais dans les tavernes et que le diable en enfer allumait déjà sa grande rôtissoire pour les apothicaires menteurs de l'acabit de Piet le Noir.

Entretemps, le pauvre manchot attendait toujours, son argent à la main ; il finit par acheter les deux pots d'onguent. Le curé l'assura qu'en faisant l'acquisition de cette pommade de Satan, il commettait un péché mortel, car l'apothicaire était comme le serpent dans l'arbre qui avait sifflé des paroles empoisonnées à l'oreille d'Ève. Et qu'en latin on appelait le serpent *vipera aesculapia* et non pas *ceratobatrachus*, comme le disait l'étiquette de l'un des petits pots, qui voulait très exactement dire « grenouille cornue ».

J'avais assisté à cette querelle la bouche et les oreilles grandes ouvertes, en serrant dans ma main la petite croix, la dent de cheval et le coquillage, de peur que quelque chose de terrible n'arrivât. Piet s'arrêta finalement de crier car il craignait que le curé n'appelle les gardes, que ceux-ci le traitent de malfaiteur et le jettent en prison. Le curé et le manchot s'en allèrent chacun de son côté, et Piet recommença à bonimenter.

L'après-midi, je retrouvai Esméralda la Boiteuse dans sa petite tente ouverte. Elle avait épinglé deux mancherons mauves à sa chemise et s'était bruni la peau du visage, ce qui lui donnait un air exotique et mystérieux. Elle faisait des prédictions en une langue étrange, originaire sans doute de petite Égypte, avant de traduire ses propos en un flamand approximatif. Ses clients étaient suspendus à ses lèvres. Au fermier, elle annonça une belle récolte de blé doré, au constructeur de bateau, une fortune de l'autre côté de l'océan, à sa fille encore célibataire, un amoureux fortuné, et à sa belle-mère, la rapide guérison de ses migraines.

Esméralda racontait aux gens que le bonheur était à portée de la main : il fallait seulement un peu de patience, quelques semaines tout au plus, et tout s'arrangerait.

De son côté, Ric la Science faisait son numéro de pauvre diable. Il racontait à qui voulait l'entendre que sa poule avait été dévorée par un renard et qu'il devait à tout prix s'en racheter une autre. Quelqu'un pouvait-il lui donner un denier ? Une nouvelle poule pouvait bien en coûter quinze. Vers midi, alors que la besace qui pendait à sa ceinture était déjà lourde de pièces, il eut une attaque de haut mal sur les marches de l'église. De l'écume couvrit ses lèvres et le sang coula de son nez. Ses yeux roulaient dans tous les sens. Les gens, apeurés, s'attroupèrent autour de lui, se signèrent, sortirent leurs chapelets des petits sacs qu'ils portaient à la ceinture et récitèrent des rosaires.

Ric continuait à se convulser, et la foule s'épaississait. Les gens chuchotèrent que le garçon était possédé par le diable quand arriva à grandes enjambées saint François d'Ardooie, suivi de ses quatre chiens. Il imposa une main sur le front du garçon pris de spasmes et cria le nom des quatre évangélistes, sur quoi les chiens s'assirent un à un sur leur arrière-train et hurlèrent en direction des nuages. Une main sur le front de Ric, saint François pria en silence. Les habitants de Boom contemplaient le spectacle avec stupéfaction. Les tremblements de Ric cessèrent ; il semblait se réveiller d'un terrible cauchemar.

– Lève-toi et va en paix, mon fils ! dit saint François, comme s'il était l'apôtre Paul en personne.

Les gens crièrent au miracle, mais notre saint François assura qu'il ne faisait que son travail. Très vite il fut entouré de gens qui lui demandèrent s'il ne voulait pas aussi, pour quelques pièces de cuivre, imposer ses mains sur leur tête ou les bénir.

Je m'attardai un moment devant deux acteurs sur une scène de tréteaux. L'un était déguisé en femme et l'autre était soi-disant son époux. L'homme prétendait diriger la maison, mais la femme n'était pas du tout d'accord. Il criait que c'était lui qui portait la culotte et elle beuglait qu'elle ne se laisserait pas commander. On aurait dit maître Adriaan et dame Greta.

– Et alors, on se la coule douce ? dit une voix.

C'était Karel, qui s'était glissé en silence à mes côtés. Il ouvrit sous mon nez le sac qu'il portait en bandoulière. Mon sourire se figea. Des navets, des oignons, un poireau, un pain blanc et trois oiseaux morts qui puaient bien. D'où sortait-il tout cela ?

– Tu as assez traîné, dit-il. Tu peux commencer à préparer le repas du soir.

– Tu as acheté tout ça au marché ?

– Acheté, reçu, trouvé…, répondit-il avec un sourire énigmatique. Il y a un chaudron et un trépied dans le chariot.

Je retournai au campement, pris une branche et la tournai dans de la vieille paille. J'allai vers un des bacs à feu du marché, revins avec une petite torche rougeoyante et fis du feu, au-dessus duquel j'installai notre trépied de fer. Puis, j'allai à la rivière et j'y remplis le chaudron à moitié, entre deux latrines. Ensuite, je posai le chaudron sur le trépied. Enfin, je plumai les trois oiseaux – un merle, un pivert et un gros pigeon –, je leur arrachai le cou, je leur enlevai les boyaux et je les jetai dans l'eau du chaudron. J'y ajoutai les oignons, le poireau et les navets.

À la nuit tombante, lorsque les autres forains eurent eux aussi allumé leurs feux et que les habitants de Boom chantaient et dansaient dans les tavernes, nous nous assîmes en cercle par terre en nous donnant la main. François commença le bénédicité. Il bénit la nourriture que la main généreuse de Dieu (et de Karel) nous avait donnée, au nom du Père, du Fils et de saint Bacchus, le patron du chaudron bien rempli et du cruchon de bière. Je répartis le bouillon dans six écuelles en grès. Chacun avait sur soi sa propre cuillère en bois et se mit à engloutir ma préparation. Il n'y eut aucune plainte.

Puis, Piet étala un drap de toile par terre. Il y déposa tous les sous qu'il avait gagnés dans la journée. Ric et saint François suivirent son exemple, et puis Esméralda. Enfin, tous se tournèrent vers Karel le Pisseur d'église, qui déposa, en plus de quelques sous, deux broches et un bracelet.

– Tu ne gardes rien pour toi, hein, le Pisseur ! dit Esméralda, l'air agacé.

– Regarde dans les lignes de ma main et tu le sauras, rétorqua vivement Karel.

Esméralda renifla, mais j'avais l'impression qu'elle demandait cela uniquement parce que j'étais là, pour montrer que c'était elle qui tenait les cordons de la bourse et que personne ne devait essayer de la rouler dans la farine.

– Tu les as volés ? demandai-je à Karel.

– Mais non, trouvés ! répondit-il. Tu ne peux pas t'imaginer tout ce que les gens perdent dans les foires.

– Pas mal, grinça Esméralda entre ses dents en repliant le drap. Pas mal du tout.

– Eh bien, que penses-tu de la vie de forain ? me demanda Piet.

Je mis quelques branches sur le feu sans répondre.

– Eh bien ?

Je haussai les épaules.

– Elle aurait préféré rester à Anvers avec les autres petites innocentes, dit Karel en lapant bruyamment le reste de sa nourriture.

– Vas-y, ma fille ! Parle sans crainte ! dit saint François.

– Eh bien…, balbutiai-je en fixant le sol pour éviter leur regard. Piet vend des médicaments qui ne valent rien, Esméralda raconte aux gens exactement ce qu'ils veulent entendre, et toi, François, tu leur fais croire qu'une imposition des mains peut leur apporter le bonheur. Et Karel vole comme une pie.

– Bienvenue dans le monde merveilleux de la foire, Margot ! dit Piet en souriant, sans s'offenser le moins du monde. Nous vendons ce que les gens veulent, et tous nos clients sont contents !

– Oui, interrompit Karel, ce n'est quand même pas de notre faute si la plupart des gens sont des abrutis, des ânes et des andouilles !

Je regardai Karel. Je bouillonnais de colère. Oh, comme j'avais envie de lui flanquer une raclée !

– Non, m'obstinai-je, mais vous bernez tous ces braves gens innocents !

Pendant un moment, la compagnie arrêta de s'empiffrer.

– Ce sont les rois, les nobles et les évêques qui nous bernent, objecta Piet, très sérieux. Nous, nous essayons seulement de survivre.

En mentant et en trompant ! pensai-je. Esméralda sembla avoir deviné mes pensées. Elle me regarda avec hargne, se pencha vers moi et, d'un mouvement rapide de sa cuillère poisseuse, elle attrapa la cordelette qui pendait à mon cou et la sortit de mon pourpoint. Mon coquillage, ma dent de cheval et ma petite croix de bois se balançaient sur ma poitrine aux yeux de tous. Elle tapota mon coquillage avec sa cuillère.

– Dis donc, Piet ! Ce coquillage, on ne pourrait pas le vendre ? On nous en donnerait bien quelques sous !

– Je ne veux pas le vendre. Il est à mon père, dis-je en repoussant la cuillère et en fourrant mes porte-bonheur dans mon pourpoint.

– Oh, dis Karel ! Parce que tu connais ton père ?

Pendant un moment, ce fut le silence. Tous les regards étaient braqués sur moi.

– Je ne l'ai jamais rencontré, dis-je vertement, mais oui, je sais qui il est.

Karel siffla entre ses dents, longuement, comme pour signifier à la compagnie quelle bécasse j'étais. Les autres gloussèrent, sauf saint François, trop occupé à nourrir ses chiens avec de petits morceaux de viande. Il rompit un bout de pain, le trempa dans son bol et le partagea ensuite entre les chiens.

– Mon père est espagnol, dis-je vivement.

– Espingouin ! s'écria Karel le Pisseur d'église tandis que Ric ricana bêtement.

– Et pas n'importe quel Espagnol ! Un duc !

Karel éclata de rire. Esméralda l'imita. Ric, bêta comme à son habitude, eut besoin d'un petit moment avant de s'esclaffer à son tour. Saint François, troublé, leva la tête et demanda à Ric ce qui se passait. Ric s'arrêta de rire. Il l'ignorait. Piet le lui expliqua.

– Mes amis, répondit François, d'une voix de velours. En période de foire, nous sommes tous qui nous voulons être. Ni Dieu, ni ses commandements ne m'obligent à raconter que je viens d'un orphelinat pour garçons, que j'ai grandi entre les ruisseaux et les chaumières des marécages près de la mer. On est celui qu'on veut être, non ? Piet est un apothicaire diplômé, un pilonneur de poudres de perlimpinpin, un touilleur de pommades….

– … et un baratineur, l'interrompit Esméralda. Il a acheté son diplôme cinq livres à un soulard dans une auberge. Beaucoup trop cher ! Les souris en avaient déjà grignoté des bouts.

– Et toi, alors ?! se défendit Piet. La petite Égypte, ça n'existe même pas !

Esméralda le regarda d'un air dépité. François donna un autre morceau de pain à ses chiens, qu'ils mastiquèrent en faisant un bruit d'enfer.

– Le vieux, si tu donnes encore du pain à ces bêtes, siffla-t-elle, je te coupe le nez !

François remit le pain qui lui restait à Esméralda. Piet et Karel ricanèrent.

– Et toi, la petite duchesse ! me rabroua-t-elle. Je vois clair dans ton jeu ! Tu es aussi espagnole qu'un fromage de Gouda !

– Mon père est duc ! Vraiment !

– Pourrais-je vous apporter un coussin pour votre derrière veiné de bleu ?! s'exclama Karel pour m'embêter, tout en continuant à se goinfrer.

– Et pour Madame la duchesse, demain matin, au petit-déjeuner, ce sera du lait chaud ? demanda Ric.

– Mais c'est vrai que mon père est duc ! Un jour, j'irai le rejoindre !

Les garçons hoquetèrent de rire. Piet grimaça. Je me levai, pris ma couverture et allai vers le chariot. Je me retournai alors vers la compagnie qui gloussait.

– Ah oui, j'oubliais : j'ai pissé dans le chaudron.

Les rires s'arrêtèrent net.

7

DOUZE POMMES ROUGES

Deux jours plus tard, la fête terminée, notre chariot s'ébranlait en direction du nord, parce que Piet savait qu'à trois jours de voyage, il y avait une grande foire en Hollande méridionale. À Boom, une femme avait payé Esméralda avec une broche en plomb à l'effigie de la Vierge Marie. La diseuse de bonne aventure me la jeta à la figure.

– Sans valeur ! dit-elle. Tu peux l'avoir.

Après avoir accroché la broche à mon bonnet, je me retournai vers Karel pour lui demander si elle m'allait bien.

– Tout ce qu'il y a de plus démodé ! dit-il. Elle te va à merveille.

– Merci !

– J'ai une de ces envies de pommes ! dit Karel. Ce serait bon dans ton brouet.

Je hochais la tête. Mais, le long de la route, il n'y avait aucun pommier en vue.

Après quelques heures de marche, nous arrivâmes près d'un long mur de pierre de plus de deux mètres de haut. Karel et moi marchions un peu derrière le chariot.

– Je pense qu'il y a des pommes derrière ce mur, me dit Karel, d'un air mystérieux. On va voir ?

Avant que je ne puisse lui répondre quoi que ce soit, il me tirait par la manche, tandis que le chariot de Piet continuait son chemin en cahotant.

– On réussira bien à les rattraper, m'assura-t-il.

– Le mur est beaucoup trop haut, fis-je remarquer.

Karel s'adossa aux briques, me fit la courte échelle et me poussa. Je grimpai, me hissai sur la crête du mur et vis un magnifique verger de cinquante ou soixante pommiers en rangées parallèles. Au fond, on apercevait une église. Les portes étaient ouvertes et je pus entendre le chant des moines. Je restai là, perchée sur mon poste d'observation. Pendant un moment, je me dis : « C'est ça, le paradis ». Ces rangées d'arbres ployant sous les pommes rouges, c'était si beau ! Et le chant des moines était si serein ! Et tous ces parfums qui me parvenaient par effluves... Je reconnus l'odeur de l'herbe et du chèvrefeuille, mais il y en avait d'autres que je ne connaissais pas, car je n'étais qu'une petite citadine.

– Ne traîne pas ! siffla Karel.

Je sautai en bas du mur et me frayai un chemin à travers les herbes hautes qui m'arrivaient jusqu'au genou. Le verger était désert. Des sauterelles fuyaient devant moi ; des papillons voletaient autour de ma tête ; des guêpes s'affairaient sur des pommes pourries tombées au sol. Je repérai un arbre sur lequel j'allais pouvoir grimper. Je me hissai le long du tronc noueux pour me jucher sur une grosse branche. Là, je cueillis douze belles pommes et les mis dans le tablier de ma jupe. Je me laissai ensuite lentement glisser en bas. Zut ! Une pomme était tombée. Je la ramassai et l'essuyai. Elle allait devenir vite blette, autant la manger tout de suite ! Je croquai un gros morceau. Comme c'était acidulé ! Le jus coulait le long de mon menton. Au moment où je me demandais si je ne devais pas retourner dans l'arbre pour remplacer la pomme entamée par une nouvelle, j'entendis des voix. Plusieurs moines se tenaient devant le portail de l'église. Les chants s'étaient arrêtés. L'un d'eux me montra du doigt. Je restai un temps immobile, détaillant leurs habits bruns, leur crâne tondu et la croix de bois sur leur poitrine. Je me demandais si je devais leur faire un signe de la main. Deux moines avancèrent dans ma direction. Je mordis une nouvelle fois dans ma pomme.

– Comment oses-tu ?! cria l'un.

– Au voleur ! Lâche cette pomme ! cria l'autre.

Tout à coup je sentis mon corps brûler comme celui d'un cochon sur le grill. C'était la panique qui explosait dans ma tête comme un baril de poudre. Je mis la pomme entamée dans ma jupe et rebroussai chemin à grandes enjambées.

– Arrête, petite voleuse ! cria un moine.

Il souleva son habit et se mit à courir, les genoux dénudés, à travers l'herbe haute du verger.

Je pris mes jambes à mon cou. Les pommes cognaient contre mes genoux. Je haletai comme une folle et me retrouvai très vite au pied du mur. Il était beaucoup trop haut. Je n'arriverais jamais à y monter.

– Eh bien, tu en as pris du temps ! dit Karel, juché un peu plus loin.

– Ils sont deux ! cria un moine à l'autre.

Je courus vers Karel. Il me tendit la main, mais je ne pus l'attraper.

– Prends appui dans les brèches ! cria-t-il.

Je remarquai à cet instant que je me trouvais devant une partie éboulée du mur, là où on pouvait facilement grimper. Je me hissai en prenant appui dans les aspérités et j'attrapai enfin la main de Karel, qui me tira en haut du mur. L'instant d'après, nous sautions de l'autre côté. Je perdis trois pommes dans l'aventure, mais je ne me donnai pas la peine de les ramasser. Nous courûmes sur le chemin, en direction du bois, et nous nous jetâmes dans un fossé. Nous vîmes les moines escalader le mur avec beaucoup de difficultés. Ils regardèrent à gauche et à droite sans nous repérer. Karel prit les pommes et les mit dans un sac de toile. Mais un moine arrivait dans notre direction.

– Cours ! cria Karel le Pisseur d'église.

Nous nous élançâmes dans le bois, sautant par-dessus les troncs d'arbres abattus et nous enfonçant dans les fougères et les buissons. Mon cœur battait la chamade et mes jambes tremblaient, mais la pensée d'avoir un moine à mes trousses, la bure relevée, me donnait des ailes. Après un moment, nous nous arrêtâmes et nous attendîmes, accroupis. Les moines battaient les bois à notre recherche. Mon cœur tambourinait si fort dans ma poitrine et mes poumons sifflaient si fort que je craignais que les moines ne l'entendent. Karel s'assit.

– On les a semés ! dit-il en grimaçant.

– J'ai volé, murmurai-je.

– Et alors, c'était chouette, non ?!

– Attends ! Ils sont peut-être encore dans les parages, ils nous guettent, murmurai-je.

– Ils sont rentrés déjeuner.

– Qu'est-ce que tu en sais ? Moi, je crois qu'ils sont toujours à nos trousses.

– Oh, regarde ! Derrière toi ! s'écria Karel.

Je me retournai brusquement, la tête dans les mains, comme si j'allais recevoir un coup de Bible. Mais il n'y avait personne. Karel riait grassement. Il trouvait cela drôle à crever.

– Tu as marché !

J'allai vers lui et le giflai. Il ne sursauta même pas. Il continuait à rire comme un imbécile.

Je fis volte-face et m'éloignai.

– Où vas-tu ? demanda-t-il.

Je ne répondis pas et continuai à marcher.

– Hé, attends !

– Je rentre à Anvers, chez maître Adriaan ! Vous êtes ridicules !

– Allons, Margot ! Ces moines ne savent plus quoi faire de toutes leurs pommes !

– On aurait pu simplement leur en demander ! criai-je tout en marchant d'un pas vif.

– Un forain ne demande rien, il prend ce que le bon Dieu et les gens lui donnent, grimaça Karel. Sans compter que ces moines ne pensent qu'à se remplir la panse !

Je poursuivis mon chemin.

– Je ne voudrais pas jouer les rabat-joie, mais Anvers, c'est plutôt par là...

Je m'arrêtai. La forêt était sombre et profonde. Je sentis l'angoisse monter en moi. La route était toute proche, mais où ?

– Viens, on va rejoindre Piet et les autres !

– Laisse-moi tranquille !

Karel me rattrapa et me prit par le poignet. Je me dégageai aussitôt. Il gloussa en me tirant contre lui par ma ceinture. Je lui flanquai un coup de sabot dans le tibia gauche. Il se plia en deux.

– Aïe !

Je repartis, mais il sauta sur moi et me coinça la tête sous son bras, comme on le fait avec les ânes. J'essayai de le repousser, de le frapper, mais il me tenait fermement et me tira vers l'avant. Mon bonnet tomba dans les fougères. Je trébuchai et perdis un sabot. Mes genoux raclèrent le sol, ce qui déchira mes bas.

Je lui mordis le pouce de toutes mes forces, jusqu'à l'os. Il hurla et me lâcha. Je parvins à me relever, prête à courir, avec un seul sabot, mais je ne vis pas arriver le poing de Karel. Il s'abattit sur ma joue droite. Je tournai presque de l'œil ; je sentis qu'il m'avait cassé plusieurs dents. Karel enserra à nouveau ma tête sous son bras.

– Lâche-moi ! criai-je.

– Tu rigoles ?

– Vous êtes une bande de bons à rien ! hurlai-je en sentant des épines me rentrer dans la plante des pieds, à travers mon bas.

– Tu promets de ne plus t'enfuir ? cria-t-il en resserrant son étreinte.

– Lâche-moi ! glapis-je.

J'avais les joues et les oreilles en feu. Mes cheveux me tombaient dans les yeux. Sa manche de cuir m'arrachait la peau du cou. J'avais de la peine à respirer.

– Promis ?

– D'accord, promis !

Karel me lâcha. Je tombai par terre, à bout de souffle.

Karel me regarda d'un air triomphant. J'avais une envie folle de lui donner la raclée de sa vie, mais il aimait la bagarre, et il était rapide. Il m'aurait tout de suite attrapée et qui sait comment il m'aurait encore amochée. Il s'accroupit devant moi et prit une mèche de mes longs cheveux blonds entre ses doigts.

– T'es pas mal sans ton bonnet, dit-il. Encore un été ou deux, et tu seras un beau brin de fille !

Je dégageai ma tête, sautai sur mes pieds et me retournai. Je ramassai mon bonnet et le fixai solidement en prenant soin de cacher toutes mes boucles blondes. J'avais aussi retrouvé mon sabot. La boucle avant s'était déchirée pendant la bagarre. Quelle galère ! J'attachai le sabot à mon pied avec une tige de fougère. Je bouillonnais. Je n'avais qu'une idée : m'enfuir et rentrer à Anvers !

– Piet t'a achetée pour cinq pièces d'argent, dit Karel, qui semblait lire dans mes pensées. Crois-moi, maître Adriaan ne te reprendra pas de si tôt chez lui !

Je me levai, lissai mes jupes et passai la langue sur ma molaire cassée. Pourvu qu'il n'y ait pas trop de dégâts ! Puis, je suivis Karel. Après quelques pas, il retrouva notre chemin. Heureusement, il n'y avait aucun moine en vue.

– Tu sais, je ne resterai pas chez Piet non plus, dit Karel. Je n'ai pas envie de devenir apothicaire. Si je trouve une gentille petite amie, je m'en irai avec elle, à l'aventure. Tu comprends ?

J'avais compris. Nous continuâmes notre route jusqu'à apercevoir au loin le chariot de Piet.

8

L'ANNEAU

Avec le chariot bringuebalant de Piet le Noir, je traversai la Flandre, le Brabant, la Zélande et toute la Hollande de procession en procession, de foire en foire. Je connaissais toutes les statues de la Vierge Marie, tous les patois, tous les postes de péage. Dans les foires, je retrouvais les mêmes tentes et les mêmes forains et, bien sûr, Lars le Viking, Joris le Blond et son appareillage de pièges à rats et Jan le Tordu et ses drôles de bêtes. En été, le chemin était sablonneux, et quand nous arrivions dans une ville ou dans un village, une grosse couche de poussière recouvrait nos vêtements et nos visages.

Les pluies d'automne changeaient les chemins en longs marécages serpentant vers l'horizon. Nous marchions à côté, devant ou derrière le chariot. Ric tenait le cheval par la bride et quand la carriole s'embourbait, nous devions tous pousser pour la faire avancer. Parfois, la boue nous montait jusqu'aux genoux.

Et toujours ce chemin sans fin, et toujours cette poussière sèche ou cette humidité persistante, toujours ce vent sous la bâche du chariot. Et toujours ces auberges sales, leurs sols poisseux, et leur armée de punaises. Piet le Noir et Esméralda ne dormaient jamais à l'auberge. Ils restaient dans le chariot, avec l'argent qu'ils avaient caché dans une bourse de cuir, sous la protection des chiens de François et d'un pistolet armé, de peur qu'on ne les vole. Piet le Noir comptait surtout sur Matthieu, qui s'éveillait au moindre bruissement et était capable de déchiqueter un voleur sur place à ce simple cri : « Attaque ! »

Nous nous procurions de la bière, du vin ou du genièvre auprès de l'aubergiste. Le plus souvent, c'était moi qui préparais le repas. Nous achetions des œufs et du pain dans les fermes, et des lapins ou des perdrix à des chasseurs, le long de la route. À l'auberge, je mettais le trépied sur le feu, dans la cheminée, et je déposais le chaudron par-dessus. Il restait toujours un petit fond du bouillon de la veille, et j'y ajoutais simplement de nouveaux ingrédients. En fait, il y avait un plat qui mijotait tous les soirs dans le grand chaudron sur le trépied – parfois dans une cheminée, parfois en plein air. Il arrivait que les légumes brûlés forment une masse pâteuse qui restait collée au fond du récipient jusqu'à ce que je gratte le chaudron dans l'eau d'une rivière. Mais c'était justement ce petit fond de brûlé qui donnait tout le goût à mon bouillon.

Dans les auberges, les garçons, François et moi, nous dormions le plus souvent devant l'âtre, à même le sol. Une chambre avec un lit, c'était cher, et il y avait neuf chances sur dix qu'on n'arrive pas à y dormir à cause des punaises. Sans compter qu'on ne savait jamais qui pouvait nous rendre visite aux petites heures de la nuit... Je n'avais jamais dormi seule dans une chambre, j'avais toujours partagé une salle – du temps du foyer des innocentes, avec les filles, et maintenant, avec les garçons et saint François. Nos couvertures, nos vêtements et nos cheveux étaient gras de ce séjour prolongé près du feu et du chaudron où le bouillon frémissait encore sur les dernières braises.

Il fallut attendre que les jours raccourcissent

et que les gens s'enferment de plus en plus chez eux pour que Piet le Noir nous ramène à Anvers pour y passer l'hiver. Les mois les plus sombres, nous demeurâmes dans une maison appelée *Aux Ciseaux Dorés,* bien que depuis des années plus aucun coiffeur n'y habitât. Piet louait la maison à Gus l'Aveugle, qui n'était pas aveugle et qui n'était pas non plus propriétaire. Gus l'Aveugle se promenait couvert de haillons repoussants et feignait d'être aveugle pour mendier, ce qui lui permettait de ramasser de belles petites sommes. Il était également spécialisé dans la revente d'objets volés. Il connaissait des orfèvres qui fondaient sur-le-champ les bagues et les bijoux subtilisés ou qui les rendaient méconnaissables, pour que nous puissions ensuite les revendre.

On reconnaissait immédiatement la maison à ses ciseaux géants et rouillés qui pendaient à une chaîne au-dessus de la porte et qui grinçaient dès que soufflait un peu de vent. Ils étaient si gros que les gens du quartier racontaient en riant que le bon Dieu en personne venait s'y faire couper les cheveux. La maison était en fait une tour de guingois de dix mètres de haut, faite de bois, de boue et d'argile. Chaque étage s'avançait en saillie vers la rue pour protéger de la pluie l'étage du dessous. La ruelle où se trouvait *Aux Ciseaux Dorés* était tellement étroite et les maisons penchaient tellement en avant que Piet le Noir aurait pu avec facilité serrer la main de son voisin d'en face en ouvrant la lucarne du grenier.

Le plancher du grenier était si rongé par les vers qu'en tapant du pied, on y faisait des trous. Le toit de chaume et de poix laissait filtrer l'eau en cas de gros orages. Lorsqu'il pleuvait des cordes, la paille devenait tellement glissante que les souris tombaient du plafond. Que cette maison bancale ne se soit pas encore écroulée, cela tenait du miracle, je crois. Esméralda tenait beaucoup aux *Ciseaux Dorés* et cherchait à exhiber le succès de nos voyages à travers les dix-sept Provinces unies, se vantant auprès de qui voulait l'entendre que les deniers étaient pour ainsi dire jetés à nos pieds en échange de quelques médecines, de quelques paroles sur l'avenir et d'une dizaine d'impositions des mains. Au début de l'hiver, elle pendait un gros morceau de lard dans la fumée de la cheminée pour étaler son luxe et sa prospérité. Chacun de nos visiteurs recevait un petit bout à mâchonner. L'âtre était la seule partie de la maison construite en pierre.

Chaque semaine, le morceau de lard rapetissait, tout comme nos revenus. Karel le Pisseur d'église partait voler aux marchés d'automne. Il revenait avec un peu de nourriture ou une houppelande oubliée que Gus l'Aveugle revendrait. Piet le Noir n'était pas du tout d'accord : il était trop dangereux de voler à Anvers. Il préférait que nous l'aidions à préparer son sirop miraculeux et ses autres drogues. Mais cela n'intéressait pas Karel. Il préférait errer dans la ville plutôt que d'apprendre le métier d'apothicaire, même s'il risquait de se faire attraper – mais on ne vous coupait pas le nez ou l'oreille quand vous n'aviez pas encore atteint l'âge de raison.

Un jour, Karel s'était fait prendre à Keerbergen. Comme un idiot, il s'était caché dans le confessionnal d'une église après le service pour subtiliser le calice en argent posé sur l'autel. Quand tout l'encens avait eu brûlé, que le curé s'était réfugié dans sa sacristie et que les derniers fidèles s'étaient levés, il s'était avancé sans bruit vers l'autel, avait cueilli le calice et l'avait dissimulé dans son long manteau. Il traversait l'église vide vers la sortie quand il s'était retrouvé nez à nez avec une petite vieille haute comme trois pommes qui avait tout vu. Sans lui laisser le temps de se signer, la commère avait rossé Karel et l'avait envoyé rouler à terre en hurlant comme si elle avait été écorchée vive. Le curé était sorti d'un bond de sa sacristie et avait aussitôt remarqué la disparition du calice. Malgré son grand âge et les élancements de la goutte, il avait traversé l'église en courant et s'était jeté sur Karel. Et Karel le Pisseur d'église, celui-là même qui avait les muscles d'un coq, qui gagnait toujours au bras de fer dans les auberges, qui aurait grimpé jusqu'au clocher d'une église si on lui avait donné dix ducats, ce Karel-là s'était laissé attraper par une petite vieille et un curé en soutane, jusqu'à l'arrivée des bons paroissiens de Keerbergen qui lui avaient donné la raclée de sa vie.

Ces pouilleux de Keerbergen avaient traîné Karel devant le bailli, qui lui avait fait donner cent coups de bâton et marquer l'épaule au fer rouge. Puis ils l'avaient laissé, non sans lui crier que s'il osait revenir, ils lui briseraient les os et le pendraient à ses propres tripes. Karel le Pisseur d'église avait juré qu'il reviendrait un jour pour mettre le feu à cette église, mais il n'avait toujours pas mis sa menace à exécution. Sa marque au fer rouge avait la forme d'un triangle. Il en était fier. Il l'exhibait souvent comme un coq parade avec ses plumes.

Cet hiver-là, il ne parvenait pas à garder ses mains chez lui. Un soir, il me barra le chemin dans un étroit couloir et me montra une bague.

– Volée pour toi, aujourd'hui ! marmonna-t-il timidement.

Il puait des aisselles et sentait la plume mouillée.

– C'est interdit, dis-je. Qu'est-ce qui se passera si Esméralda s'en rend compte ? On ne doit pas tout partager avec les autres ?

– On est amis, petite duchesse, toi et moi, non ? chuchota-t-il en posant une main sur un de mes seins.

Je la repoussai. Il sourit.

– Tu ne veux pas ma bague ? demanda-t-il en me la fourrant dans la main.

C'était un anneau plus lourd que s'il avait été en cuivre ou en bronze. Il était probablement en argent, en vrai.

– Si, dis-je finalement.

Il fit une grimace et m'attira à lui. Il posa de nouveau une main sur mon sein et m'embrassa sur la bouche. Je le laissai faire. Deux fois, pas plus. Il sourit. J'attachai la bague à la cordelette qui pendait à mon cou, avec mes autres porte-bonheur.

9

SANS FEU NI LIEU

Début mars, durant les dernières pluies d'hiver, nous tombâmes à court de lard et d'argent. Le cheval était mort de vieillesse pendant l'hiver, et Piet avait dû emprunter pour en acheter un nouveau. Maintenant, c'était une grosse jument qui tirait notre chariot. Je me disais que le voyage allait lui faire perdre ses kilos en trop.

Et nous voici à nouveau sur ce chemin sans fin avec ce chariot cahotant et bringuebalant. Les premières semaines, Esméralda la Boiteuse fut d'une humeur de chien. Elle avait retardé le départ plusieurs fois, mais elle n'avait plus à offrir que du pain rassis à ses invités… Elle réfléchissait à d'autres façons de gagner plus d'argent, quelle que soit la manière. Elle voulait voir grand.

Une nuit, en sortant de l'auberge pour faire pipi, j'entendis Esméralda et Piet le Noir se quereller dans le chariot. Elle lui lançait reproche sur reproche. Avait-il oublié la promesse d'une vie meilleure qu'il lui avait faite plusieurs années auparavant ? Ne lui avait-il pas dit qu'en parcourant les chemins, ils allaient s'enrichir ? N'avait-il pas prétendu que l'argent se ramassait partout à la pelle parce que les gens étaient bêtes et naïfs ? Or, après huit ans de pérégrinations, ils n'avaient toujours rien ! Ils avaient même dû emprunter de l'argent à l'usurier juif pour acheter la nouvelle jument ! Piet le Noir lui demanda d'arrêter de jouer la malheureuse : leur vie n'était pas si terrible que cela, ils étaient libres, ils découvraient le monde, et ils ne travaillaient pas si dur... À peine eut-il fini de parler qu'Esméralda lui jeta quelque chose à la tête. Non, elle n'était pas du tout d'accord.

– Est-ce que ce Karel ne pourrait pas voler un peu plus ? Ou, je ne sais pas, réussir un beau coup ? demanda-t-elle en essayant de ne pas élever la voix. Il sait tellement bien escroquer les gens !

– Karel deviendra un honnête apothicaire, comme moi ! Si on l'attrape en train de voler et si on voit sa marque à l'épaule, il est bon pour la potence.

Je savais maintenant que cette marque était la preuve indélébile que quelqu'un avait déjà été condamné pour brigandage, filouterie ou escroquerie. C'était le témoin silencieux de la justice : un malfaiteur marqué au fer rouge ne pouvait pas être gracié.

– Il doit quand même y avoir une solution pour gagner un peu plus ! reprit Esméralda. Et François ?! Ce vieux ne nous rapporte rien ! Quelques sous pour une imposition des mains ! C'est qu'il mange avec nous, tous les soirs ! Ses chiens aussi ! Sans compter qu'on le loge tout l'hiver !

– Il est notre berger, argumenta Piet. Il nous guide et nous rassemble. Il nous assure la protection du Saint-Esprit.

– Il ne fait rien du tout ! s'écria Esméralda. Je ne veux plus de cette vie dans cette charrette puante ! Ni avec toi, ni avec ce vieux fou, ni avec ce jeune voyou qui ne rêve que de vivre sa vie, ni avec ce valet sans tête, ni avec cette petite duchesse qui passe sa vie à se construire des châteaux en Espagne ! Chaque année, nous errons pendant quarante semaines à travers le pays comme le prophète Elie erra jadis dans le désert ! Mais au bout de tout ce chemin, il n'y a jamais de montagne, et Dieu ne nous envoie aucun signe favorable. Ce n'est pas une vie, Piet !

– Mais si, c'est une vie !

– Tu n'es pas un homme, un vrai ! Une décoction d'homme, rien de plus ! conclut Esméralda. J'aurais pu trouver un meilleur parti, malgré ma patte folle. J'aurais pu me marier avec quelqu'un qui se serait occupé de moi, avec qui j'aurais eu une famille…

J'en avais assez entendu. Je rentrai dans l'auberge plongée dans l'obscurité et j'allai me coucher entre les chiens de François, qui ronflait comme un ours. Je ramenai la couverture grasse sur moi.

– Ils se disputent encore ? demanda Ric la Science quelque part dans le noir.

– Oui, chuchotai-je. Esméralda trouve que ça n'est pas une vie d'être constamment sur les routes.

– Et pourquoi pas ? demanda Ric. Nous sommes tout de même une famille !

Je le vis sourire comme un imbécile et j'eus envie de lui faire avaler ses dents.

– Et pourquoi pas ? répétai-je. Pourquoi pas ? Non, nous ne sommes pas une famille ! Nous sommes un drôle de ramassis de miséreux dans un chariot branlant, voilà ce que nous sommes ! Nous dormons sur le sol dégoûtant des auberges... Nous portons toute l'année les mêmes habits...

– Oui, répondit Ric la Science. Et alors ?

Je soupirai. Ce garçon avait atteint le dixième degré de la stupidité.

– Rien, laisse tomber !

– Alors, tu vois, tout va bien ! murmura-t-il encore.

Le silence s'installa dans la pièce, rythmé par le ronflement de François.

Jour de malheur que ce jour de la foire de Gand ! Piet le Noir avait pourtant fait de belles affaires avec ses pommades et ses poudres, seulement, voilà : il avait aussi vendu un petit pot de sirop miraculeux à la mère d'un riche marchand qui avait un hôtel de commerce, quai au Blé. La vieille avait léché la moitié du pot et avait perdu connaissance. Le soir, le pasteur avait été appelé pour lui donner l'extrême onction. Piet fut arrêté par les gardes de la ville et accusé d'empoisonnement et d'escroquerie. Il se défendit en disant qu'il était un honnête apothicaire et en agitant son parchemin orné de sceaux officiels et de traces de dents de souris.

Toute sa belle assurance ne suffit pas à lui éviter qu'on lui passe un collier de fer et qu'on le transfère ainsi enchaîné à l'hôtel de ville.

Les gardes confisquèrent tous ses pots sous les cris d'Esméralda :

– Voleurs ! Vous n'avez pas le droit !

Les gardes la laissèrent s'époumoner. Si la vieille mourait, Piet le Noir se trouverait dans un beau pétrin. Le bailli comprit en tout cas qu'il n'avait pas affaire à un docteur en médecine, mais à un escroc et à un empoisonneur. Le diplôme fut jeté au feu, malgré ses termes savants en latin et tous ses sceaux, et Piet fut emprisonné dans les caves de l'hôtel de ville.

François était d'avis qu'il nous fallait entreprendre quelque chose. Il ferait une imposition des mains à la vieille et la guérirait. Le Saint-Esprit lui viendrait en aide.

– Ne dis pas n'importe quoi ! s'exclama Esméralda. Cette vieille s'est sans doute fait très mal en tombant. Ton Saint-Esprit n'y pourra rien !

Ric la Science nous regarda de son bon œil et se mit à pleurer. Je lui envoyai une bonne taloche.

Comme je l'ai déjà dit, pleurer, ça ne sert à rien.

– Il faut déguerpir d'ici, dit Karel. Si cette bonne femme meurt, on va tous nous mettre au pilori !

– Tu sais très bien que tes grimaces, c'est bon pour les foires, mais que ça ne marche pas pour de vrai, grinça Esméralda à François.

– Il faut avoir foi dans le Saint-Esprit, répondit-il simplement.

– Nom de Dieu, vieux François d'Ardooie ! s'écria Esméralda. Tu n'es pas plus saint qu'un ver de terre ! Tes impositions des mains, c'est de l'escroquerie, nous le savons tous ! Le Saint-Esprit n'écoute pas tes prières ! N'y va pas, tu m'entends ? Je te dis que tu cours à ta perte !

Mais François ne l'entendait déjà plus.

– Quelqu'un vient avec moi ? demanda-t-il à personne en particulier, ses chiens autour de lui.

Ric et Karel regardèrent ailleurs.

– Moi, répondis-je.

François m'avait toujours défendue ; il avait toujours eu un mot gentil pour moi. Tout comme je n'avais pas laissé Jobbe aller toute seule auprès d'Hendrickje, je devais accompagner François chez le bailli.

– Toi et ce vieux fou ! vitupéra Karel. Cela n'a aucun sens ! Ils ne vont pas le pendre, Piet ! Ils le mettront juste au pilori.

– Un forain n'abandonne pas un frère, répliqua François.

Il prit son bâton et s'en alla en direction de l'hôtel de ville.

– Toi, la duchesse, tu restes ici ! martela Karel. On ne peut rien faire pour Piet. Et sûrement pas François. Celui-là, il va tout foutre en l'air !

– Je vais avec lui !

Karel me prit par le poignet et m'attira à lui.

– Écoute, me chuchota-t-il avec chaleur dans l'oreille. On peut toujours filer, toi et moi. Je m'occuperai de toi, tous les jours de ma vie.

– En volant ? demandai-je.

– Je suis maître ès filouteries, chuchota-t-il, et moi, on ne m'attrape pas !

Je regardai tour à tour ses yeux enfiévrés et François dont la houppelande traînait dans la boue de Gand.

– On en parlera plus tard, dis-je.

Et je suivis François.

Nous traversâmes les venelles de Gand, suivis des quatre chiens.

Les gens nous regardaient bizarrement. Nous entrâmes par la petite porte, sur le côté de l'hôtel de ville. Le bailli se trouvait dans son bureau rempli de parchemins. Il sursauta de peur en voyant les bêtes.

– Ne vous en faites pas, dit François. Saint Jérôme avait un lion, saint Antoine un cochon sauvage et moi, j'ai mes quatre chiens : Matthieu, Jean, Luc et Marc.

En entendant son nom, chaque chien s'assit. Le bailli avait un corps rond comme une barrique et un visage buriné par les soucis. Il se remit vite de son étonnement et pointa ma broche de la Sainte Vierge.

– Ici à Gand, nous sommes calvinistes ! dit-il d'un air renfrogné. Nous ne croyons ni à l'immaculée conception ni à des chiens qui porteraient le nom des quatre évangélistes. Ici, nous mangeons du catholique à tous les repas ! Seule compte la Bible !

– Bien sûr, et je prie chaque jour Dieu et le Saint-Esprit afin qu'Ils m'aident quand j'impose les mains, dit François. Dieu m'a donné le talent de guérir avec les mains ceux pour lesquels il n'y a plus d'espoir. Je voudrais vous offrir ces mains pour guérir cette malheureuse femme en échange de la liberté de mon ami Piet l'apothicaire.

Le bailli regarda François avec des yeux pleins de haine.

– Et qui est cette gamine ? dit-il en me montrant.

– Ma nièce, qui pourra d'ailleurs vous confirmer que j'ai déjà guéri bien plus d'un malade, répondit François.

– C'est exact, Monsieur le bailli. Ce matin encore, il a guéri un garçon pris de convulsions sur les marches de la cathédrale. Une attaque de haut mal. Il avait de la bave et du sang aux bords des lèvres. Vous en avez certainement entendu parler.

– Une imposition des mains, répéta le bailli d'un air lugubre en se frottant la barbe avant d'ajouter en hochant la tête : J'ose espérer que vous dites la vérité.

Une heure plus tard, nous nous trouvions devant un grand hôtel de maître, quai aux Herbes. Le bailli avait parlé au fils de la vieille et il avait fini par nous laisser entrer, sans les chiens.

La vieille était alitée dans la belle pièce de devant. Sa tête était enveloppée de linges qui couvraient également ses yeux. Les rideaux du lit étaient ouverts afin que tous puissent la voir. Elle portait une robe noire et avait les mains jointes, comme si elle attendait patiemment le Rédempteur. Partout dans la chambre brûlaient des bougies. Un prédicant, au chevet du lit, récitait d'une voix monotone des prières. Tête nue et mains jointes dans une attitude de prière, des gens habillés de pourpoints richement brodés regardaient la vieille qui inspirait et expirait en un râle lent et profond.

Les miroirs et les tableaux de la pièce avaient déjà été retournés, comme si la famille savait très bien que la mère du maître des lieux ne rouvrirait plus jamais les yeux.

Quand François vêtu de sa houppelande pouilleuse entra dans la pièce, tous les regards se fixèrent sur lui. Il s'assit sur le lit, qui craqua sous son poids. Il releva ses manches et, plein d'assurance, posa les mains sur les bandages. J'eus l'impression que les bougies brûlèrent alors avec plus d'éclat. François se mit ensuite à prier en latin. À peine audibles pour le commun des mortels, ses prières n'en résonnèrent que plus fort dans le Saint des Saints.

François maintint longtemps ses doigts longs et fins sur les bandages. Autour de moi, les membres de la famille murmuraient. Le prédicant bougonna en disant au fils qu'il avait ouvert sa maison à un papiste, et à quoi bon ? Le fils, les mains mouillées de larmes, lui demanda de patienter un peu : il avait déjà entendu parler d'impositions miraculeuses.

Après quelques minutes, le corps de la vieille fut parcouru d'un frisson. Elle inspira un râle fort et prolongé, mais n'expira plus. Tous s'avancèrent vers le lit. Le prédicant éloigna le fils du lit et tâta le pouls de la vieille. Puis, il regarda l'homme et fit non de la tête. Tout était fini. La vieille avait « échangé le temporel pour l'éternel », comme on dit chez ces gens-là.

François poussa un soupir. Le prédicant tira le drap sur la tête de la défunte et ferma les rideaux du lit. Ensuite, il nous poussa, François et moi, vers le couloir et puis vers l'extérieur, où le bailli nous attendait avec des gardes armés.

– Ça n'a pas marché, s'excusa François. Je suis désolé.

– Les gardes de la porte de la ville t'ont vu

arriver, hier, dans un chariot, avec le gars que tu aurais soi-disant guéri ce matin, dit le bailli. Vrai ou faux ?

François lui jeta un regard pénétrant.

– C'est vrai, répondit François, sincère. Ce garçon souffre du haut mal.

– Bien sûr, répéta le bailli, qui ensuite fit signe aux gardes armés derrière lui.

Un homme s'avança et enserra son cou dans un carcan.

– Il y a dans les prisons de l'hôtel de ville pas mal de gens qui auraient bien besoin d'une imposition des mains, dit le bailli non sans ironie.

– Vous ne pouvez pas faire cela ! criai-je. François est notre berger ! C'est un brave homme ! Un saint !

– Tais-toi, fille de papiste ! clama le bailli. Ou je t'enferme aussi !

On traîna François par la chaîne fixée au carcan. Les quatre chiens se mirent à grommeler d'une façon menaçante en suivant le garde.

– Retiens les chiens, fille ! cria le bailli. Ou je les tue de mes propres mains !

Je mis les bras autour des quatre chiens qui jappaient en voyant le vieux François trébucher sur les pavés branlants du quai à la suite du bailli et de son valet, en direction de l'hôtel de ville.

Piet le Noir et saint François furent attachés au pilori de la place sainte Pharaïlde, face au château délabré, et furent exposés là une longue journée, pour la plus grande joie des enfants de Gand qui leur jetèrent toutes sortes de saletés. Un gosse posa une souris morte dans la nuque de Piet, un autre pissa contre la jambe de François, un autre encore leur jeta du crottin à la figure ; un petit garçon au pied bot les bombarda de pierres.

On les libéra le lendemain matin. Piet, plus mort que vif, avançait en trébuchant ; Karel et Ric la Science durent le soutenir. François s'avança vers moi d'un pas chancelant, mais la tête haute. Il respirait avec difficulté et me mit la main sur l'épaule comme s'il était devenu aveugle et qu'on devait le guider. C'est ainsi que, pauvres hères, nous cheminâmes vers le chariot qui attendait dans les champs, passé l'ancienne porte de la ville. Piet, puant de toutes les saletés qu'on lui avait jetées, se lamentait d'avoir perdu tous ses pots ; mort de fatigue, il s'allongea dans le chariot. François alla s'asseoir dos contre un arbre, près de ses chiens qui le reniflèrent et le léchèrent.

– Je te réchauffe un peu de lait de chèvre ? demandai-je à François.

Il me sourit.

– Avec ce soleil derrière toi, tu ressembles à un ange ! murmura-t-il d'une voix à peine audible.

Je réchauffai le reste de lait de chèvre que j'avais acheté le matin même au marché. Il allait se mettre à bouillir quand les chiens commencèrent à japper plaintivement. Je courus vers François. Il s'était laissé glisser par terre. Il n'aurait plus jamais besoin de lait de chèvre

Piet le Noir fut très affecté par la mort de François. Ric la Science continua à regarder fixement devant lui et les chiens semblèrent complètement perdus. Esméralda ne s'occupait plus que de Piet. Avec nos derniers sous, je payai un cercueil et une place dans le cimetière, près de l'église Saint-Nicolas. Nous n'avions pas besoin de prêtre. Piet le Noir, Ric la Science, Esméralda la Boiteuse, Karel le pisseur d'église et moi, Margot la duchesse, nous allions devant le cercueil, et les chiens suivaient derrière. Nous posâmes le cercueil de François dans la tombe peu profonde et je prononçai une prière. Depuis le foyer des innocentes, je m'y connaissais, en enterrements.

Le lendemain matin, nous reprîmes la route, affamés et solitaires. Piet avait de gros accès de fièvre et ne quittait plus le chariot. Il était impossible d'arracher les chiens de la tombe de saint François. Nous dûmes porter chacun un chien jusqu'à la carriole et l'attacher à une corde. Les évangélistes avaient perdu leur berger. Ric la Science prit les brides de la jument et notre équipage s'ébranla, en direction du Nord. Karel, Esméralda et moi, nous devions parfois pousser le chariot embourbé, entourés des chiens qui hurlaient à la mort.

À la fin d'une journée de voyage, nous lâchâmes les chiens. Trois d'entre eux filèrent immédiatement le long du sentier que nous venions de suivre, droit vers la tombe de François. Seul le plus méchant des quatre, Matthieu, resta avec nous. Pendant des semaines, les fièvres de Piet ne voulurent pas baisser. Il nous mena vers une ville où il n'y avait aucune foire, et, au lieu de prédire l'avenir, Esméralda se traînait, dans chaque église pour y prier pendant des heures, étendue sur les dalles froides.

Octobre, et le gel rendait les routes dures comme la pierre. Nous décidâmes de faire route vers Anvers pour nous calfeutrer autour de la cheminée des *Ciseaux Dorés*.

La masure aux boiseries mangées par les moisissures s'adossait aux remparts de la ville avec des airs d'ivrogne. Piet ne quittait plus le lit, et Esméralda avait perdu toute son énergie. Elle passait des journées entières à prier et à se frapper la poitrine de ses mains jointes.

– C'est ma faute, ma faute, c'est ma très grande faute ! n'arrêtait-elle pas de marmonner.

Elle se sentait responsable de la mort de François et pensait qu'elle n'aurait jamais dû le laisser partir chez le bailli. Il n'y avait pas de nourriture ni de lard qui pendait dans la cheminée. Comme il n'y avait pas non plus de bois de chauffe, Karel décida de démolir le chariot et de le brûler. Il vendit les roues et la jument, ce qui nous rapporta une somme rondelette en deniers et nous permit de manger plus d'un mois. Mais, au printemps suivant, nous devrions acheter un nouveau chariot et un nouvel attirail d'apothicaire, ce qui augmenterait encore la dette que nous avions déjà chez l'usurier juif.

Les semaines passaient. Un soir, je n'eus pratiquement plus rien à mettre dans le chaudron, sinon le rat que Matthieu venait d'attraper dans la cave, et les quelques betteraves que Karel avait volées dans un jardin. Chacun engloutit sa pitance en silence. Après le repas, Piet alla se recoucher sans un mot et Esméralda continua à marmonner ses prières en faisant glisser un à un les grains de son chapelet entre ses doigts. Quand chaque petit grain avait reçu sa prière, elle recommençait.

Ric la Science caressait Matthieu près du feu. Karel leur demanda de monter tous les deux ; il voulait me parler. Karel vint s'asseoir à côté de moi. Le froid et l'humidité de la maison étaient rentrés dans mes habits et me faisaient grelotter. Pourtant, l'hiver n'avait pas encore commencé.

– Et alors, Margot ? dit Karel lorsque nous fûmes seuls. Quel choix avons-nous ? Voler ou mendier ?

Je le regardai. Je me voyais déjà faire la manche en ville. Un jour, je lèverais la tête vers les visages de Jobbe, Marieke ou Trees, et elles me jetteraient quelques sous. « Pauvre Margot ! », soupireraient-elles. « Dire qu'elle se croyait fille de duc ! »

Je chassai ces pensées.

– Je ne veux pas mendier ! décidai-je.

– Et voler ? demanda-t-il. Pour voler, il vaut mieux être deux. Toi et moi, on ferait une belle équipe ! Tu te souviens, quand on a volé ces pommes, tous les deux ?

Je secouai la tête.

– Eh bien ? demanda Karel. Tu te rends tout de même compte que nous ne pouvons pas continuer comme ça. Chaque hiver des gens meurent de froid et de faim. Si tu ne veux pas le faire pour toi, fais-le pour Piet et Esméralda, pour qu'ils puissent passer l'hiver ! La seule chose dont tu as besoin, c'est quelques habits de garçon pour passer inaperçue et un couteau de poche très affûté. Il faudra qu'on coupe tes longs cheveux blonds, sinon tu te ferais remarquer.

– Je ne veux pas voler ! Et toi, tu dois devenir apothicaire !

– Le métier honnête d'apothicaire a mené Piet au pilori, râla Karel. Je ne veux pas me faire attraper. Pas moi ! Pas comme ça ! Je me débrouillerai à ma façon à moi ! Au printemps prochain, je prendrai la route, de foire en foire. Avec ou sans toi. Je trouverai toujours bien quelqu'un avec qui voler.

Je poussai un soupir. Il s'approcha. Je reconnus son odeur de transpiration, de tabac et de plume mouillée. Il posa une main sur ma cuisse. Je la repoussai.

– Quoi encore ? grommela-t-il, agacé.

– Rien, dis-je. Laisse-moi tranquille, c'est tout.

– Je veux devenir ton mari, dit-il. Au printemps prochain, nous devons quitter Piet le Noir et Esméralda. Ils devront se débrouiller sans nous.

Je prendrai soin de toi. Je suis le meilleur voleur au monde ! La chance me sourit. J'ai envie de toi, Margot.

– Pas maintenant, répondis-je. Pas maintenant.

– Tu ne veux pas ?

Il m'embrassa sur les lèvres et me caressa les seins. Est-ce que c'était ça, l'amour ? Est-ce que c'était ça, mon destin ? Une fille de près de quatorze ans condamnée à vivre sans feu ni lieu ? Condamnée à suivre ce chemin interminable de pluie, de vent et de boue ? Que je mendie ou que je vole, je n'oserais de toute façon plus jamais regarder mes amies aux surcots rouges dans les yeux.

Karel déboutonna mon pourpoint et me tripota les seins en m'embrassant et en me mordillant le cou. Il poussa sa main entre mes cuisses. Je le laissai faire en regardant les flammes. Mes yeux se remplirent de larmes. Voilà, c'était donc ça, ma vie ! J'étais une fille aux molaires cassées, au visage ingrat et tanné par le soleil, une fille aux mains calleuses d'avoir trop travaillé, une fille à l'estomac constamment barbouillé par la faim, une fille aux guêtres puantes, sans aucun avenir. À côté d'elle, il y avait un gars avec trois poils sur le menton qui lui pelotait les seins et qui voulait faire l'amour avec elle. Et demain, je partirais mendier ! Bâtarde de duc... Abandonnée... Vendue à un apothicaire en faillite... Ma vie n'était que malheur sur malheur…

– Margot ! Oh, Margot ! gémit Karel en se frottant contre moi.

Je le repoussai. Il tomba à la renverse.

– Arrête donc avec ce « Margot ! Oh, Margot » !

– Quoi ? Qu'est-ce qu'il y a ?

Je reboutonnai ma chemise. Il grogna.

– Karel, dis-je sérieusement. C'est d'accord !

– Quoi ? demanda-t-il plein d’espoir. D’accord pour quoi ?

– Apprends-moi à voler !

10

1582
EN PRISON !

Une douleur piquante au niveau du nez me réveille en sursaut. Quelqu'un pousse un bol de soupe brûlante contre mes lèvres. Pendant un moment, j'ai l'impression d'avoir les narines en feu. Je rejette la tête en arrière et me cogne contre un mur froid et humide. Je me rends compte que je suis couchée sur une planche. D'où je suis, je vois le plafond : une voûte de pierre noircie par la suie des bougies. La lumière du jour s'infiltre par un trou percé dans la voûte. Cela pue le moisi, la paille pourrie, l'eau saumâtre. De grosses gouttes glissent le long du mur telles des limaces transparentes. Une lourde porte de bois, fortifiée de gros clous de fer et percée dans sa partie supérieure d'une ouverture munie de barreaux, barre l'entrée.

– Bon, te voilà réveillée ! dit l'homme qui tient le bol de soupe.

Il est grand, large d'épaules, tout en muscles et en os. Ses paroles ont résonné sous mon crâne comme des coups de marteau. Mes dents claquent d'un claquement incontrôlable. Malgré mes articulations coincées, je m'assieds tant bien que mal. Je suis étonnée par la couleur bleue de mes doigts, puis par le fait que je porte une chemise sale et beaucoup trop grande pour moi. Une couverture trouée recouvre mes jambes nues. Mon corps entier grelotte de froid.

L'homme à la grosse voix referme mes mains autour du bol.

– Mange ta soupe, grommelle-t-il.

Mon cœur bat la chamade. Petit à petit, mon cerveau se remet en marche. Il faut que je déguerpisse d'ici au plus vite, que je trouve un passage, une ouverture, une lézarde par où me glisser pour échapper à ce monde des ombres. L'homme se dirige vers la porte cloutée. Les trousseaux de clés cliquettent à sa ceinture. Je veux me lever, mais la pièce tangue autour de moi. Et c'est seulement à ce moment-là que je me rends compte que des anneaux de fer reliés par une chaîne enserrent mes chevilles. Le voudrais-je, je ne pourrais pas courir vers la porte et encore moins me glisser entre les jambes du garde pour recouvrer ma liberté. Ils ont réussi à me mettre la main au collet.

– On m'appelle Petit Pierre, dit le garde. Saint Pierre garde les clés du royaume céleste, et moi je veille sur les clés de la prison. Te voilà prévenue.

La porte massive se referme lourdement. De l'autre côté, j'entends une clé tourner dans la serrure.

J'étudie la porte. Elle est épaisse, solide, et tellement bardée de clous que je n'ai aucune chance.

– Mange ta soupe ! murmure une voix de femme.

Dans le coin le plus sombre du cachot, j'aperçois des yeux. Je me fige. Les ombres se déplacent. Une vieille femme osseuse, les cheveux gris en broussaille, s'avance en trébuchant sur des jambes flageolantes vers la faible lueur dispensée par une lampe à huile qui brille dans le couloir. À chaque pas, elle semble sur le point de tomber. Elle est aussi maigre qu'un bâton de cerceau. Sa houppelande grise toute tachée est beaucoup trop large pour son corps noueux. Elle secoue la tête et claque des lèvres.

– Vas-y, mange ! dit-elle, me laissant entrevoir quatre chicots noirs plantés dans sa mâchoire inférieure.

C'est le moment que choisit une grosse goutte d'eau pour tomber du plafond et s'écraser dans ma soupe. Quelle horreur ! Je peux déjà m'estimer heureuse si personne n'a craché dedans. Et pourtant, je porte le bol à ma bouche – lentement, parce que les muscles de mes bras se refusent à tout travail. Je prends une gorgée du liquide chaud et je le sens me brûler tout l'intérieur du corps. Je me rends compte maintenant combien j'ai froid. Deux petits morceaux de viande flottent dans la soupe. Je les pêche avec mes doigts et les mâche, aussi longtemps que possible. C'est de la viande de mouton, coriace, mais, dans ma bouche, elle fond comme du beurre. J'ai rapidement terminé. Je lèche le bol jusqu'à la dernière goutte.

Ils t'ont tirée de l'Escaut avec une barque, marmonne la vieille femme. Ils pensaient que tu étais morte, mais après tu as vomi dans tout le bateau. Ils t'ont portée ici, ils t'ont enlevé tes vêtements, ils t'ont séchée et t'ont enfilé cette vieille chemise. Tu t'es réveillée deux fois en criant, mais chaque fois tu as reperdu connaissance.

Je m'étais réveillée en criant ? Je ne me souvenais de rien. La femme secoue à nouveau la tête. Et une fois de plus, ce bruit de succion, qui s'explique sans doute par une forme de folie.

– Je suis où ?

– Tu ne devines pas ?

Bien sûr que si. Je suis au *Sjarel*, autrement dit au Charles, à la prison fortifiée d'Anvers, avec ses tours de pierres pêchées dans la boue des rives de l'Escaut. On l'appelle ainsi parce qu'au-dessus de l'entrée, dans une niche, se trouve la statue d'un dieu païen représenté dans son plus simple appareil, le sexe en érection. Les femmes stériles viennent parfois le prier, en cachette, à la nuit tombée. Elles prient pour avoir le ventre fécond, un enfant au prochain printemps, une grossesse prospère... Qui est ce dieu ? Pourquoi l'évêque ne l'a-t-il pas personnellement enlevé de sa niche ? En tout cas, cette divinité, ou plutôt son fier braquemart, son Charles-le-chauve, a donné son nom à ce lugubre endroit avec ses culs-de-basse-fosse, ses salles de torture et sa cour intérieure au sol imprégné de la sueur, du sang et de la pisse d'agonie des criminels qui y ont été exécutés. C'est là qu'aboutissent tous les coupeurs de bourses, tous les brigands, toutes les sorcières, tous les iconoclastes, et bon nombre de garnements pris à faire les quatre cents coups.

S'il vous arrive de sortir de ce cul-de-basse-fosses et de goûter à nouveau la douceur suave de la liberté, ce ne sera pas sans quelques articulations fichues. La douleur ne vous quittera plus et vous rappellera chaque jour de votre vie que vous avez séjourné aux portes de l'enfer. Le dimanche matin, la grande porte s'ouvre pour mener les miséreux vers la grand-place, pour donner aux Anversois le spectacle d'une mutilation ou d'une flagellation, voire, avec un peu de chance, d'une pendaison ou d'un bûcher. Mais, en général, on ne sort pas du Sjarel : on vous y oublie. Les gardiens eux-mêmes ignorent le nombre exact de geôles et de prisonniers. Un homme qui meurt de faim ou de maladie, seul dans son trou, ça fait faire des économies de corde et d'échafaud au bailli.

Je m'enveloppe dans ma couverture, souffle sur mes doigts bleuis pour les réchauffer et me blottis contre le mur. La vieille soliloque en dodelinant de la tête et en claquant la langue.

– Mais je vais mourir de froid ! dis-je.

La femme relève la tête.

– Viens t'allonger près de moi, dit-elle après un moment. Je t'envelopperai dans mon manteau.

– Pourquoi vous a-t-on mise ici ? dis-je, méfiante.

– Oh, je suis une sorcière ! répond-elle. On m'appelle Neelken la sorcière. J'ai couché avec le diable.

Ses derniers mots m'ont fait sursauter. La vieille grimace en découvrant ses quatre chicots noirs. Je recule encore plus sur ma planche.

– C'est vrai ?

– Pour sûr ! Je peux me changer en loup noir si je veux, à la prochaine nuit de pleine lune. Je te dévorerai, et puis je sortirai d'ici.

– Oh là ! Du calme, vieux sac d'os ! Je ne te crois pas !

– Attention à toi ! Un tour de magie, et je fais de toi une boiteuse ! raille la vieille.

– Vas-y ! Tu n'es pas capable de le faire !

La salive mousse au coin des lèvres de la vieille. Je sais que je ne risque rien, car ce n'est pas une vraie sorcière. Elle n'a pas les yeux rouges ni de poils sur les pieds.

– Ils vont te brûler ! dis-je.

– Je maudirai la ville et tous ses habitants ! répond-elle.

– Cela ne les arrêtera pas !

Le silence revient dans la geôle. J'écoute les gouttes qui tombent du plafond et s'écrasent sur le sol. Le trou percé dans la voûte donne sur la cour intérieure de la prison. J'entends de vagues voix, le craquement d'une charrette. Dans la cour intérieure, il y a les miséreux, les banqueroutiers, les ivrognes, les fous… Ceux-là n'ont commis que des délits mineurs, on ne les a pas jetés dans une fosse comme moi. Ils sont hébergés dans les dortoirs du rez-de-chaussée et du premier étage. Ils vivent d'aumônes et souvent leur lit est leur seul bien.

Puis, la cloche sonne pour la prière du soir, car le Sjarel a sa chapelle. Les gardiens, les soldats et les malheureux peuvent y prier et se signer pour avoir une nuit tranquille. Dans la fosse, le jour se retire à reculons, et peu à peu l'obscurité envahit tout. En colère contre moi-même, je donne des coups de pieds dans ma planche. Depuis mon réveil, je n'ai pas cessé de grelotter de froid.

– Viens t'allonger près de moi, ma fille ! répète la vieille dans un murmure. Tu ne veux tout de même pas mourir de froid !

– Mais tu es une sorcière ! dis-je.

– Seulement à la pleine lune, dit-elle pour me tranquilliser.

Je m'approche. Ma chaîne traîne sur le sol et cliquette au contact des pierres. Elle pèse lourdement entre mes chevilles. Je m'assieds à côté de Neelken. Elle sent la paille pourrie, la graisse rance et la vieille. Je m'allonge sur le côté, contre elle. Elle me recouvre de son manteau de laine et je sens la chaleur de son vieux corps osseux se diffuser dans mon dos. L'instant d'après, je suis à nouveau envahie par une fatigue de plomb et je sombre dans le sommeil.

11

LE TYPOGRAPHE

La cloche de matines vient à peine de sonner que déjà j'entends des pas dans le couloir. La porte s'ouvre en grinçant. Petit Pierre, le gardien, entre en traînant les pieds, suivi d'un jeune homme portant des hauts-de-chausses légèrement bouffants à lignes brunes et noires, auxquels un pourpoint orange est attaché au moyen de cordelettes blanches. Ce monsieur qui soigne si bien sa mise a complété l'ensemble par une collerette blanche tuyautée et par un chapeau brun dans lequel il a planté une plume rouge. Il est très beau, son chapeau ; chez Gus l'Aveugle, il nous vaudrait tout de suite cinq deniers. Le jeune homme a les bras qui semblent un peu trop longs pour son corps. De la main droite, il porte un bout de tissu à ses lèvres, comme pour se protéger de la puanteur qui règne dans la cellule. De sa main gauche, il tire maladroitement une ardoise et un crayon de sous sa ceinture.

– Je m'appelle Johannes Vuylsteke, commence-t-il en hésitant. Je suis le vice-sous-bailli.

Je le regarde, bouche bée. Le vice-sous-bailli ?

– Le sous-bailli qui aurait dû vous interroger n'a pas pu venir. Il est malade, explique-t-il en voyant mon regard étonné. C'est moi qui le remplace cette semaine. Mais, en réalité, je suis typographe.

– Typographe ? dis-je, me demandant si j'ai bien compris, à cause du mouchoir qu'il tient devant sa bouche.

– Oui ! confirme-t-il avec enthousiasme. J'assemble les caractères dans un composteur de manière à composer les mots et les phrases des livres. Ce sont des lettres en plomb, comprenez-vous ? Je suis apprenti chez un imprimeur.

Un bref silence suit cet exposé. Je rêve... Je me trouve dans un cul-de-basse-fosse, et voilà qu'on vient me parler de lettres de plomb et de livres en se protégeant la bouche avec un mouchoir ! Je jette un regard vers le gardien, qui secoue la tête. Lui non plus n'y comprend goutte. Le typographe semble tout à coup se rendre compte de l'incongruité de la situation.

– Mais aujourd'hui, je ne suis pas typographe, reprend-il. Aujourd'hui, je suis le sous-bailli, enfin, le vice-sous-bailli.

Et il enlève le mouchoir de sa bouche, comme si la vue de son visage allait tout expliquer ! Mon typographe, pardon, mon vice-sous-bailli, qui répond donc au nom de Johannes Vuylsteke, a le visage plus moucheté qu'un œuf de perdrix, à quoi il convient d'ajouter quatre poils de moustache et de barbiche. Il pense sans doute que cela lui donne l'air viril.

Un môme ! Ils envoient un blanc-bec pour m'interroger ! Un apprenti imprimeur !

– Comment vas-tu ? demande-t-il gentiment.

– Comment vas-tu ? répète Petit Pierre en se moquant.

Johannes Vuylsteke fait un pas de côté, surpris par la réaction du geôlier.

– Vous n'êtes pas en audience auprès du roi d'Espagne, Messire Vuylsteke, aboie Petit Pierre en rajustant sa jaque d'un geste sec, comme s'il s'agissait d'un uniforme.

À chaque mouvement qu'il fait, ses clés cliquettent à sa ceinture.

– Qu'est-ce que cela peut vous faire, comment elle va ! C'est une voleuse, et dangereuse, avec ça ! Donnez-lui un couteau et elle vous trucide sur-le-champ ! Ici, elle n'est rien, et vous êtes tout. Vous devez vous montrer ferme, sinon elle se moquera de vous. Comprenez-vous ? De la fermeté !

– Comment t'appelles-tu ? répète le blanc-bec, avec un peu plus de vigueur.

Je le regarde. J'hésite.

– Parle, gueuse ! crie le gardien en m'écrasant les pieds avec ses bottes.

– Aïe !

Je me recroqueville sur la planche de bois et me colle à la paroi visqueuse.

– Si tu ne réponds pas tout de suite, je te mets à sécher à un croc de boucher, puis je pends plusieurs poids à tes chevilles et je te laisse t'étirer gentiment pendant une petite heure ! dit le geôlier d'un air sadique.

– Margot. Je m'appelle Margot.

– On dit « Messire », quand on parle au sous-bailli ! crie Petit Pierre. Tu as compris ?

– Je n'ai rien fait, Messire. J'ai été accusée de vol. J'ai paniqué.

– Ne vous laissez pas attendrir, jeune homme, grimace le geôlier. Ils le font tous, le coup du regard d'apitoiement. Et si vous leur demandez pourquoi ils sont là, ils disent tous qu'il s'agit d'une erreur. Un concours de circonstances... Un malentendu... Une abominable erreur des gardes de la ville. Ils sont tous innocents, du premier au dernier larron ! Ici, ils ont tous l'âme aussi pure que l'agneau pascal ou que Jésus-Christ lui-même. Si vous leur demandez leur avis, personne n'est coupable, ici !

– Moi si ! croasse la sorcière. Je suis coupable. J'ai mis le feu à la maison du cordonnier Sabbe, rien qu'en la regardant ! Je suis totalement coupable. J'ai déterré des enfants mort-nés, je les ai faits bouillir pour les transformer en pommade contre les mouches, et j'en ai enduit mon balai. Dès qu'on me rendra mon balai, je quitterai ce trou infâme. Attendez seulement la pleine lune !

– Tais-toi, la sorcière ! Ou je te verse un seau d'eau bénite dessus ! crie Petit Pierre, qui s'apprête à lui asséner un méchant coup de pied.

– Non ! Mes genoux ! Mes pauvres genoux ! hurle la vieille en se recroquevillant sur elle-même et en claquant des dents.

– Margot comment ? demande le jeune homme.

– Simplement Margot, Messire.

– Tu étais seule, au marché, ou tu avais un complice ?

– Seule.

Petit Pierre soupire. Il ne me croit pas.

– Tu es orpheline ?

– Mon père est espagnol, dis-je avec fierté.

– Encore une petite bâtarde espagnole, soupire le geôlier. Allons donc…

– Bon, je t'appellerai Margot Fille-de-Personne, conclut le vice-sous-bailli.

Il coince son mouchoir sous son aisselle et griffonne mon nom sur son ardoise.

– Quel âge as-tu ? demande-t-il ensuite.

– Douze ans.

– C'est ce qu'elles disent toutes, se plaint le gardien. Regardez-la ! Je lui donne quatorze, quinze ans. Et bien tournée, avec ça ! Une vraie petite femme, déjà. Bien assez vieille pour la corde.

– Tu ne te gênes pas pour la tripoter ! bêle la vieille bique depuis son coin du cachot.

– Ferme-la ! crie Petit Pierre. Ou je t'attache les pieds dans les blocs et j'allume deux bougies par en dessous !

– Selon le chef de garde Jacobus Croës, ce n'est pas la première fois qu'il te surprend en train de voler, continue Johannes Vuylsteke. Il t'a déjà mis la main au collet l'hiver dernier.

– Ce n'était pas moi. Il me confond avec quelqu'un d'autre ! L'hiver dernier, j'habitais en Campine chez…

– … ton père aveugle et ta mère infirme, m'interrompt le vice-sous-bailli. Oui, oui, c'est ce que Jacobus Croës m'a dit. Mais ne me disais-tu pas que ton père était espagnol ?

Je me tais. Comment as-tu pu être aussi stupide, Margot ? Tu aurais dû inventer une meilleure histoire.

– N'y a-t-il pas quelqu'un qui puisse parler en ta faveur ? Un curé, quelqu'un à la vie irréprochable qui puisse convaincre le bailli que tu mènes une vie vertueuse, dévote et pieuse ? Le bailli pourrait se montrer plus clément.

Quelqu'un qui pourrait parler en ma faveur ? Mais évidemment, Messire, il n'y a aucun problème. Il n'y a qu'à battre le rappel de mes amis de la pègre : Piet le Noir, Karel le Pisseur d'église, Esméralda la Boiteuse, Ric la Science et Gus l'Aveugle ! Ils jureront sur la Bible que je suis la vertu, la dévotion et la piété même, que je connais les dix commandements par cœur, que je peux débiter le nom des soixante-six livres de la Bible, du dernier jusqu'au premier titre, et que, tous les soirs, je récite des *Ave* jusqu'à ce qu'une auréole géante apparaisse au-dessus de ma pauvre tête. Même qu'elle brille si fort que cela en fait mal aux yeux. Et après ça, si tu ne bouges pas et si tu retiens ton souffle, tu peux entendre les anges dans le ciel jouer sur leur petite harpe.

Je ne dis rien de tout cela, bien sûr. Je continue à me taire. Mes amis ne mènent pas vraiment une vie irréprochable. Qui pourrait parler en ma faveur ? Quelque part dans la prison, un prisonnier hurle de douleur. Il demande grâce d'une voix suraigüe. Johannes Vuylsteke sursaute.

– Ne faites pas attention, on est en train de mettre quelqu'un sur le gril, dit le geôlier en grimaçant.

Johannes Vuylsteke remet d'un geste vif le mouchoir sous son nez et arpente la pièce de long en large. Il a hâte de quitter ce lieu sale et fétide, cela se voit. Encore un peu et il s'évanouirait, à cause du manque d'air !

– Tu dois comparaître mardi prochain devant le bailli, conclut-il, en coinçant son ardoise sous sa ceinture. Tu as volé et en plus, tu as attenté à la vie d'un capitaine de la garde. Les témoins ont déclaré que tu étais particulièrement douée pour la filouterie et habile à manier le couteau. Le bailli ne te prendra pas en pitié, je le crains.

– Il aurait mieux valu que tu te noies dans l'Escaut ! caquette une voix.

– Ferme-la, la sorcière ! crie le geôlier.

Je sens le sang se retirer de mes veines, comme s'il voulait se réfugier dans un endroit sûr de mon corps.

Johannes Vuylsteke m'observe à la dérobée. Il doit lire l'angoisse dans mon regard. Ses traits s'adoucissent. Je sens bien que, d'une manière ou d'une autre, il veut tout de même me donner du courage. Il n'a pas encore dû interroger des milliers de coupeurs de bourses, de voleurs à la tire, de cambrioleurs et de monte-en-l'air qui finiront par éliminer toute la miséricorde de son âme, jusqu'à la rendre calleuse et insensible comme celle du gardien. Il considère mes courts cheveux blonds, mes grands yeux noirs, mes quatorze ans.

– Ne t'inquiète pas, me chuchote-t-il. Si tu es condamnée à la corde, tu pourras sûrement parler à un prêtre. Pour cela, mon maître le bailli ne regarde pas à la dépense. Tu pourras te confesser et le prêtre te pardonnera tes péchés.

Le bailli ne lésine pas sur les curés ! Ah ! Quel soulagement, Messire ! Quelle joie que je puisse susurrer tous mes vols à la sainte oreille du serviteur de Dieu ! Pourvu qu'il dispose d'un peu de temps, car ce que j'ai à confesser prendra bien trois jours. Et quel apaisement : après il m'imposera les mains et me bénira au nom du Père, du Fils et du Saint-Esprit, de sorte qu'à la porte du paradis, je pourrai tout de même compter sur un peu de grâce de la part de l'apôtre Pierre. Encore faut-il espérer que le prêtre ne soit pas du style à fureter sous les jupons des filles.

Je me détourne. Le vice-sous-bailli recule d'un pas en direction du geôlier.

– Pas de pitié ! dit Petit Pierre. Elle a tout de même planté son couteau dans la chair d'un bourgeois. De la racaille, oui ! Et ça ne changera jamais, Messire. Voleur un jour, voleur toujours ! Tôt ou tard, ils finissent tous dans les fers du bourreau pour pendre au bout d'une corde.

– C'est encore une enfant, objecte Johannes Vuylsteke.

Le geôlier est choqué.

– Une enfant, Messire ? Cette enfant, comme vous dites, a planté son couteau dans la main d'un honnête serviteur de la ville. Il faut éliminer le crime à la racine. Jeter les fruits pourris avant qu'ils n'arrivent à leur plein épanouissement et à leur maturité rougeoyante. Je vous l'assure, Messire, cette fille, elle poussera son dernier souffle en se balançant au bout d'une corde ! Je veux bien parier toutes mes clés. Et ne vous faites pas trop de souci pour son bien-être ! Ici on lui donne à manger ! Ici elle a un toit au-dessus de la tête ! Nous sommes des bienfaiteurs, Messire. Des bienfaiteurs !

– Mon père est espagnol, crié-je.

– Ah oui ? soupire le geôlier, incrédule. Et puis, quoi encore ? Tu as aussi une mère, par hasard ?

– Elle s'appelle la Rousse. Du moins, à l'auberge ils l'appelaient la Rousse, mais il y a dix ans de cela. Je ne sais rien de plus. Je ne sais même plus à quoi elle ressemble. Ni si elle est encore en vie.

– La Rousse…, grimace Petit Pierre. Je peux te trouver une dizaine de serveuses d'auberge qui se font appeler la Rousse. D'où venait-elle ?

– Quelque part dans la campagne, une auberge à côté d'un champ plein de bleuets, dis-je.

– Voilà qui nous avance, dit le geôlier, qui semble reprendre l'interrogatoire.

– Mon père n'est pas n'importe quel Espagnol. C'est un duc !

– Un duc ! rit le geôlier. Vous ai-je déjà raconté, Messire, que mon père est le duc de Hollande et que mon oncle Fons est l'amant de la reine d'Angleterre ? Si vous me demandez mon avis, son père, c'est de la racaille ! Comme elle.

Je me lève en faisant cliqueter ma chaîne malgré moi, désireuse de montrer mon coquillage au vice-sous-bailli. Ma main tâtonne en vain. Ils m'ont pris mon porte-bonheur.

– Mon coquillage !

– Quel coquillage ? demande le vice-sous-bailli.

– Le coquillage que je portais au cou ! Je ne l'ai plus.

Le vice-sous-bailli se tourne vers le geôlier. Il

peut enfin remettre ce rustre à sa place.

– Un coquillage ? dit-il en exagérant son étonnement.

– Nous le lui avons pris, dit Petit Pierre en haussant les épaules. Une sorte de bijou : un coquillage pris dans du verre. Sans aucune valeur. Elle l'avait à son cou, à une cordelette, avec une petite croix de bois, une dent de cheval et une bague où le nom du propriétaire précédent était encore gravé. Elle a dû voler le coquillage comme le reste.

Le geôlier le sort du sac qui pend à sa ceinture et le tend au vice-sous-bailli.

– C'est un camée, répond l'autre, en le soupesant. C'est un profil sculpté et serti dans un coquillage et pris dans le verre. Les anciens Romains connaissaient déjà cela.

– Je ne connais aucun ancien Romain, maugrée le geôlier.

Il s'apprête à passer la porte et à la verrouiller. Il fait signe à Johannes Vuylsteke, mais le blanc-bec s'attarde dans le cachot.

– Ce coquillage est à mon père, dis-je.

– Et comment s'appelle-t-il, ton soi-disant père ? demande le vice-sous-bailli pendant qu'il examine le bijou entre le pouce et l'index.

– Le duc d'Almendraje, réponds-je lentement. C'est le nom qui est marqué sous l'image des trois amandes au-dessus d'une épée. Du moins c'est le nom que maître Adriaan m'a lu.

– Tu l'as volé ! hurle le geôlier.

– Demandez à maître Adriaan, il pourra vous le confirmer.

– Maître Adriaan, le directeur du foyer des innocentes ?

Je hoche la tête.

– Mon père était chef de camp sous le duc

d'Albe. La Rousse et lui étaient amants jusqu'à ce qu'il reparte en Espagne.

– Chez son épouse légitime et chez ses enfants, bien sûr ! ajoute le geôlier dans un petit hoquet.

– La Rousse m'a toujours dit que mon père voulait que son enfant reçoive ce coquillage.

– Sa mère était une catin, la poule des Espagnols ! crie le gardien. C'est l'évidence même ! Elle a dû en avoir, des amants ! Son père peut tout aussi bien être un soldat espagnol !

Le regard du vice-sous-bailli va du coquillage à moi. Le geôlier ouvre la porte massive, prêt à partir.

– Selon moi, vous avez terminé, Messire Vuylsteke, grommelle-t-il.

– Mardi, tu comparaîtras devant le bailli, conclut Johannes Vuylsteke. Je lui montrerai le camée. Ce sera à lui de décider.

Le jeune typographe quitte le cachot. Le gardien le suit et ferme la grosse porte derrière eux. Je tremble de la tête aux pieds. Je suis obligée de rester dans la cellule avec la sorcière. Je regarde la vieille bique tassée dans son coin, avec sa tête qui tremblote et ses dents qui claquent. Voyant que je la dévisage, elle m'adresse une grimace.

– Qu'est-ce qu'il y a de si drôle ?

– Tu verras quand ça sera la pleine lune ! dit-elle en crachouillant des bulles de salive. Ils ne savent pas ce qui les attend !

– Je peux venir me coucher dans ta houppelande ?

La vieille hoche la tête. Je me rallonge contre elle. Je grelotte toujours, mais son corps et sa houppelande empêchent le froid de me paralyser.

– Le bailli ne croira jamais que tu étais seule sur la grand-place, chuchote-t-elle.

– Mais si, j'étais seule, dis-je en mentant.

– Peut-être, mais il vaut mieux que tu avoues, sinon ils vont te torturer et tu finiras par dévoiler tous tes secrets.

La nuit tombe sur le Sjarel. Ici, au royaume des damnés de la terre, le silence n'est jamais absolu. Quelque part, un homme se lamente sans fin. Dans une autre cellule, une femme lui crie en vain d'arrêter. Je ronge une croûte de pain noir en regardant le jeu capricieux que font sur le plafond les ombres projetées par la lampe à huile du couloir. Je n'arrive pas à dormir. Toutes les deux minutes, la peur revient, et mon cœur bat à tout rompre. Vol... Filouterie... Cambriolage...

Je ferme les yeux et je repense au temps où le temps n'existait pas encore. Je suis à nouveau une petite fille en surcot rouge, mais je ne suis pas au foyer des innocentes. Je suis dans une auberge, et le vent joue à faire des ombres sur les dalles. À travers la fenêtre, je vois les bleuets s'agiter au vent. Derrière moi, il y a une femme aux boucles rousses. Le soleil luit sur son visage et m'empêche de le distinguer avec clarté. Une odeur de tabac de pipe flotte autour de ses lèvres. Un parfum de cannelle s'attache à ses doigts. Et son cou fleure bon l'eau de rose.

12

DEVANT LE BAILLI

Le monde est gris et sombre. Je traverse la cour intérieure, enchaînée, entre deux gardes et je sors du Sjarel. Les chaînes entravent mes pas dans un cliquetis insupportable. J'ai enfilé mes vêtements habituels de garçon. Mes braies ne sont pas encore tout à fait sèches et me grattent aux genoux. Mes chaussures de cuir sont encore imbibées d'eau. Mais, de toute façon, elles étaient tout de suite trempées dès que je marchais dans la boue. Mon long manteau, trop grand pour moi, est alourdi par l'humidité.

À l'hôtel de ville, on me fait passer par une petite porte latérale qui donne sur une salle, puis sur une autre. La pièce lambrissée est sombre à cause du temps gris ; une vingtaine de bougies se donnent beaucoup de mal pour y jeter un peu de clarté. Leur lueur vacillante semble couper en deux le visage des gens : ils ont une face illuminée et une face que la semi-obscurité de la pièce semble avaler. Le bois dans la cheminée est trop humide pour bien brûler et une partie de la salle est enfumée. Sur les murs badigeonnés de gris, des proverbes latins et flamands dessinés en lettres élégantes amusent sans doute ceux qui savent lire.

Un des deux gardes me pousse. En traînant des pieds, j'avance vers la table surélevée derrière laquelle trône le bailli. C'est un vieillard qui se calfeutre dans une houppelande fourrée de laine ; il porte même un bonnet sous son chapeau à cause du froid. Il faut que tout aille vite : c'est lui qui paie les bûches et les bougies. Un homme est assis à côté de lui, emmitouflé dans une houppelande noire. Il tient une plume à la main ; du papier est posé devant lui sur la table. Sa barbe noire est si longue et si fournie qu'un couple d'hirondelles pourrait y passer l'hiver. C'est le greffier.

Un homme prend la parole. C'est le vice-sous-bailli, Johannes Vuylsteke. Sans me regarder, il ânonne un rapport où il est question du vol d'une fourrure de martre, du chaos qui s'en est suivi sur la grand-place et de la noyade dont je fus sauvée. Le greffier note tout. Sa plume crisse sur la feuille de papier épais.

– Vous avez devant vous, Messire bailli, commence Johannes Vuylsteke, une jeune fille de quatorze ans, fille d'un conseiller du roi catholique d'Espagne. Ce conseiller est un duc, un chef de camp, un Grand d'Espagne. Un duc qui ignore l'existence même de sa fille. Il vint pour la première fois en Flandre en l'an de grâce 1556, avec le Roi. Il se lia d'amitié avec Guillaume de Nassau, le Prince d'Orange. Ils chassaient ensemble dans les forêts autour de Bruxelles. Dix ans plus tard, il revint en Flandre, avec le duc d'Albe, quand il rencontra une femme avec qui il eut un enfant. Cet enfant est là, devant vous. Il est de mon avis que nous devons envoyer une lettre à ce noble espagnol afin de l'informer qu'il a une fille, dans la fleur de sa jeunesse, qui, abandonnée et poussée par la faim et la pauvreté, a sombré dans le vol. Je ne dois guère vous conter quelle fortune est parfois échue aux bâtards. Notre propre Régente Marguerite de Parme et le grand général espagnol Don Juan sont tous deux des enfants adultérins de notre bon

Charles Quint, que Dieu ait son âme.

Johannes Vuylsteke a beau avoir l'air d'un blanc-bec, il ne manie pas la langue de bois. Il parle avec calme, clarté et conviction.

Le bailli doit continuellement tousser, éternuer, se moucher. Une fois même, il tousse si fort que, par mégarde, il souffle une des bougies. D'une main tremblante, il prélève celle du candélabre qui se trouve à sa droite pour rallumer l'autre. Je me demande s'il écoute ce que son vice-sous-bailli lui débine.

Johannes Vuylsteke hausse progressivement le ton pour se faire entendre par-dessus tous ces bruits de gorge et de nez. Le vieux s'écroulera peut-être raide mort avant la fin du procès, et on n'arrivera jamais à la condamnation, ce qui nous donnera quelques jours de répit, à moi et à cet homme au chapeau de paille qui est occupé à trembler comme une feuille sur le dernier banc. Le vice-sous-bailli conclut son discours en déclarant que « cet enfant » est la fille de Fabián de Contreras, duc d'Almendraje. Il dépose le camée sur la couverture du grand livre où sont consignés les châtiments et les peines qui correspondent aux divers crimes et délits. Le bailli considère le vice-sous-bailli sans être aucunement impressionné. Sa bouche se tord dans un énorme rictus, comme s'il n'avait plus ri depuis des années.

– Nous écrirons donc au duc d'Almendraje, commence-t-il, pour lui demander s'il veut bien rencontrer sa fille, l'éduquer chez lui et, dans ce cas, s'il accepte de payer sa traversée vers l'Espagne. Cela nous évitera de juger cette enfant à moitié espagnole.

Le bailli s'interrompt pour dévisager le vice-sous-bailli et pose une main sur la plume d'oie du greffier pour lui intimer de ne pas écrire ce qui va suivre.

– Pourquoi te conduis-tu comme un idiot fini, mon fils ?

– Messire bailli, je vous prie, nous sommes ici dans une salle d'audience, et…

– Je te procure un emploi de vice-sous-bailli, interrompt le bailli, pour que tu fasses quelque chose de plus utile dans la vie que d'aligner des lettres dans une imprimerie comme un âne ! Je te procure un métier bien rémunéré, pour que ta mère ne me casse plus les pieds et que tu puisses prouver au monde entier que tu as autre chose que de la bouillie entre les oreilles ! Et maintenant tu vas tout gâcher, espèce de crétin ! La première coupeuse de bourse venue et ses beaux yeux te font tourner en bourrique !

Le bailli se racle la gorge. Le père et le fils Vuylsteke, comme je le comprends enfin, se regardent dans les yeux. Je lorgne les gardes du coin de l'œil. L'un fixe le plafond et l'autre la pointe de ses chaussures. Ils se retiennent pour ne pas sourire. Ils auront quelque chose à raconter tout à l'heure à l'auberge ! « Vous savez ce qui est arrivé, aujourd'hui, dans la salle d'audience ?! Écoutez ça ! Le vieux et le jeune Vuylsteke se sont volés dans les plumes, comme de vrais coqs ! »

– Messire bailli, vous devriez peut-être chausser vos lunettes, reprend le jeune homme hardiment. Devant vous se trouve un camée, sans aucun doute d'origine espagnole et qui n'a rien d'une petite broche en fer comme celles qu'on échange pour un denier à la foire.

Le greffier interroge le bailli du regard. Peut-il a nouveau noter ce qui se dit ? Le bailli hoche la tête.

– Elle a volé ce camée, Monsieur le

vice-sous-bailli, tout comme la fourrure, la bague et je ne sais quoi d'autre ! fulmine-t-il.

Le déplacement d'air qui accompagne cette exclamation éteint deux bougies. Bientôt, nous serons plongés dans l'obscurité la plus complète.

– Non, elle ne l'a pas volé, réagit le vice-sous-bailli calmement. Elle l'avait déjà sur elle le jour où elle est arrivée au foyer des innocentes, en l'an de grâce 1572. C'est ce que m'a confirmé le très respecté maître Adriaan, directeur du foyer des innocentes. Elle portait une cordelette autour du cou avec une dent de cheval, une croix et un camée. Elle avait cinq ans. Il y a presque dix ans de cela. Ce camée, elle l'avait reçu de sa mère, une serveuse d'auberge, avec le message qu'il avait appartenu à son père. Nous n'avons pas pu retrouver la trace de la mère. Nous disposons de trop peu de données pour cela. Mais son père, nous le connaissons.

Bien parlé, jeune homme ! Bien parlé !

– J'ai retrouvé une de ses amies, Jobbe, en service dans la famille portugaise De Castelão. Veux-tu me raconter, Jobbe, comment tu as connu Margot ?

Toutes les têtes se retournent, et je vois Jobbe se lever. Elle est élégamment mise, avec une large collerette blanche, une petite veste d'un brun très doux, et un foulard noir. Mon ancienne camarade me salue d'un mouvement de tête, mais je baisse les yeux de honte.

– Margot était mon amie, dit Jobbe calmement et à voix haute et distincte. Elle était très appréciée chez nous, les filles du foyer des innocentes. Pendant l'épidémie de peste, il y a cinq ans, Margot et moi avons porté à manger aux filles mourantes. Sans elle, je n'aurais jamais osé. Depuis nos cinq ans, Margot a toujours raconté que son père était un duc espagnol. Maître Adriaan l'a toujours crue. Margot est une fille courageuse et généreuse. Si quelqu'un mérite la grâce, c'est bien elle.

Le vice-sous-bailli hoche la tête, mais moi, je n'ose toujours pas regarder Jobbe en face. J'ai la gorge nouée.

– C'est au duc d'Almendraje d'accueillir cette jeune fille dans sa maison ou de la rejeter à la rue, conclut le vice-sous-bailli. Ce que je vous demande, Messire le bailli, c'est un peu de charité et de compréhension pour le jeune âge de cette fille. Avec une telle punition, vous aurez la conscience tranquille

– Ma conscience est aussi pure que l'eau d'un puits, Messire ! Cette gamine t'a simplement raconté des salades. Toi et ta naïveté ! s'écrie le bailli.

Pendant un moment, c'est le silence. Le greffier hésite.

– Oui, oui, écrivez, ordonne le bailli.

Un garde s'est retourné et se mord l'index pour ne pas éclater de rire. Le bailli se tourne vers moi.

– Accusée !

Sa voix me fait reculer d'un pas. Il pose devant lui mon bonnet rouge sur lequel est épinglée ma broche de la Sainte Vierge.

– Jacobus Croës m'a remis la liste des délits allant du vol au cambriolage commis ces quatorze derniers mois. Dans un grand nombre de délits, les témoins ont parlé de deux garçons entre quatorze et dix-sept ans. Un des garçons avait un visage de fille et un bonnet rouge garni d'une broche de la Sainte Vierge.

– Ce n'était pas moi, je…

– Tais-toi, accusée ! crie le bailli avant de partir dans une quinte de toux qui ne semble pas vouloir s'arrêter.

Je m'imagine sa cage thoracique comme une caverne obscure où les glaires jaunes dégoulinent des murs. Quand il s'arrête enfin de tousser, ses poumons sifflent.

– C'était bien toi, conclut le bailli. Tu vas retourner en prison. Le bourreau procédera à ton étirement jusqu'à ce que tu nous donnes le nom de ton complice en filouterie et que tu me confirmes que ton père n'est pas plus duc d'Almendraje que je ne suis sultan de Constantinople. Parce que ta mère, la Rousse, travaillait dans une auberge et que tout le monde sait qu'on y détrousse non seulement les honnêtes gens, mais aussi les Espagnols. Je ne crois pas du tout à cette histoire de camée.

Le silence tombe dans la pièce. On n'entend plus que la plume du greffier qui crisse sur le papier. J'ai la chair de poule. Je suis terrorisée. Le vice-sous-bailli lève la tête, abasourdi

– Eh bien ! rugit le bailli. Est-ce que tu reconnais que tu es une menteuse, une voleuse et que tu as commis des violences ? Donne-moi le nom de ton complice, séance tenante, ou je demande à Petit Pierre de descendre du grenier la roue qui brise les os, les poucettes qui écrasent les pouces et les colliers munis de clous pour t'aider à dire la vérité !

– Mais c'est de la torture ! proteste le vice-sous-bailli.

– Elle ment comme la première femme au paradis ! hurle le bailli.

Le greffier attend de noter. Pendant un moment, on n'entend que le grésillement des bougies et la respiration des auditeurs.

– J'avoue, dis-je. Je suis une menteuse et une voleuse.

– Et ton complice ?

– Il s'appelle Karel le Pisseur d'église.

– Et ton père n'est pas le duc d'Almendraje ?

– Non, comme vous venez de le dire, c'était une histoire inventée par ma mère.

Le greffier gratte mes réponses sur le papier. Le juge promène un regard hautain sur son fils et sur moi.

– La torture te sera épargnée, Accusée. Pour tes vols, tes cambriolages, tes mensonges et tes actes de violence, tu seras pendue, dimanche prochain, jusqu'à ce que mort s'ensuive. Justice est rendue. Aujourd'hui, en ce troisième jour de décembre de l'an de grâce 1582. Loué soit le Seigneur.

Mes intestins se rétractent. Je fais un effort surhumain pour ne pas vomir. Je baisse les yeux. Tout devient noir. J'aspire de l'air goulûment.

– Vous faites erreur, remarque le vice-sous-bailli, qui reste calme et serein. Selon moi, Père, c'est vraiment la fille du duc d'Almendraje.

– Elle a elle-même avoué que cela n'est pas le cas !

– Parce que vous la menaciez de la torturer et de la supplicier ! Cette jeune fille a un père espagnol, et du sang noble coule dans ses veines !

– Mais bien sûr ! répond calmement le bailli. Et demain il pleuvra de la bouillie d'orge. Et arrête de m'appeler « Père » dans cette salle d'audience !

– Le duc espagnol ne sera pas content d'apprendre que sa fille a fini à la potence.

– Sa fille bâtarde, rectifie le juge en élevant la voix, qui a été prise en flagrant délit de vol et qui a infligé au garde Jacobus Croës une blessure qui aurait pu être mortelle !

– Mais le duc espagnol pourra…

– Que le duc espagnol attrape la vérole bruxelloise ! rugit le juge en posant la main sur celle du greffier en train d'écrire, ce qui provoque un giclement d'encre du plus mauvais effet. Tu n'as rien à dire dans cette salle d'audience ! Ce n'est que quand j'aurai posé la tête sur le coussin de l'éternité et si les sages de cette ville ont l'idée la plus saugrenue et la plus incompréhensible de te faire bailli, ce n'est que ce jour-là, qui sera connu dans l'histoire comme jour de fête chez les coupeurs de bourses, les violeurs de nonnettes et les vauriens, que tu seras à même de déterminer toi-même la peine des condamnés en te basant sur le livre de notre vénérable profession et sur ton jugement particulièrement médiocre. D'ici à ce jour maudit, je t'ordonne de garder fermé ce qui te tient lieu de bouche.

Le bailli siffle sous l'effort. D'autres bougies se sont éteintes sous le vent de son discours. Le greffier tente de les rallumer maladroitement. Le bailli agite frénétiquement la main, comme pour chasser une mouche, ce que les gardes interprètent comme le signe de me saisir par l'épaule.

On me pousse hors de la salle. Tout à coup, je me retrouve devant Jobbe. Un bref instant, je pense que je vais me désagréger de honte. Mais elle m'embrasse. Mes chaînes cliquettent.

– Dis-moi ce que je peux faire pour toi, Margot, me chuchote-elle dans l'oreille.

– Va dans le vieux quartier des pêcheurs, *Aux Ciseaux Dorés*, dis-je dans un murmure. Dis qu'ils vont me pendre et que Karel doit s'enfuir. Il doit quitter Anvers !

Un garde nous pousse pour nous séparer. Je regarde Jobbe. Elle ne verse aucune larme. Froide et crâneuse, comme toujours, ma Jobbe. J'avale le nœud que j'ai dans la gorge.

– Ne te laisse pas faire, Margot !

– Toi non plus, Jobbe !

Je retourne dans ma cellule, au Sjarel. C'est comme si je venais de voir une pièce de théâtre, extérieure à moi, avec un père, son fils et une gamine déguisée en garçon. J'imagine qu'ils accrocheront mon corps mort au gibet. Pendant plusieurs semaines, les corbeaux et les mouettes voletteront autour de ma charogne qui ballottera au gré du vent jusqu'à ce qu'ils soient tout à fait habitués à sa présence et qu'ils viennent picoter ma peau nécrosée et la chair pourrie de mes os. D'abord avec prudence sans doute. Ensuite, quand mon cadavre ne leur fera plus peur, ils me déchiquetteront. Je pourrirai complètement devant les portes d'Anvers, jusqu'à ce qu'il ne reste plus rien de moi. Jusqu'à ce que mon visage, mes mains et mes yeux ne soient plus qu'un vague souvenir surgissant de temps en temps dans la mémoire des gens que j'aurai connus et qui auront bien autre chose à faire que de penser à cette fille blonde aux vêtements de garçon qu'ils auront connue autrefois.

Tout à coup, quelqu'un surgit devant moi. C'est Neelken, la sorcière. Ce n'est que maintenant que je me rends compte que je suis là, devant les barreaux de la porte de la cellule, en train de trembloter comme un petit enfant que l'on vient de gronder. Neelken se lève à grand-peine sur ses articulations esquintées. Elle m'embrasse. Je sens ses bras autour de mon corps. Mais c'est moi qui la soutiens plus que le contraire. Je pose la tête sur son épaule osseuse et je la serre contre moi. Elle pue, cette vieille charogne, mais je continue à la serrer dans mes bras comme si ma vie en dépendait. Nous restons accrochées ainsi l'une à l'autre pendant une éternité. Mon corps hoquette de froid. Mais je ne pleure pas. Comme je dis toujours, ça ne sert à rien de pleurer.

13

UNE VISITE INATTENDUE

Ce soir-là, Neelken et moi, nous partageons une assiette de bouillie d'avoine avec des rognons de porc. Neelken ne sait plus quel jour ni quel mois nous sommes ; elle a oublié jusqu'aux noms de son mari et de ses enfants morts-nés. Elle me dévisage longuement avant de me demander qui je suis. Il lui arrive de voir en moi sa fille ou une amie d'enfance. C'est le diable qui a rendu son esprit malade, d'après le bailli. Elle a avoué avoir mis le feu à la maison du cordonnier Sabbe rien qu'en la regardant. On lui demanderait si elle a brisé de ses propres mains les statues des églises ou si elle a déclenché la tempête du mois de novembre en proférant de vieux dictons, elle l'avouerait aussi. La vieille Neelken est irrémédiablement perdue. Comme moi.

– Tu seras encore là, demain matin ? chuchote-t-elle. Ou tu rentres chez toi ?

– Non, je reste jusqu'à dimanche.

– Tant mieux, murmure-t-elle. Je serai encore là aussi.

Le procès a mangé mes dernières forces. Je m'assoupis, allongée sur ma planche. Des images du bailli, du greffier et du petit vice-sous-bailli me traversent. Puis je vois mon corps pendre, raide et glacé, à la potence. Je me réveille en hurlant, le cœur battant à tout rompre. Tout est silencieux, hormis le bruit mat que font les gouttes de pluie en tombant au dehors. La cloche de la prière du soir résonne au loin. Tout est calme. Sauf que dans cinq jours, je serai pendue. Dimanche, jour du Seigneur et du supplice. Quand les cloches sonneront les onze heures, entre la grand-messe et le dîner, tout Anvers verra le bourreau me bander les yeux et me jeter du haut de l'échelle. Je gigoterai comme une forcenée pendant que la corde m'enserrera la gorge jusqu'à ce que mes yeux sortent de leurs orbites et que ma langue pendouille de ma bouche.

La voix de Petit Pierre retentit soudain, aussitôt suivie de la lueur d'une torche qui illumine une partie de la cave.

– Cela n'est pas du tout l'usage, marmonne-t-il dans le couloir. Je me verrai obligé d'en informer le bailli.

– Vous êtes libre de le faire, répond la voix de Johannes Vuylsteke. Cela ne prendra pas longtemps.

– Je devrai laisser la porte fermée, grogne le gardien d'un air décidé. Sachez-le. Et à huit heures sonnantes, vous devrez partir.

Je me lève. Je distingue le blanc-bec à travers les barreaux. La lampe à huile entoure son visage d'un halo rouge. Il a l'air d'un gamin. Sans ses petites moustaches et sa barbiche, on lui donnerait quinze ans. Il pousse deux couvertures à travers les barreaux.

– Un vieil homme à l'entrée du Sjarel m'a supplié de vous faire parvenir ces couvertures. Il m'a aussi passé un petit pot de sirop au cas où vous n'arriveriez pas à dormir.

Je hoche la tête. Piet le Noir. C'est tout ce qu'il pouvait faire pour moi.

– Je regrette de n'avoir pu convaincre le bailli, cet après-midi, s'excuse le vice-sous-bailli.

Je prends les couvertures et je m'enveloppe

dedans, mais cela ne m'empêche pas de continuer à grelotter.

– Et dire que mon père est conseiller auprès du roi d'Espagne ! dis-je en maugréant.

– Il ne fallait pas s'attendre à de la clémence envers la fille d'un noble espagnol, soupire Johannes Vuylsteke. Les Anversois haïssent le roi d'Espagne. Ses soldats occupent le sud des Pays-Bas et viendront tôt ou tard mettre de l'ordre à Anvers. Toutes les villes, de Gand à Breda, en passant par ici, risquent de retomber aux mains de la couronne espagnole. Mais cela n'aura pas lieu, je te le promets ! Moi aussi je me bats pour les Pays-Bas ! Pour la cause calviniste !

Je me tais.

– Je viendrai au supplice. Je… je… je paierai le bourreau, pour que tu ne souffres pas quand il te pendra.

Quelle belle et délicate attention, Messire le vice-sous-bailli ! Voilà qui change tout ! Je vais pouvoir me faire pendre le cœur léger, maintenant que je sais que vous y serez et que vous paierez le bourreau pour qu'il tire de tout son poids sur mes pieds et que ma nuque se brise plus vite !

– Et votre si sympathique père, il viendra aussi ?

– Oui, et ma future belle-famille aussi, répond-il. Mon père tient à me ridiculiser devant la famille de ma future épouse.

– Oh ! Parce que vous allez vous marier !

Le vice-sous-bailli détourne la tête, comme s'il fuyait mon regard.

– Quand les noces auront-elles lieu ?

– L'été prochain, après la moisson.

– Oui, c'est la saison, dis-je sans réfléchir.

Je les vois devant moi, les jeunes mariées de juillet ! Elles auront pris un bain en juin pour sentir bon… Elles porteront un bouquet de fleurs pour chasser d'éventuelles petites odeurs... Elles se seront blanchi les dents avec du sel cristallisé de chez l'apothicaire... Pour la dernière fois, elles mettront un diadème et laisseront pendre leurs cheveux, avant de les faire disparaître à tout jamais sous un foulard… Elles ne remueront pas le petit doigt de toute la journée et se feront servir, mais, à partir du jour suivant, elles trimeront nuit et jour... Ces mariées toujours belles, parce qu'en ce jour unique où le monde sent bon le bois de pin, les fleurs sauvages et le blé fraîchement fauché, leur passé et leur avenir s'enlacent. Elles embrasseront leur mari en fermant les yeux comme pour se souvenir toute leur vie du goût de ses lèvres.

Un ange passe. Je comprends que plus jamais je ne vivrai le mois de mai. Et je me rends compte que je n'ai jamais reçu de vrai baiser. Il y a bien eu Karel le Pisseur d'église, mais il pensait surtout à me tripoter les seins.

– J'ai fait ce que j'ai pu, dit encore le vice-sous-bailli.

Je ne peux pas mourir comme ça. Il doit bien y avoir une possibilité de me sortir de là. J'entends encore Hendrickje crier : « Je ne vais pas mourir ! Vous entendez, je ne vais pas mourir ! »

– Pourquoi êtes-vous venu ? Je peux me passer de votre pitié.

– Moi ? bégaie le vice-sous-bailli. Je voulais te revoir, pour… pour…

– Pour mes beaux yeux ?

Il reste un instant bouche bée.

– Ce n'est pas vous qu'on va pendre ! Vous, vous allez vous marier ! Puis vous succéderez à votre père comme bailli. Ou alors vous deviendrez un riche typographe. Et si vous ne mourez pas de la peste ou du froid en hiver, vous aurez la chance de vieillir, vous ! Vous vivrez au moins jusqu'à l'âge de cinquante ans !

– Non, répond-il en me regardant droit dans les yeux. Je ne vais pas succéder à mon père. Je ne deviendrai pas non plus typographe. Je me battrai pour la liberté, pour la justice et contre le roi d'Espagne !

– Comment donc ? En alignant des lettres de plomb ou en travaillant bien au chaud chez votre père ?

– J'imprimerai des livres et des tracts pour Guillaume d'Orange. Nous libérerons Anvers du joug espagnol ! Les Espagnols veulent que nous pliions le genou. Il y a six ans, ils ont pillé notre bonne ville, par pure jalousie, parce qu'elle est la plus riche du monde. Ils se croient les maîtres du monde, mais la révolte gronde ! Le prince d'Orange et la reine d'Angleterre affûtent leurs armes, fondent leurs canons et paient leurs mercenaires. Moi aussi, je me battrai ! Avec mon encre, mes lettres et mon papier ! Et s'il le faut, avec mon sang ! Dans mon cœur, je suis un insurgé, un gueux, et j'aiderai à écrire l'histoire !

– Oh là là, le roi d'Espagne n'a qu'à bien se tenir ! dis-je, pas impressionnée pour deux sous.

– Je suis on ne peut plus sérieux ! Le prince d'Orange a proclamé l'indépendance des Pays-Bas. Un jour, ces pays seront libres !

Le jeune Johannes Vuylsteke, vice-sous-bailli, mâtiné de gueux et doublé d'un futur époux, a parlé d'une voix enflammée. Il en est tout essoufflé, le pauvre chou. Ses mains agrippent les barreaux comme si c'était lui qui était en prison, et pas moi.

– Dans cinq jours, je serai pendue ! Je me fiche bien de votre indépendance ! Qu'est-ce que j'en ai à faire, de votre roi d'Espagne et de votre prince d'Orange ! Qu'ils attrapent la coulante ! Vous avez encore moins de chances d'entrer dans l'histoire que moi de respirer la semaine prochaine !

– Margot, chuchote-t-il. Je voudrais qu'il en soit autrement. Que…

– Que quoi ?

Il laisse tomber la tête sur sa poitrine. Je me colle à la porte. Les clous de fer me rentrent dans la peau. Le jeune homme regarde autour de lui, hésitant. Je le fixe droit dans les yeux.

– Voulez-vous m'embrasser, s'il vous plaît ? Dans cinq jours, je me balancerai au bout d'une corde avec des pies et des corbeaux pour seuls compagnons, et je n'ai encore jamais reçu de vrai baiser.

Il s'approche. Il a une haleine d'oignon frit, mais son cou dégage une vague odeur d'eau de Cologne. Je ferme les yeux. Et là, je l'embrasse sur la bouche. Une fois... Deux fois… Trois fois... Ses lèvres sont douces et charnues. Il fait un pas en arrière et titube. Et voilà ! C'était le baiser de la condamnée à mort ! Il est trop vite passé.

– Qu'est-ce que je peux encore faire pour toi ? demande Johannes timidement.

– Voudrais-tu assommer Petit Pierre, puis revenir avec les clés, ouvrir la porte et me faire la courte échelle pour que je fasse le mur ?

– Mais… c'est trop fou ! Les portes de la ville sont fermées. Tu seras prise avant qu'il ne fasse jour. Et tu finiras tout de même à la potence ! Et moi avec ! Tu y as pensé ?

Je baisse la tête en soupirant.

– Je lis dans ton jeu, tu sais. Tu veux me

séduire ! Tu es la fille du diable. C'était idiot de ma part de venir ici…

– Je ne suis pas la fille du diable ! Je suis simplement une fille qui a tout perdu. Je suis une fille qui veut vivre. Je veux vivre !

J'empoigne les barreaux de la porte et j'essaie de les secouer, en vain. C'est à peine si la porte couine un peu.

– Je sais.

– Il doit tout de même y avoir un moyen…

– Je suis désolé.

– Arrête de dire que tu es désolé ! Viens donc admirer le spectacle avec ta famille et ta fiancée ! Viens donc me voir me balancer au bout d'une corde ! Allez, va-t-en ! Va te battre contre le roi d'Espagne ! Bon amusement !

Je tourne le dos à Johannes. Devant moi, la fosse humide, la paille souillée et la vieille Neelken qui parle dans son sommeil… L'antichambre de l'enfer. La lumière n'y arrive jamais, et sans cesse il y règne une obscurité immense, profonde et plus froide que la journée la plus froide de l'hiver.

Les cloches de huit heures sonnent sur la ville. Une idée me traverse l'esprit.

– Attends, attends… ! dis-je en bredouillant.

– Je dois y aller, soupire Johannes.

– Non, attends ! Il y a un moyen de me sauver !

Mes doigts s'agrippent aux barreaux. Le vice-sous-bailli recule de frayeur.

– Va trouver Guillaume d'Orange ! Dis-lui que je suis la fille de son vieil ami le duc d'Almendraje ! Demande-lui de m'envoyer en Espagne, en gage d'amitié ! Oui, une amitié pour la vie, une amitié plus forte que la religion ou la politique ! Demande-lui de m'envoyer en Espagne, en signe de fraternité, d'espérance et de paix !

– Quoi ? De fraternité ? De paix ? Avec l'Espagne ?

Il y a de l'étonnement et de l'incrédulité dans sa voix. Il pense que j'ai perdu la raison. J'ai envie de le frapper. Mes doigts serrent les barreaux froids. Mon visage passe presque à travers. Mon corps brûle. Ma tête bouillonne.

– Le duc d'Almendraje et Guillaume d'Orange étaient les meilleurs amis du monde avant l'insurrection ! Pourquoi le prince ne voudrait-il pas sauver la fille de son ancien compagnon et l'envoyer en Espagne ?

– C'est fou ! rouspète Johannes. Le désespoir te fait délirer. Tu ne peux pas réfléchir clairement. Le prince d'Orange n'est plus à Anvers, on l'a emmené à Delft. Il a peur des attentats. Et même... Supposons que je laisse tout tomber et que j'aille là-bas… ? Cela prendra deux jours. Supposons que j'arrive à lui parler… Il me rira au nez !

– Je t'ai entendu parler dans la salle d'audience ! J'ai erré pendant plus de deux ans dans les dix-sept Provinces, et jamais je n'ai entendu quelqu'un plaider comme toi. Tu es convaincant ! Tu utilises les mots justes ! Il t'écoutera ! Et tu rendras service à la révolte !

Johannes hésite. J'empoigne ses vêtements, je l'attire contre les barreaux et je l'embrasse à pleine bouche avec une passion qui n'existe que dans les livres interdits par l'Église. J'ai sa lèvre inférieure entre les dents et je ne la lâche que lentement, très lentement. Le vice-sous-bailli ne pourrait plus distinguer le Nord du Sud.

– Allez ! S'il te plaît ! Essaie !

La porte intérieure s'ouvre. Le geôlier s'avance et considère d'un air ébahi le tableau que nous lui présentons : un homme et une femme enlacés de part et d'autre des barreaux.

– Je ne peux pas te sauver, bégaie Johannes. Ton plan est sans espoir. Le prince d'Orange ne voudra pas fraterniser avec l'Espagne. Je suis désolé.

Petit Pierre arrache le vice-sous-bailli aux barreaux d'un geste décidé.

– C'est interdit, tout ça ! marmonne-t-il un peu inutilement.

– Je regrette, balbutie le sous-bailli dans une totale confusion. Je sais.

Il me regarde et peine à trouver ses mots.

– J'ai besoin d'air frais, ajoute-t-il avant de quitter le couloir.

Petit Pierre tape du poing sur mes doigts qui agrippent encore les barreaux. Aïe !

– C'est terminé, ton petit théâtre ? demande-t-il.

La douleur est insoutenable. Petit Pierre reconduit le vice-sous-bailli vers la sortie. J'entends une porte qui claque, un verrou qu'on tire. Voilà. Retour au noir de la nuit.

14

LA POTENCE

Grâce au sirop miraculeux de Piet, je tombe endormie chaque soir, mais je me réveille souvent au milieu de la nuit, les tempes battantes. J'essaie d'apaiser mon mal de tête avec un peu d'eau prélevée dans le petit seau qui pend au plafond. Je tente de me remémorer ma vie. Je compte les moments importants pour me persuader que, malgré tout, j'ai bel et bien existé. Mais la fatigue mélange mes souvenirs et je m'embrouille. Mon année de filouterie avec Karel et mon année de foires avec Piet le Noir et Esméralda sont celles qui me reviennent en mémoire le plus facilement. En pensée, je peux toutes les refaire, les foires. Ville par ville. Fête par fête. Saint patron par saint patron. Et ainsi, vers le matin, je finis par sombrer dans le sommeil contre le mur. Chaque nuit, c'est le même cirque. Le dernier jour, je suis réveillée par les cloches dominicales. Immédiatement, le froid et la peur envahissent mon corps. Aujourd'hui, je vais être pendue. Et Neelken va être brûlée vive.

Le gardien est tout sourire. Il est content que ce soit dimanche. Nous recevons un gobelet de lait chaud avec du miel et du vrai pain blanc. Il y a même des petits raisins dedans. Notre dernier repas de condamnées à mort ! Je signe le pain avant de mordre dedans. Neelken tremble trop pour boire son lait. Sa tête dodeline et ses dents claquent sans interruption. Sans lui accorder la moindre attention, le geôlier dépose pour chacune de nous une chemise grise. Pour le supplice.

– Je te maudis, toi et ta progéniture, pour les deux cents ans à venir ! lui siffle-t-elle. Et cette ville, je la maudis aussi ! La vie s'enfuira de ses tours orgueilleuses et de ses pierres vaniteuses ! Anvers deviendra une ville fantôme et les moutons brouteront dans les rues !

– Tais-toi, la sorcière ! crie le geôlier. Bois ton lait ! Profites-en une dernière fois ! N'oublie pas que tu vas bientôt monter au bûcher !

– Je ne brûlerai pas ! Avant que le soleil ne soit haut dans le ciel, je me changerai en chat noir et je disparaîtrai à travers les barreaux.

– Vas-y donc ! soupire le geôlier. Mais bois ton lait avant qu'il ne refroidisse. Il est tout frais et j'y ai mis ce qui me restait de miel. Gâtées que vous êtes, gâtées !

L'homme referme la porte derrière lui. Après ce repas, nous nous apprêtons pour la mort. J'enfile ma chemise de suppliciée. Elle est beaucoup trop grande pour moi. Elle me tombe sur les genoux. Avec un peu de chance, le vent s'engouffrera dessous et je serai projetée en l'air comme un ballon. Ha !

Je peigne les longs cheveux gris de Neelken, je les natte et je noue les extrémités de ses tresses avec des bouts de paille. Neelken, à son tour, coiffe mes cheveux courts en arrière en les humectant avec sa salive. Il faut que nous ayons l'air convenable pour notre dernier dimanche !

Le geôlier entre à nouveau dans notre cellule. Il me demande de joindre les mains et me fourre un crucifix en bois entre les doigts. Puis il me ligote les poings. Il fait la même chose à Neelken. Elle n'ose pas protester, de peur d'attraper un mauvais coup.

– Il y a des nouvelles ? dis-je d'une voix rauque.

– Des nouvelles ? répète le geôlier.

– Du vice-sous-bailli, Johannes Vuylsteke. Il vous a fait savoir quelque chose ?

Le gardien bâille à en découvrir sa mâchoire édentée.

– Je ne sais pas. J'ai surtout l'impression qu'il est en train de se préparer pour aller au service dans l'église calviniste. Il y priera pour sa prospérité et pour un hiver doux. Comme tout le monde. Vous avez de la chance, toutes les deux ! Vous n'avez plus de souci à vous faire pour ça ni pour rien d'autre.

Les cloches sonnent dix heures. Les messes s'achèvent. Les supplices peuvent commencer. Vêtues de notre seule chemise, nous sortons de notre cellule, Neelken et moi. Nous avançons à petits pas à cause des chaînes qui relient nos poignets à nos chevilles. Nous traversons les couloirs blafards du Sjarel. Une charrette nous conduira à la grand-place, précisément là où j'ai été arrêtée il y a une semaine. La charrette quitte la prison en cahotant. Nous sommes précédées par le crieur public qui énumère les méfaits de Neelken la sorcière et de Margot, la coupeuse de bourses. Deux moines marchent derrière la charrette, qui s'arrête pour une prière à chaque chapelle, à chaque niche contenant une statue de la Vierge. Jacobus Croës suit lui aussi la charrette, un bras à demi enveloppé dans des bandages. Il a le regard sévère et impitoyable, car aujourd'hui justice sera faite ! Ce qu'il en rajoute ! Les gens crient de joie à l'idée qu'on va en pendre une et brûler l'autre. Venez tous voir ! Les badauds nous jettent des ordures à la tête en braillant. Mes chaînes, mes poignets ligotés et ma camisole me font honte. Et le froid qu'il fait ! Je rentre la tête dans les épaules et j'essaie d'enrouler ma chemise grise autour de mes mains entravées. Je baisse les yeux sur les pavés de la rue que je vois comme de derrière un voile. De temps en temps, j'aperçois une mer de visages blafards et de bonnets noirs. Des richards, des miséreux, des maîtres, des serviteurs, des hommes, des femmes, des enfants... Je me demande si les filles du foyer des innocentes vont me reconnaître. Y aura-t-il maître Adriaan et Greta ? Jobbe et Marieke ? Est-ce que Piet le Noir, Ric la Science et Esméralda la Boiteuse viendront ? Neelken est près de moi, tremblante de froid. Nos doigts s'accrochent les uns aux autres, tellement fort que jamais nous ne pourrions nous lâcher.

Si au moins tu étais une vraie sorcière, Neelken ! Tu pourrais changer cette masse grouillante en crapauds et nous pourrions nous envoler sur ton balai en direction d'une île lointaine où il y aurait toujours du soleil et où la vie serait aussi douce que la toile de Hollande. Si tu étais une vraie sorcière, Neelken ! Nous pourrions vivre ! Vivre…

Le bourreau et le prêtre nous attendent d'un air serein sous le regard des Anversois effarés. La glace craquelle sous leurs pieds et le bois de chauffe est cher, mais en ce dimanche matin, ils ont tous l'air content : c'est nous, et pas eux, qui montons à l'échafaud ou au bûcher. Tout compte fait, leur vie est plutôt belle.

Le prêtre nous bénit et nous fait baiser le crucifix. J'ai tout à coup peur que mes lèvres, à cause du gel, ne restent collées au corps du Christ. Quand le prêtre présente le crucifix à Neelken, elle lui crache dessus, et la foule recule d'effroi. Les gens crient que c'est une sorcière, que d'autres sorcières sur des balais vont descendre du ciel pour la sauver et que le bourreau doit se dépêcher. Neelken et moi, nous nous tenons encore un instant par les doigts, mais d'un geste brusque, le bourreau nous détache. Il me pousse vers l'échafaud. Il attache Neelken à un poteau au-dessus d'un tas de fagots. Puis le crieur public monte à son tour et réclame le silence.

Partout autour de moi, je distingue des visages rouges ou blêmes à cause du froid. Partout je vois de petits nuages formés par les haleines. Le crieur commence la lecture de mes méfaits, samedi dernier, sur la grand-place d'Anvers, et n'omet pas de dire que je n'en étais pas à ma première expérience. Cette fille en vêtements de garçon, affublée d'un bonnet rouge avec une broche de la Sainte Vierge qui, durant l'année écoulée, a commis nombre de vols et de cambriolages, c'est moi et je vais mourir pendue.

– Voleuse ! Sorcière ! Racaille ! hue la foule.

Le crieur regarde le bailli. Assis sur un tabouret près de l'échafaud, le vieillard éternue, renifle et crache comme s'il allait rendre l'âme avant la prière du soir. Entre deux quintes de toux, il fait signe que le crieur n'a rien oublié.

Mais l'homme annonce encore que je prétends être fille d'un noble espagnol, sans que personne n'ait pu en apporter la preuve. Il laisse tomber un silence, comme s'il attendait que quelqu'un dans la foule prenne la parole. Personne ne réagit. Alors, le prêtre m'asperge une nouvelle fois d'eau bénite. Le bourreau me recouvre la tête d'une cagoule noire. Voilà. C'est fini. Je ne verrai plus rien de ce monde. Je vais mourir.

Le bourreau me fait grimper l'échelle en me tirant par les mains. Mes jambes pèsent des tonnes, et je me hisse avec difficulté sur chaque échelon. Enfin, je suis arrivée à la bonne hauteur. Je sens que l'on serre fortement la corde sous mon menton. Le bourreau redescend de l'échelle et m'abandonne dans ce monde où tout est noir. C'est pour maintenant.

– C'est encore une enfant ! crie une femme.

Est-ce la voix de Jobbe ? Celle de Marieke ?

– Qu'on pende cette fripouille ! Elle a blessé un garde ! hurle quelqu'un d'autre.

Un cri résonne, que je ne comprends pas. Puis c'est le silence, un silence étrange. C'est pour maintenant, me dis-je une deuxième fois. Mais le bourreau n'arrache pas l'échelle sous mes pieds. J'entends de nouveau quelqu'un crier, mais ma cagoule m'empêche de comprendre. Qu'on en finisse, au nom du ciel ! Qu'on enlève cette échelle ! Je ne veux pas rester ici ! Je dois faire pipi. Mon Dieu, ce que je dois faire pipi ! Et quelle chaleur, sous cette cagoule ! Si ça continue, je vais tomber dans les pommes avant qu'on me pende. Ce serait tout moi, ça.

– Qui êtes-vous, monsieur ? dit la voix du bailli.

– Simon Hendrickszoon, officier d'Orange, répond un inconnu.

Sur la grand-place, on n'entend que les pieds qui piétinent et le pet d'un vieillard. Veine de pendu, y a-t-il vraiment un Hollandais devant l'échafaud ?! Ce blanc-bec de Johannes serait-il vraiment allé chez Guillaume d'Orange ?!

– Cette femme a été condamnée pour plusieurs vols et pour blessure grave à un serviteur de la loi ! crie le bailli sans tousser une seule fois.

– Elle est la fille d'un noble espagnol, le duc d'Almendraje ! répond l'officier d'Orange. C'est en Espagne qu'elle doit être jugée !

Mon cœur bat à tout rompre. Le Hollandais parle d'une voix si grave et si imposante qu'on entend à peine les balbutiements du bailli. Il est temps de déclarer forfait, sac à crachats ! Accepte de passer la main ! Tu n'assures pas, face à ce gaillard d'officier d'Orange !

– Quelle preuve avez-vous, capitaine ?

– Ce parchemin ! claironne la voix. Et voici cette bourse, pour vous dédommager des frais du procès !

Les chevaux s'ébrouent. Le bailli tousse. Je comprends qu'il déroule le parchemin et qu'il en considère le sceau. Des gens crient que je dois mourir. Quelqu'un clame que la parole du prince d'Orange n'a aucune valeur, ici, à Anvers. D'autres hurlent que je dois vivre. Et moi, je ne tiens plus le coup. Je glisse dans un ravin noir. Tenez-moi, bourreau ! Tenez-moi, parce que je m'évanouis. Mais tenez-moi donc ! Je tombe. Je tombe dans ce noir ravin.

Je dégringole de l'échelle et tout de suite le nœud de la corde m'enserre la gorge. Mes jambes gigotent dans tous les sens au-dessus de l'échafaud. J'entends des cris de joie. J'entends des rires. La corde me coupe la respiration. D'ici peu, je serai bonne pour les corbeaux. Déjà que j'entends les démons rire en enfer... Ils affûtent leurs couteaux diaboliques... Ils se pourlèchent les babines... Un instant, j'arrive !

15

ESPIONNE?

Je suis à l'auberge *Le Mouton tondu*, assise devant l'âtre. Le feu crépite doucement dans la cheminée. Dehors, les odeurs du soir montent déjà. Pauvre Neelken ! On l'a brûlée cet après-midi. Je me signe en sa mémoire. J'espère que les sorcières vont au paradis. Les branches de pin séchées grésillent dans le feu et se tordent sous la chaleur. Je fixe tellement les flammes que j'en ai les yeux qui brûlent. Mon cou est une grande écorchure, mais on a fait venir une sœur de la maladrerie et elle m'a soignée. Elle a enduit la plaie d'une pommade astringente à base de résine, de farine de blé et de térébenthine. Ensuite, elle a trempé son index poisseux dans de la cendre et m'a tracé un signe de croix sur le front pour que je guérisse vite et que je mène dorénavant une vie de droiture. J'ai la peau du cou tout irritée, le visage en feu et mes habits collent à mon corps, mais tout cela ne me préoccupe guère : je suis en vie !

Mes mains n'ont pas cessé de trembler depuis que je suis revenue à moi sur l'échafaud. On dirait que je souffre de cette maladie qui frappe les vieillards ou ceux qui ont vu les dames blanches qui lavent les draps des défunts par les nuits de pleine lune. Malheur à celui qui les observe car il sera frappé de la tremblote et cela ne s'arrêtera que quand il sera allongé dans son cercueil !

Dehors, les cloches sonnent. Je compte quatre

coups. Dans une heure, il fera nuit et on fermera les portes de la ville. Piet le Noir, Ric la Science et Esméralda la Boiteuse feront la fête en mon honneur aux *Ciseaux Dorés*.

Dans la salle de l'auberge, Johannes parle avec trois autres hommes. Le vice-sous-bailli a l'air d'un vrai gringalet comparé à la silhouette massive de Simon Hendrickszoon. Le soldat porte un plastron de cuirasse par-dessus son pourpoint orange. Il ne doit pas avoir plus de vingt-cinq ans, mais la guerre contre l'Espagne l'a marqué. Sa joue porte la cicatrice de la balle de pierre qui a traversé son visage. Rentrée par une joue pour en ressortir de l'autre. Il n'a plus d'avant-bras gauche, sans doute emporté par un boulet de canon espagnol. Et son cou est marqué d'une longue balafre, souvenir d'un coup d'épée. Je regarde vers le bas, mais non, il n'a pas de jambe de bois – pas encore.

Le capitaine Splinter Matthijs paraît plus âgé et plus calme. Il arbore un début de calvitie et a des problèmes de rhumatismes à cause de ses longues chevauchées. Il s'est retiré après le dîner pour se reposer et il vient de rejoindre les autres.

Le troisième homme est un mercenaire, un Allemand affublé d'une grosse moustache noire qui bredouille sans arrêt dans une langue incompréhensible. Lui et Hendrickszoon sentent le cheval et fument la pipe. De temps en temps, le tabac anversois, très fort, les fait tousser.

– Comment a-t-elle formulé cela, jeune homme ? demande Simon Hendrickszoon, suffisamment fort pour que je puisse l'entendre.

– Elle a dit que je devais demander au prince de l'envoyer en Espagne, répète Johannes, chez son vieil ami le duc d'Almendraje, comme gage d'amitié, une amitié pour la vie, plus forte que la religion ou la politique. En signe de fraternité, d'espérance et de paix.

– Merveilleux ! dit Simon Hendrickszoon, aux anges.

Un long frisson me parcourt. Il faut absolument que j'arrête de trembler.

– Le prince était enchanté que Johannes se présente à lui, reprend Simon Hendrickszoon en me souriant. Ton existence est pour nous une bien belle aubaine. Nous t'envoyons en Espagne, à Séville ! Ton père, le duc d'Almendraje, y possède une résidence. Tu vas le convaincre que tu es sa fille. Tu vas faire en sorte qu'il t'accueille chez lui, dans sa famille.

Je continue à sourire nerveusement. Allons, arrête de trembler, Margot ! Arrête !

– Une fois dans la maison du duc, tu ouvriras les yeux et les oreilles. Tout ce qui s'y passera, toutes les conversations que tu capteras, tout ce que ce bon duc racontera à propos de son ami le roi d'Espagne, tu le retiendras et tu le raconteras ensuite à notre homme à Séville.

Je regarde Simon Hendrickszoon. Je ne comprends pas.

– Tu seras notre espionne.

– Quoi ?! dis-je en écarquillant les yeux en direction de Johannes.

Le vice-sous-bailli détourne la tête. Il n'ose pas me regarder.

– À Anvers, il y a plus d'espions que de puces dans un vieux tapis, explique Simon Hendrickszoon. Tous à la solde du roi d'Espagne ! Et notre bon prince d'Orange, le berger de notre nation – que Dieu lui accorde longue vie et trente-cinq fils – a trop peu d'espions en Espagne. Comme tu le sais, les troupes espagnoles occupent le sud du plat pays. Elles s'apprêtent à reconquérir les Pays-Bas. Un espion en Espagne arrive à point nommé.

– Mais comment m'y prendrais-je ? dis-je, tout à coup réveillée. Je ne connais pas l'espagnol ! Je sais à peine lire et écrire !

– Tu as beau ne pas connaître l'espagnol, tu es passée maîtresse dans l'art de la filouterie ! Je parie que tu sais escalader une façade de trois mètres de haut et rentrer par une fenêtre sans que personne ne le remarque. Je parie que tu es capable de crocheter la serrure d'une armoire en moins de temps qu'il n'en faut pour se signer. Et je parie que tu sais nettoyer et recharger un pistolet le temps de réciter un *Notre Père*… Pas vrai ?

– Absolument pas ! Vous perdez tous vos paris ! Je ne sais rien faire de tout cela. Si j'étais une aussi bonne voleuse, on ne m'aurait pas attrapée sur la grand-place. C'était la première fois que j'essayais de voler quelque chose. Je ne suis rien d'autre qu'une fille poussée par la faim et le désespoir.

– Tu sais, m'interrompt Simon Hendrickszoon. On prétend que j'ai du nez. « Simon, me disait feue ma mère, tu as l'odorat d'un chien de berger ! » Elle me mettait un légume sous le nez, et je pouvais, sans regarder, deviner si c'était un petit chou, un radis ou un topinambour. Mais sais-tu ce que je flaire le mieux ? Le mensonge ! Et sais-tu qu'il pue la sueur de vieille femme ? Nous avons beau être presqu'en plein hiver, je trouve que cela empeste la sueur de vieille bique, ici ! Vous ne trouvez pas, les autres ? Ce qui veut dire, petite, que tu mens comme tu respires ! Alors, je te le demande une dernière fois : as-tu de l'expérience en filouterie ?

Je fais oui de la tête. Je n'ai pas oublié que maître Adriaan nous faisait réciter les dix commandements. Pécher contre un seul, c'est aller droit en enfer, avec ses effluves de soufre, ses étangs d'huile bouillante et ses monstres affamés aux dents d'acier.

« Je ne veux pas voler, Karel », dis-je ce jour-là, de peur d'aller en enfer, justement. Il répondit : « Tu te soucieras de ça plus tard ! » et nous avons pris le chemin de la grand-place. « Regarde, Margot, tu vois la bourse qui pend à la ceinture de ce bonhomme ? » demanda Karel. « Il est saoul. Je lui demande du feu et toi, tu lui coupes sa bourse ! » Je secouai la tête et voulus rebrousser chemin, mais Karel s'avançait déjà vers l'homme. Il alla se planter à côté de lui et s'étonna que sa pipe se fût éteinte. Il sortit ses allumettes et demanda à l'homme de l'aider. Avant même que celui-ci, qui était certes ivre mais aussi serviable, puisse tirer sur sa pipe pour faire rougeoyer son tabac et y allumer l'allumette de Karel, sa bourse avait disparu. J'avais fait exactement comme Karel m'avait appris. Avec mon petit couteau de poche, plus affûté que la pointe d'un sabre espagnol. Personne n'avait rien remarqué.

Et puis les cambriolages ! « Regarde ce mur, Margot », me dit Karel une autre fois. « Retiens bien où se trouvent les lézardes, les trous. Tu peux y poser les mains, les pieds. » Je grimpai le long du mur et poussai la fenêtre entrouverte. Il me suivit immédiatement. « Tu vois la serrure de cette armoire ? Prends les tiges de fer, pousse-les dans le trou de la serrure et écoute bien le mécanisme. Elles sont toutes pareilles. » Nous étions dans le noir le plus complet, au premier étage d'une maison de bourgeois, dans la ville de Lierre, agenouillés devant un coffre à habits cadenassé. Dans la chambre d'à côté, on entendait ronfler le propriétaire. Je triturai le cadenas avec mes petites tiges, en tendant l'oreille. J'étais trempée de sueur. Et tout à coup, un déclic se fit entendre. J'ouvris le cadenas, je soulevai prudemment le couvercle du coffre et je cherchai à tâtons. Je mis la main sur une sacoche contenant trois bagues et un collier. « Tu vois ! » murmura Karel en soufflant son haleine chaude dans mon oreille. Quelques instants plus tard, nous redescendions par la fenêtre et nous traversions l'ombre jusqu'à la place où nous attendait notre chariot. Nous avions été silencieux comme des chats, attentifs à la ronde de nuit. Karel m'avait tenu la main.

Où était donc passée la jeune fille pieuse du foyer des innocentes ? pensais-je parfois durant ces longs mois avec Karel. Aujourd'hui, elle vole comme une pie ! Et l'enfer ? Tu te soucieras de ça plus tard !

– Un espion, c'est un soldat, reprend Simon Hendrickszoon. Quelqu'un qui est prêt à donner sa vie pour sa patrie.

– Ma patrie ?! dis-je, étonnée.

Simon Hendrickszoon soupire.

– Les Pays-Bas sont ta patrie ! intervient calmement Splinter Matthijs. Ton prince, c'est Guillaume d'Orange. Le père Guillaume, comme on l'appelle.

– Mais, il ne parle même pas le néerlandais comme nous ! dis-je hardiment. Il parle français !

– Et alors ? Il parle aussi l'allemand et l'espagnol, répond Splinter Matthijs. N'empêche qu'il est prince des Pays-Bas.

– Qu'est-ce que c'est, les Pays-Bas ?

– C'est le nom qu'on donne aux Provinces-Unies depuis leur indépendance, il y a trois ans.

Je ne réponds pas. Je ne m'étais jamais rendu compte que je vivais aux Pays-Bas et encore moins que c'était ma patrie. Moi, je suis une fille des chemins creux de Flandre, du Brabant et de Zélande, une fille de la Campine, des bois et des champs, et puis une fille d'Anvers, avec ses maisons de briques rouges, ses venelles, ses sentiers de contrebande au bord de l'Escaut et ses hôtels de maître.

– Bon, que penses-tu de cette histoire d'espionnage ? demande Simon Hendrickszoon.

– Je ne veux pas, dis-je dans un chuchotement, les yeux rivés au sol.

Puis je me tourne vers le vice-sous-bailli.

– Je ne veux pas, Johannes.

– Margot, c'est ta seule chance, répond-il.

Arrête de trembler, Margot ! Concentre-toi ! Tu dois déguerpir d'ici ! Tu dois sauver ta peau !

Johannes m'adresse le sourire encourageant d'un chirurgien à un pestiféré couvert de pustules. Il pense sans doute que je vais lui tomber dans les bras tellement je lui suis reconnaissante. Eh bien, Johannes Vuylsteke, que la coulante te torde les boyaux ! Et même chose pour Guillaume d'Orange ! Aller en Espagne pour espionner, moi ?! Et pourquoi pas dans un harem de Turquie ?! Je reste en Flandre, où je connais les chemins, les collines, les bois, les auberges et les cachettes ! Je me débrouillerai ! Je retrouverai Karel le Pisseur d'église. Il me dira : « Margot, je t'ai attendue. » Et je l'embrasserai jusqu'à ce que ses lèvres en deviennent bleues avant de lui dire : « Je suis à toi. » Mais oui. Et tout s'arrangera. Il faut que je sorte de la ville et que je disparaisse dans le néant. Je ne reviendrai plus jamais ! Plus jamais !

Avec ses affreuses cicatrices et son bras unique, Simon Hendrickszoon peut s'en retourner à Delft pour embaumer les pieds de son imbécile de prince. Quant au duc d'Almendraje, je n'ai aucune envie de le voir. De toute façon, il ne veut pas de moi ! Et puis, s'il me laissait entrer chez lui, il aurait tôt fait de comprendre que je sors du caniveau.

Il m'a fallu deux heures au coin du feu pour me remettre de mes émotions. Mais maintenant, ça suffit. Il faut que je parte d'ici ! Je me lève, tout engourdie. Je coince mes mains sous mes aisselles pour contrôler leur tremblement. Je vais juste leur dire que je dois m'isoler au petit coin. Une fois dehors, dans l'enclos, je pousserai les poules du pied, j'enjamberai les immondices et l'unique cochon famélique, je me faufilerai par derrière et je courrai à toute allure à travers les plus petites ruelles jusqu'aux portes de la ville. Si je n'y arrive pas, je me cacherai dans une église. Là, je bénéficierai de la protection de Dieu et nul ne pourra toucher à un seul de mes cheveux, pas même un protestant du Nord. J'attendrai jusqu'à ce qu'on pose les étouffoirs sur les feux, qu'on vide les pots de nuit et que tous aillent au plumard pour rejoindre Karel, et nous disparaîtrons tous les deux dans la nuit. Tapis dans un bois, un champ, une étable, la tanière d'un renard, nous attendrons le printemps.

Je fais deux pas dans la direction de la porte.

– Hé, l'Espagnole ! crie Simon Hendrickszoon. Où penses-tu aller comme ça ?

Zut alors ! Ils n'ont pas encore assez bâfré pour être assoupis, ni assez bu pour être fin saouls ! Sans me laisser le temps de répondre, le Hollandais allume la mèche de son pistolet à sa pipe brûlante. Immédiatement, la mèche se met à siffler. Il laisse tomber le pistolet sur la table, un peu trop brusquement. L'Allemand, qui se trouve juste en face du canon du pistolet, s'écarte vivement. C'est qu'un coup est vite parti… Simon Hendrickszoon ricane. Me voilà prévenue. Si j'ose m'enfuir, il m'enverra une balle dans les fesses.

– Du calme, Simon ! dit le capitaine. Il n'est tout de même pas nécessaire d'en arriver là.

– Ou bien tu jures sur la Bible de devenir une espionne à la solde de la Maison d'Orange, ou bien j'achève ici le travail que le bourreau a commencé il y a quelques heures ! Tu as déjà confessé tes péchés, cela ira vite.

Johannes nous adresse une grimace, au capitaine et à moi, comme s'il voulait donner l'impression qu'il ne s'agit que d'une comédie. Mais il me suffit d'un coup d'œil à Hendrickszoon pour me rendre compte qu'il est capable de me briser la nuque sans sourciller.

– Que sais-tu de ton père ? me demande Splinter Matthijs.

– Rien, sauf, qu'il a servi comme chef de camp sous le duc d'Albe. Il était à la tête d'un millier d'hommes. Après son service, il est retourné en Espagne. Ma mère ne m'a rien raconté de plus.

– Ta mère ? Comment s'appelle-t-elle ?

– La Rousse, dis-je en soupirant. Elle travaillait dans une auberge.

– Évidemment, dit Simon Hendrickszoon en hochant la tête. Eh bien, écoute ça, petite. Ton père, le duc d'Almendraje, descend d'une vieille famille qui possède des terres plantées d'amandiers en Andalousie. La famille tient sa fortune du commerce des amandes. Le duc a une maison à Séville, où il occupe la position de scribe royal à la célèbre *Casa de Contratación,* La Maison du Commerce. Mais à Séville, on l'appelle la Maison des Océans.

– Scribe royal ?

– Le scribe royal est mandaté pour écrire au roi. Il est également son conseiller. À Séville, on compte les personnes qui ont cette charge sur les doigts d'une main. Et le duc d'Almendraje en fait partie.

Cela entre par une oreille et ressort par l'autre. Je ne pense qu'à une chose : quitter cet endroit le plus vite possible. C'est la première fois que j'entends parler de Séville ou d'une autre ville d'Espagne. Je me contrefiche de ce qui peut bien s'y passer !

– Séville est la vraie capitale de l'Espagne et du monde, reprend Simon Hendrickszoon.

Johannes, apparemment rassuré, se ressert une timbale de vin. L'Allemand secoue la cendre de sa pipe, la bourre à nouveau et se gratte la barbe d'un air las.

Attends, Margot ! Attends le bon moment pour t'enfuir !

– C'est à Séville qu'accostent tous les bateaux en provenance du Nouveau Monde, autrement dit les Amériques, poursuit Simon Hendrickszoon. Et chaque année, arrive la Flotte d'Argent. C'est une flotte d'une dizaine de bateaux. L'argent est déchargé à Séville, sur les quais, avec les marchandises précieuses du Nouveau Monde. Chaque capitaine de la Flotte d'Argent doit se présenter à la Maison des Océans, déclarer combien d'argent il a déposé sur les quais et raconter les événements importants qui ont émaillé son voyage. C'est ainsi que les gens de la Maison savent avec précision combien de colonies espagnoles, de soldats, de canons et de bateaux compte le Nouveau Monde.

Hendrickszoon se tait. Il prend son pistolet et souffle sur la mèche pour raviver la flamme. Johannes s'agite de nouveau. J'avance d'un pas. L'Allemand continue à somnoler. Le pistolet est posé au beau milieu de la table ; sa mèche se consume lentement. Je fixe Simon Hendrickszoon dans les yeux. C'est un conseil de Karel le Pisseur d'église : toujours regarder dans les yeux celui qu'on s'apprête à détrousser. Il ne se rendra compte de rien.

– À la Maison des Océans, ils se servent de toutes ces observations pour adapter la carte du monde, conclut Simon Hendrickszoon. Cette carte, je la veux.

– Impossible, Simon ! réagit Splinter Matthijs. Si la petite pouvait nous mettre au courant des conversations du duc avec les fonctionnaires de la Maison des Océans, ce ne serait déjà pas si mal !

– Je pense qu'il est possible d'obtenir une copie de cette carte, répond Simon Hendrickszoon. Cela nous permettra de savoir avec exactitude quelles routes suivent les navires espagnols, où se trouvent leurs colonies dans le Nouveau Monde, si elles sont bien armées et…

C'est le moment que je choisis pour intervenir. Je saisis l'Allemand par le col et le tire en arrière. Un instant plus tard, je balaie la table de la pointe de son épée, envoyant le pistolet valdinguer dans le feu. Le coup part immédiatement. Le capitaine Splinter fait un bond de côté, tandis que Johannes plonge sous la table. Hendrickszoon tire son épée, mais j'agite mon arme comme Karel le Pisseur d'église. Un coup vers la gauche, un coup vers la droite et puis un coup droit devant moi. Il faut atteindre son objectif, sinon on est perdu. À l'allemande ! Ça paraît simple, mais il faut être exercé et savoir faire preuve d'audace. Dès le premier coup, je fais tomber l'épée d'un Simon Hendrickszoon ébahi. Au deuxième, il recule d'un pas. J'hésite avant de frapper d'estoc. La pointe de mon épée touche sa gorge, mais, mis à part Jacobus Croës, je n'ai encore jamais planté une lame dans la chair de quelqu'un. Hendrickszoon déglutit.

– Je parie que vous, vous n'êtes pas allé à confesse aujourd'hui, Hendrickszoon !

J'ai hurlé pour maîtriser le tremblement de ma voix.

– Faites deux pas sur le côté et éloignez-vous de la porte ou je vous balance deux pouces d'acier à travers la gorge et je vous envoie en enfer ! Vous saluerez Satan de la part de Margot, la coupeuse de bourses !

– Mais nous t'avons sauvé la vie, crie Johannes, paniqué.

Hendrickszoon ne bouge pas. Il ne semble pas encore remis de son étonnement.

– Dégagez la porte !

Le capitaine Splinter Matthijs se remet sur ses jambes et étire son dos douloureux. Sans un regard à Hendrickszoon, il va s'asseoir un peu plus loin. L'Allemand se réinstalle sur son tabouret, comme si de rien n'était. Je ne comprends pas. Fulgurante, la panique me traverse. Simon me fixe d'un œil narquois, sûr de lui. Je crie :

– Je ne joue pas la comédie ! Dégagez-moi cette porte !

Hendrickszoon sourit.

– Tu passes cette porte, et tu es morte.

Aucune réaction de personne.

– Elle n'est pas mauvaise, la petite, ricane Hendrickszoon. Tu ne trouves pas, Splinter ?

– Elle a des possibilités, en effet, confirme Splinter.

– Margot, tu ne t'en sortiras jamais ! dit Johannes.

Il m'a distraite une fraction de seconde. Déjà Simon Hendrickszoon a attrapé la pointe de mon épée au moyen de sa main gantée. L'Allemand en profite pour me lancer son tabouret dans les jambes. Je m'écrase brutalement sur le sol. J'ai perdu si brusquement mon souffle que je n'arrive pas à me redresser. L'instant d'après, Simon Hendrickszoon est sur moi. Ses énormes mains se referment sur mon cou. Ma plaie me fait hurler de douleur. Il me soulève.

– Je pensais que tu allais opter pour le pistolet, déclare-t-il. C'eût été parfait. Sauf qu'il n'était pas chargé. Mais tu as choisi l'épée et, en plus, tu la manies joliment.

Il faut se méfier des pistolets à mèche, Messire Hendrickszoon. On ne sait jamais. Si le feu ne prend que dans le bassinet, la balle reste coincée dans le canon. Et lâchez ma gorge, Messire, vous la mettez en bouillie !

Hendrickszoon me pousse sur un tabouret et me lâche enfin. L'Allemand ricane, mais le capitaine Splinter Matthijs n'est pas d'humeur à rire.

– Je ne suis pas d'accord avec tes méthodes, Simon, murmure-t-il.

Entretemps, Johannes a quitté sa cachette sous la table.

– Tu espionneras le duc d'Almendraje comme on te le demande, siffle Hendrickszoon, ou tu fais tes adieux à ce monde.

– Et s'il ne me croit pas ? S'il me jette à la rue ?

– Si le duc ne t'accepte pas dans sa maison, notre homme à Séville aura la liberté de faire de toi ce qu'il voudra. Il pourra te vendre à une taverne ou à un maître voleur. Et tu finiras probablement à la potence de Séville, où là non plus ils n'apprécient pas les coupeuses de bourses. Mais si le duc t'accueille dans sa maison, tu travailleras pour nous. Pour nous et pour le prince d'Orange. Tu liras les lettres que le duc écrit au roi et tu en communiqueras le contenu à notre homme à Séville.

– Et qui est celui que vous appelez votre homme à Séville ?

– Nous pensons à Johannes Vuylsteke, suggère Splinter Matthijs.

Stupéfait, Johannes avale de travers.

– Excusez-moi, mais je ne peux pas aller à Séville. Vous devez comprendre qu'à Anvers….

– Vous avez très favorablement impressionné le prince, l'interrompt Matthijs. Vous avez fait un aller-retour à Delft en trois jours, afin de sauver quelqu'un de la potence. En un minimum de temps, vous avez pu convaincre les gardes du prince de vous laisser accéder jusqu'à lui. Et en moins d'une heure, vous l'avez persuadé lui de la justesse de votre affaire. Vous êtes éloquent. Et en plusieurs langues, n'est-ce pas ?! Le latin, le français et l'espagnol, non ?

– Attendez ! Attendez ! gémit Johannes, qui comprend d'où vient le vent. Je suis en apprentissage chez maître Plantin, l'imprimeur. De plus, je suis régulièrement appelé à seconder mon père comme vice-sous-bailli. Et je dois me marier l'été prochain. Dans huit mois, très exactement. Il m'est impossible de quitter Anvers !

– Si votre fiancée tient à vous, elle vous attendra ! déclare Splinter Matthijs avec flegme. Vous devez comprendre que votre aide est indispensable en Espagne. C'est d'une importance vitale pour notre jeune nation. Les Pays-Bas comptent sur vous, mon jeune Vuylsteke ! Je dirais même plus : le prince d'Orange compte sur vous !

– Le prince d'Orange… ! balbutie Johannes.

Il en a les larmes aux yeux. Simon Hendrickszoon hoche la tête.

Johannes se lève et nous dévisage tour à tour comme s'il voulait imprimer ce moment dans sa mémoire. Il a la gorge nouée par l'émotion.

– Vous direz au prince d'Orange qu'il peut compter sur moi, déclare-t-il enfin.

Il donne deux baisers sur les joues mutilées de Simon Hendrickszoon et embrasse Splinter Matthijs dans sa barbe grise. Il essuie ses larmes, vaincu par l'émotion, et sort de l'auberge.

– Et maintenant, à nous, dit Simon Hendrickszoon avec une grimace.

– À nous ?

– Tu es une vagabonde et une voleuse. Tes mensonges feraient ressortir du sol les pieux sur lesquels est bâtie Amsterdam. Je n'ai aucune confiance en toi, aucune. Si tu oses me tromper, je te préviens : tu ne seras nulle part en sécurité, même pas à Séville.

– Je ne trahirai pas votre confiance, Messire.

– Je vais m'en assurer ! rétorque Hendrickszoon froidement.

Puis, se tournant vers l'Allemand, il ajoute :

– Va chercher le bourreau !

16

SŒUR RITA

Le bourreau arrive une heure plus tard, accompagné de son jeune fils, qui se frotte les yeux de sommeil. Il est contrarié de travailler si tard, surtout un dimanche, mais la pièce d'or que Simon Hendrickszoon pose sur la table adoucit son humeur. Il referme deux anneaux de fer autour de mes poignets et son fils les relie par une chaîne. Le bourreau met un tisonnier dans le feu.

– Que se passe-t-il ? dis-je d'une voix anxieuse. Je vous ai juré de faire ce que vous voulez.

– Les gens de ton espèce, je les connais ! lance sèchement Simon Hendrickszoon. Si tu oses t'enfuir, si tu oses me jouer un tour, on découvrira la marque au fer rouge et on comprendra immédiatement que tu es bannie et que tu as fui la justice. En voyant cette marque, on comprendra que tu es la dernière des dernières. La lie de la société ! Un rebut !

Le bourreau prend la chaîne que son fils lui tend et me force à m'allonger sur la table gluante qui empeste la bière et le poisson. Il me noue les chevilles l'une à l'autre et y accroche un sac de sable. À un mètre de moi, le fils du bourreau tourne et retourne le tisonnier dans les flammes. Des étincelles fusent en gerbe. Le gamin veut montrer qu'il mène correctement sa tâche et que, plus tard, il fera lui aussi un excellent bourreau.

– Allez-y ! Faites votre travail ! dit Simon Hendrickszoon.

L'homme demande à son fils si le tisonnier est assez chaud. Le garçon hoche la tête et le sort du feu. L'extrémité de la longue barre de fer rougeoie. Le gamin passe le tisonnier à son père et s'accroche à mes poignets enchaînés pour que je ne puisse ni les retirer ni les tourner. Le bourreau dégrafe ma chemise et la fait glisser sur mon épaule gauche. Il m'enfonce un morceau de bois entre les dents.

– Voilà, comme cela tu ne te mordras pas la langue.

La panique s'empare de moi. J'essaie de lever les poignets, mais le môme qui pend de tout son poids sur la chaîne m'en empêche. Je tente de bouger les jambes, mais j'arrive à peine à lever les chevilles à cause des sacs de sable. Et là, le bourreau applique la barre de fer contre mon épaule. Instantanément, les larmes coulent sur mon visage. Mes dents crissent contre le bout de bois. Je hurle si fort que j'en garderai la gorge enrouée plusieurs jours. L'odeur de ma chair brûlée est la plus immonde que j'aie jamais sentie. Le bourreau tient le bout du tisonnier devant mon visage, pour que je voie la forme de la marque. C'est un nœud de potence.

On m'a enfermée dans un couvent à Anvers. Toutes les statues ont été volées ou brisées en morceaux par les protestants. La porte de ma cellule est verrouillée pour que je n'aie pas la folle idée de m'enfuir. On ne l'ouvre que pour la prière, qui a lieu cinq fois par jour, dans la chapelle obscure et froide, éclairée par une seule bougie qui nous empêche de trébucher sur une latte du plancher ou de nous cogner contre un mur. C'est la première fois que j'entonne des chants catholiques – maître Adriaan ne nous apprenait que des psaumes calvinistes. Après la prière et le bénédicité, nous mangeons en silence au réfectoire.

Sœur Rita me donne des leçons d'espagnol. Dans une autre vie, elle s'appelait autrement, elle portait une houppelande brodée de fil d'or et elle ne sortait jamais sans un chapeau orné d'une plume de paon. Mais en 1576, l'année où j'ai rencontré mon premier Espagnol au foyer des innocentes et où l'hôtel de ville d'Anvers fut incendié, son fils aîné fut tué par la balle d'un mercenaire allemand qui visait en réalité un soldat espagnol, et sa maison fut pillée par les Espagnols. Ce n'est pas tout. Son mari exportait de la toile et de la soie vers l'Angleterre. Depuis l'invasion espagnole, les bateaux n'osaient plus descendre l'Escaut, ce qui l'empêchait de gagner sa vie. Au bout du compte, il fut dans l'impossibilité de payer ses dettes et le juge prononça sa faillite. Les huissiers de justice sortirent les tables de chêne, l'argenterie, les cruches et les plateaux d'étain de la famille dans la rue. Tout fut saisi, à quelques exceptions près (les huissiers n'étaient pas des monstres) : sept petites assiettes, sept couteaux, sept cuillères et sept fourchettes en argent. Le jour même, le mari de celle qui allait devenir sœur Rita mit les sept assiettes, les sept couteaux, les sept cuillères et les sept fourchettes dans un sac qu'il accrocha à sa ceinture. Il marcha jusqu'à l'Escaut, et là, au lieu de s'arrêter, il continua simplement à avancer. Avec tout cet étain et tout cet argent à sa ceinture, il coula immédiatement. Il ne refit jamais surface et on ne le revit jamais. Sans argent ni foyer, sans assiettes en étain ni couverts en argent, sa femme se rendit au couvent des falcontines, qu'elle avait soutenu pendant des années avec ses aumônes. Elle devint sœur Rita, et plus personne ne prononça jamais son ancien nom.

C'est donc sœur Rita qui m'apprend l'espagnol. Elle ne me donne pas d'imprimés, mais des textes manuscrits. L'écriture est un embrouillamini de boucles et d'arabesques qui se penchent et s'adossent les unes aux autres. Elle m'explique que les Espagnols n'utilisent pas de ponctuation ni de majuscules. Lire un texte espagnol écrit à la main est un art. Elle m'enseigne l'espagnol et m'apprend à lire. Heure après heure, jour après jour, semaine après semaine. Chaque soir, j'ai la tête qui bourdonne de tous ces mots espagnols et de ces lettres sans fin.

Le premier mois, j'ai l'impression que je n'arriverai jamais à lire l'espagnol et encore moins à le parler. Souvent, je pense à m'enfuir. Sortir du couvent, passer par-dessus le mur et disparaître dans le néant... Mais les sœurs ne prennent aucun risque. Quand elles viennent me chercher pour la prière, elles sont toujours deux. Et même si je les poussais et si je courais vers la porte, je n'arriverais pas à l'ouvrir sans clé. Oh, oh, Margot la coupeuse de bourses, détenue par des nonnettes ! Si mon maître ès filouterie, Karel le Pisseur d'église, savait ça !

Mais la vérité, c'est que, après cinq semaines, je commence à y prendre goût. Je parle désormais continuellement l'espagnol avec sœur Rita, et les arabesques écrites à l'encre sur le papier prennent jour après jour plus de sens. Peut-être est-ce là ma destinée, ma vie ? Peut-être maître Adriaan avait-il tort, et mon avenir comme servante dans une famille bourgeoise n'était-il pas du tout fixé ? Peut-être aurai-je la chance de devenir une dame d'un certain rang en Espagne ? Mais… et cette histoire d'espionnage ? On verra. Plus tard.

Cela fait près de trois mois que je suis entrée au couvent quand, une nuit, j'entends du bruit à ma porte.

– Duchesse !

Cette voix… ! C'est Karel ! Il triture la serrure, et la porte s'ouvre d'un coup. Karel apparaît, deux tiges métalliques entre les doigts. Il me l'a souvent dit : toutes les serrures se ressemblent. Il entre en trombe et me prend dans ses bras.

– Comment es-tu entré ?

– Par le canal souterrain, chuchote-t-il. Les nonnes ne se montrent pas au monde extérieur. Elles vont puiser leur eau potable dans un fossé voûté qui donne sur l'Escaut. Je n'ai eu qu'à me mettre sur une planche pour traverser le canal en ramant. J'avais juste peur de tomber à l'eau.

– Tu ne sais toujours pas nager ?

– Et toi ?

Je souris. Je l'embrasse. Il reste mon premier amour, mon Karel, mon maître ès filouterie.

– Toutes les nonnettes sont en train de ronfler sur leurs deux oreilles, m'assure-t-il. On a quelques douzaines de marches à descendre, quelques couloirs à traverser et on disparaît par le canal. La planche est assez grande pour deux. Et nous serons libres. Nous ne reviendrons plus jamais à Anvers !

Nous nous regardons. Il y a deux mois, je l'aurais suivi n'importe où.

– Karel, je t'ai trahi, dis-je dans un murmure.

– Tu n'y pouvais rien, dit-il en dodelinant de la tête. Ils t'auraient torturée à mort. Quand j'ai su, je me suis enfui. Plus tard, on m'a dit où tu étais. Je suis de retour à Anvers depuis hier. Je suis d'ailleurs étonné que tu ne te sois pas encore tirée d'ici.

– Elles me surveillent.

– N'y pense plus, murmure Karel, tout va changer. Viens !

Il me prend la main et me tire vers l'extérieur, mais je me dégage et je m'arrête.

– Qu'est-ce qu'il y a ? demande-t-il. Je viens te libérer !

Je recule d'un pas.

– Tu viens avec moi ou quoi, Duchesse ?

– Je vais partir pour l'Espagne, dis-je en marmonnant. Mon père est là-bas.

Karel est pétrifié.

– Ça te sert à quoi, un père en Espagne ? murmure-t-il.

Je hausse les épaules.

– Qu'est-ce que tu racontes ? souffle-t-il. Tu es devenue dingue ?! Et s'il n'était pas ton père ? Cet homme te rira au nez quand il te verra ! Et en plus, les Espagnols n'ont que du mépris pour les Flamands. Il te jettera immédiatement à la rue, comme un chien ! Que veux-tu qu'il fasse d'une fille illettrée qui sort du caniveau !

– Je pars pour l'Espagne, Karel, dis-je froidement.

– Mais, ici, en Flandre, tu es chez toi ! Et c'est moi, ta famille ! Je serai ton mari ! Viens avec moi, Margot ! On se débrouillera, tous les deux !

Je fais non de la tête.

– Je ne veux pas, Karel. Je veux retrouver mon père, en Espagne.

– C'est du délire, souffle-t-il, furieux. Tu rêves tout haut ! Tu n'y arriveras jamais ! Et comment penses-tu payer le voyage ?

Je continue à le regarder. Tiens bon, Margot ! Tiens bon !

– Je te sors d'ici et nous disparaissons dans les bois, supplie-t-il.

– Vivre dans la clandestinité..., dis-je, glaciale.

– Il n'y en a pas deux comme nous pour voler ! Il n'y en a pas deux pour se tirer d'affaire comme nous le faisons ! Et nous n'appartiendrons à personne ! Nous serons libres ! plaide-t-il avec fougue.

Nous vivrons de la rosée du matin, du pain, des bourses et des œufs d'hirondelles que nous volerons. Personne ne pourra nous faire quoi que ce soit !

Je frissonne. Il a peut-être raison.

Je suis en train d'hésiter.

– Tu ne t'en sortiras pas sans moi, Margot ! finit-il par dire.

Je hoche la tête en fixant le sol. Mais si, je m'en sortirai sans lui. Je me le répète, dans ma tête : je m'en sortirai sans lui. Je ne flancherai pas. Lorsque je lève la tête, ses yeux brillent dans l'obscurité.

– Désolée, Karel.

Et là, subitement, il me pousse contre le mur et me plaque un couteau sorti de nulle part contre la gorge.

– Tu viens avec moi ! rugit-il. C'est pour ton bien !

– Range ce couteau ou je crie, Karel, dis-je d'un ton calme et décidé.

– Viens, souffle-t-il en postillonnant.

– Non.

Il me regarde. Il presse son couteau contre ma gorge, mais je continue à le fixer. La flamme qui luisait dans ses yeux s'éteint lentement. Il finit par reculer. Pendant un moment, il reste là, les bras ballants.

– Allez, Margot, toi et moi…, essaie-t-il une dernière fois.

Le désespoir fait trembler sa voix. J'ai la gorge nouée, mais je secoue la tête de gauche à droite. Il hésite.

– Tu es vraiment une triple buse ! souffle-t-il.

Je détourne les yeux sans broncher.

– Une triple buse ! hurle-t-il en agitant son couteau dans ma direction.

Quelque part dans le couvent, j'entends une porte s'ouvrir. Karel hésite.

– Va-t-en, Karel ! Va-t-en !

Il fait volte-face et disparaît dans les ombres du couvent. Je l'entends descendre en courant la trentaine de marches et traverser les deux couloirs.

Je referme la porte de ma cellule. Et je me retrouve seule en compagnie du silence.

17

LE BRABO

Un jour du mois d'avril, après la prière du matin et le petit-déjeuner, sœur Rita m'annonce que le moment du départ est arrivé. Elle m'accompagne à la porte du couvent. Je porte l'habit gris et le voile noir. J'ai autour du cou la cordelette avec le camée, la petite croix et la dent de cheval. Elle me tend les vêtements de garçon et la houppelande que j'avais quand je suis arrivée au couvent. Elle me confie aussi son chapelet. Silencieuses, nous attendons à la porte. Après un petit temps, nous entendons le bruit du heurtoir. Sœur Rita ouvre le judas pour voir qui se présente à la porte du couvent. Puis elle le referme et me regarde.

– *Buena suerte*, me dit-elle en guise d'adieu.

– Bonne chance, sœur Rita, lui dis-je en la saluant.

Je franchis la porte. Deux gardes de la ville portant des torches – il fait encore sombre – m'escortent jusqu'au quai. Une barque me mène vers un navire marchand qui porte le nom de *Brabo*. Dans la première lueur de l'aube, les vingt matelots du *Brabo* observent la nonne qui monte à l'échelle de corde et grimpe sur le pont. Ils me considèrent d'un air ébahi, et je ne sais pas où me mettre. Le timonier leur demande s'ils n'ont encore jamais vu de nonne de leur vie, et ils se remettent à enrouler les cordages et à plier les voiles.

C'est à ce moment-là qu'un homme s'avance

vers moi. Il enlève son chapeau et me salue. C'est Johannes Vuylsteke. Je lui réponds par un hochement de tête.

– Cela faisait longtemps ! dit-il.

– Cinq mois.

Nous levons l'ancre peu après. Le *Brabo* glisse sur l'Escaut, porté par la marée basse. Un soleil printanier se lève lentement et le fleuve s'élargit de plus en plus. La grand-voile est déroulée. Nous gagnons en vitesse. Devant moi, le plat pays s'étale dans les brumes matinales. Sur les longues digues de terre qui protègent les rives, les ailes des moulins sont à l'arrêt.

Déjà, au loin, sur la terre ferme, les cloches sonnent midi, mais les berges ne sont plus que de vagues lignes à l'horizon. Notre bateau lutte bravement contre la houle écumante de l'embouchure du fleuve. La mer du Nord vient frapper le *Brabo*, comme si la grande eau voulait le rejeter à l'intérieur des terres. Le vent enfle les voiles qui se tendent et nous propulsent en avant. Il fait claquer les drapeaux. Les matelots courent, pieds nus, sur le bois poli. Ils serrent des cordages et en virent d'autres. Je m'adosse contre la rambarde en tenant mon bonnet pour ne pas le perdre. Le vent me tiraille les vêtements de tous les côtés. L'air salin m'agresse les narines, mon estomac fait le grand huit, j'ai la chair de poule.

Comme un gamin, Johannes court du gaillard d'arrière au gaillard d'avant. Il propose aux matelots de les aider à attacher les cordages ou à hisser une voile, mais ils se contentent de le pousser sur le côté sans répondre. Interdiction de toucher les cordages ou les voiles de leur trois-mâts ! Johannes est un passager, il doit tenir son rang. Mais il s'en moque. Il saute sur la proue et s'agrippe aux cordages, tandis que le *Brabo* monte sur la crête d'une haute lame pour en redescendre de l'autre côté. Messire Vuylsteke se tient debout à la proue, comme une figure de légende dont le cerveau aurait été emporté par l'eau. Une vague déferle sur le gaillard d'avant, et mon cœur se serre. Pendant un bref instant, je pense que le vice-sous-bailli a rejoint les cabillauds dans la mer. Mais non, il est toujours là, attendant la vague suivante.

– Vous êtes toute pâle, ma petite dame ! me crie le capitaine de sa voix tonitruante.

Il s'appelle Sebald de Weert et il est très vieux. Je lui donne au moins cinquante ans. Avant même de pouvoir lui répondre quoi que ce soit, je suis prise d'un hoquet, et le vomi gicle hors de ma bouche. Le capitaine a juste le temps de s'écarter. Il me prend par les épaules et me retourne, face à la mer. Je penche ma tête par-dessus le bastingage.

– Mieux vaut ne pas faire cela sur le pont, me conseille-t-il vivement. Il faut inspirer et expirer. Boire beaucoup d'eau et manger du pain. Rester sur le pont à regarder l'horizon. Cela passera vite.

– Ça va déjà mieux, dis-je d'une petite voix en m'agrippant des deux mains au bastingage.

Je n'ai pas terminé ma phrase que je recommence à vomir. Et encore. Je sens monter une terrible fatigue.

– Je vais m'allonger un peu, dis-je sans attendre la réponse.

Je descends l'escalier avec mille précautions en me tenant à la corde. L'entrepont sent l'humidité et le trop-plein d'hommes. Je suis la seule femme à bord. J'ai droit à une cabine. Terriblement étroite, elle est pourvue d'un cadre de bois contenant une paillasse. Je m'assieds, le pot de chambre en fer entre les jambes, au cas où je serais prise d'un nouveau vomissement. Ma cabine tangue de gauche à droite, puis de droite à gauche. J'ai l'impression d'être dans un tonneau. Le mouvement de droite à gauche me jette pratiquement hors de mon lit, et je dois me tenir pour ne pas tomber. Le mouvement de gauche à droite me fait heurter la tête contre la paroi de la cabine. Et ça continue, encore et encore. Le bateau tout entier n'est plus qu'un terrible craquement. J'ai l'impression que si quelqu'un ôtait ne fût-ce qu'un seul petit bout de bois dans toute cette construction, il s'effondrerait sur lui-même en un gigantesque tas de planches.

En fin d'après-midi, Johannes Vuylsteke passe me rendre visite. J'ai toujours aussi mal au cœur, comme une femme enceinte. Il frappe, ouvre la petite porte et me voit, assise, penchée au-dessus du pot de chambre, le visage livide comme la mort, des traînées de salive fielleuse séchée aux commissures des lèvres. Il se tient des deux mains à l'embrasure de la porte pendant que le bateau roule d'un côté à l'autre. Il rit de cette façon ridicule qui lui est propre.

– Je suppose que tu ne viens pas dîner avec nous, le capitaine et moi ?

– Est-ce que j'ai l'air de vouloir dîner ?

– On dit qu'au début d'un voyage en mer, il faut manger beaucoup de légumes et de fruits frais. D'ici quelques semaines, nous devrons probablement nous en passer : il n'y en aura plus.

– Merci du conseil. Il me semble particulièrement précieux.

– C'est un plaisir pour moi.

Johannes s'attarde dans l'embrasure de la porte. Sa silhouette penche de droite à gauche et puis de gauche à droite. Il semble avoir le pied marin. Son chapeau dégouline d'eau de mer.

– C’est tout ? Je n’aime pas trop vomir quand on me regarde.

– Bon, dit-il en souriant. Je n’aurais jamais cru que j’aimerais autant les voyages en bateau !

– Moi non plus, dis-je dans un gémissement.

– Et je n’aurais jamais cru non plus que je m’embarquerais dans pareille aventure ! Aller en Espagne ! Et comme espion du prince d’Orange ! Tu t’imagines ! Haha !

– Pourquoi tu ne le marques pas à l’encre sur ton front : « Je suis un espion d’Orange » ?

Il sourit. Il hésite à partir. Il lui reste quelque chose sur le cœur.

– En fait, pourquoi es-tu allé à Delft, ce jour-là ? Tu pouvais tout aussi bien me laisser pendre, non ?

– Le jour qui a suivi notre… euh… notre conversation, j’ai loué un cheval. Je pensais qu’après quelques lieues, j’allais rebrousser chemin. Mais pour une raison ou l’autre, j’ai poursuivi ma route. Plus j’avançais, plus je piquais mon cheval. Et une fois arrivé à Delft, plus personne n’aurait pu me retenir.

– Donc, j’ai bien fait de t’embrasser.

– Ce n’était pas tellement le baiser, sourit-il. Plus j’avançais, plus j’entendais la voix de mon père qui résonnait dans ma tête. Il était de plus en plus furieux. Il criait que j’étais un imbécile et que je devais rentrer immédiatement. C’est précisément cela qui m’a donné la force de continuer. C’était terriblement exaltant !

J’étais un peu déçue.

– Et ta fiancée ? Elle n’était pas fâchée que tu aies galopé jusqu’à Delft sur un coup de tête ?

– Au contraire ! Elle était fière de moi ! Elle trouvait que c’était formidable de sauver de la corde une pauvre fille condamnée comme toi. Elle m'a appelé « son chevalier ». Je pense que, ce jour-là, j'ai vraiment gagné le cœur de Cornelia.

– Cornelia ?

– Oui, et Cornelia n'est plus ma fiancée, tu sais, dit Johannes avec un large sourire. Elle est ma femme. Nous nous sommes mariés il y a deux semaines.

Il est tellement enthousiaste que je pense pendant un moment qu'il va se mettre à danser la bourrée.

– Oh, tu n'as pas attendu juillet ? Le mois des mariées ?

– Non, en juillet, toi et moi, nous serons à Séville. Cornelia voulait se marier avant mon départ.

Je hoche la tête.

– Tu sais, dans la cellule, quand... euh... quand... quand tu me...

– Notre baiser.

– Oui, oui, quand toi, tu m'embrassais, dit-il, et que moi, je suis resté là, sans bouger... C'était un très beau moment. Mais je veux que les choses soient claires. Je ne ressens rien pour toi. Je n'ai aucun sentiment pour toi. Tu comprends ? Je ne veux pas qu'il y ait de malentendus entre nous.

– Je comprends, dis-je froidement. Moi non plus, je ne ressens rien pour toi.

Il encaisse le coup.

– Bon, ben, tant mieux, se ressaisit-il vivement. Voilà qui est réglé.

– Voilà, c'est réglé. Et maintenant, tu pourrais me laisser un peu seule, pour que je puisse mourir en toute tranquillité ?

– Parfait, à plus tard ! Si tu changes d'avis, nous passons à table quand la cloche du navire sonnera sept heures.

Je hoche la tête, et il referme la porte derrière

lui. Je dépose le pot de chambre à côté de moi sur le sol. Je me roule en boule, les genoux dans les bras. J'entends le pot glisser sur le sol au rythme du roulis du bateau. Mes intestins se contractent. Je sombre dans un demi-sommeil. Je rêve que j'attire le jeune Johannes dans mes bras. Il a toujours ce regard étonné, alors je l'embrasse. Lorsque je me réveille en sursaut, je me maudis d'avoir fait ce rêve stupide. Je me rendors et je l'embrasse à nouveau. Je me débats pour me réveiller, furieuse contre moi-même. Je prends la décision de rêver d'autre chose, mais dès que je m'assoupis, voilà que ça recommence.

Je me réveille plusieurs heures plus tard, la gorge sèche. Je bois une gorgée au sac d'eau claire qui pend à un crochet dans ma cabine. Le bateau continue à craquer et à peiner sur une mer houleuse. Le ronflement des matelots parvient jusque dans ma cabine. On doit être au milieu de la nuit. Le grand voyage a commencé.

Je ne me risque sur le pont que le troisième soir, les jambes flageolantes et le visage blême. Je vide mon pot de vomi par-dessus la rambarde. Ce geste est pour moi un vrai soulagement. Le bateau tangue toujours. Tout bouge autour de moi, mais mon estomac et mes jambes semblent désormais s'en accommoder. On ne voit nulle part la terre ferme. J'ai enfilé mes vêtements de garçon, je me sens mieux ainsi. Les marins ne font même plus attention à moi.

En me voyant, le capitaine m'adresse une grimace rigolote.

– Bonjour, Mademoiselle ! crie-t-il de sa voix tonitruante. Vous allez enfin mieux ? Vous voudrez bien dîner avec Messire Vuylsteke et moi, ce soir ?

– J'accepte votre invitation avec plaisir, capitaine, dis-je en tenant toujours mon pot entre les mains. Mais je n'ai que mon habit de nonne ou ces vêtements de garçon. Je n'ai rien d'autre à me mettre.

– Aucun problème, Mademoiselle ! Venez comme vous êtes, renifle-t-il. Nous naviguons à hauteur de la Bretagne. La côte est traîtresse. Cela fourmille de récifs et de bancs de sable juste au-dessous de la ligne de flottaison. Il n'y a pas de problème, si on reste loin, au large.

Je regarde par-dessus la rambarde. Johannes arrive en sautillant.

– On a le vent en poupe, Margot, dit-il avec un enjouement écœurant. C'est ce qu'on appelle un beau voyage !

– Avant de poursuivre cette agréable conversation, dis-je, je vais ramener mon pot de chambre dans ma cabine.

Ils inclinent tous les deux la tête, comme s'ils étaient en compagnie d'une dame.

Le soir venu, je me rends au château arrière du bateau pour un dîner à la table du capitaine. Je suis un peu nerveuse. Jamais je n'aurais pensé que les bonnes manières que m'a inculquées Greta la radine allaient me servir un jour. Dans une vaste pièce, nous prenons place sur des tabourets, autour d'une table où un candélabre a été vissé. Le capitaine me souhaite la bienvenue avec enthousiasme. Quand Johannes me salue, je m'aperçois qu'il s'est taillé les moustaches et qu'il s'est peigné les cheveux. Le cuistot est un garçon de plus ou moins quatorze ans. Il nous sert une soupe où flottent des morceaux de poisson. Après le bénédicité, je goûte la soupe en m'efforçant de manger sans bruit.

Ce n'est qu'au bout de quelques cuillerées que je remarque qu'elle est terriblement poivrée. J'ai la bouche en feu. Je veux prendre mon gobelet d'eau, mais le capitaine me tend un bout de pain.

– Du poivre rouge, explique le capitaine. Prenez du pain, cela aide !

Je mâche le pain, et cela m'apaise en effet.

– Le poivre rouge vient des Amériques, raconte le capitaine. J'ai emmené à bord une caisse contenant toute une collection d'herbes séchées du monde entier. Elle vaut probablement une petite fortune, mais je ne l'utilise que pour mes passagers et moi.

– Merci, dis-je en toussotant et en reprenant une cuillère de soupe, le pain à portée de main, au cas où.

– Le capitaine de Weert a déjà navigué dans le monde entier, m'apprend Johannes.

– Loin de là ! sourit Sebald de Weert. Loin de là ! Une vie d'homme est bien trop courte et le monde bien trop vaste ! Mais beaucoup de Flamands font le tour du monde et ils ont fondé des colonies dans la partie sud du Nouveau Monde, avec les Espagnols et les Portugais. Prenez l'*Argentine !* C'est un mot espagnol qui veut dire « le pays argenté » ! C'est un boulanger flamand, Sebastiaan De Leeuw, qui nourrit la colonie entière de Buenos Ayres, grâce au moulin à blé qu'il y a construit. Et le frère Filip van des Meeren, qui n'a pas seulement emporté des Bibles avec lui, mais également dix moutons de Malines... Il les a fait brouter sur les rives du *Rio de la Plata*, qui veut dire en espagnol « fleuve d'argent ». Il a appris aux sauvages à filer et à tisser. Maintenant, c'est par milliers qu'on compte les moutons qui broutent dans la région ! Mais je ne vous ennuie pas, Mademoiselle ?

Je fais non de la tête. Je suis déjà contente d'avoir avalé la moitié de mon bol de soupe. La sueur perle sur mon visage rougeaud. Le pain me bourre l'estomac.

– Et l'Espagne, cela ressemble à quoi ? dis-je.

– Vous connaissez tout de même l'histoire de notre bon Charles Quint ? Comment il est né à Gand et comment il a passé son enfance dans les froids Pays-Bas ? À seize ans, il a reçu la visite d'un messager espagnol qui est tombé à genoux devant lui en l'appelant « mon roi ». Le vieux roi Ferdinand II était mort. En sa qualité d'aîné des petits-enfants du défunt, Charles avait été désigné à sa succession. Charles fut surpris. Ses précepteurs lui avaient enseigné l'espagnol, mais il n'avait jamais mis un pied en Espagne. Il ne la connaissait que de ce qu'en disaient ses manuels et il demanda au messager à quoi ça ressemblait, l'Espagne, comme vous venez de le faire maintenant. Était-elle tellement différente des Pays-Bas verdoyants qu'il connaissait ? Le messager espagnol prit une feuille de papier sur le bureau de Charles et la froissa. Puis il plaça le papier devant le jeune roi. Charles regarda avec un brin d'étonnement la feuille de papier toute chiffonnée. « Voilà l'Espagne, Majesté ! dit le messager. Un pays capricieux, avec des pics et des vallées, et aussi sec que ce papier.

Je hoche la tête. Cela n'a rien d'affriolant…

– Je suis curieux de voir Séville ! dit Johannes en soupirant.

– C'est une ville énorme, dit le capitaine avec enthousiasme. La cathédrale est un vrai miracle d'architecture. L'autel est le plus beau de toute la chrétienté, et de la main d'un Flamand, Pieter Danckaert. Il y a des vitraux de Hendrik Aleman et un tableau de Pieter de Kempeneer qui représente une descente de la croix. Tous les saints importants y ont une chapelle.

– Même saint François ?

– Oui, en Espagne, on l'appelle San Francisco. Vous trouverez sa chapelle dans la partie nord de la cathédrale. Les vitraux sont aussi l'œuvre d'un Flamand.

Johannes hoche la tête d'un air absent. Il ne se passionne pas vraiment pour la splendeur et le faste des églises catholiques. Le capitaine le remarque.

– Messire Vuylsteke, puis-je me permettre une remarque ?

Le capitaine baisse la voix.

– Le seul moment de la journée où je vous vois vous signer, c'est le moment où vous dînez avec moi, dit le capitaine. Et encore, vous le faites à contrecœur. Moi, personnellement, cela m'est complètement égal que vous soyez adepte de Calvin, de Luther ou du prophète Mahommed.

Je me signe spontanément au nom de Mahommed.

– Mais, en Espagne, continue le capitaine, un homme qui ne fait jamais le signe de croix est tout de suite suspect. Je serais vous, je me signerais donc plus souvent, et avec plus de conviction, même sur ce bateau. Vous ne voulez tout de même pas que mes matelots aillent raconter dans les tavernes espagnoles que j'avais un hérétique à bord ?!

Johannes Vuylsteke a pâli.

– Excusez-moi, capitaine, dit-il.

– J'accepte vos excuses, Messire, je les accepte, dit le capitaine gentiment en versant un nouveau verre de vin à Johannes. Sachez aussi qu'en Espagne, on se signe avec plus de panache qu'en Flandre. En Espagne, on se trace successivement trois signes de croix : un sur le front, un sur la bouche et un sur le cœur.

Après le dîner, le capitaine nous accompagne sur le pont. La mer est très calme, cette nuit. Pas un souffle de vent. Le bateau, bercé par les flots, glisse lentement sur l'océan. C'est une nuit où les étoiles se reflètent dans l'eau. Et là, quelque part derrière l'horizon, il y a l'Espagne.

18

DEUX REALES

Au quinzième jour de notre voyage, Cadix apparaît à l'horizon. Le bateau est en effervescence. Les ordres fusent de toutes parts. Les matelots s'élancent dans les haubans. Les basses voiles sont pliées une à une et attachées par des cordages aux bômes. Le capitaine hisse un pavillon pour demander un lamaneur et fait descendre deux chaloupes. Dix matelots montent dans les embarcations et rament devant notre bateau, en direction de la baie. Avec une lenteur exaspérante, nous longeons les remparts de Cadix.

– C'est un des ports les plus vieux du monde, explique le capitaine de Weert. Ce port existait déjà quand Moïse a conduit son peuple hors d'Égypte. Nous arrivons juste à temps pour voir partir la Flotte d'Argent.

Nous croisons une douzaine de navires qui prennent le large. Les cordages fourmillent d'hommes. Les voiles sont gonflées. Des drapeaux flottent par dizaines en haut des mâts.

C'est que l'avant-poste de la Flotte d'Argent. Les navires mettent tous le cap sur le Nouveau Monde, sur les Amériques. Ils ne rentreront que dans un an.

Cadix se situe à l'extrême pointe d'une langue de terre qui s'avance assez loin dans l'océan. C'est plutôt un bastion dans la mer qu'une ville. Un poing de pierre, menaçant, qui doit maintenir à distance les pirates anglais et maures.

Un petit bateau à voile cingle vers nous.

– C'est une patache ! explique Sebald de Weert. Elle va nous guider à l'intérieur du port.

Nous suivons la patache et passons le fort. La baie de Cadix s'étend maintenant sous nos yeux. Une dizaine de bateaux à voiles sont encore à l'ancre. Une forêt de mâts et de vergues aux drapeaux qui claquent et aux cordages qui tintent. Le capitaine nous montre les galions : les bateaux de guerre du roi d'Espagne qui cachent bien trente canons dans leurs flancs. Ensuite, les caravelles qui convoient les marchandises du Nouveau Monde. Johannes est très impressionné. Tant de mâts ! Tant de voiles ! Tant de canons ! Tant de pouvoir... C'est ça, la Flotte d'Argent.

Nous regardons de tous nos yeux, le souffle coupé. Je n'ai jamais rien vu d'aussi beau.

– Que transportent-ils vers le Nouveau Monde ? dis-je.

– Tout ce qu'on n'y trouve pas : du vin, de l'huile, du savon, des carrelages, des outils, du fer, des fusils, des services en étain, du bois d'ébène...

– Du bois d'ébène ?

– Le bois d'ébène est du bois noir. Du bois qui coule dans l'eau, dit le capitaine.

– Il veut parler des esclaves d'Afrique, explique Johannes.

– Les Africains sont plus forts que les Indiens et moins vite malades, reprend le capitaine. C'est pourquoi les Espagnols les font travailler dans les mines d'argent du Nouveau Monde.

Un à un, les vaisseaux lèvent l'ancre. Lentement, majestueusement, ils quittent la baie et voguent vers la pleine mer.

– Dans un an, ils reviendront, les cales remplies d'argent, dit Sebald de Weert.

– Ils veulent conquérir le monde. Ils veulent que tout soit espagnol et catholique, dit Johannes, mais cela n'arrivera pas. L'Espagne s'est fait énormément d'ennemis. Non seulement le prince d'Orange, mais aussi la reine d'Angleterre et le sultan d'Istanbul.

Le capitaine, inquiet, regarde Johannes.

– Je vous donne un conseil : en Espagne, *las paredes oyen,* les murs ont des oreilles, et même le vent est à l'affût de vos conversations, murmure-t-il d'un air sévère. Je ne sais pas ce qui vous amène en Espagne et je ne veux pas le savoir. Mais si vous voulez vivre et ne pas pourrir dans un des cachots de l'Inquisition, je vous conseille de maîtriser vos émotions et de garder vos réflexions pour vous.

Johannes hoche la tête et murmure des excuses.

– Les Espagnols ont un incroyable sens de l'honneur, expose le capitaine. Ils sont parvenus à reconquérir l'Espagne après la domination séculaire des Maures. Ils ont découvert le Nouveau Monde et y ont fondé des villes. Ils ont foulé aux pieds l'Occident, de la Flandre à la Sicile, et du Portugal à l'Allemagne. Ils sont devenus les maîtres du monde. Le soldat espagnol est le meilleur qui soit. Tout noble espagnol, depuis le duc à l'*hidalgo*, pense appartenir à une race de conquérants, une race élue de Dieu.

– Qu'est-ce que c'est, un *hidalgo* ? demandé-je.

– Un hidalgo est un *hijo de algo,* un fils de noble désargenté. Il se trouve sur le dernier échelon de la noblesse. Il n'est pas le bienvenu aux fêtes des riches et gagne sa vie comme mercenaire dans l'armée espagnole. N'empêche, il reste membre de la noblesse et il peut vous sortir un vieux morceau de parchemin pour vous le prouver. Le *hidalgo* est courtois et ne se plaint jamais de son sort, même s'il n'a plus le sou et si sa cape est mitée. Il vit son destin avec fierté et préfère mourir de faim que de mendier un croûton de pain. Son honneur est son seul bien.

– Vous les admirez, dit Johannes, une pointe de reproche dans la voix.

– J'aime l'Espagne ! dit Sebald de Weert en souriant. Mes meilleurs amis sont espagnols. Les rois d'Europe se font la guerre depuis des siècles. Ce ne sont pas mes affaires. En tant que marin, je me contente de tout faire pour que ma cargaison et mes passagers arrivent à bon port, sains et saufs.

Le capitaine agite la main vers le marin de la patache qui vient à notre rencontre.

– *Soy el capitán Sebald de Weert de Amberes*, dit-il pour se présenter.

– *Bienvenido en España*, capitaine Sebald de Weert d'Anvers ! répond le marinier.

Le capitaine de la patache nous montre un endroit de la baie où nous pouvons jeter l'ancre. Le petit voilier longe le *Brabo*. Deux officiers du port montent à bord. Ils ont la mine sévère et sont habillés d'un élégant pourpoint bleu. Ils portent une moustache quasi identique. Le premier doit avoir trente ans et le deuxième n'en a pas vingt. Le maître et son disciple, semble-t-il. Ils portent des bagues et des boucles d'oreilles qui brillent tellement que les doigts du filou Karel le Pisseur d'église lui démangeraient. Apparemment, les officiers du port de Cadix gagnent bien leur vie. Ils ne saluent que le capitaine, qui les entraîne vers le château arrière, la pièce qui lui est réservée. Ils prennent place sur des tabourets et déposent leur plume, leur papier et leur encre devant eux sur la table. Le capitaine est le premier à être interrogé. Cela semble une formalité. Il leur montre les lettres d'affaires qui indiquent que la cargaison se trouvant dans la cale du *Brabo* se compose de Bibles, de cuivre brut, de sacs de sel et de talc. Les lettres mentionnent aussi les différents commerçants à qui la cargaison est destinée.

Ensuite, c'est au tour des passagers. Nous rentrons un à un dans la pièce et nous restons debout devant la table où les officiers – les *alguaciles*– sont assis. Ils demandent à Johannes de montrer ses papiers et ses bagages. Je comprends ce qu'ils disent. Pas tout, parce que l'espagnol que j'ai appris avec Rita est un espagnol soigné, alors que les deux officiers prononcent certains mots autrement et que, çà et là, ils utilisent des termes que je ne connais pas. Mais je jubile à l'idée de comprendre un Espagnol dans sa propre langue. Johannes déroule son rouleau de papiers, tous pourvus des tampons nécessaires.

– Je peux voir votre Bible ? lui demande l'aîné des officiers du port.

Johannes a eu la prudence de laisser sa Bible calviniste chez lui, chez sa chère et tendre moitié. Il sort de son sac sa Bible catholique et un livre de prières en latin. Les *alguaciles* les feuillettent avec un hochement de tête approbateur. Ils demandent à Johannes s'il a d'autres livres sur lui. Il secoue la tête.

– Et quelle est la raison de votre voyage en Espagne ?

– Je vais travailler comme typographe dans l'imprimerie de Jan Van de Casteele à Séville. Il habite le quartier flamand, le quartier Santa Cruz.

– Qui ça ? Est-ce Juan de Castillo ?

– C'est ça. Juan de Castillo, répète Johannes nerveusement. En Flandre, il s'appelait Jan Van de Casteele, mais il est naturalisé et…

– Juan de Castillo est espagnol, maintenant, dit l'*alguacil.*

– Exact, Johannes se dépêche-t-il de répondre, et moi, je suis typographe. Je travaillais pour le maître-imprimeur Plantin, à Anvers. La cargaison de Bibles dans la cale vient de maître Plantin. Je dois les amener à Séville.

Le plus jeune *alguacil* note tout.

– Et elle ? demande le plus âgé. C'est votre servante, votre *muchacha* ?

– Je suis Margot, fille d'Espagnol. Mon père est le duc d'Almendraje, dis-je avec fierté, le camée de mon père sur la poitrine. Je ne suis la *muchacha* de personne !

Les deux *alguaciles* me considèrent avec étonnement. Ils ne savent que penser de cette fille en vêtements de garçon dont les boucles blondes s'échappent de son bonnet. Je pose mon camée sur la table, ainsi que les papiers habilement contrefaits par les hommes de Simon Hendrickszoon et qui portent mon nom : « Margot, fille d'Espagnol », une flopée de signatures et deux sceaux de la ville d'Anvers.

– Voici les papiers que m'a remis le bourgmestre d'Anvers quand je suis partie. Ce document vient de maître Adriaan, le directeur de l'orphelinat à Anvers. Il date de 1572, quand j'ai été accueillie au foyer des innocentes avec comme seule possession ce camée, une croix, une dent de cheval et quelques vêtements.

Ils parcourent le document rédigé en latin. Ils examinent le bijou et me le rendent. Ils ne semblent pas avoir le moindre doute en ce qui concerne leur authenticité.

– Pouvez-vous donner un petit mot d'explication, *señorita* ? demande l'aîné des *alguaciles.*

Je lui donne une version édulcorée de mon passé. J'explique comment j'ai été abandonnée au foyer des innocentes, comment j'y ai grandi, comment je suis devenue servante chez un apothicaire ambulant, comment j'ai appris l'espagnol par moi-même, et, comment j'ai mis de côté chaque denier pour me payer la traversée vers l'Espagne sur ce navire de commerce, le *Brabo*. Je ne dois même pas chercher mes mots en espagnol, parce que j'ai déjà répété plusieurs fois ce mensonge dans ma tête. C'est ce que Simon Hendrickszoon m'a ordonné de faire.

– Vous êtes une jeune fille entreprenante, dit l'aîné des *alguaciles*, sur quoi il se lève, enlève son large chapeau à plume et me fait une légère révérence. Le plus jeune l'imite. Puis ils se rassoient tous les deux.

– C'est un honneur pour moi de pouvoir saluer la fille du duc d'Almandraje, dit l'aîné des deux. Le plus jeune répète ses paroles.

Je souris.

– Nous nous voyons obligés de vous compter deux *reales* pour votre arrivée en Espagne, dit le plus jeune. Veuillez nous en excuser.

Je prends deux *reales* de ma bourse. Au total, Simon Hendrickszoon m'en a donné dix, plus un peu de monnaie de cuivre, pour aller jusqu'à Séville.

Le plus jeune des *alguaciles* me remet en échange une médaille spéciale : une plaquette de métal avec, côté face, une croix, deux châteaux et deux lions et, côté pile, l'effigie de Philippe II, le roi de l'Espagne et de la moitié du monde. Tout étranger en Espagne a besoin d'une telle médaille comme laissez-passer. Les deux officiers me couvent des yeux.

– Merci, dis-je avec un sourire.

– L'honneur est pour nous, me répond galamment le plus jeune des officiers. Ce n'est pas tous les jours que nous pouvons saluer une fille prodige d'Espagne !

De toute ma vie, personne ne s'est jamais montré aussi poli avec moi. Je vois que Johannes est particulièrement étonné par l'impression que je fais sur les Espagnols. Je recule d'un pas et me dirige vers la porte. Le plus jeune *alguacil* bondit de son tabouret et me l'ouvre. Je me retourne. Johannes sourit à l'*alguacil* plus âgé dont le visage se durcit.

– Et pour vous, ce sera cinq *reales*, dit-il.

– Cinq *reales* ! crie Johannes indigné. Ce n'est pas juste ! Elle n'a dû en payer que deux !

– Dix *reales* ! crie l'officier furibond. Parce que vous protestez et que vous montrez du doigt la fille d'un Grand d'Espagne !

La force de ses paroles cloue le bec à Johannes.

– *Adiós, señores*, dis-je en prenant congé.

Une fois de plus, le plus vieux des officiers se lève d'un bond, la main devant la poitrine et enlève à nouveau son chapeau qu'il agite d'un mouvement élégant devant lui en guise d'adieu.

– *Buena suerte*, dit-il.

– Bonne chance, répète le plus jeune.

Le plus âgé des deux officiers se tourne vers Johannes, le visage des plus graves.

– Nous disions donc, douze *reales*.

Je ferme la porte et je m'engage sur le pont. J'attache la médaille à mon poignet à l'aide d'une cordelette. Adossés en rang d'oignons à la rambarde, les matelots attendent leur interrogatoire. Je les salue et ils me répondent d'un hochement de tête. Devant moi s'étend le rivage de la baie, où se trouve une douzaine de bateaux en construction.

Certains ne sont que des squelettes de bois, d'autres ont déjà des coques et des mâts, d'autres encore, peints de couleurs vives, sont prêts à hisser les voiles.

Bon, Margot fille de Personne, coupeuse de bourses, graine de voyou, gibier de potence ! D'ici peu, tu poseras le pied sur le sol espagnol !

– Les Espagnols construisent les bateaux les plus rapides du monde, dit Sebald de Weert, qui m'a suivie. Mais, en Espagne, ils n'ont pas les matériaux nécessaires pour construire une flotte. Ils doivent importer le bois d'Hambourg et de Lübeck.

Des centaines d'ouvriers sont au travail et le martellement domine les cris des mouettes. À mon poignet pend la médaille de métal à l'effigie du roi. De mon roi. Du roi qui règne sur mon pays : l'Espagne.

19

LE JARDIN AUX ARBRES EN FLEURS

Le lendemain matin, les trois coffres de Bibles, les sacs de sel, les fûts de talc et les caisses de minerai de cuivre du *Brabo* sont chargés sur deux bateaux à voiles espagnols qui longeront la côte et qui, à hauteur de Sanlúcar de Barrameda, remonteront le Guadalquivir jusqu'à Séville. Notre embarcation entre prudemment dans l'estuaire semé de récifs et de bancs de sable. Chaque année, des bateaux viennent y écraser leur gaillard d'avant.

Le fleuve est aussi animé que l'Escaut à Anvers. Durant ce trajet de vingt lieues, nous voyons des dizaines de chaloupes qui transportent du matériel et des vivres vers la flotte basée à Cadix et autant d'embarcations qui convoient du matériel vers Séville.

– « Guadalquivir », c'est de l'arabe. Cela signifie « grande rivière », m'explique Johannes. Une très grande partie de l'Espagne a été occupée par les Maures pendant sept siècles. La culture espagnole est un mélange d'Occident et d'Orient. Ici, les coutumes de la Bible et du Coran se sont mélangées au fil des siècles. Mais Philippe II épure l'Espagne et le reste du monde de toute influence non chrétienne.

Il est déjà tard dans l'après-midi quand nous arrivons à Séville. Notre chaloupe est tirée sur une grève sous les remparts de la ville, à côté de dizaines d'autres bateaux. Il y a partout des tentes et des échoppes où l'on vend toutes sortes de victuailles. Les marchandises sont déchargées des navires et entassées sur la plage.

– C'est l'Arenal, poursuit Johannes. Littéralement, *arenal* veut dire « bande de sable ». En fait, c'est un grand marché, comme sur la grand-place d'Anvers. Des marchandises provenant du monde entier s'échangent ici.

Johannes demande aux mariniers d'attendre près des coffres contenant les Bibles pendant qu'il part à la recherche de l'imprimeur Jan Van de Casteele, autrement dit Juan de Castillo. Les gardes aux portes des remparts nous font payer dix *maravedís* de taxe d'entrée. Nous les payons en monnaie de cuivre. Les rues pleines de boue empestent le poisson pourri et les charognes d'animaux. Partout, on s'affaire. Partout, on construit. On trimbale des pierres. Des ouvriers sont perchés sur des échafaudages. Partout retentit le martellement continu des marteaux sur la pierre. Des gens vont et viennent, crient, marchandent. Un carrosse passe en cliquetant. Derrière les rideaux, j'aperçois des femmes aux voiles mystérieux et aux foulards bariolés. Elles agitent leur éventail. L'une d'elles se penche à la petite fenêtre du carrosse. Ses seins débordent presque de son corset serré. Jamais je n'ai vu de femmes habillées de manière aussi provocante. Les marchands paradent avec des plumes et de larges chapeaux.

Nous croisons des hommes armés à la fière allure, mais leur cape est trouée, leurs chausses, ravaudées, la plume de leur chapeau, cassée. Ce sont des pauvres hères, des hommes d'honneur, des *hidalgos*, avec pour seules richesses leur épée et leur titre de noblesse.

Nous traversons le quartier de Santa Cruz, la plus vieille partie de la ville, mais aussi le secteur flamand. Nous débouchons sur une large place sablonneuse où s'élève la cathédrale Santa Maria de la Sede. C'est un énorme édifice. Jamais je n'ai vu de tour aussi haute. Au sommet se trouve une statue qui tourne avec le vent, car Dieu est partout, aux quatre points cardinaux. À côté de l'entrée, il y a trois grands pieux sur lesquels on a piqué la tête de trois malfrats. À Séville, il ne doit pas y avoir de gibet en dehors des remparts. Johannes fixe les têtes à moitié putréfiées aux yeux caves.

– Si on découvre que nous espionnons pour Guillaume d'Orange, on retrouvera nos têtes sur un pieu, dis-je en chuchotant, tout en m'exerçant aux trois signes de croix.

Johannes prend peur.

– Tu seras prudente, hein ? demande-t-il.

Je le regarde et je hoche la tête. C'est comme s'il venait seulement de se rendre compte de l'importance de notre mission, et de son caractère dangereux. Je repense à Karel le Pisseur d'église. Je l'entends me dire : « Qu'on ne t'entende pas, qu'on ne te voie pas ! Tu es une ombre grise ! Fais attention à tout et à tout le monde ! »

Au bruit d'une crécelle, je recule, effrayée. Une lépreuse s'avance vers moi, entièrement enveloppée de tissus. Elle a attaché un gobelet à un bâton et le tend dans ma direction. Une aumône pour une lépreuse... Je laisse tomber un *maravedí* dans son gobelet. Elle me remercie d'un mouvement de tête.

– *Gracias,* marmonne-t-elle.

Nous rentrons dans la cathédrale Santa Maria. Le bâtiment est large, haut et vaste comme le ciel. Comme le disait Sebald de Weert, le retable est d'une beauté indescriptible. On dirait un mur en or qui s'élève derrière l'autel. L'ensemble compte quarante-cinq tableaux représentant la vie du Christ. Chacun d'eux a été recouvert d'une couche d'or. La vie entière de Jésus y a été reproduite dans le métal le plus précieux au monde.

Il y a beaucoup de gens dans la cathédrale. Partout des femmes, des marchands ou des soldats prient sur les dalles des chapelles latérales. Nous trouvons celle de saint François. Sa statue de bois est peinte de couleurs vives. Il est habillé de guenilles et porte un bâton de mendiant. Il a un oiseau sur l'épaule et un autre sur la main. C'était un saint qui parlait aux animaux, tout comme mon saint François d'Ardooie parlait à ses chiens. Le vitrail raconte comment François reçut d'un ange aux ailes rouges les stigmates du Christ.

– C'est ici que nous nous reverrons, dis-je dans un murmure à Johannes. Devant cette statue, chaque vendredi, vers midi. Si c'est possible, bien sûr. Les premières semaines, ça ne le sera peut-être pas.

– Pourquoi devant cette statue ? demande-t-il.

Je souris.

– Parce que j'aime saint François. Il me protège.

Je m'agenouille devant la statue.

– Je ne m'agenouille pas devant une statue, siffle-t-il.

– Pense à ce qu'a dit le capitaine. Tu ne veux tout de même pas te faire remarquer, si ?

Il met un genou à terre, comme on fait devant une personne plus importante que soi.

– Les deux genoux, imbécile !

– Laisse-moi tranquille, garce de papiste !

– Obéis ! On nous regarde !

Johannes soupire, puis tombe sur les deux genoux. Nous faisons nos trois signes de croix, à l'espagnole, nous joignons les mains et nous contemplons saint François. Au pied de la statuette, il y a des chapelets et des petites croix que des gens ont déposés pour le remercier d'avoir exhaussé leurs prières.

Nous quittons l'église par l'entrée principale. En bas des marches, nous nous arrêtons, indécis. Nous devons nous quitter, mais aucun de nous deux n'en a vraiment envie.

– Bon, Margot fille d'Espagnol, dit-il enfin. Je pars à la recherche de l'imprimerie de Juan de Castillo.

– *Muy bien, hombre*, dis-je en souriant, avec un accent espagnol à couper au couteau.

Il soulève son chapeau et l'agite d'un geste élégant en s'inclinant, comme il a vu faire les officiers du port.

– Quelle élégance !

Johannes me sourit. Finalement, il n'est pas si mal que ça, avec ses mouches, sa moustache et sa petite barbichette insignifiante. Je lui adresse un signe de la tête en guise de dernier salut et je m'éloigne.

C'est bizarre de se quitter comme ça, après toutes ces semaines passées sur le même bateau. Tout à coup, je me sens seule et faible dans cette ville étrangère. Peut-être que Johannes ressent la même chose, malgré son assurance. Je demande le chemin à un garde, qui m'indique la maison du duc dans une rue étroite et pavée.

Je longe un haut mur chaulé jusqu'à une porte surmontée d'un blason. Il est taillé dans la pierre et représente exactement le même emblème que mon camée : trois amandes et une épée. Sur cette porte, il y a un heurtoir en forme de cheval. J'hésite à prendre le heurtoir dans la main, mais il n'est plus possible de reculer. Je fais donc ce que j'ai fait il y a dix ans, lorsqu'on m'a fait entrer dans un monde inconnu. J'agrippe le heurtoir des deux mains et, comme au seuil du foyer des innocentes, je le laisse tomber contre la porte massive. Une fois. Deux fois. Trois fois. Quatre fois. Cinq fois. Les coups résonnent.

– Du riz au lait ! dis-je dans un murmure tandis que j'entends des pas pressés se rapprocher.

La porte s'ouvre et je sursaute. La femme devant moi est noire comme du charbon. Le bord en dentelle blanche de son corsage accentue encore la noirceur de sa peau. Même ses yeux sont noirs. Elle porte une petite croix de cuivre sur la poitrine. Son cou est long. Elle a un foulard blanc enroulé autour de la tête. C'est la première fois de ma vie que je me trouve nez à nez avec une sauvage d'Afrique. Une bête humaine qui n'a pas d'âme.

– Que veux-tu, gamin ? demande-t-elle.

Elle parle. C'est la seule pensée qui me traverse la tête.

– Je ne suis pas un gamin, dis-je.

– *Madre de Dios*, sursaute-t-elle à son tour. Pourquoi tu t'habilles en garçon ?

– Je cherche le duc d'Almendraje.

– Pourquoi ? demande-t-elle froidement.

– Je dois lui parler.

– *Monsieur*[4] le duc ne parle pas aux mendiants, aux vagabonds ni aux filles déguisées, répond-elle. Si tu as besoin d'argent, tu n'as qu'à te poster à l'entrée de l'Alcázar, la main tendue et le regard plein de larmes. Mais tu t'y trouveras parmi toute la canaille de Séville. Ce n'est pas un endroit pour une jeune fille.

4. En français dans le texte. (NdT)

Je ne comprends pas la moitié du drôle d'espagnol qui jaillit de sa bouche.

– Vous pouvez parler plus lentement ? Je…

– Dégage, petite, ou j'appelle le valet d'écurie.

Je tire sur la cordelette à mon cou pour lui montrer le camée aux trois amandes et à l'épée. Elle reconnaît immédiatement l'emblème du duc et fronce les sourcils.

– Je viens de Flandre, dis-je.

– La Flandre…, répète-t-elle. On dit qu'en Flandre se trouvent les portes de l'enfer.

– Je suis la fille du duc d'Almendraje, dis-je très lentement.

– C'est ça, et moi, je suis la fille du roi d'Espagne, dit-elle en découvrant de grandes dents blanches.

Ce sont les plus belles dents que j'aie jamais vues. Je me demande si elle est cannibale.

– Mais je suis vraiment sa fille !

– Tu as une araignée au plafond, oui ! Ou tu es restée trop longtemps au soleil ?

Elle se frappe la tête. Son visage n'est que moquerie.

– J'ai traversé la terre et la mer pour venir ici et rencontrer le duc, dis-je vivement. Voulez-vous, s'il vous plaît, dire à mon père que sa fille de Flandre est arrivée ?

La Noire me regarde, indécise. Puis elle bafouille quelque chose dans une langue bien peu chrétienne qui doit venir du pays des lions et des rhinocéros. Elle me fait entrer, referme la porte derrière moi et me devance d'une démarche royale, le dos droit et le menton relevé. Je me sens bien maladroite à côté d'elle.

Nous traversons un large corridor chaulé jusqu'à une cour intérieure qui me semble sortir tout droit d'un conte de fée. Il y a quatre grands arbres, qui s'épanouissent tels d'énormes bouquets. Au milieu, une fontaine gazouille parmi les fleurs Des deux côtés de la cour, on a incrusté dans les murs des faïences triangulaires et colorées. Des deux autres côtés, un gros cep de vigne grimpe le long du mur. Toutes les pièces du rez-de-chaussée donnent sur cette cour intérieure. Une galerie ornée d'un garde-fou en fer torsadé dessert toutes les pièces de l'étage. Le soleil de midi joue sur les faïences de la cour, couleur de miel. Derrière la fontaine et les fleurs, on aperçoit plusieurs bâtiments : un entrepôt et des écuries. Le parfum sucré et capiteux des arbres en fleurs envahit tout.

– Attends ici, dans le patio, dit la Noire, et elle me laisse seule.

La cour intérieure est silencieuse. De son nid sur le toit de la porterie, une cigogne claquette. Tout à coup, l'angoisse me tenaille. Mon cœur bat la chamade et mon estomac se tord. J'inspire profondément pour recouvrer mon calme, mais l'odeur des fleurs me prend à la gorge et me monte à la tête. Karel le Pisseur d'église, qui mérite quand même la médaille de la bêtise, avait bien entendu raison. Je ne suis qu'une voleuse. Une coupeuse de bourses. Une graine de voyou. Un gibier de potence. La fille d'une serveuse de taverne qui rendait les hommes fous et qui avait des amants en veux-tu, en voilà ! La Rousse, ma mère, ne savait probablement même pas qui était mon père. Mon camée était un colifichet qu'elle utilisait pour me calmer quand je pleurais. Que suis-je venue faire là ? Que suis-je venue chercher ? J'ai de plus en plus mal à la tête. Je ne parviens à rester debout qu'à grand-peine.

Pourquoi le duc me prendrait-il dans sa maison ?

Il me fera fouetter jusqu'à ce qu'on voie le blanc de mes côtes, pour me punir d'avoir osé me présenter à sa porte et prétendre que je suis sa fille. Et quand bien même… S'il m'accueillait dans sa famille… quoi ? Je ne suis de toute façon ici que pour le tromper et lui soutirer ses secrets !

L'air lourd et sucré de la cour m'étouffe. J'ai la gorge sèche. Je suis devenue incapable de respirer. Le martellement dans ma tête atteint la limite du supportable. J'étouffe. Il faut que je parte ! C'est encore possible. Je n'ai qu'à me retourner, faire cinq pas vers le bâtiment principal et la porterie, tirer le verrou et me mettre à courir. Je raconterai à Johannes que le duc ne m'a pas crue et qu'il m'a chassée. Je le supplierai de m'aider à rentrer chez moi. Et si cela n'est pas possible, je me ferai engrosser par un beau soldat espagnol qui aura le cran de m'épouser, qui pourra m'entretenir avec sa solde et qui, peut-être, un jour, me ramènera en Flandre.

Je fais trois pas vers la porterie. Mais mes jambes sont de plomb. Le sang bat dans mes tempes. Encore quelques pas, et je serai dehors. Je titube vers la porte d'entrée. Je dois m'appuyer contre le mur pour ne pas tomber. Encore un peu, et je serai à la porte.

– *Señorita*, dit une voix derrière moi.

Je tourne la tête. Mon visage est livide.

– Où allez-vous ?

Je suis incapable de répondre. Je fixe la Noire.

– Le duc va vous recevoir.

20

LE VASE JAPONAIS

Je marche derrière la Noire. L'intérieur de la maison est frais, et cela me revigore un peu. Nous prenons un escalier en bois pour arriver dans une grande pièce lumineuse.

– C'est la salle des invités, dit-elle.

Au mur, je remarque une tapisserie sur laquelle deux cavaliers en armure scintillante embrochent des guerriers maures. L'Africaine me fait entrer dans la pièce suivante, plus petite et partagée en deux par une cloison de bois.

– C'est le salon des dames, explique-t-elle en désignant la première moitié de la pièce.

Aux murs : des miroirs, des crucifix et des tableaux de la Vierge à l'Enfant. Au centre de la pièce, une estrade recouverte de velours et de dizaines de coussins de toutes les couleurs. Je longe la cloison de bois, toujours à la suite de ma guide.

– Et voici le salon de monsieur le duc, annonce-t-elle avant de disparaître.

J'entends claquer la porte de l'escalier.

Cette partie de la pièce regorge de richesses. Une lourde armoire en chêne, sculptée de fruits et de fleurs. En vis-à-vis, une commode aux boutons incrustés d'ivoire. Ici, un grand vase décoré de signes étranges et de motifs d'hirondelles, de personnages portant des chapeaux pointus et de maisons aux toits pentus, posé sur un socle en fer. Là, des assiettes en argent et un petit tableau montrant trois paysans flamands qui se reposent au soleil de midi après la moisson. Un paysan rit, un autre boit sa bière à même la cruche, un troisième dort allongé sur le dos. Le tableau doit être de la main d'un maître d'Anvers. Un feu brûle dans une vaste vasque en argent reposant sur des pieds en bois tourné. Pourtant, il fait chaud, dehors. Une bûche se consume lentement, mêlée à des brindilles et à des graines odoriférantes. Les braises dégagent un agréable parfum.

Une statue en pierre se dresse au milieu de la chambre. Elle représente un homme nu portant une sphère de bois sur laquelle sont peintes toutes sortes de choses : des mers, des monstres, des sirènes, de grandes étendues de terre, des bêtes étranges et des sauvages avec des plumes dans les cheveux. Des lignes traversent les mers. Le monde.

– Qui es-tu ? demande une voix masculine en espagnol.

Je fais volte-face. Sur le balcon, un homme m'observe, comme il le fait sans doute depuis mon entrée dans la pièce. Il respire la force et a la mine sévère. Sa peau est claire, marquée de rides profondes. Sa barbe blanche est taillée en triangle. Son visage maigre laisse apparaître ses pommettes saillantes. Il a de grandes oreilles, des tempes grisonnantes, des cheveux plutôt clairsemés sur le sommet du crâne et une large collerette qui dépasse de sa houppelande noire. Je me rends compte que je dois faire une révérence. Je m'exécute. Mon genou droit heurte durement le sol. J'incline la tête.

Il s'impatiente.

– Lève-toi, petite. Et dis-moi qui tu es.

– Je m'appelle Margot, Messire, dis-je en me relevant. Je suis la fille de la Rousse.

Le visage de l'homme n'exprime aucune

émotion. Il s'avance vers moi. Ses yeux sont durs, striés de rouge. Ils me font peur. Je lui présente le camée. Il s'approche et me dévisage de la tête aux pieds. Mes cheveux blonds et hirsutes, mes dents cassées, mes yeux noirs, mes hanches étroites...

– La Rousse m'a donné ce camée en me disant qu'il venait de mon père. Elle m'a abandonnée dans un orphelinat quand j'avais cinq ans.

L'homme regarde le camée, puis me dévisage.

– Tu mens.

– Non, Messire, je ne mens pas. J'ai des papiers. Ils sont signés par maître Adriaan, du foyer des innocentes, et par le bourgmestre d'Anvers.

Je sors un rouleau de papier de mon pourpoint, mais il ne le prend pas.

– Les papiers, ça se falsifie. Que veux-tu ?

– Rien, je ne veux rien. Ma mère, la Rousse, m'a raconté que…

– Tout le monde veut quelque chose. Que veux-tu, toi ?

– Rien…

– Tu veux de l'argent ? Dis-le ! Que veux-tu ?

– Je veux un père.

Voilà. Je l'ai dit.

Il fronce les sourcils.

– Comment es-tu venue ici ?

– En bateau.

– Quel bateau ?

– Un bateau rempli de Bibles, de minerai de cuivre, de sel et de talc.

– Qui a payé ta traversée ?

– J'ai économisé. Pendant des années j'ai travaillé pour un apothicaire forain, en Flandre.

– Pourquoi n'as-tu pas cherché ta mère ?

– Pendant deux ans, j'ai parcouru la Flandre avec l'apothicaire. À chaque auberge que j'ai trouvée, j'ai essayé de me rappeler si c'était celle où j'avais passé les cinq premières années de ma vie. Après un bout de temps, je me suis rendu compte que jamais je ne la retrouverais, cette auberge. Ma mère m'a abandonnée. Elle s'est débarrassée de moi. J'arrive à peine à me rappeler à quoi elle ressemblait.

Je me demande s'il a compris un mot de mon mauvais espagnol.

– Elle était exactement comme toi, dit-il doucement. Sauf qu'elle avait les yeux bleus et la peau plus claire.

C'est la première fois que quelqu'un me parle de ma mère. Je me sens fondre. Ma gorge se noue.

– J'étais en Flandre avec le duc d'Albe, dit l'homme en détournant son regard et en agitant le tisonnier dans les braises. Ta mère suivait notre armée qui cheminait vers Anvers et la Hollande. Beaucoup de Flamandes faisaient ça. Ta mère avait beaucoup d'amants. Les Espagnols dépensaient toute leur solde pour elle. Ils se battaient pour elle. Pour celle qu'on appelait « la Rousse ». Lors d'une rixe, un soldat est mort d'un coup de couteau. On a amené la Rousse chez moi. J'étais le *mestre de campo*, le chef de camp, et le capitaine m'avait demandé de la chasser du campement. Je la vois encore : fière et provocante, comme un cheval sauvage.

Je dévisage l'homme. Il parle lentement, avec distinction. Je comprends chacun des mots qu'il prononce.

– Je ne l'ai pas jetée dehors. La Rousse est devenue ma maîtresse. La maîtresse du chef de camp. Elle est restée plusieurs mois avec moi, jusqu'à ce qu'on ait pendu assez d'hérétiques aux arbres. Et puis le moment est venu où je devais rentrer en Espagne. Elle a toujours su que je n'avais pas l'intention de la ramener avec moi. Je lui ai donné de l'argent. Elle m'a demandé si elle pouvait avoir mon camée. Elle ne voulait pas me dire pourquoi, mais je le lui ai donné. Plus tard, j'ai appris que, le jour même de mon départ, elle était déjà avec un autre soldat. Elle ne m'a jamais dit qu'elle était enceinte. Tu pourrais tout aussi bien être la fille d'un soldat.

Le duc est plongé dans ses pensées. Et voilà, c'est ça, l'histoire de la Rousse, ma mère. Ma gorge est plus sèche que tous les déserts de la terre.

– Elle a peut-être demandé le camée parce qu'elle savait qu'elle était enceinte, reprend le duc d'un air rêveur.

Tout à coup, la porte s'ouvre. Avant même que le duc n'ait pu dire quoi que ce soit, une petite dame surgit de derrière la cloison de bois. Elle est suivie par l'Africaine, qui l'a probablement informée de ma venue. Je fais une révérence devant la petite dame qui semble aussi desséchée que les sables de Babylone. Elle porte sur la tête une petite guimpe cousue de pierres précieuses, le genre de coiffe qui ne demande qu'à être arrachée un jour de marché et pour laquelle Gus l'Aveugle allongerait bien quelques pièces d'argent.

– Qui est-ce ? demande-t-elle d'une voix de cloche fêlée en m'ignorant totalement.

– *Querida* ! dit le duc en saluant la femme avant de se tourner vers moi. Voici ma chère épouse, doña Urraca, la duchesse d'Almendraje.

– Réponds-moi, Fabián, qui est-ce ? répète la duchesse en persistant à ne pas me saluer.

Le duc hésite un moment. Son regard se pose sur moi, puis sur sa femme.

– Cette jeune Flamande prétend être ma fille, finit-il par dire.

– Ta fille ? crie sa femme ? Et c'est vrai ?!

Le duc se tourne vers moi. Il a les traits durs de ces soldats espagnols que j'ai vus pendre les hérétiques et mettre Anvers à feu et à sang. L'ombre d'un sourire passe sur ses lèvres.

– Eh bien ?! C'est ta fille ? répète la duchesse. Dis quelque chose, Fabián !

– Je pense que oui, répond-il.

Je me retiens pour ne pas me mettre à danser de joie. La duchesse plisse son front parchemineux.

– Qu'est-ce que tu entends par « Je pense que oui ? » demande-t-elle d'une voix tremblante.

– Cela veut dire que oui, je pense que cette enfant est ma fille, répond froidement le duc. Regarde ses yeux !

Un ange passe. Le duc ne semble pas avoir l'intention de s'excuser pour cette fille venue de Flandre ni pour les folles nuits qu'il a dû partager avec la Rousse.

– *Cabrón !* crache la duchesse. Je ne la veux pas dans ma maison. Tu entends, Fabián ?! Je ne la veux pas dans ma maison !

– *Querida*, c'est ma fille ! rugit-il sévèrement. *Joder* !

Le dernier mot est un juron, cela, je le sais. La duchesse fait quelques pas vers le grand vase, le soulève de son support et menace de le fracasser au sol.

– Pas le vase japonais ! grommelle le duc.

– Je ne la veux pas chez moi ! répète la duchesse.

– Repose ce vase ! crie le duc. C'est le cadeau de mariage que nous avons reçu du roi !

– Je ne la veux pas chez moi !

– Arrête de gémir ! En vingt ans de mariage, tu n'as jamais réussi à me donner un fils ou une fille !

Mes joues et mes oreilles sont en feu. Je regarde

la petite femme qui a l'air d'une folle avec ce grand vase entre les mains. Elle me regarde enfin. Ses lèvres de vieux parchemin se tordent de mépris.

– Tu n'es même pas sûr que ce soit ta fille ! crie-t-elle. Et elle a l'air d'un garçon, d'un vagabond ! Je me demande même si c'est une fille. Elle n'a pas sa place dans cette maison. Elle…

– C'est ma fille, clame le duc avec conviction.

– Elle pue la charogne ! siffle encore sa femme.

– C'est ma fille ! tonne le duc sur un ton qui ne souffre aucune protestation. Et repose ce vase !

La duchesse est rouge d'indignation, mais elle capitule. Elle replace le vase sur son support.

– Bon, finit-elle par dire. Je la ferai coucher avec le personnel, dans les dépendances.

– Non. Amparo lui donnera la chambre à côté de la cuisine.

La femme noire hoche la tête. Elle s'appelle donc Amparo.

– Et comment sais-tu qu'elle n'est pas infectée par l'une ou l'autre de ces maladies ? crie encore la duchesse.

– Eh bien ! répond le duc. Fais venir le médecin ! Fais ce que tu veux. Mais si elle est en bonne santé, elle restera.

– Viens, toi ! m'ordonne doña Urraca.

J'adresse une révérence au duc et je trotte à la suite de sa femme dans les escaliers. J'entends les pas d'Amparo derrière moi. Je traverse le patio jusqu'aux étables, toujours derrière la duchesse. Derrière les portes, j'entends le hennissement des chevaux. La duchesse me mène à la chapelle où a été pratiquée une petite ouverture sur le côté, fermée d'une porte. Elle prend une clé dans une niche près de l'autel et la tourne dans la vieille serrure. La porte s'ouvre en grinçant. Elle donne sur une pièce sombre et vide aux murs noircis de traces de suie. Doña Urraca fait tout de suite deux pas en arrière et trois signes de croix, comme si la petite pièce était hantée. Des araignées y ont tissé d'énormes toiles. Doña Urraca n'ose pas s'approcher de l'entrée.

– C'est la chambre de la peste, dit-elle froidement. Entre et attends le médecin.

J'hésite, mais on me pousse dans le dos. La duchesse referme la porte derrière moi et tourne la clé dans la serrure. Je m'adosse à la porte et j'écarquille les yeux pour m'habituer à l'obscurité. Eh bien, te voilà, Margot, fille d'Espagnol, dans la chapelle d'un duc parmi les esprits des morts de la peste ! Des filles sont-elles mortes ici, comme dans la soue du foyer des innocentes ? Est-ce que leurs esprits errent encore dans cette pièce ? Si je reste très silencieuse, pourrai-je entendre leurs gémissements ?

Mais il n'y a pas de vrai silence. Et puis, une demi-heure plus tard, j'entends déjà du bruit dans la cour intérieure. La clé grince dans la serrure. La porte s'ouvre. Amparo me fait signe. Je sors de ce trou immonde. Le soir est tombé. La servante m'entraîne vers un bassin. L'eau jaillit d'un tuyau qui sort de la bouche grand-ouverte d'un soleil rieur. La fontaine est remplie à ras bord et l'eau déborde dans de petits canaux qui la mènent vers différents points du jardin. Je ne comprends pas.

– Le médecin dit que tu dois te laver, dit Amparo. Cette eau vient de la montagne. Elle est pour les chevaux et les orangers. Allez ! Enlève tes habits ! Lave-toi !

Près du bassin il y a un petit bac contenant du savon très sombre. Piet le Noir vendait exactement le même : c'est de la graisse animale mélangée à de la cendre. J'en prends entre mes doigts, je les trempe dans l'eau et je commence à me frictionner sans enlever ma chemise. Je m'asperge ensuite d'eau afin d'enlever les restes de savon. L'eau est glaciale. Le froid me fige le corps. J'ai la chair de poule. C'est dégoûtant, de se laver ! J'enlève mon bonnet. Mes cheveux mi-longs en broussaille me tombent sur les épaules. Doña Urraca, qui vient d'arriver, est tout étonnée de voir mes boucles blondes. Elle renvoie les valets accourus assister au spectacle.

– Frotte plus fort, petite ! aboie-t-elle.

Derrière elle, le médecin arrive en se dandinant au bras d'Amparo. Il est accompagné d'un jeune homme armé portant un large chapeau. Le médecin est vieux comme Mathusalem. Son dos courbé forme un point d'interrogation et il a un grand nez pincé par une petite paire de lunettes. Sa canne frappe la mesure sur les pavés du patio. Je suis toujours debout dans le bassin. Ma chemise me colle à la peau. Je suis bleue de froid. Je claque des dents.

– Viens ici, que le docteur Monardes puisse t'examiner !

– Elle doit sortir de l'eau, couine le vieux médecin. Elle pourrait attraper froid et nous faire une dengue.

Je sors de l'abreuvoir en tremblant. Je suis en chemise, devant les écuries, les mains croisées pour cacher mon corps. Le médecin pue le fromage moisi. Il tâte d'abord mon front, puis ma gorge.

– Mouche-toi dans la main, demande-t-il. Je veux voir la couleur de ta morve.

J'obéis. Le médecin approche la torche de son compagnon et ajuste ses lunettes sur son nez. Il semble satisfait. Puis, il me tâte les aisselles et le haut des bras de ses doigts ridés. Je recule. J'ai peur qu'il ne sente la marque au fer rouge que j'ai à l'épaule.

– Calme-toi, petite ! Je ne te ferai aucun mal. Je suis médecin ! Je cherche des bubons.

Je hoche la tête peureusement. Ses mains glissent le long de mon aine.

– Avec quel bateau es-tu venue ?

– Le *Brabo* d'Anvers.

– Y avait-il la peste à Anvers ?

– Non.

– As-tu été mordue par des rats ? As-tu touché un esclave à Cadix ? As-tu été piquée par des moustiques ?

– Je secoue la tête. Non.

– As-tu mangé des prunes ?

Des prunes ? Sur le bateau, j'ai mangé des fruits secs, mais était-ce des prunes ? Je l'ignore.

– Des prunes ? demande doña Urraca, étonnée.

– Les prunes propagent la peste, souffle le médecin avec impatience. Pourquoi croyez-vous que j'ai fait brûler tous les pruniers durant l'épidémie de l'été dernier ?

– Non, je n'ai pas mangé de prunes. Seulement des biscuits de marins. Et aussi des pommes contre le scorbut.

– Des pommes ! s'effraie doña Urraca. N'est-ce pas dangereux, docteur ? Ne doit-elle pas aller en quarantaine ?

– Ne soyez pas si ignorante, gronde le médecin. Les pommes, c'est excellent pour les dents et pour aller à la selle.

Il examine la plante de mes pieds. Là non plus, je n'ai pas de boutons. Il se retourne vers doña Urraca. Il est plongé dans ses pensées.

– Alors, docteur ? Elle est malade ? demande

doña Urraca, avec un rien d'espoir dans la voix.

– Elle est aussi bien portante que notre empereur Charles.

– L'empereur Charles est mort depuis bientôt vingt-cinq ans.

– Dans ses jeunes années, c'était un modèle de santé. Je le sais, c'est moi qui le soignais.

Doña Urraca pousse un soupir. Elle a dû entendre cette anecdote mille fois.

– Cela fera trois cents *maravedís*, conclut le médecin.

– Trois cents pièces de cuivre ?! crie-t-elle. C'est de l'escroquerie !

– Ce n'est pas de l'escroquerie, Madame la duchesse. C'est de la science. Mais vous me payerez demain ! conclut l'homme de l'art en prenant la direction de la porte et en tapant le sol de sa canne. Je ne vais pas me promener la nuit avec tout cet argent sur moi. Ah, oui, pour toute sécurité, brûlez les vêtements de cette fille. Et fumez à fond la pièce des pestiférés. On ne sait jamais. Saluez Monsieur le duc de ma part.

Ce soir, je mange du pain avec du fromage et de petits fruits salés à noyau qui portent le nom d'olives. Je suis assise à la table d'Amparo, des garçons d'écurie, du gardien de nuit, de la cuisinière, de la couturière et des cochers. Le duc a douze personnes à son service. Ils ne savent pas trop bien ce qu'ils doivent faire de moi. J'ai l'impression de déranger leur repas du soir, agréable et sans façon. Amparo me montre ma chambre, au rez-de-chaussée. C'est une petite pièce aux murs nus, mais c'est la plus belle chambre que j'aie jamais vue ! Et c'est ma chambre à moi ! Les murs sont lisses, peints de blanc, la cruche à eau est d'un bleu magnifique, et l'auvent devant la fenêtre ouverte est en papier huilé. Le lit est à moitié entouré d'un rideau vert tendre. Le rideau du coin est encore noué et pend comme un sac au plafond. Amparo défait le nœud et tire le rideau à gauche et à droite sur les tringles. Le tissu enveloppe entièrement le lit ; il me protégera des moustiques, des scarabées, des autres insectes et des mauvais esprits. Amparo me souhaite une bonne nuit. Je la remercie. Elle dort dans la cuisine. À côté du lit, se trouve le plus beau pot de chambre que j'aie jamais vu de ma vie, en porcelaine blanche décorée d'amandes. Je ne sais pas si j'oserai l'utiliser.

21

DU CHOCOLAT

Le remue-ménage dans la cuisine me réveille. Amparo déboule dans ma chambre et tire les rideaux de mon lit. Elle fait un nœud dans le rideau du coin. Elle me jette un regard hautain et fait une révérence. À contrecœur, c'est clair.

– Bonjour Amparo, lui dis-je.

– Bonjour, répond-elle. Je suis la *dueña*, la duègne de madame. Je dois t'aider à t'habiller.

Elle dépose un petit tas de vêtements neufs et repassés sur le bord de mon lit. Amparo est donc une dame de compagnie. Je repense à cette autre dame de compagnie, la femme-baleine qui trottait derrière la fille à la fourrure de martre, un coussin de velours sous le bras pour que les genoux de sa maîtresse n'aient pas trop froid quand elle faisait ses prières sur les dalles de l'église. Et voilà que j'ai, moi aussi, une dame de compagnie ! Et noire, de surcroît !

– Madame t'attend au salon pour le petit-déjeuner, dit-elle sèchement. Je vais t'aider.

Amparo m'aide à enfiler une splendide jupe pourpre et, par au-dessus, une chemise blanche. Puis un corsage bleu qui couvre entièrement mon ventre et le bas de mon dos et m'allonge le corps. Le tissu en est doux comme de la soie. Puis c'est au tour de mes cheveux. Amparo passe un peigne en ivoire dans mes boucles ébouriffées et emmêlées. Elle me coiffe avec la même douceur que Greta au foyer des innocentes.

– Aïe ! Tu me fais mal !

– Tes cheveux sont une véritable brousse, soupire-t-elle. Pas moyen de les coiffer !

– Laisse-moi faire ! dis-je.

Après cette séance de coiffure, Amparo me met un serre-tête qui me tire les cheveux en arrière. Puis elle attache deux épingles dans ma nuque. Elle recule d'un pas et me regarde en reniflant.

– Bon, tu es montrable, conclut-elle sans trop d'enthousiasme.

Elle m'accroche au cou une cordelette avec une boule de gaze remplie d'herbes séchées, de pétales de roses, de jasmin et de fleurs d'oranger. J'embaume le verger en fleur. Pour finir, elle me confie un chapelet.

– Pour tes prières, explique-t-elle. Tu les feras cinq fois par jour. Nous avons notre propre chapelle. Ne l'oublie pas !

Je suis la duègne à travers les pièces du rez-de-chaussée. Elles sont vides et résonnent sous mes pas. Je les trouve froides et désagréables. Nous montons au salon du premier étage. Je vois doña Urraca assise en tailleur sur un coussin. Elle lit un livre posé sur ses genoux. Un sourire passe sur ses lèvres. Doña Urraca lit pour son plaisir !

Je fais une révérence devant elle. D'un geste de la main, elle m'indique que je peux m'asseoir. Je prends place sur les coussins. La duègne s'accroupit devant moi et me croise les jambes. C'est comme cela que je dois prendre place dans le salon de madame : les jambes en tailleur. La duchesse me toise d'un air de profond mépris. Sur une petite table, entre elle et moi, il y a une cruche d'eau, un panier contenant du pain et un broc rempli d'un liquide sirupeux et aussi noir qu'Amparo. La duègne verse la boisson dans deux timbales de grès. Tout à coup, je sais ce que c'est. J'en ai déjà entendu parler. C'est la boisson du Nouveau Monde. La boisson des Indiens.

Je crie :

– C'est du chocolat !

– Bien sûr, dit doña Urraca. C'est ce que nous buvons toute la journée.

– N'est-ce pas très cher ? dis-je un peu sottement.

– Cher ? Mais non, c'est meilleur marché que l'eau de fraise glacée.

– L'eau de fraise glacée ?

– Nous avons des glacières. Nous y gardons nos boissons au frais pendant l'été.

Je hoche la tête. Du chocolat. De l'eau de fraise. Des glacières. C'est ici, le Nouveau Monde.

Je regarde son livre. Elle remarque que je penche la tête pour lire les lettres du titre à l'envers.

– Tu sais lire ? demande-t-elle.

– Non, uniquement des lettres séparées et quelques mots faciles, dis-je tout de suite, sans réfléchir.

Je me maudis pout tant d'inattention. Simon Hendrickszoon a pourtant bien insisté : je dois me montrer plus bête que je ne suis et ne raconter à personne que je sais lire en espagnol.

– C'est un livre de prières ?

– Non, c'est une romance. Une histoire.

Elle me montre le livre. Il s'intitule *Tirant le Blanc et le Cœur solitaire.*

– C'est du latin ?

– Les romances sont écrites en espagnol.

Je hoche la tête et j'essaie de ne pas regarder le titre du livre. Depuis que Rita m'a appris à lire et épeler, j'essaie de lire chaque phrase, chaque mot et chaque syllabe que je vois.

– Je hais la Flandre, commence doña Urraca.

Les gens de ce froid pays de marécages ont rejeté Dieu. Ils ont cassé les vitraux des églises, brûlé des Bibles et tué des prêtres. Les Flamands et les Hollandais ont chassé leur roi légitime, Philippe II, fils de votre Charles Quint. Les Pays-Bas sont devenus une contrée de mécréants. Le ciel y est tout noir car le soleil n'y brille plus. Les gens y sont foncièrement mauvais.

– Les gens ne sont pas mauvais, dis-je en ronchonnant. Et le ciel n'y est pas tout noir.

– Les protestants ont transpercé les tableaux de la Sainte Vierge à coups de lances, non ? Ils ont brisé les statues des saints, mais pas celles des démons qui couchent aux pieds des saints ! Seuls les diables de l'enfer font cela ! Seuls les diables !

Elle a affirmé tout cela sur un ton tranquille. Comme si les faits qu'elle relate contenaient une vérité universelle. Peut-être veut-elle me mettre à l'épreuve et voir comment je réagis à ses paroles insultantes à l'encontre des Flamands.

– Nous ne sommes pas des démons.

Elle s'échauffe :

– Et Luther ?! N'a-t-il pas déclaré que Marie, la Mère de Dieu, n'était pas plus sainte que n'importe quel dévot qui allume un cierge devant Jésus-Christ ? N'a-t-il pas déclaré qu'elle était une bourse dorée avant la Nativité de Jésus et un sac vide ensuite ? N'a-t-il pas déclaré que l'*Ave* est une prière blasphématoire parce qu'une femme, même si elle s'appelle Marie, ne sera jamais, au grand jamais, un être divin ? Nos fiers jeunes gens ont dû s'embarquer vers les Pays-Bas afin de lutter pour imposer la vraie foi. Mon mari a perdu beaucoup d'amis en Flandre. Moi aussi, j'ai perdu des proches dans ce plat pays. Des jeunes gens qui me faisaient la cour quand j'étais jeune. Des jeunes gens qui ne sont jamais revenus. C'est un pays d'hérétiques, de mécréants et de bêtes. Et te voilà, toi, venue de Flandre ! Qui me dit que tu n'es pas une menteuse invétérée ? Une âme damnée de ce pays aux maléfiques émanations marécageuses ? Un serpent venimeux qui a pris la forme d'une jeune fille ?

L'excitation lui a fait perler de la salive à la commissure des lèvres.

– Je ne suis qu'une fille à la recherche de son père, dis-je.

– Tu es la fille d'une fille à soldats ! éclate-t-elle. Ta mère a séduit mon mari ! J'espère qu'elle brûle en enfer !

Doña Urraca essaie de me provoquer, mais je contiens fermement toute ma rage, ma peur et mes larmes. Fous-moi la paix, vieille femme desséchée ! Ma mère était mille fois plus belle que toi !

– Mon mari te croit, siffle-t-elle, mais pas moi !

La duchesse prend une profonde inspiration. Elle s'était peut-être promis de ne pas s'énerver, de garder une voix de glace et un visage de marbre, mais elle s'est laissé entraîner par ses émotions. Elle ouvre son éventail et l'agite pour se rafraîchir.

Malgré tout, je me rends compte que doña Urraca n'est pas une grenouille de bénitier. Ce n'est pas la Bible qu'elle lit, mais une romance qui s'intitule *Tirant le Blanc et le Cœur solitaire.* Elle est comme ces femmes désespérées de la foire qui consultaient Esméralda la Boiteuse, mal mariées et qui montraient leur paume à la diseuse de bonne aventure dans l'espoir qu'elle y découvre, entre les cals et les rides, une petite trace d'amour, un retournement de la nature peu civilisée de leur mari, dans un proche avenir, quelques semaines ou tout au plus quelques mois. Doña Uracca est, comme toutes ces femmes malheureuses, un être qui veut être embrassé. Sous cette peau de parchemin, coule le sang d'une femme seule.

– Doña Urraca, dis-je lentement. Je porte ce camée autour du cou depuis aussi longtemps que je m'en souvienne. Depuis que je sais marcher et parler, il est pour moi la Terre promise. Pendant longtemps, j'ai cru que l'Espagne avait la forme d'un coquillage. Ce petit bijou représente pour moi la vie qu'on n'a pas voulu me donner. J'ai été abandonnée par une mère qui, elle aussi, avait été abandonnée par son amant. On m'appelait *Margot, Hija española,* Margot, fille d'Espagnol. Tous ceux qui ont croisé mon chemin ont essayé de me persuader que j'étais prédestinée à finir à Anvers, comme servante dans une famille de bourgeois ou comme fille de joie dans une auberge. Tous me l'ont dit, de maître Adriaan à Piet le Noir, l'apothicaire. C'était pour ainsi dire écrit dans les étoiles. Combien de fois Esméralda la Boiteuse ne m'a-t-elle pas incitée à me débarrasser de ce bijou contre quelques pièces de cuivre, pour acheter de quoi manger ?! Elle me disait qu'elle avait lu dans les lignes de ma main que jamais je n'irais en Espagne. Mais j'aurais préféré mourir de faim que de perdre ce camée. Je ne crois ni aux étoiles, ni aux lignes de la main. Je ne voulais pas accepter l'idée que j'étais destinée à une vie de servante ou de fille à soldats. Je pense qu'une femme peut décider de sa vie. Oui, c'est ce que je pense.

Je sens mon cœur cogner dans ma poitrine et les muscles de ma gorge se contracter. Doña Uracca me regarde et fait un effort pour ne pas sourire. Je n'ai même pas eu à mentir. J'ai montré un petit bout de mon cœur et j'ai réussi à émouvoir cette femme à travers sa carapace parchemineuse.

– Bois ton chocolat, fillette. Il refroidit, dit-elle à voix basse et prudente.

Je pose mes mains autour de la timbale. Je goûte le liquide épais et pâteux. Je n'ai jamais rien bu de meilleur dans ma vie. Je lève la tête vers la maîtresse de maison.

– Raconte-moi le reste de ton histoire, chuchote-t-elle. Raconte-moi tout !

Et là, dans les coussins, entre le pain et le chocolat, c'est ce que je fais. Je lui raconte mon histoire. Bien entendu, je ne dis pas tout. Je lui sers une version édulcorée des faits. Je passe sur la filouterie, les vols et l'épisode de la potence. Je ne raconte que mon séjour au foyer des innocentes, mon travail comme servante chez cet apothicaire ambulant et la somme d'argent que j'ai économisée pour apprendre pendant cinq mois l'espagnol dans un couvent et pour payer ma traversée en bateau vers Cadix. De temps en temps, je bute sur un mot en espagnol et je dois m'aider de gestes pour me faire comprendre. Doña Uracca écoute patiemment. Quand mon histoire s'arrête, les cloches de Séville se mettent à sonner midi à la volée.

Pendant ce temps, la duègne et la cuisinière sont rentrées avec les courses. Une odeur de viande braisée embaume depuis la cuisine. Amparo vient nous demander si elle peut servir le déjeuner. Doña Uracca acquiesce et Amparo disparaît de nouveau. Je remue les jambes. Elles sont complètement engourdies parce que je suis restée assise en tailleur plusieurs heures. Je veux me lever pour descendre manger à la cuisine. Doña Urraca me touche le genou.

– Reste ici avec moi ! murmure-t-elle.

22

CHAQUE CHOSE EN SON TEMPS

Les journées s’étirent mollement. L’été approche. La cigogne qui a son nid sur le toit de la porterie reçoit la visite d’un mâle. Ils claquettent à qui mieux mieux de leur long bec rouge. Je ne sors pas des murs du palais ducal. L’Espagne se hume, se touche, se goûte différemment. Tous les matins, nous mangeons du pain blanc avec de la marmelade d’orange et nous buvons du chocolat à la vanille ou aux épices. Le midi, nous prenons un repas chaud, presque toujours accompagné de viande, souvent du poulet ou du canard, mais aussi du mouton et même du bœuf. La viande est souvent mijotée, mais pas comme je la préparais pour Piet le Noir et sa troupe. Le plat baigne dans l’huile d’olive, les légumes restent croquants et savoureux, et tout est très épicé. Je n’ai souvent pas la moindre idée de ce que je mange. La cuisinière est une vieille bonne femme qu’on appelle la *yaya*. Elle a les bras minces mais musclés, du poil au menton et un bras plus court que l’autre. De son bras long, la *yaya* touille dans les marmites ; de son bras court, elle émiette les épices au-dessus du plat qui mitonne. Elle ne nous sert pas toujours des plats mijotés. Parfois elle fait mariner la viande dans un mélange d’huile, de poivrons et d’ail et elle la met à rissoler dans une poêle qui grésille sur les flammes de la cheminée. La cuisine de la *yaya* est délicieuse, mais ce n’est pas comme chez nous, en

Flandre, les jours de fête : elle sert tout juste de quoi assouvir notre faim. D'ailleurs, le duc ne boit jamais plus d'un verre de vin par jour. En Espagne, on est mesuré en tout.

Comme dessert, nous mangeons des fruits que je n'ai encore jamais goûtés : raisin noir, grenades, mandarines, sans compter le *melocotón*, autrement dit la « pomme de coton », à la peau non comestible et à la chair orange délicieuse et juteuse à souhait. Après le repas du midi vient la *siesta.* C'est une pause, un moment de repos, qu'on appelle ainsi parce que l'Espagnol se repose la sixième heure après le lever du soleil. Après la sieste et jusque tard dans la soirée, le duc part pour les affaires qui l'occupent à la Maison des Océans. Le soir, doña Urraca et moi, nous mangeons le plus souvent du pain avec du fromage, des olives et des gâteaux d'amandes douces.

Ce matin, comme à mon habitude, je me rends à la cuisine pour goûter du bout des doigts les épices écrasées dans le mortier, toucher les légumes crus et humer la viande qui macère dans son lit d'huile et d'épices. Je ne connais pas tous les légumes. Je me mets à examiner une grosse racine jaune avec des germes. Je lance un regard interrogateur vers la cuisinière.

– *Patata,* me répond-elle à contrecœur.

– *Patata* ? C'est bon ?

– Oui, sinon je ne la cuisinerais pas ! répond la *yaya*, irritée. C'est un légume du Nouveau Monde. Les Indiens la cultivent dans la terre. C'est très cher, mais très nourrissant. On ne les trouve qu'à Séville. Le duc en raffole.

Je répète avec enthousiasme :

– *Patata* !

La cuisinière me prend la patate des mains et me chasse de la cuisine : c'est son monde, et les filles de duc n'y sont guère à leur place.

Amparo fait les courses, ce qui est pour elle le point culminant de la journée. Elle est pratiquement toujours accompagnée par Fernando el Viejo, un vieux garçon d'écurie à la barbe grise et à l'épée affûtée, ce qui ne l'empêche pas de profiter pleinement de ces heures de liberté.

Deux semaines après mon arrivée, je suis appelée à la chapelle, où m'attend un père entièrement vêtu de noir, mis à part son petit col blanc, un jésuite. C'est un homme bien nourri au cou court, au triple menton et aux grandes taches de sueur sur la poitrine et sous les bras. J'ai déjà entendu parler des jésuites. Ce sont de très fins connaisseurs de la Bible, des « généraux de la foi ». On les appelle des « inquisiteurs » parce qu'ils posent aux gens des questions très précises sur leur foi. Ils ont le pouvoir de décider si quelqu'un est un bon croyant ou un menteur et un hérétique. Si un jésuite a le moindre doute que vous avez assisté à des messes jansénistes ou que vous avez prié sur un tapis tourné vers la Mecque, on vous jette dans les prisons de l'Inquisition sans même vous laisser le temps de réciter un *Ave*.

Le père me parle en flamand avec un fort accent anversois. Surprise d'entendre du néerlandais à Séville, je souris. Gardant un visage de marbre, il me demande d'une voix aigre de réciter le *Je vous salue Marie*. Je comprends qu'il me met à l'épreuve et que je n'ai pas droit à l'erreur. Après avoir fait une génuflexion devant lui, je me tourne vers la statue de la Vierge Marie et je tombe à genoux. D'une voix haute et claire, je récite l'*Ave*. D'abord en flamand, puis en latin. Satisfait, il me demande de dire la prière de l'*Angelus,* et j'ânonne que l'Ange du Seigneur a apporté l'annonce à Marie, que le Verbe s'est fait chair et qu'il a vécu parmi nous, les hommes. Le prêtre hoche la tête. C'est au tour du *Regina Coeli.* Je prie la Sainte Vierge et je lui dis qu'elle peut être dans la joie et l'allégresse, parce que le Seigneur est vraiment ressuscité. Puis vient l'exercice de contrition : je dis au Dieu miséricordieux que je regrette tous mes péchés et je lui promets de me corriger, avec l'aide de sa Grâce, et de ne plus pécher. *Amen.* Heureusement, je connais toutes les prières catholiques par cœur depuis mon séjour au couvent des falcontines. Le jésuite semble satisfait. Il me demande si j'ai frayé avec des protestants aux Pays-Bas. Je lui réponds que j'ai résisté avec acharnement à ce parpaillot de maître Adriaan et que je suis toujours restée fidèle à la foi catholique, à la Vierge Marie et au Saint-Esprit. Une fois de plus, il me demande de lui raconter mon histoire, et je m'exécute, dans la peur de commettre des erreurs qui pourraient me trahir.

Après mon récit, le jésuite réfléchit longuement et éponge tout aussi longuement la sueur qui ruisselle sur son visage. Cela me met mal à l'aise. C'est peut-être son intention : se taire pour augmenter ma gêne. Enfin il hoche la tête.

– Nous allons vérifier ton histoire, promet-il. J'écrirai une lettre à mes frères de Flandre.

J'acquiesce. La peur me serre le cœur. S'il venait à apprendre que je suis une voleuse et que j'ai été condamnée à la pendaison ? Et que c'est un officier d'Orange qui m'a sauvée de la potence ? Du calme, Margot ! Je ne cours probablement aucun danger. Je sais que Johannes a fait disparaître les rapports du greffier. Son père, le bailli, ne me trahira pas, parce que cela mettrait son fils dans le pétrin. Quant à maître Adriaan, il est si protestant qu'il préférerait manger sa Bible que de confier mon secret à un jésuite.

– Depuis la furie espagnole, il y a près de sept ans, les jésuites sont devenus des martyrs en Flandre, poursuit le père de sa voix froide et décidée. Nous avons été chassés comme des vagabonds. Notre cloître d'Anvers a été dévalisé par les hérétiques et nous avons été chassés de la ville. Nous avons dû chercher refuge en Espagne. Nous ne pouvons plus nous montrer à l'intérieur des remparts d'Anvers. Mais nous reviendrons ! Nous reviendrons !

Nous sortons ensemble de la chapelle. Doña Urraca vient à notre rencontre. Elle fait une génuflexion au curé.

– Père Delafaille, quelles sont vos conclusions ?

– Cette jeune fille connaît toutes les prières de la vraie foi, répond-il froidement. Elle a le bénéfice du doute.

– Merci, Père, murmure doña Urraca. Que le Seigneur soit avec vous.

– Et avec votre esprit, répond-il.

Après la sieste, la duchesse me fait la lecture de son livre *Tirant le Blanc et le Cœur solitaire.* Il s'agit d'un chevalier de Catalogne, tout de blanc vêtu, un modèle de virilité et de vitalité qui fait tomber en pâmoison des flopées de nobles dames. Il s'aventure vers l'orient, où il devient le cauchemar des Maures. Prononcer son surnom, Le Blanc, suffit à raidir les cheveux d'un Maure et à lui filer la colique. Une jolie villageoise, appelée Carmésine, l'aime et le suit d'une bataille à l'autre. Carmésine lave son harnais du sang ennemi, panse ses plaies, oint ses pieds et lui coupe les poils du nez. Elle l'aime d'amour, et lui apprécie sa peau au goût de miel. Il lui promet de l'épouser et de devenir le père de ses enfants, mais c'est une promesse qu'il a déjà faite à plusieurs femmes, qu'il a ensuite abandonnées au bord de la route.

Un beau jour, alors que le Chevalier Blanc se trouve au pied des remparts de Constantinople, son chemin croise celui d'une noble dame au cœur si pur qu'il en perd le nord. Il met Carmésine dans une barque équipée d'une seule rame, au motif que l'ennemi approche en très grand nombre et en très grande force. Il lui promet de la rejoindre au plus vite. Pendant des jours et des jours, Carmésine vogue à la dérive sur la grande mer de Marmara avant d'être rejetée sur le rivage d'une petite île. C'est en vain qu'elle attend son Tirant. La jeune fille verse tant de larmes amères que le sable de l'île en devient vitreux et transparent. Elle meurt de chagrin. Longtemps après sa mort, les marins parlent encore de cette île dans la mer de Marmara dont la plage brille et scintille tant sous le soleil de midi qu'on dirait un champ de perles.

Doña Urraca a beau avoir un visage parcheminé et une petite bouche méfiante, elle lit d'une façon merveilleuse. Elle change l'intonation de sa voix selon qu'elle prend le rôle du viril Tirant ou celui de son amante malheureuse, Carmésine au cœur brisé. De temps en temps, je lui demande le sens de certains mots et elle me les explique patiemment. J'apprends ainsi le vocabulaire utilisé par la noblesse espagnole. Doña Urraca ne prend pas l'histoire au sérieux et elle exagère toutes les émotions, ce qui me fait rire. J'ai du plaisir à entendre sa voix et elle semble en prendre du fait de ma présence à ses côtés. Après quelques chapitres, elle casse un morceau de *bucaro* en deux. Je laisse fondre la glaise aromatisée dans ma bouche en repensant à la première fois que j'en ai goûté, au foyer des innocentes, lorsque le soldat espagnol m'en avait glissé un morceau entre les doigts.

Dès l'arrivée du duc, doña Urraca devient automatiquement plus froide avec moi. Une pointe d'agacement vient remplacer la chaleur qu'elle met dans son regard durant nos après-midi solitaires. Chaque fois que le duc passe nous saluer dans le salon des femmes, elle reprend sa voix aigre. Elle demande des nouvelles du duc avec une parfaite indifférence. Le duc lui répond poliment, mais c'est à peine si elle l'écoute. Quoi qu'il dise, sa réponse est immuablement : « Tant mieux pour toi, mon chéri », sans même le regarder, comme si le fil à broder de son ouvrage, les pages de son livre, le pli de sa jupe ou encore le goût de l'olive qu'elle suçote étaient plus importants que tout ce qu'il a à raconter. S'il lui disait qu'il venait d'être mordu par une vipère venimeuse, qu'il allait sombrer dans les douleurs les plus atroces et qu'il avait à peine une heure encore à vivre, elle répondrait immanquablement « Tant mieux pour toi, mon chéri ». Quand le duc est dans la pièce, elle me lance des remarques telles que : « Tiens-toi droite, ma fille » ou « Ne reste pas là à rêvasser ». Lorsqu'en ma présence, elle parle de moi à son mari, je suis toujours *la Flamenca,* la Flamande. Par exemple : « *La Flamenca* a encore été toute la matinée dans les jambes de la cuisinière » ou « *La Flamenca* s'est prélassée durant des heures sous les orangers comme si elle voulait s'assurer de leur croissance de ses propres yeux. »

Mais, dès que le duc n'est plus dans les parages, elle quitte cette attitude agaçante et me demande où nous en étions dans les aventures incroyables de Tirant. Je lui rappelle qu'il était sur le point d'épouser une femme du sang le plus pur.

Je dois reconnaître que ne rien faire à l'ombre des orangers en écoutant le doux bruissement du feuillage me procure une jouissance énorme. J'ai l'impression de n'être nulle part, de ne plus avoir aucun souci au monde, qu'Anvers, le prince d'Orange, Simon Hendrickszoon et Johannes Vuylsteke n'existent plus. Que pourraient-ils bien me faire alors que je suis allongée sous les orangers ?

Un soir, le duc me présente au cartographe Juan López de Velasco et au chroniqueur Rodrigo Zamorano. Ils travaillent pour le duc dans la grande chambre des cartes de la Maison des Océans où chaque capitaine commence et finit son voyage. Simon Hendrickszoon m'a abondamment parlé de cette Maison. Si l'empire espagnol était une pieuvre géante avec des dizaines de tentacules suffisamment longs pour embrasser la terre entière, la chambre des cartes de la Maison des Océans formerait la bosse du cerveau dans la tête de ce monstre.

Chaque bateau qui navigue sur les océans, chaque Espagnol qui fonde une colonie dans le Nouveau Monde, chaque mince ligne côtière que l'on retrouve sur une carte, chaque tribu de païens qui éprouve l'impératif besoin de voir la lumière de Dieu, tout est noté à l'encre indélébile sur du papier fort conservé dans les archives de la maison des Océans. Une armée de ronds de cuir y note tout ce qui se passe dans les territoires d'Outre-Mer, en Nouvelle-Espagne. Chaque capitaine qui décharge sa marchandise sur la plage de Séville doit remettre son journal de bord et ses cartes à la

Maison des Océans et il doit informer tant le chroniqueur que le cartographe de ses tribulations sur les sept mers du monde. « Bref, avait ajouté Simon Hendrickszoon, si un Espagnol pète quelque part dans le Nouveau Monde, tu peux être sûre que, quelques mois plus tard, cela sera noté à Séville. »

– Messires, dis-je en saluant ces messieurs d'une légère révérence.

Ils inclinent la tête vers moi avec élégance.

Juan López de Velasco, le cartographe, a de longs cheveux gris, de rares dents et deux paires de lunettes pincées sur le nez, l'une devant l'autre.

– C'est *la Flamenca*? demande Juan López dans une grimace tout en m'examinant de près à travers ses deux paires de lunettes.

J'incline la tête devant lui et je le fixe fièrement droit dans les yeux.

– Je vois en effet des traits de famille, Fabián ! sourit Juan López.

Selon moi, il dit cela par pure politesse, car je le crois myope comme une taupe.

– Elle s'appelle Margot, explique le duc.

– Margot, est-ce un nom typiquement flamand ? demande Rodrigo Zamorano.

Le chroniqueur est beaucoup plus jeune. Il se pavane avec une fraise en forme de meule de moulin autour du cou et porte une énorme moustache dont les bouts, empesés à la cire, sont retroussés vers le plafond. Les trois hommes fument une longue pipe.

– C'est Margot, dis-je en corrigeant sa prononciation.

– Oui, Margot, répète Rodrigo.

– Oui, explique le duc. Les Flamands prononcent le « g » en expirant légèrement. Les Espagnols ont des difficultés à le dire à la flamande.

– On pourrait l'appeler Ynès, remarque la duchesse sans lever la tête de sa broderie.

Un ange passe. Le duc a probablement mis son dessinateur et son chroniqueur au courant de l'enthousiasme témoigné par son épouse quand elle a appris sa relation avec une fille à soldats et l'existence de cette enfant de l'amour. Ils ont la sagesse de se taire.

– Ynès, dit le duc en souriant. En effet, nous pourrions l'appeler Ynès, si cela te fait plaisir, chérie.

– Cela ne me fait aucunement plaisir, rétorque la duchesse avec froideur. Mais je trouve que ce nom lui irait bien.

– Qu'en penses-tu, Margot ?

– Je trouve que c'est un nom merveilleux, dis-je en faisant une légère révérence devant les trois hommes et en ayant du mal à dissimuler ma joie.

– Ynès, cela veut dire « pure et innocente », explique doña Urraca.

Je fais un effort pour ne pas rougir de honte, car je suis une espionne, une traîtresse.

– Vous avez là une fille merveilleuse, ajoute encore Juan López. Félicitations, Fabián !

Ils prennent la direction du salon des hommes, de l'autre côté de la cloison, et s'installent autour du globe terrestre. Je tourne la tête vers doña Urraca, qui semble toujours plongée dans sa broderie.

– Merci pour le nom !

Elle hoche la tête et me regarde. Ses doigts remettent une mèche blonde sous mon serre-tête. Elle sourit. Nous reprenons notre ouvrage.

J'entends les hommes parler du Nouveau Monde et des Anglais qui veulent construire des colonies dans le nord des Amériques. Ils cherchent de l'or et veulent une partie du Nouveau Monde pour eux. Le duc dit qu'il écrira au roi pour lui demander de fournir davantage de fusils et d'argent aux catholiques anglais et de les inciter à la révolte. J'écoute attentivement. J'essaie de retenir tout ce que je comprends.

– À quoi penses-tu ? demande doña Urraca.

Je sursaute si fort que j'en laisse presque tomber mon ouvrage.

– Je me demandais si je ne pourrais pas faire un tour en ville en votre compagnie, dis-je très vite en bégayant. Je suis curieuse de découvrir Séville.

– Chaque chose en son temps, Ynès, répond la duchesse. Chaque chose en son temps.

23

LES PLUMES DE PERROQUET

Fin juin, le premier étage est évacué. Il y fait trop chaud. Les armoires restent sur place, ainsi que l'essentiel de la décoration, mais on déménage au rez-de-chaussée le bureau et un coffre bourré de parchemins et de livres appartenant au duc. Le vase japonais suit le mouvement. Les pièces du rez-de-chaussée en deviennent automatiquement plus accueillantes. Je relis en cachette la romance de Tirant le Blanc, à la lumière de l'aube, assise sur le bord de mon lit. Quand Amparo entre dans ma chambre, je ferme le livre et je le cache sous mon oreiller.

Un matin de juillet, doña Urraca m'annonce qu'elle prévoit de recevoir ses amies le lendemain, comme chaque quatrième jeudi du mois.

– Ton histoire est sur toutes les lèvres à Séville, Ynès, dit elle. Tout le monde parle de la jeune fille habillée en garçon qui a appris l'espagnol et qui est venue en bateau à Séville pour y chercher son père.

– C'est vrai ?

– Ta vie pourrait faire l'objet d'une pièce de théâtre !

– D'une pièce de théâtre ?!

– Oui, tout le monde va au théâtre, à Séville, continue doña Urraca. Les histoires de fils ou de filles prodigues, d'orphelins, de naufrages et de travestissement sont très populaires. Ton histoire est faite pour le théâtre espagnol.

Je grimace. Si elle savait…

– Mes amies meurent d'envie de faire ta connaissance. La dernière fois que je les ai rencontrées, chez Fina, elles n'ont pas arrêté de me poser des questions à ton sujet. Elles viennent demain. La seule chose qui nous reste à faire est de te rendre présentable.

– Présentable ?

– Oui, mon enfant, me répond-elle. Ma couturière a pris tes mesures, la semaine dernière, non ? Je lui ai demandé de te faire un *guardinfante.*

– Un quoi ?

– Un corset et une jupe à panier. C'est la dernière mode à Séville.

Le lendemain matin, la couturière Zabaleta m'enfile un panier baleiné par-dessus ma robe de nuit en poussant et en tirant à hue et à dia. C'est une *Morisca*, une Maure convertie au christianisme. Elle porte une petite croix et un chapelet et piaille de plaisir en me parant. Ce panier est une sorte de charpente en forme de cerceau, façonnée en fer et en os de baleine. Je me sens harnachée comme le vieux canasson qui tirait le chariot de Piet le Noir à travers la Flandre. Par-dessus, il va falloir superposer pas moins de trois couches : un jupon de lin qui m'arrive au genou, la *faldilla*, un jupon de soie, la *saya*, et une jupe large et bigarrée en taffetas, le *monjil.* Zabaleta me répète plusieurs fois les noms des trois couches pour que je ne les oublie pas. Mon panier évase largement la jupe.

– Cette jupe me donne des fesses d'éléphant ! dis-je en me plaignant.

– Tu en as déjà vu, des éléphants ? glousse Zabaleta.

– Non, mais j'en ai entendu parler, dis-je.

– Moi, j'en ai déjà vu un, à Séville, hoquette-t-elle. Tu as peut-être des fesses aussi grosses, mais tes oreilles sont plus petites !

– Merci !

J'ai le haut du corps revêtu d'un corsage ajusté et montant jusqu'au cou, fermé par une rangée de petits boutons de cuivre. Il me comprime tellement la poitrine qu'il la fait presque disparaître et m'empêche de respirer. Zabaleta m'applique un coussin sur le bas du ventre qui accentue l'ampleur de la jupe tout en m'amincissant la taille. Les manches ont des crevés aux poignets d'où bouillonnent des dentelles. Ensuite, Zabaleta me perce les oreilles. Elle nettoie les petites plaies avec du vin blanc.

– Est-ce que toutes les femmes en Espagne ont des trous dans les oreilles ?

– Toutes les dames, depuis leur enfance, dit-elle. Je ne connais aucune petite fille de cinq ans qui n'en ait pas !

À travers les petits trous sanglants, elle pousse deux boucles en cuivre auxquelles pendent des perles. Elle me fait enfiler des chaussures de cuir à haut talon en liège pour me grandir. Ensuite, elle enduit mon visage d'une crème blanche avant de frotter une petite boule de coton dans la boîte à couleurs d'Amparo, qu'elle applique sur mes joues pour les rougir. Puis, elle recouvre mes lèvres d'une fine couche de cire pour les faire briller. Enfin, elle me frictionne les mains avec un mélange de graisse de porc et d'huile d'amande douce.

– Tu es jolie comme un cœur, dit Zabaleta. Une vraie petite dame espagnole !

– Tu arrives à bouger ? demande Amparo, toujours réaliste.

J'esquisse quelques petits pas en direction du miroir en cherchant mon équilibre sur ces plates-formes de liège. Le miroir me renvoie l'image d'une jeune fille aux allures de reine. Je tente une révérence. Ma jupe grince et cliquette à qui mieux mieux. En prenant garde à ce que personne ne puisse m'entendre, je murmure à mon reflet :

– *Buenos días, Ynès de Almendraje.*

Je rayonne. Je dois faire de gros efforts sur moi-même pour ne pas pousser des cris de joie.

– Exerce-toi à t'asseoir, *Flamenca*, suggère Amparo.

– Ynès, dis-je.

J'essaye de m'asseoir en croisant les jambes, sans succès. Je tombe, les quatre fers en l'air.

– Avec tout cet attirail, le mieux, c'est de te mettre à genoux, *Flamenca*, m'avertit Amparo. Va t'exercer. Tu as beau avoir l'air d'une petite dame espagnole, tu n'en es pas encore une !

– Mais si, dit Zabaleta en poussant la duègne noire sur le côté. Donne-lui juste un peu de temps !

– Du temps, pour quoi faire ? Pour apprendre à utiliser de l'eau et du savon ? demande Amparo, de mauvaise humeur. Si elle n'avait pas sa boule odoriférante, toutes les mouches de Séville s'abattraient sur elle !

– Tu pourrais demander à doña Urraca de l'amener aux bains des femmes de l'Alcázar, suggère Zabaleta.

Je hoche la tête mais je suis terrifiée à l'idée de devoir me déshabiller et ainsi révéler la marque de la potence.

Je mets ma boule odoriférante sur mes splendides vêtements.

– Ça va marcher, dis-je.

Je passe la sieste assise sur le bord de mon lit. Avec ce panier autour de mes fesses, je ne parviens pas à m'allonger. Le soleil brûle, et je suis en nage. J'ai les fesses qui me gratouillent et j'essaie tout le temps de me déplacer pour chasser les démangeaisons. C'est peut-être un des grands désavantages d'être richement habillée : on ne peut plus se gratter le derrière.

Peu après la sieste, la porte cochère s'ouvre sur une chaise à porteurs soulevée par deux valets joliment mis. Elle est entièrement fermée et munie des deux côtés de portes obstruées par de petits rideaux. Les deux hommes déposent leur charge dans le patio, et l'un d'eux ouvre une porte en tournant une belle poignée de cuivre. Une dame, habillée luxueusement, en descend. Doña Urraca la salue avec effusion. À peine ont-elles terminé leurs salutations exubérantes que le heurtoir est actionné une nouvelle fois et qu'une deuxième chaise à porteurs s'avance, portée par deux serviteurs en sueur. Arrivent ensuite une troisième chaise à porteurs et un carrosse tiré par quatre ânes qui braient de bon cœur et rendent nerveux les chevaux des écuries.

– Ce sont les épouses des Grands de Séville, m'explique Zabaleta en inspectant ma tenue une dernière fois.

Amparo accourt avec une petite bouteille.

– Enlève cette boule odoriférante. Cela ne va pas avec tes vêtements, dit-elle sévèrement. Viens ici, que je te parfume !

Je me place devant Amparo. Elle ouvre le flacon et en prend une gorgée dans sa bouche, qu'elle recrache aussitôt en fines gouttelettes sur mon cou, mon visage et mes cheveux. Elle recule et avance d'un pas. Elle me renifle.

– Bon, cela masque un peu ton odeur de charogne. Ça peut aller, conclut-elle. On y va.

Amparo me prend par la main et me conduit au salon des dames. Je titube en traversant le patio, mais elle m'aide à ne pas perdre l'équilibre. Doña Urraca et ses quatre amies sont assises en tailleur au milieu du salon des dames sur les coussins de soie et les tapis mauresques. Elles trônent autour d'une table basse où ont été déposées deux cruches de chocolat et de gros morceaux de *bucaro*. Toutes sont richement habillées de vêtements et de chapeaux de damas noir. Elles portent des perles, de l'argent et de l'or sur leur poitrine et à leur poignet et ont toutes un pince-nez. Quand j'entre dans la pièce, le silence se fait aussitôt. On n'entend plus que le léger froissement de leurs éventails, les *abanicos*.

Je fais une révérence. Mon châssis de fer et d'os de baleine cliquette.

– *Buenas tardes, señoras.*

Doña Urraca me désigne un coussin où je peux prendre place. Je m'assieds sur les genoux et me tiens parfaitement en équilibre. Elles me regardent fixement.

– Mon Dieu ! caquette une dame au chapeau garni de grandes plumes de perroquet en enlevant son pince-nez pour être sûre de ce qu'elle voit. Regardez donc comme elle est blonde !

– Et grande ! ajoute une femme portant une fourrure d'ocelot blanc autour du cou. Elle est grande pour ses quinze ans !

– Et belle avec ça ! dit obséquieusement une femme au serre-tête en forme de couronne. Cela ne tardera pas avant qu'un beau garçon vienne te jouer la sérénade au balcon !

Elles pouffent de rire. Toutes ont largement passé la trentaine et leurs belles années sont derrière elles. À l'une, il manque quelques dents, l'autre a des rides profondes autour des yeux. Mais elles restent élégantes et fières malgré l'irréparable outrage des ans.

– Ton mari a raison de ne pas la laisser sortir, ronchonne une femme un peu renfrognée avec un fichu noir sur la tête qu'elle laisse pendre sans l'attacher. Avant même que tu t'en aperçoives, elle aura de mauvaises fréquentations.

– Oh, arrête, Teresa ! Tu aurais dû entrer dans les ordres, vitupère la dame aux plumes de perroquet. As-tu déjà vu Séville, mon enfant ?

– Uniquement le jour de mon arrivée, dis-je. Je suis allée à la cathédrale et j'y ai prié dans la chapelle de saint François.

– Tu parles déjà très bien l'espagnol, ma fille ! dit la femme à l'ocelot. Beaucoup de Catalans s'expriment moins bien que toi dans notre belle langue.

Elles gloussent, mais je ne comprends pas trop bien pourquoi, ni ce qu'elles veulent dire avec ces Catalans.

– Tu étais donc habillée en garçon à ton arrivée à Séville ? demande la dame aux plumes de perroquet.

– Comme ça, personne ne pouvait me remarquer.

– Vraiment ? Aucun homme ne t'a regardée ? demande la femme à l'ocelot.

– Non.

– Oh ! Quelle horreur ! s'offusque la femme aux plumes de perroquet en gloussant.

Les femmes rient à gorge déployée, à l'exception de la femme pisse-vinaigre au fichu noir qui aurait dû se faire nonne. Je suis contente de voir rire doña Urraca.

– Tu es incorrigible, Fina ! taquine doña Urraca. Tu n'as pas honte ?

– Tu sais, dit la femme aux plumes de perroquet en se penchant vers nous. Si un homme est seul avec moi pendant plus d'une demi-heure et qu'il n'a pas encore tenté de me faire perdre mon honneur, je suis terriblement déçue. Alors, je lui donne des coups d'éventail !

– Parce que tu peux encore le perdre, ton honneur ? demande la pisse-vinaigre.

– Le jour où je laisserai un homme indifférent, ma fin sera proche, répond le perroquet. Quand je pense que mon mari, durant nos années de fiançailles, a coupé l'oreille d'un taureau en liberté, sur la Plaza de San Francisco, et ça, uniquement parce que je le lui avais demandé !

– Quand je demande aujourd'hui à mon mari de m'acheter un livre, il refuse s'il ne contient pas de prières, piaille l'ocelot blanc.

Elles rient. La femme aux plumes de perroquet me dévisage attentivement.

– Elle a bien des yeux espagnols, conclut-elle après avoir chaussé ses lunettes.

– Tu ne la laisses quand même pas sortir toute seule ? reprend la pisse-vinaigre, inquiète.

– Pas encore, dit doña Urraca. Il faut d'abord qu'elle s'habitue à la vie en Espagne. Une fille comme cela, en un rien de temps, elle disparaît de ta vie.

Elles hochent la tête.

– Je suis heureuse pour toi, Urraca, dit la femme aux plumes de perroquet.

Les autres dames acquiescent, et c'est le signal pour faire à nouveau circuler le chocolat.

– Oh, laisse-la sortir ! Qu'elle profite de sa jeunesse ! soupire la femme à la petite couronne. Plus tard, elle n'aura plus qu'à se dessécher d'ennui comme nous.

– On ne se dessèche pas, Valeria, sourit Fina. Pas tant que nous allons au théâtre.

La conversation se poursuit avec les dernières nouvelles de Séville. J'apprends quelle jeune fille s'est fiancée à quel jeune homme. Et quel jeune noble est sorti ivre d'une taverne et s'est laissé dépouiller de son argent et de ses vêtements pour se réveiller nu comme un ver sous les cent orangers du *patio de los naranjos*, le champ clos à côté de la cathédrale où la racaille de Séville se retrouve et où aucun officier n'ose s'aventurer. J'apprends quel commerçant a enfin pu payer ses dettes et a pu sortir de prison. J'apprends qu'à cause d'une blague déplacée, l'*hidalgo* Miguel de Quesado a provoqué en duel un capitaine et qu'il s'est retrouvé à l'hôpital, l'épaule perforée. Ou encore qu'un noble bien connu, Diego de Olivera, a été interrogé par les prêtres de l'Inquisition et qu'il s'est avéré que son arrière-grand-père était un banquier juif de Malte. Il est donc de sang impur. En conséquence, il doit perdre son titre de noblesse et est redevable à la Couronne d'une amende de cent *pesos* d'or, sans parler des frais de justice.

Lorsque toutes les cloches de Séville sonnent la prière du soir, les femmes se font leurs adieux. La petite dame à la couronne me pince la joue. Toute enthousiaste, la femme à l'ocelot blanc me tire la manche. Teresa, la pisse-vinaigre, me tend une main froide et molle. Et Fina aux plumes de perroquet me gratifie de deux bises sonores. Leurs porteurs et leurs hommes de main armés les escorteront jusque chez elles.

Le soir même, je brode, assise sur les coussins en face de doña Urraca, tandis que le duc, son cartographe et son chroniqueur fument la pipe dans la pièce d'à côté. Je ne peux pas les entendre. Mais ma tête explose de toutes les nouvelles et de toutes les rumeurs que j'ai récoltées ces dernières semaines. Je suis impatiente de m'aventurer en ville, mais le duc estime que je dois rester à la maison, parce que Séville regorge de dangers pour une jeune femme.

À travers un interstice, je le vois parler avec ses géographes d'une carte qu'ils ont déroulée sur la table. Juan López me remarque à travers ses deux paires de lunettes. Je sursaute.

– Voilà donc votre charmante fille ! sourit-il. Qu'y a-t-il de meilleur en Espagne ? me demande-t-il.

– Le chocolat, Messire, dis-je en faisant une révérence.

Le cartographe, le chroniqueur et le duc sourient. Juan López vient à ma rencontre et me prend la main. Il a l'air fatigué, mais sa voix est jeune.

– C'est l'explorateur Hernán Cortés qui a découvert le chocolat dans le Nouveau Monde, dit-il en m'indiquant la carte sur la table. Elle représente une grande île, me semble-t-il.

– Les Aztèques du Mexique considéraient le chocolat comme le breuvage des dieux, explique le duc. C'était un don de Quetzalcoatl, le serpent à plumes. Seuls le Roi, sa cour et les soldats pouvaient en boire.

– L'empereur Montezuma buvait son chocolat dans un bol en or, ajoute Rodrigo Zamorano. Et il envoyait même des coureurs à pied dans les montagnes pour y chercher de la glace. Un serviteur du roi versait le chocolat sur cette glace pour que le Roi puisse manger de la glace au chocolat.

– Ils l'utilisaient également comme remède contre la diarrhée, dit Juan López en riant. Ils mélangeaient le chocolat aux os pilés de leurs ancêtres.

Je ne peux pas m'empêcher de rire. J'ai

l'impression que ces hommes partagent à eux trois tout le savoir du monde.

Les journées d'été passent. L'enceinte qui emmure la maison du duc semble chaque jour un peu plus haute. Les ombres s'allongent toujours plus lentement d'un côté du patio à l'autre. Doña Urraca me lit ses romances, mais j'aspire à des aventures qui ne seraient pas imprimées et qui se passeraient dans les rues, de l'autre côté de la porte d'entrée. J'ai envie de grimper sur le toit, de chasser d'un coup de pied les cigognes de leur nid, de descendre le mur et de montrer à ce typographe de Johannes Vuylsteke qui je suis devenue.

Un jour, le duc part à Madrid pour être reçu en audience chez le roi. Ce matin-là, c'est doña Urraca qui tire les rideaux de mon lit. J'ai le droit de sortir.

24

SAINT FRANÇOIS

Nous sommes un vendredi du mois d'août, et j'ai l'autorisation de me rendre à la cathédrale pour y prier devant la statue de saint François. J'essaie de me rappeler tout ce que j'ai entendu au fil des dernières semaines. Malheureusement, je me souviens davantage des ragots croustillants des amies de doña Urraca que des bribes de conversations sérieuses du duc avec Juan López, le cartographe, et Rodrigo, le chroniqueur.

Ce vendredi-là, j'ai mis mon panier, mes trois jupes, mon corsage ajusté et mes boucles d'oreilles. Je suis tellement nerveuse que j'ai besoin de faire caca. Je dois enlever tous mes vêtements de dessus. On me passe une coquille d'huître pour m'essuyer les fesses. C'est mieux que ma pierre à merde. Quand je suis enfin rhabillée, j'enfile une cape longue sans manches. Doña Urraca veut absolument que j'y ajoute un *tapado* quand je sors. Le *tapado* est à la fois un voile et un foulard. Le foulard est habilement plié et dissimule les trois quarts de mon visage. Mon œil gauche est également couvert.

– Comme cela, le monde extérieur ne voit que la moitié de tes yeux, explique Amparo. Cela se nomme ici un *medio ojo.*

Je me regarde dans le miroir. Je ressemble à une ombre mystérieuse venue de lointaines légendes.

– N'oublie pas ! me recommande-t-elle vivement. Avance à grands pas dans la rue, avec assurance. Ne regarde jamais les hommes dans les yeux !

– Pas de problème, dis-je. Je suis déjà à moitié aveugle.

Je propose d'y aller à pied, mais doña Urraca ne veut rien entendre. D'ailleurs, je ne ferais que salir ma cape, mes jupes, mes jupons et mes plateaux de liège, avec toute la saleté qui souille les rues. Je m'installe donc dans une chaise portée par deux jeunes valets d'écurie, Lope et Eduardo. Amparo marche devant la chaise à porteurs. Et me voici ballottée à travers les ruelles de Séville... J'écarte constamment les petits rideaux pour voir la vie de la ville. Nous nous arrêtons dans une venelle juste avant la place de la cathédrale. La ruelle est entièrement bouchée. Je regarde par la fenêtre. Je vois deux autres chaises à porteurs, une échoppe proposant des huîtres, la charrette d'un marchand de quatre saisons et une douzaine d'enfants qui courent entre les jambes de tout le monde… Impossible d'avancer ou de reculer ! La circulation semble arrêtée pour de bon. Les porteurs se traitent de tous les noms. L'un d'eux tire sa dague et en menace un autre. Le marchand d'huîtres exhorte tout le monde au calme en essayant de se faire entendre par-dessus les cris des enfants. Enfin, une chaise à porteurs est repoussée sur la place, et la voie se dégage. Un homme au large chapeau et à la grosse ceinture dans laquelle il a fiché une épée et un pistolet me voit regarder par la fenêtre. C'est un *hidalgo.* Malgré moi, je le regarde dans les yeux. Il me salue d'un ample geste de son chapeau. Aussitôt je tire le rideau et j'enfouis mon visage sous mon voile.

Les porteurs me déposent devant le parvis de la cathédrale. Sur le mur extérieur, on a pendu des centaines de petites croix, de fleurs séchées et d'images à l'effigie de Notre Dame. Des mères ou des filles les y ont déposées dans l'espoir que leur fils, leur mari, leur père reviennent sains et saufs de la guerre. Je monte rapidement les escaliers, suivie d'Amparo. Avant, dans mes habits de garçon, je passais inaperçue. Je n'étais qu'une ombre dans la foule. Aujourd'hui, je suis une jeune femme riche, vêtue d'un *tapado* et d'une cape, et tous semblent me suivre des yeux. Les hommes tournent la tête pour me voir. Les mendiants tendent la main. Amparo tape d'un coup d'éventail sec contre ses cuisses : c'est l'avertissement qui tient les hommes et les mendiants à distance.

Dès qu'on est à l'intérieur de la cathédrale, je respire. Chez nous, les églises sont froides ; ici, elles offrent un peu de tiédeur dans la touffeur de la journée. Les Espagnols vont à l'église pour se protéger du soleil et du chaos de la vie, ils y trouvent fraîcheur et consolation. Je prends le temps de ressentir la paix qui règne en ce lieu. Dans la maison de Dieu, tout le monde incline la tête. Je remarque beaucoup d'Espagnoles enveloppées dans leur cape et leurs voiles, mais aussi beaucoup d'Africaines qui travaillent pour des familles sévillanes et qui viennent prier avec leurs maîtres. L'obscurité est agréable. Partout j'entends le murmure de voix en prières. Les piliers de pierre renvoient l'écho des toussotements. Des effluves d'encens volettent dans l'air ambiant.

Dès que je trouve la chapelle de saint François, j'aperçois Johannes dans le rai de lumière qui traverse les vitraux. Il est exactement comme il y a trois mois, vêtu des mêmes habits. Il donne l'impression de m'avoir attendue ici tous les vendredis.

– C'est ici que je veux prier, dis-je à Amparo dans un chuchotement.

– Je t'attends, dit-elle.

Je glisse en avant et m'agenouille non loin de Johannes. Je sens le regard d'Amparo me brûler le dos. Les yeux rivés sur la statue de saint François, Johannes me regarde en coin. Je le fixe droit dans les yeux de mon seul œil libre. Mon insolence le fait sursauter. Il veut reculer, mais je place mon index devant le voile à hauteur de ma bouche.

Il écarquille les yeux et se retourne vers la statue.

– Margot, c'est toi ? marmonne-t-il à l'adresse de saint François.

Je souffle, ironique :

– Non, je suis la fille de Guillaume d'Orange !

Il sourit. Je sais qu'Amparo peut entendre le murmure de nos voix, mais je me dis qu'elle nous pense tous les deux en train de prier.

– Margot, tu as réussi ! chuchote-t-il, content.

– Ma duègne est derrière moi.

– Gloire à Dieu au plus haut des cieux ! marmonne-t-il en espagnol, en élevant la voix.

Nous levons tous les deux la tête vers la statue de saint François. Je fais glisser un tout petit miroir carré de ma poche et je le fixe entre mes deux pouces alors que mes mains sont jointes pour la prière. Je vois dans le petit miroir qu'Amparo regarde de l'autre côté et qu'elle prie devant la statue de la Vierge Marie. Elle n'a rien remarqué.

– Écoute bien ! Voilà ce que j'ai entendu : le duc veut demander au roi d'envoyer davantage d'argent et de fusils aux catholiques anglais, dis-je lentement. Ils ont également dit qu'il fallait amener plus de mercure au Nouveau Monde afin de fondre le minerai d'argent des mines plus efficacement. Ils veulent envoyer plus de navires vers le Brésil pour le sucre et pour le bois tropical qui est si beau et si dur qu'il traversera les siècles.

– Bon, et puis quoi encore ?

– C'est tout.

– C'est tout ?

– Eh bien oui, je peux aussi te raconter qui s'est fiancé à Séville cet été, qui s'est marié, quel marchand a fait faillite et quels jeunes gens se sont battus en duel. Mais je ne pense pas que ces informations puissent favoriser la marche du peuple flamand, dis-je ironiquement.

– Ce n'est qu'un début, continue-t-il à prier.

– Je dois y aller, dis-je enfin en marmonnant. Je ne veux pas commettre d'imprudence.

– Je vais tout noter pour mon maître, Juan de Castillo. Il cache les messages dans le double fond de son fût de *Jerez*.

– Je croyais qu'il était imprimeur ?

– Au départ, il était marchand de vin. Il avait un imprimeur juif comme voisin, mais celui-ci a dû quitter le pays parce qu'il ne voulait pas se convertir au christianisme. Du coup, il n'y avait plus d'imprimerie à Séville. C'est comme ça que Juan de Castillo a commencé une imprimerie à côté de son négoce de vin. Il a fait venir le matériel et les spécialistes de Flandre. J'ai déjà eu une promotion, de typographe à apprenti-imprimeur. Pour le reste, je m'adapte facilement.

Johannes fait ses trois petits signes de croix.

Je me lève et m'avance vers la statue de saint François. Je m'agenouille devant le socle et me retourne. Bâillant d'ennui, Amparo fixe ses chaussures. Elle n'a toujours rien remarqué. Mon manteau s'entrouvre et Johannes voit tout l'attirail dont je suis affublée.

– Mon Dieu, on dirait un théâtre de marionnettes !

Je me tourne une dernière fois vers saint François, de sorte qu'Amparo ne peut voir que je parle à Johannes.

– Je m'appelle Ynès maintenant, dis-je en chuchotant. Et je vois que tu es resté le stupide gueux que tu étais. À un de ces vendredis ! *Adiós* !

Je sors de la chapelle et fais signe de la tête à Amparo. Mon manteau et mes jupes chuchotent sur les dalles.

25

LE SOURIRE DE DON DOMINGO

Le premier samedi de septembre, la *yaya* s'affaire en cuisine. Amparo s'est rendue au marché avec Fernando el Viejo. Leurs paniers regorgent de fruits, de laitues, de légumes et d'œufs. Il y a aussi des poulets, des saucisses et du lard. Très nerveuse, la *yaya* souffle sur les flammes de l'âtre. Accroupie par terre, Amparo plume un poulet.

– On va manger tout ça aujourd'hui ?

La *yaya* me jette à nouveau son regard méchant et fait son geste rotatif habituel en direction de la porte, qui signifie « Retourne d'où tu viens ! Tu es ici dans mon royaume ! »

– Le neveu de doña Urraca vient nous rendre visite avec ses amis, explique Amparo en plumant le poulet de ses gestes vifs et précis. Alors, on prépare un festin pour ce midi.

– Qui est-ce, ce neveu de doña Urraca ?

– Il s'appelle don Domingo et il étudie à Salamanque, m'explique Amparo. Le duc est son mécène.

– Son mécène ?

– Faire des études coûte très cher. La mère de don Domingo ne peut pas les payer. Il s'est adressé au duc. Le duc intervient chaque année dans les frais. Et aussi dans ceux de ses amis. Cela fait quatre ans, déjà.

– Il étudie déjà depuis quatre ans ? Don Domingo doit être très érudit !

Amparo hoche la tête et arrache d'un coup celle du poulet.

Les cloches de Séville ont à peine sonné midi que l'on frappe violemment à la porte. Doña Urraca se hâte vers la porterie et embrasse un jeune homme. Elle serre la main des trois jeunes gens qui le suivent. Ils portent des vêtements noirs, avec par-dessus une fraise blanche. J'observe la scène, cachée derrière mon auvent de papier huilé. Ils parlent avec animation. Pour l'occasion, j'ai remis mon panier, mes trois jupes et mon *tapado*. Je plie mon voile devant ma bouche sans me couvrir les yeux.

– Ynès, Ynès ! m'appelle doña Urraca, toute excitée.

Je sors de ma chambre qui donne sur le patio et je fais une révérence devant les quatre jeunes gens. Chacun s'incline à son tour. Ils portent un bonnet carré sur la tête. On me présente à don Alonso, un jeune homme à la mine sévère, habillé d'un pourpoint brun aux manches noires. Sa fraise est large et bordée d'un picot de dentelle. Il a les cheveux bruns coupés court, une moustache et, sur le menton, une mince ligne lui tient lieu de barbe. Alonso fait des études de théologie. Sa poignée de main est molle et il semble se méfier des femmes. Ensuite, c'est au tour de don Fortuño. Il a une énorme tignasse toute bouclée et une moustache dont les deux bouts indiquent des points cardinaux opposés. Quand il marche, il boite légèrement. Il a peut-être eu une fracture, enfant. Il est calme et gentil. Il fait des études de médecine. Puis, il y a Leonciño, un jeune arrogant, un peu enveloppé, qui étudie « un peu de tout ». Il porte la barbe en collier ; ses cheveux lustrés, ramenés en arrière, se terminent en une petite queue dans le cou.

Enfin, je me trouve devant celui qui s'appelle don Domingo. C'est le plus jeune des quatre. Il n'a guère plus de vingt et un ou vingt-deux ans. Son visage angélique affublé d'un nez fort et d'une petite moustache est auréolé de cheveux mi-longs, légèrement bouclés. Il me salue d'une profonde révérence. De sa main droite, il ôte son chapeau pendant qu'il laisse reposer la gauche sur le pommeau de son épée. En remettant son chapeau, il me gratifie du plus beau sourire que j'aie jamais vu. Je remarque accessoirement que ses dents sont blanches, qu'il ne lui en manque aucune, qu'il a les lèvres charnues et une petite fossette à la joue droite. Il ne voit que mes yeux, et je sens qu'ils s'agrandissent et qu'ils brillent quand je le regarde.

– C'est vous, la jeune fille dont tout le monde parle ? demande-t-il. La fille de Flandre qui a traversé la mer pour venir jusqu'ici ?

Je n'ai pas compris tout de suite qu'il me posait une question.

– Oui, dis-je dans un murmure derrière mon voile.

Il semble ne pas avoir entendu.

– Oui, oui ! dis-je plus fort. C'est moi.

– Elle s'appelle Ynès, complète Amparo.

– Très dégourdie et très hardie, sourit-il. *Qué brava* ! J'ai entendu dire que toutes les femmes d'Anvers étaient hardies. Mais j'ai du mal à me les imaginer toutes aussi dégourdies que vous.

Je souris, mais, bien sûr, il ne le voit pas. D'ailleurs, il ignore à quel point je suis dégourdie et *brava* !

– Les femmes d'Anvers ont aussi la réputation de ne pas avoir la langue dans leur poche, ajoute-t-il.

– Parce que tu en connais beaucoup, de femmes d'Anvers, mon cher neveu ? demande doña Urraca en nous précédant vers le salon, qui, maintenant qu'il fait à nouveau plus frais, a été réinstallé à l'étage.

– Non, ma tante, s'excuse Domingo. Ce ne sont que des rumeurs.

– Nous avons tous les quatre une chambre chez une logeuse très sévère, explique don Alonso. À six heures et demie, nous n'avons déjà plus le droit de sortir. Nous ne rencontrons jamais de femmes.

Je vois Leonciño et Fortuño se lancer un regard de côté en se faisant des grimaces. Apparemment, ils ont d'autres idées sur le sujet.

– Comment trouvez-vous Séville, Ynès ? s'enquiert don Domingo en souriant.

Notre Père qui êtes aux cieux, quel sourire ! Je voudrais qu'un sculpteur le sculpte dans le marbre, pour que je puisse le contempler à longueur de journée.

– Séville est l'endroit le plus beau au monde, dis-je en le regardant droit dans les yeux, en pensant : « Aujourd'hui, surtout ! » Qu'étudiez-vous ?

– La logique et la rhétorique, répond-il.

– Je n'ai aucune idée de ce que cela peut être, la logique et la rhétorique, dis-je avec un brin d'impertinence.

– Moi non plus, blague-t-il.

Je ris tout haut et je vois que le duc me jette un regard sévère. Il ne sied guère à une jeune femme de rire de si bon cœur en compagnie de quatre étudiants. Doña Urraca et moi, nous sommes invitées à prendre le repas avec les hommes, dans le salon du duc. Nous ne mangeons pas sur les coussins, mais nous prenons place sur des tabourets. C'est bien pratique, un tabouret, quand on porte une jupe à panier.

Doña Urraca me donne l'autorisation d'enlever mon *tapado*. Tout en pliant le voile avec soin, je sens les regards des quatre hommes sur moi et je rougis jusqu'aux oreilles. En Flandre, je n'avais même pas un morceau de tissu pour me moucher. À quoi aurait-il pu me servir, puisque j'avais mes manches pour le faire ? Or, voilà quatre mois à peine que je suis ici, et je pique déjà un fard quand je ne porte pas de voile ? Margot, ma fille, qu'est-ce qui t'arrive ?

Amparo entre dans la pièce avec la fameuse « salade royale » de la *yaya* où se mélangent cerises, fraises, baies, citrons coupés, feuilles de laitue, concombres hachés, œufs durs et noix. Tout reluit d'huile d'olive. Amparo remplit nos bols et nous les passe, accompagnés d'une cuillère d'argent pour chacun. Personne ne touche aux cuillères.

– Cette salade royale a l'air délicieuse, Messire, dit don Fortuño. Sachez que nous sommes sous-alimentés par notre logeuse. Elle prétend nous préparer un bouillon des plus purs. Et en effet, la soupe que nous buvons est si pure qu'elle en est transparente, et que nous nous demandons si elle contient des légumes ou de la viande !

Je pouffe presque de rire, ce qui, une fois de plus, fait tiquer le duc.

– Est-il vrai qu'on rit tellement en Flandre ? demande don Domingo. Comme sur le tableau que vous avez ici ?

Il indique une toile montrant trois paysans qui se reposent au soleil de midi après avoir fauché toute la matinée. L'un d'eux rit, le deuxième boit et le troisième dort.

– Oui, en Flandre on boit beaucoup, on dort beaucoup et on rit encore plus, répond le duc. Même accablés de malheurs et de calamités, les

Flamands plaisantent encore. Ils ne prennent guère la vie au sérieux. Souvent, ils ne savent même pas pourquoi ils rient, n'est-ce pas, Ynès ?

Je repique un fard et hoche la tête un peu maladroitement. Je n'aurais pas dû rire si fort sans qu'on ne m'en ait donné la permission.

– À l'université, mon oncle, on prend parfois tout trop au sérieux, dit don Domingo pour me venir en aide. Si vous saviez à quels débats il nous faut assister dans les auditoires entre moines augustiniens et dominicains ! Nous avons discuté pendant des heures sur la côte surnuméraire d'Adam à partir de laquelle Dieu a fait la femme. La question était de savoir si Adam était encore un homme à part entière après la perte de cette côte. Et comment Dieu avait comblé le vide dans sa poitrine !

– C'était un débat parfaitement juste et nécessaire, réagit Alonso, froissé. Adam est bel et bien un homme à part entière, sans cette côte. Comme nous.

– Bon, sourit don Fortuño. En tant qu'étudiant en médecine, je peux vous assurer que les côtes protègent nos organes vitaux et que nous aurions pu tirer profit de cette côte surnuméraire !

– Les moines se sont empoignés dans l'auditoire, poursuit don Domingo. Ils se tapaient sur la tonsure avec des Bibles. Notre grand professeur Fray Luís de León y a perdu deux molaires. Tout ça pour ça !

Sans trop réfléchir, je m'exclame :

– Encore heureux que Dieu n'ait eu besoin que d'une seule côte pour faire la femme !

Ma remarque fait sursauter doña Urraca. Les hommes sont quelque peu décontenancés. Don Domingo est le premier à s'esclaffer, suivi de Leonciño et Fortuño. Même le duc ne peut s'empêcher d'ébaucher un sourire. Seul Alonso a l'air d'avoir mordu dans un morceau de citron.

Le duc sert du vin aux quatre hommes. Doña Urraca et moi, nous sirotons de l'eau de fraise.

– À votre fille et à son rire venu de Flandre, mon cher oncle ! dit don Domingo en levant son verre. Puisse-t-elle vous apporter bonheur, joie et prospérité !

Doña Urraca sourit. Les verres tintent et Leonciño vide le sien d'un trait.

– Permettez-moi de vous féliciter pour votre vin, dit-il en le savourant encore. Notre logeuse ne nous sert que du vin gardé dans des sacs en peau de porc. Impossible d'en chasser les relents.

Nous prions Dieu pour Le remercier des mets délicieux qui ornent notre table. Après s'être signés, les quatre étudiants se jettent sur la salade royale comme s'ils rentraient de plusieurs années de disette dans le désert. Il ne reste même plus un seul petit morceau de limon dans le saladier en étain. Heureusement qu'Amparo apporte un plat fumant de viande couverte de zestes d'oranges et de citrons. Je vois que don Fortuño lance un clin d'œil à Amparo et qu'elle en laisse tomber une cuillère alors qu'elle nous sert le ragoût de poulet et de lard.

– On m'a raconté que vous jouissiez d'une certaine réputation, à Salamanque, lâche le duc d'un air innocent.

– Mon oncle ! Il n'y a pas d'étudiants plus sérieux que nous ! répond don Domingo.

– J'ai entendu que, toi et vos amis, on vous appelle « Domingo et les trois Mousquetaires » !

Un ange passe. Les quatre étudiants échangent un regard complice.

Je demande :

– Qui sont donc les mousquetaires ?

– Les acteurs de théâtre ont une peur bleue des mousquetaires, me répond le duc sans quitter don Domingo des yeux. Ce sont eux qui applaudissent ou qui huent une représentation. Ils font toujours un tohu-bohu de tous les diables. Figure-toi que ces messieurs estiment avoir meilleur goût que n'importe qui d'autre.

– Mais c'est vrai ! dit Leonciño. Nous allons voir toutes les nouvelles pièces. Si elles ne sont pas bonnes, je suis d'avis que les gens de théâtre méritent une bonne raclée.

– J'entends également dire que Domingo et ses amis ne prennent pas trop au sérieux leurs études, signale vertement le duc.

– Mon oncle, ce sont des ragots malveillants propagés par les jésuites ! objecte don Domingo, contrarié. N'oubliez pas que les jésuites ont traîné notre bon professeur Fray Luís de León devant l'Inquisition parce qu'il voulait rompre avec certaines traditions ! Nous sommes des étudiants de Fray Luís et si l'Espagne reste à croupir dans ses traditions séculaires, elle pourrira et se décomposera.

– Bien parlé ! complète don Leonciño en vidant son deuxième verre de vin. Je trinque à ces justes paroles !

– Je peux vous assurer que nous prenons nos études très au sérieux, dit don Fortuño. Notre logeuse veille à ce que nous travaillions chaque soir. Elle ferme les portes à six heures et demie, pour nous empêcher de sortir. Vous ne nous prendrez jamais en flagrant délit de jouer aux cartes ou aux dés ou d'avoir des aventures galantes.

– Des aventures galantes ? dis-je, incertaine de ce qu'il entend par là.

– Des femmes, explique froidement le duc. J'ai entendu que don Alonso était impliqué dans un duel à cause d'une femme… disons… de nature frivole.

Don Alonso, censé étudier la Bible sous toutes ses coutures, s'agite sur son tabouret, mal à l'aise.

– Je ne sais comment cette femme a pu s'introduire dans ma chambre, dit-il. Je vis seul à Salamanque, solitaire, isolé et coupé du monde. Je me consacre entièrement à l'étude. Et puis un jour, cette créature a fait son apparition chez moi, elle a déboutonné sa chemise et m'a offert le panorama complet sur… sur…

Alonso se tait et se signe trois fois. Je remarque les efforts de ses trois amis pour ne pas éclater de rire. Ils en savent probablement plus long sur la façon dont cette jeune femme est arrivée dans la chambre de don Alonso.

– Permettez-moi de terminer, Messire, poursuit don Alonso. Pour être concis… euh… je veux dire… bref… je demande à la dame de reboutonner sa chemise, parce que j'ai cours le lendemain et que je ne suis nullement intéressé par ces activités peu convenables. D'un geste décidé, je la prends par le bras, je descends l'escalier avec elle et je la flanque à la porte. Et qui se trouve là ? Son époux, qui me gifle et me provoque en duel !

Don Alonso se tait un instant.

– Et puis, qu'est-il arrivé, don Alonso ? dis-je, très curieuse.

– J'ai demandé à mes trois camarades de me conduire au lieu du duel, mais l'homme ne s'y est pas montré. C'est seulement à ce moment-là que j'ai compris que mes trois bons amis m'avaient joué un tour et que tout cela n'était qu'un coup monté.

Don Domingo, don Leonciño et don Fortuño hurlent de rire. Le rire de don Domingo est de loin le plus beau.

La conversation devient plus sérieuse. Les hommes parlent maintenant d'argent. Don Domingo doit payer ses professeurs, ses surveillants et ses examinateurs pour le prochain trimestre. À la fin de ses études, au printemps prochain, il lui faudra donner un repas de fête et rémunérer un cortège de musiciens. Le duc accepte sans broncher de couvrir toutes ces dépenses. Il promet aussi de continuer à payer les quatre chambres chez la logeuse. Les « trois mousquetaires » le remercient avec reconnaissance.

Amparo présente en dessert des bonbons à l'anis, des olives de Séville, des fruits confits et des gaufres.

– Après Ynès, mon fer à gaufres est ce que la Flandre m'a apporté de plus précieux, dit le duc en souriant.

– Vous en mangiez beaucoup, des gaufres, en Flandre, Ynès ? demande don Domingo.

– Oui, aux marchés où j'allais, il y en avait toujours, dis-je en souriant. Mais je suis persuadée qu'ici, elles me plairont davantage.

Il me regarde et me sourit. Reste comme ça, don Domingo, et continue à sourire. Que je puisse te voler ce sourire et le glisser sous ma ceinture pour ne plus jamais le laisser repartir.

Don Domingo et ses amis nous quittent à l'heure de la sieste.

– J'espère vous revoir bientôt, dis-je un peu trop fougueusement à don Domingo.

– Rien ne me fera davantage plaisir, demoiselle Ynès, dit-il en faisant une nouvelle révérence.

Peut-être y avait-t-il tout de même une once de vérité dans tout ce qu'on m'a raconté… Peut-être maître Adriaan avait-il raison... Peut-être nos vies sont-elles écrites dans les étoiles… Peut-être étais-je tout de même prédestinée à venir à Séville et à y faire la rencontre, en ce jour, de don Domingo...

Sa présence me rend toute alanguie. Il me faut bien toute la rigidité de mon panier baleiné pour m'empêcher de m'effondrer en misérable petit tas devant ses bottes cirées.

– Nous allons travailler dur, chère tante ! dit don Domingo. Nous nous reverrons dans quelques mois.

La porte d'entrée se referme d'un coup et le patio redevient silencieux. Les voix animées, les révérences, les chapeaux agités de don Domingo et de ses trois mousquetaires ont disparu. La sieste est un véritable martyre. Je n'arrive pas à dormir. Je me lève. Je fais les cent pas dans ma chambre. Je danse. J'agite une épée imaginaire, comme Karel me l'a appris. Un coup vers la droite, un coup vers la gauche et j'estoque au milieu. Je me laisse à nouveau tomber sur le lit. Quand je ferme les yeux, je suis à nouveau à table. Toutes les bribes de la conversation d'il y a une heure me reviennent, le cliquetis de nos cuillères dans les bols et le tintement des verres. Je me souviens de chaque visage, de chaque moment, de chaque mouvement de cet après-midi. Toute ma jeune vie semble se résumer à ce dîner, dans ce salon. Tout ce qui a eu lieu avant n'a plus aucune importance. Seul compte maintenant ce qui se passera quand le printemps soufflera sur le pays et que don Domingo reviendra.

Alors que tout Séville se repose dans la chaleur du soleil de l'après-midi, j'ai le sang qui bat dans mes veines et les pensées qui galopent dans ma tête. Je suis si réveillée que je pense ne plus jamais pouvoir m'endormir. Je suis certaine d'une chose : j'ai choisi mon mari.

26

JOHANNES OUVRE SON CŒUR

Je jouis de chaque jour où le soleil réchauffe le patio, où les rideaux de mon lit s'ouvrent, où je sens l'odeur des épices broyées dans le mortier de la *yaya*, où je récite le rosaire dans la chapelle, où doña Urraca me fait la lecture, de chaque soir où j'entends les bruits de Séville, les guitares et les chants dans les rues. Tout est beau.

Sept vendredis de suite, je suis allée prier à la cathédrale et j'ai fait mon rapport à Johannes. Quand je pars en ville, désormais, j'enfile toute seule mon panier, mes trois jupes, mon corsage, mon voile et ma cape. Je grimpe dans la chaise à porteurs qui me balance à travers les rues de la ville. Je regarde vivre la ville. Je glisse le long des ateliers des menuisiers, des maréchaux-ferrants et des fabricants de pistolets, jusqu'aux rues françaises où les femmes viennent, nombreuses, acheter des bijoux, des parfums et de la soie. J'accoste à la place saint-François, devant la cathédrale. Marchands, banquiers et armateurs se rencontrent sur les marches de l'édifice. Ils y discutent du prix de l'or et de l'argent, des marchandises arrivées du Nouveau Monde, d'une cargaison d'esclaves noirs et des grandes villes marchandes qui se nomment Anvers, Venise ou Hambourg, mais dont aucune n'est aussi grande, aussi prospère, ni aussi opulente que Séville. Les hommes les plus riches du monde devisent sur ces marches.

Devant moi trotte ma duègne, qui continue à m'appeler la *Flamenca*. Amparo s'est habituée à mes heures de prière devant la statue de saint François et ne reste plus derrière moi. Elle se promène dans la cathédrale ou m'attend sur le parvis, de sorte que Johannes et moi, nous pouvons nous parler plus facilement.

– J'ai reçu un message de Simon Hendrickszoon, dit-il en faisant semblant de prier saint François. Il s'impatiente. Les informations que nous lui communiquons sont trop vagues. Et les potins sur les fiançailles, les mariages, les duels et que sais-je encore ne l'intéressent absolument pas.

– Pourquoi ?

– Parce que cela ne fait pas avancer d'un mètre l'armée des Pays-Bas ! murmure-t-il dévotement.

– On ne sait jamais, dis-je.

– Écoute, le bruit court que le roi d'Espagne a promis une prime de vingt-cinq mille ducats à celui qui délivrera le monde de Guillaume d'Orange, murmure Johannes. En Flandre, en France et en Allemagne, chaque dévot envisage sérieusement d'assassiner le prince pour empocher cet argent. En plus, les armées espagnoles continuent leur progression vers le nord. Elles ont déjà envahi la terre des Wallons. Elles marchent maintenant vers la Flandre. Les armées conquièrent ville après ville, lentement mais sûrement. Elles arrivent aux portes de Bruxelles. L'année prochaine, ce sera au tour d'Anvers. Elles progresseront ensuite vers le nord : Leyde, Alkmaar, Amsterdam... Et les Pays-Bas retomberont tout entiers aux mains des Espagnols.

– Johannes, il y a dix ans, les Pays-Bas étaient entièrement catholiques. Aujourd'hui ils se soulèvent contre leurs propres saints, contre la Vierge Marie et la Sainte Hostie !

– À quoi sert-il de vivre si on ne peut pas choisir le temple qu'on fréquente et l'autel où on prie ? demande Johannes. Et si, pour une Bible qui n'est pas la bonne ou un mot de travers, les soutanes noires vous font monter au bûcher ? Un roi qui n'accorde pas de liberté à son peuple est un tyran.

– Tu as toujours la parole facile et ton baratin est toujours aussi beau, Johannes, mais en quoi le sort des Pays-Bas me concerne-t-il ?

– Guillaume d'Orange est le seul roi de tout l'Occident qui ose s'opposer à la toute-puissance de l'Espagne ! ronchonne Johannes.

Je réagis avec irritation :

– Qu'est-ce que j'ai à voir avec cette guerre ? La liberté de religion ? Je m'en moque ! Je n'ai qu'une vie et je ne vais pas la sacrifier à… à…

– Nous avons une mission à remplir, chuchote Johannes.

– C'est ça ! Crie-le sur tous les toits, tant que tu y es !

Heureusement, personne ne nous a entendus.

– Écoute, Johannes, je fais de mon mieux. J'espionne tout ce que je peux. Et je te raconte tout. Je ne peux rien faire de plus.

– Simon Hendrickszoon s'impatiente, répète Johannes. Il brûle de mettre la main sur cette carte. Il se demande si tu as pu lire les lettres que le duc a écrites au roi Philippe.

Je continue à chuchoter :

– Il les garde sous clé dans une armoire de son bureau.

– Crochète la serrure ! marmonne-t-il. Essaie de voir les lettres !

– C'est trop risqué. Tu ne te rends pas compte du nombre de personnes qui se baladent dans cette maison !

Nous nous taisons un temps. Johannes a détourné les yeux de saint François et me considère longuement.

– Regarde devant toi ! Les gens vont se rendre compte que tu ne pries pas.

– Tu as tellement changé, Margot, balbutie-t-il presque timidement, depuis ce jour de décembre où nous avons fait connaissance. Tu te souviens de notre rencontre, au Sjarel ?

Je pousse un soupir.

– Comment pourrais-je l'oublier ?

– Moi non plus, je n'ai rien oublié, répond-il, plein de sous-entendus.

– Et ta chère et tendre, en Flandre ? Comment va-t-elle ?

– Elle m'a écrit. Je lui manque.

– Très bien. Et toi ? Elle te manque ?

– C'est toi qui me manques.

Je le regarde. J'ouvre des yeux ronds. Il me dévisage comme un homme qui vient d'ouvrir son cœur.

– Je pense que j'ai commis une erreur, dit-il en continuant à s'adresser à saint François. Je n'aurais pas dû épouser Cornelia si vite. J'aurais dû attendre la fin de cette mission. Depuis notre voyage sur le *Brabo*, je pense à toi tout le temps. Je me demandais si toi et moi, si moi et toi, enfin… je… Je n'arrive pas à te chasser de mon cœur.

Je lui donne une gifle si violente que son écho se répercute le long des piliers et de la voûte de la cathédrale. Johannes titube sous le choc.

– Ôte-moi de ton cœur, Johannes ! De grâce, ôte-moi de ton cœur !

Je me relève, fais rapidement mes signes de croix et quitte la cathédrale à grandes enjambées.

Des gens en prières considèrent d'un œil irrité

cette dame qui passe en trombe devant eux, suivie d'un jeune homme qui titube, la marque de cinq doigts de femme imprimée sur la joue.

Je bouillonne encore de colère quand j'arrive sous la coupole de l'entrée, où des mendiants se pressent immédiatement autour de moi. Je me fraie un chemin avant d'apercevoir Amparo, qui papote avec Lope et Eduardo. Ils rient, comme s'ils n'avaient aucun souci au monde. Je me dirige droit vers eux et m'assieds dans la chaise à porteurs.

– Tu as à peine prié, *Flamenca*, remarque Amparo. Tu es déjà de retour ?

– Je n'étais pas d'humeur à prier.

– Allez, on rentre !

– Je veux aller au marché.

– Le duc ne veut pas. Je crois qu'il vaut mieux rentrer à la maison.

– Tu crois ?! Je suis tout de même ta maîtresse ! Qui de nous deux est la *muchacha* ?

Amparo reste de marbre et dit à Lope que nous allons au marché, puisque la *Flamenca* l'ordonne. Elle marche plusieurs mètres devant la chaise à porteurs. Je regrette déjà de l'avoir rabrouée. Tout ça, c'est de la faute de ce bubon de peste de Johannes Vuylsteke. Nom de nom! Il n'arrive pas à m'ôter de son cœur ! L'imbécile ! Qu'il soit frappé par les plus terribles convulsions du haut mal ! Et pareil pour Simon Hendrickszoon ! Bon débarras !

Une demi-heure plus tard, les deux valets d'écurie, haletant et suant sous le soleil matinal, déposent la chaise à porteurs sur le sable de l'Arenal, la large plage du bord du Guadalquivir où se tient le marché quotidien de Séville. Je renifle l'air plus frais que celui de la ville. C'est ici que Johannes et moi, nous avons accosté après notre long voyage en mer et notre escale à Cadix.

Sans m'attendre, Amparo se mêle déjà à la foule. Je descends de la chaise à porteurs pour courir derrière elle. Je suis à nouveau complètement cachée aux yeux des passants, derrière mon *tapado* et sous ma cape. Midi est encore loin, mais déjà la chaleur est torride. J'entrevois une forêt de mâts et de cordages sur le fleuve. On est en train de décharger une dizaine de bateaux qui ont été tirés sur le rivage. Les cargaisons s'entassent sur le sable. Partout traînent des débardeurs prêts à transporter les marchandises sur la terre ferme pour quelques *maravedís*. Ils espèrent en même temps pouvoir subtiliser l'une ou l'autre chose, malgré la vigilance des patrouilles d'*alguaciles* munis de lances et de heaumes qui circulent sur le marché. Des cris fusent de partout. Ici, on vend de la toile de Normandie, là, du verre de Venise, un peu plus loin, de l'huile d'olive d'Andalousie, encore plus loin, une trentaine d'esclaves enchaînés les uns aux autres. Je cherche Amparo des yeux. Sans elle, je me sens terriblement seule.

Oh, Margot, arrête ! Depuis quand as-tu besoin d'une dame de compagnie ? As-tu oublié qu'avec ton couteau de poche, ton souriceau, tu écumais autrefois tous les marchés d'Anvers ?

Un homme au large chapeau salue Amparo. Il est loin de moi et je n'arrive pas à le distinguer avec mon œil de cyclope. Je ne vois que sa longue épée et sa dague à la ceinture, ses hauts-de-chausses en cuir, découpés par endroit, et une chemise blanche sous un pourpoint jaune clair cousu de carreaux rouges, qu'il ne boutonne pas. Je le reconnais : c'est don Fortuño. Elle lui dit quelque chose. Il incline la tête, se retourne et s'en va.

– Qui était-ce ?

– Personne, me répond-elle. Un *hidalgo* qui m'adressait la parole.

Elle a dans la voix une nonchalance feinte, comme s'il lui arrivait très fréquemment d'être abordée par des mercenaires.

– Il ressemblait à don Fortuño. Tu le vois souvent à l'Arenal ?

– Laisse-moi tranquille, *Flamenca* !

– Je te demande depuis des mois de ne plus m'appeler comme ça !

– Je raconterai à doña Urraca que tu es désobéissante et gâtée, me lance-t-elle en se jouant de ma remarque. Tu n'as rien à faire ici.

Je la regarde. Ses yeux crachent du venin. Ses lèvres tremblent de colère. Je comprends qu'elle entretient une relation avec don Fortuño. Mais je suis encore furieuse après ma conversation avec cet imbécile de Johannes, et je n'ai aucune envie de me réconcilier avec elle.

– Ce ne sont pas les paroles d'une *muchacha* envers sa maîtresse.

– Que la peste s'abatte sur toi, *Flamenca.*

– Sur toi aussi.

– Je ne suis pas aveugle, souffle-t-elle. Tu ne vaux guère mieux que moi.

– Je vaux plus que toi. Tout le monde le sait : les Noirs n'ont pas d'âme !

– Et toi, tu en as une, *Flamenca* ?

– Évidemment. Tous les Blancs ont une âme. Les Indiens aussi. Même certains Maures en ont une. Mais pas les Noirs ! Et toi, sûrement pas ! C'est écrit dans la Bible !

– Est-ce que tu sais que c'est l'Empereur Charles qui a décidé que les Noirs n'avaient pas d'âme, parce que cela l'arrangeait ? Du coup, il l'a fait mettre dans la Bible, rugit-elle. Si les Noirs n'ont pas d'âme, on peut en faire des esclaves et les embarquer vers le Nouveau Monde pour y travailler jusqu'à ce qu'ils en tombent raides morts ! Les Indiens, il n'en a pas fait des esclaves, question de montrer sa générosité, et puis, de toute façon, ce ne sont pas de bons travailleurs. Un Indien meurt à la première petite grippe espagnole venue. Voilà ce que m'a appris don Fortuño, et il est étudiant à Salamanque !

– C'était donc bel et bien don Fortuño.

– Arrête de m'ennuyer, *Flamenca* !

Je pousse un soupir. J'aimerais avoir la haute stature d'Amparo et sa fière prestance. Je regarde autour de moi. Plusieurs débardeurs observent bizarrement cette dispute entre une Blanche et sa servante noire. Il faut que je mette fin à cela.

– Ma mère m'a abandonnée au foyer des innocentes et le directeur de cette maison m'a vendue pour cinq pièces d'argent, dis-je sans la regarder. Quand je suis arrivée en Espagne, on me prenait pour une *muchacha.*

Elle me dévisage. Ses traits s'adoucissent.

– Ma mère m'a vendue à un marchand d'esclaves vénitien. Un matin, elle m'a amenée à un comptoir, raconte-t-elle, les yeux fixés sur l'eau. Je n'avais même pas dix ans. Je suis venue en bateau de Venise à Séville. La duchesse m'a achetée au marché des esclaves, ici, sur cette plage. Depuis, poursuit Amparo d'une voix calme, je suis esclave à la maison des Almendraje. La duchesse m'a promis que je serais libre dans une dizaine d'années. Elle demandera un passeport pour moi, pour que je puisse aller et venir où je veux en Espagne.

– Qu'est-ce qui se passera alors, quand tu auras ton passeport ?

– Je resterai peut-être chez la duchesse, si elle est d'accord. Plus comme esclave, mais comme employée de maison, avec un salaire. Avec un passeport, je pourrai trouver du travail ailleurs.

– Dix ans !

Amparo se tait. Elle s'éloigne et marche le long de l'eau. Je cours derrière elle.

– Je suis encore jeune. Ma vie ne sera pas finie dans dix ans, dit-elle en soupirant. Peut-être que don Fortuño me rachètera plus tôt à la duchesse. Peut-être.

Je hoche la tête. J'ai peur de dire quelque chose. Comme si le moindre mot pouvait briser son fragile rêve d'avenir.

– Tu es vraiment sa fille ? demande-t-elle tout à coup.

– Oui, je suis sa fille !

– Bon, mais le duc n'en est pas aussi sûr, répond-elle. Pourquoi penses-tu qu'on ne te laisse pas sortir toute seule ? Aussi longtemps que les jésuites n'auront pas terminé leurs recherches sur tes origines, le duc aura des doutes et se demandera si tu es vraiment sa fille ou une aventurière qui se fraie un chemin dans la vie à coups de mensonges. Et si tu es une aventurière, le jésuite arrivera à le savoir. Dans le meilleur des cas, le duc te jettera à la rue. Tu pourras toujours espérer ne pas être embarquée comme esclave blanche vers le Nouveau Monde !

– Parce que ça, ça te ferait plaisir, qu'on me jette à la rue !

– Non ! me répond-elle. Toi et moi, nous sommes pareilles, *Flamenca* ! Avec ou sans âme !

Je la regarde, elle et toute sa superbe. J'aperçois un vendeur ambulant avec une outre.

– *Hola señor ! Limonada* pour mon amie et pour moi !

Amparo, surprise, me fait une grimace. Le marchand prend l'outre sur son dos et remplit deux gobelets. Je lui donne quelques deniers pendant que nous buvons. L'eau citronnée et sucrée nous rafraîchit. Nous lui rendons ses gobelets.

Le soleil scintille sur le fleuve. Des bacs surmontés d'auvents blancs transportent des marchands d'une rive à l'autre. Côte à côte, nous regardons le Guadalquivir, la jeune fille et sa duègne, la Blanche et la Noire. Toutes les deux abandonnées, vendues pour quelques pièces d'argent, filles de personne. Et toutes les deux, nous portons en nous une rage terrible.

– Et si nous faisions les courses ? propose-t-elle.

J'acquiesce. Nous achetons des poivrons, de l'ail et de la farine de riz. Tout cela ira dans la marmite, ce midi, pour le plat que la *yaya* au bras plus court que l'autre appelle *olla podrida.* Nous achetons des fruits confits, qu'elle incorporera à la pâte du gâteau. Les porteurs sont prêts avec la chaise, mais je ne vais pas m'y asseoir. Je rejoins Amparo, qui porte un grand panier sous le bras.

– Installe-toi donc dans la chaise, insiste-t-elle.

– Non, je t'aiderai à porter le panier, dis-je en agrippant l'anse, d'un air déterminé.

Elle hausse les épaules, et nous avançons ensemble en nous partageant le poids des courses. C'est ainsi que nous rentrons, avec la chaise à porteurs vide derrière nous. Lope et Eduardo n'y comprennent rien. Comme Amparo, je marche dans les ordures, la boue et les excréments, dans la pourriture de Séville. Le bas de ma jupe et de ma cape dégouline de crasse. Mais, aujourd'hui, je m'en fiche. L'important est ailleurs.

27

L'ENQUÊTE DU JÉSUITE

Le père Delafaille revient la troisième semaine d'octobre. Je l'observe dans le patio, des documents sous le bras. Il a reçu des nouvelles de Flandre, et j'en ai des sueurs froides. Si le jésuite a découvert que je suis une espionne à la solde du prince d'Orange, je dois m'enfuir immédiatement. Mes chances de m'échapper de Séville seront infimes. Le cœur battant la chamade, je traverse le patio en courant en direction du hangar à amandes.

Là, dans une caisse en bois, se trouve le pistolet de Fernando El Viejo, le veilleur de nuit. C'est un Puffer. Il ne fonctionne pas au moyen d'une mèche qu'on doit allumer, comme celui de Simon Hendrickszoon, mais au moyen d'un pulvérin, d'une roue et d'un chien. J'ouvre le bassinet, j'y introduis la poudre et je le referme. Je fais ensuite glisser une balle de pierre dans le canon. Avec la clé, je remonte la roue de trois quarts de tour en arrière, pour bander et caler le ressort. J'enlève ensuite la clé et je rabats le chien contre le bassinet. Voilà, le pistolet est chargé. Quand j'appuierai sur la détente, le ressort se relâchera, la roue percutera la pierre à fusil. Cela projettera un jet d'étincelles incandescentes qui allumeront la poudre contenue dans le bassinet et qui propulseront la balle. L'ensemble de l'opération prendra exactement trois secondes. Je devrai tenir le pistolet penché, et non pas à la verticale, sans quoi la poudre s'enflammera, mais la balle ne partira pas.

Je replace le pistolet dans la caisse en bois et je ressors du hangar d'un pas nonchalant. Avec la même nonchalance, je retraverse le patio en sens inverse et je me faufile dans ma chambre. J'ouvre mon éventail et je l'agite pour me donner un peu de fraîcheur. Du calme, Margot ! Du calme !

Quelqu'un frappe à ma porte. J'en laisse tomber mon éventail de peur. Derrière la porte, j'entends la voix d'Amparo :

– Le maître veut te parler.

Ma duègne me précède vers le premier étage et m'introduit dans le salon. Je suis de plus en plus nerveuse. Quand j'aperçois le duc, doña Urraca et le jésuite, je sens mon cœur battre à tout rompre. Mes yeux vont de droite à gauche. Je peux sauter du balcon, prendre le pistolet dans le hangar, traverser le patio en courant et filer par la porte. Je courrai tête baissée dans les rues de Séville. Je brandirai mon pistolet sur celui qui essaiera de m'arrêter.

Mais je me rends compte que mon plan ne tient pas la route. Sauter du premier étage avec cette jupe à panier ?! Es-tu folle, Margot ? Karel prendrait par le toit, il passerait par-dessus la porterie et il descendrait le mur en douce. Mais comment veux-tu faire, habillée comme tu l'es ?!

– Ynès..., commence le duc.

Mon cœur s'arrête de battre. J'étais tellement plongée dans mes réflexions que je n'ai salué personne. J'incline la tête devant le duc et la duchesse. Je fais une génuflexion devant le père Delafaille. Il me répond par un mouvement de tête pratiquement imperceptible. Comme l'autre fois, il arbore de grandes taches de transpiration sous les aisselles.

– Ynès, reprend le duc d'une voix sourde. Le père Delafaille nous apporte des nouvelles.

Des nouvelles ? J'ai les nerfs à fleur de peau. Je

suis au bord d'exploser. Je regarde doña Urraca. Elle a les yeux rivés au sol.

– Faites-nous savoir le résultat de vos recherches, mon Père, dit le duc.

– Le frère Salverius de l'ordre des Dominicains, à Anvers, a enquêté sur les origines de Margot fille d'Espagnol, ou Ynès, comme vous avez l'habitude de l'appeler. Il a rendu visite au dénommé maître Adriaan, le directeur du foyer des innocentes. Le frère Salverius a été véritablement consterné d'apprendre que maître Adriaan était protestant. Margot fille d'Espagnol a passé près de dix ans dans la maison d'un hérétique. Mais ce maître Adriaan a dit de Margot, je cite, que c'était « une papiste », « une adoratrice de Marie » et une « mangeuse d'hosties » et qu'elle refusait de chanter les psaumes calvinistes alors qu'il l'y incitait à grands coups de Bible sur la tête et en lui mettant, je cite de nouveau, « le boulet au pied ». Sa femme Greta a même ajouté que l'enfant était de mèche avec, je cite, « des Espingouins ». Lorsqu'un capitaine espagnol les a attaqués en l'année 1576, durant ce qu'on a nommé la folie espagnole, la jeune fille a trahi ses maîtres en racontant où ils cachaient leur argent. De plus, elle a demandé au capitaine espagnol de l'accompagner en Espagne parce qu'elle était la fille d'un duc de ce pays. L'Espagnol ne l'a pas emmenée, mais il lui a donné un bout de *bucaro*, qu'elle a mangé sous les yeux des parpaillots.

J'ai chaud et j'étouffe. J'aperçois le frémissement d'un sourire sur le visage du duc. Je comprends que je vais me tirer d'affaire. Je peux m'imaginer avec quel enthousiasme maître Adriaan aura accueilli ce moine dominicain. Comme il a reçu la visite du capitaine Splinter Matthijs, il sait, bien entendu, que je suis au service de la cause calviniste, ou que je suis censée la servir.

– Ensuite, le père Salverius s'est rendu chez le dénommé Piet De Steckere, à son domicile *Aux Ciseaux Dorés*, situé sous les remparts d'Anvers, continue le jésuite. L'apothicaire en question n'exerce plus sa profession et en est réduit à la mendicité. Il vit en compagnie de sa femme, Esméralda, qui est malade. Dans son délire, elle prétendait avoir tué saint François. Selon notre frère, cette femme est folle à lier. L'apothicaire a confirmé que Margot avait bien travaillé pour lui, qu'elle avait économisé sa paie parce qu'elle rêvait de se rendre en Espagne et d'y chercher son père légitime. Il savait aussi qu'elle s'était rendue dans un couvent afin de se préparer à son voyage en Espagne.

Je revois la masure *Aux Ciseaux Dorés* et les souris qui tombaient du plafond par temps d'orage. Il est assez incroyable que ce taudis ne se soit pas encore écroulé. D'une manière ou d'une autre, tout à coup, mon propre sort ne m'importe plus. Piet le Noir qui fait la manche et Esméralda devenue folle ?

– Dans le couvent des falcontines, le frère Salverius a parlé à l'abbesse, qui lui a raconté qu'une de ses sœurs a enseigné l'espagnol et la catéchèse à Margot pendant plusieurs mois. Étrangement, la sœur abbesse ne savait rien d'autre à son propos. Un jour, cette jeune fille s'était présentée à la porte du couvent avec une poignée de sous et elle avait demandé à recevoir un enseignement.

– *Qué brava* ! sourit le duc. Quelle fille courageuse !

– Pourtant, il y a quelque chose de bizarre, dit le père, l'air menaçant. Le bourgmestre ne se souvenait plus d'avoir signé ses papiers et elle ne se trouvait pas dans le registre de la population.

– Cela arrive assez souvent aux Pays-Bas, dit le duc. Dans le temps, quand nous recherchions des hérétiques, nous nous sommes plus d'une fois rendu compte que les registres de grandes villes comme Anvers, Alost ou Gand présentaient plus de trous qu'un fromage dans un nid de souris.

– Et puis, autre chose, continue le père Delafaille, agacé. Le document du bourgmestre est signé du 15 décembre 1582. Une semaine plus tôt, précisément le 8 décembre, une jeune fille a été pendue sur la grand-place d'Anvers. Il s'agissait d'une voleuse et d'une cambrioleuse. La pendaison s'est déroulée de façon assez chaotique et le corps a été descendu rapidement. Le bailli a déclaré plus tard que la jeune fille était morte, mais personne n'a vu le corps pendre à la potence. Certains disent qu'elle a échappé à la corde et qu'elle continue à hanter la ville d'Anvers, tel un fantôme. Le nom de cette malheureuse est Margot fille de Personne.

Je suis au supplice.

– Que voulez-vous dire par là ? demande le duc, pas très impressionné. Des centaines de filles s'appellent Margot à Anvers, tout comme à Séville il y a des centaines de Maria, de Mercedes et de Pilar.

– Je trouve que c'est une étrange coïncidence, dit le jésuite d'un ton grave. Une coïncidence qui requiert de plus amples recherches.

– Fadaises ! rugit le duc. Tenez-vous-en aux faits, Père Delafaille, au lieu de croire aux histoires de fantômes !

Le jésuite s'étonne du ton de ces paroles.

– Bien sûr, dit-il en hochant la tête. Je peux seulement conclure que doña Ynès a dit la vérité et que, selon toute évidence, elle est votre fille. Évidemment, seule sa mère pourrait nous sortir de l'impasse.

– Le père Salverius a-t-il retrouvé cette femme ? demande le duc.

Le visage de doña Urraca s'assombrit. Toute allusion à ma mère remue le couteau dans la plaie.

– C'est peine perdue ! soupire le jésuite. Il y a des tas de filles à soldats qui se font appeler la Rousse. Il faudra convenir qu'on ne pourra jamais retrouver cette prostituée.

Il a craché le mot « prostituée » en me regardant, comme si j'étais ma propre mère ou comme si je portais tous ses péchés.

– Les femmes des Pays-Bas n'ont aucun sens de l'honneur, continue-t-il. Elles vendent leur corps pour se payer une dot et leurs futurs époux n'y voient aucun problème.

– Je vous remercie pour vos recherches, mon révérend père, l'interrompt le duc. Nous sommes enchantés du résultat.

– Merci, dit le jésuite. J'irai très prochainement en Flandre. Je pense pouvoir me rendre utile quand les Espagnols reconquerront Anvers. Nos soldats progressent vers le nord. La voie vers Anvers est presque libre. Il n'y a quasi plus d'obstacles au siège de la ville.

Le duc accompagne le jésuite jusqu'à la porte. À son retour, il nous invite, doña Urraca et moi, à nous rendre à la chapelle. Lope allume les cierges, pendant que doña Urraca et moi, nous nous agenouillons devant la statue de la Vierge Marie. Le duc prie à voix haute et remercie la Mère de Dieu de m'avoir permis de trouver sa maison et d'entrer dans sa vie. Il lui demande de me protéger, toujours et en tout lieu, tout au long de ma vie. Après une génuflexion, il quitte la chapelle. Doña Urraca et moi y restons plus longuement pour regarder le cierge se consumer sur le petit autel.

Un fumet de viande rôtie vient nous chatouiller les narines. Je fais une génuflexion devant la statue de la Vierge Marie et je me relève pour quitter la chapelle. Il ne faut surtout pas que j'oublie de passer par le hangar pour enlever la balle de pierre et la poudre du pistolet et remettre le tout dans la caisse.

Doña Urraca me retient par le bras.

– Je suis tellement contente que tu sois là, Ynès ! dit-elle. Ma fille !

Je regarde cette femme à la peau parcheminée qui n'est pas ma mère. Je fais un effort pour sourire. Ses joues sont roses, d'un rose qui lui vient de l'intérieur Pas de la boîte à couleurs d'Amparo.

28

LA MAISON DES OCÉANS

Quelques jours après la visite du jésuite, le duc m'emmène à la Maison des Océans, la Casa de la Contratación, où travaillent une bonne centaine de personnes. Elle se trouve dans l'enceinte de l'Alcázar, un palais construit au temps des Maures. C'est une des résidences officielles des rois d'Espagne.

– Est-ce que le roi vient parfois ici ?

– Non, il vit entre le Portugal et Madrid, répond le duc. Il y a quelques années, il a ajouté le Portugal à son royaume et il veut s'y trouver le plus souvent possible pour consolider son trône. À Madrid, il se fait construire un nouveau palais, un peu en dehors de la ville. Il ne vient ici que très rarement.

Notre porteur de bouclier Fernando El Viejo nous accompagne jusqu'à la porte Monteria. La seule vue de ce bouclier aux armes du duc (trois amandes et une épée) suffit pour garder à distance malfrats et truands. Même le plus désespéré des brigands n'oserait pas s'attaquer à un Grand d'Espagne.

Sur la place, une dizaine de mendiants sont attroupés devant la porte, la main tendue. Quelques-uns supplient :

– *Señor, por favor !*

Mais la plupart économisent leur salive.

– Vous ne leur donnez jamais rien ?

– Ils savent très bien à qui s'adresser, répond le duc. À midi, lorsque les cloches sonnent l'Angélus, les cloîtres ouvrent leurs portes et les moines sortent avec un panier de pains et un grand chaudron rempli d'une soupe au lait qu'ils appellent *la sopa boba*, autrement dit la soupe des crève-la-faim. Les mendiants professionnels, les soldats déclassés et les étudiants affamés reçoivent tous de quoi manger, tranquillise-toi.

À la porte de la Monteria, mon père salue les quatre soldats qui montent la garde. Ils sont équipés d'une cuirasse, d'un heaume et de jambières. Il y a de la pluie dans l'air et un des soldats, sous la porterie, souffle sur la mèche de son arquebuse. Si la poudre ou la mèche se mouillent, le long fusil sera inutilisable. Le petit point rouge au bout de la mèche doit rester incandescent pour que le fusil soit prêt à tirer à la moindre alerte.

Le duc m'entraîne par une porte étroite, et nous nous engageons dans un long couloir.

– Quelle petite entrée pour un palais ! dis-je.

– L'idée est que les assaillants passent par une petite porte et un passage étroit, m'explique le duc. Ainsi, on peut facilement les éliminer du haut des murs.

Nous arrivons dans un patio qui me semble sortir tout droit d'un conte de fées. Le sol est pavé de grandes dalles de marbre avec, au milieu, un bassin carré. À gauche et à droite, une profusion de colonnes et de chapiteaux mauresques, des arcs et des lettres en alphabet arabe, et partout des arabesques en fer forgé. Des faïences colorées ont été assemblées aux murs pour former des dessins. Je ne sais où poser le regard.

– Je n'aurais jamais cru qu'une telle beauté puisse exister !

– C'est le patio des mille vierges, dit le duc avec une petite grimace. Avant, le sultan maure exigeait que les rois chrétiens des nombreux petits royaumes que comptait l'Espagne lui paient chaque année un tribut de cent vierges qui le serviraient comme esclaves dans son harem. Ce n'était qu'à ce prix que le sultan les laissait en paix.

– Encore heureux qu'il n'y ait plus de Maures !

– Ils ont souillé notre pays pendant sept siècles, dit mon père, la bouche hargneuse. Mais maintenant, ils ont presque tous quitté le pays.

– Presque tous ?

– Il y a encore des milliers de *Moriscos* en Espagne. Ils se sont tous convertis à la vraie foi, mais la plupart d'entre eux sont de faux chrétiens. Ils récitent un *Ave* en tournant la tête vers la Mecque. Un jour, le roi les boutera tous hors d'Espagne, pour que la vraie religion puisse entièrement s'épanouir.

Nous passons sous une magnifique porte mauresque en fer forgé et nous arrivons dans le jardin, planté d'arbres que je n'ai encore jamais vus. Leurs feuilles ont les formes les plus bizarres et ils exhalent des parfums extraordinaires. Certains font plusieurs mètres de haut et sont ornés de fleurs blanches à la senteur voluptueuse. Le duc les appelle des « jasmins arabes ». Il y a partout des fontaines et des bassins où des colombes cherchent à se rafraîchir. Une eau glaciale en provenance des montagnes ruisselle le long d'un chenal en escalier. J'ai l'impression de me trouver au jardin d'Éden. L'arbre de la sagesse où s'est caché le serpent qui a persuadé Ève de goûter à ses fruits doit se trouver tout près. Oui, c'est ici que le monde a commencé, c'est de ce lieu qu'Adam et Ève ont été chassés par Dieu, suivis du serpent dont Il a fendu la langue en deux et qu'Il a condamné à passer son existence sous les rochers des déserts les plus torrides.

– C’est le plus beau jardin du monde, m’assure le duc. S’il y a un endroit où je voudrais mourir, c’est ici. Au milieu de la beauté de la création divine.

Il me sourit. Je lui prends la main. J’aime ses doigts charnus et calleux. Ma petite main disparaît presque dans la sienne. Nous arrivons à un autre patio, dallé de marbre, celui-là. D’une fontaine jaillit l’eau des montagnes. Le patio s’étend au pied d’un bâtiment haut et carré fait d’énormes blocs de granit et de petites fenêtres. Une bonne douzaine de militaires montent la garde.

– Voici la Maison des Océans, dit le duc avec enthousiasme. Elle a été fondée en 1503, onze ans après la découverte des Amériques. Chaque expédition vers le Nouveau Monde, chaque voyage vers les Amériques a commencé ici, dans cette maison.

Un militaire armé vient vers nous. Il porte un heaume et une ceinture où sont fichés deux pistolets. Le duc le salue et lui explique que je suis sa fille.

– Vous savez que les femmes ne peuvent pas entrer ici, répond le capitaine avec une certaine nervosité dans la voix.

– Mais ce n’est pas une femme ! C’est mon enfant !

Le capitaine sourit et me salue. Mon père m’entraîne vers la chapelle située près de l’entrée, royaume du silence et de l’encens. Seul nous parvient le bruit de bottes des soldats qui marchent à l’extérieur.

– C’est ici que les capitaines viennent prier l’avant-veille de leur départ en mer, chuchote le duc. C’est également ici que Christophe Colomb, au retour de son deuxième voyage vers le Nouveau Monde, s’est rendu pour raconter ses péripéties au couple royal Fernand et Isabelle. Et c'est encore ici qu'Hernán Cortés s'est recueilli avant de s'embarquer et de conquérir le Mexique.

Je récite un *Ave* devant un tableau de la Sainte Vierge qui, de son manteau bleu, protège un groupe de femmes et d'enfants indiens. Le plafond est constellé d'étoiles.

La Maison des Océans grouille comme une fourmilière. Partout s'affairent de petits messieurs munis de plumes d'oie et d'encriers. Cela sent le vieux papier, la vieille poussière et la vieille fumée. Ici et là, on salue le duc à son passage. Les fenêtres sont composées de plus de cent petits vitraux colorés enchâssés dans du plomb. Nous passons devant une pièce aux murs tapissés de bibliothèques sombres jusqu'au plafond. Le bois des armoires est piqué de petits trous et je me demande bien s'il n'en tombe pas quelques morceaux quand on en ouvre ou referme un tiroir. Un vieil homme aux cheveux blancs portant un justaucorps et des bas noirs est à genoux par terre et prépare un piège à souris.

– Voici Arturo Aloy, dit le duc. Il conserve les testaments des capitaines, des timoniers et de toutes les personnes d'importance à bord.

– Si les souris ne viennent pas les manger ! marmonne le vieil homme en inclinant la tête à mon intention.

– *Buenos dias, señor Aloy.*

Nous reprenons le couloir.

– Arturo Aloy travaille ici depuis bientôt cinquante ans. Le « A » dans son nom indique qu'il a des origines maures. C'est un chrétien maure, un *Morisco*.

– Il a le droit de travailler pour vous ? Comment savez-vous que ce n'est pas un espion à la solde des

Maures du Nord de l'Afrique ou d'Istanbul ?

– C'est le seul *Morisco* en qui j'ai confiance, dit le duc d'une voix assez haute pour s'assurer qu'Aloy ait bien entendu. S'il s'avère qu'il est ici pour nous espionner, je l'étranglerai de mes propres mains.

En me retournant, je remarque un tiroir entrouvert débordant de feuilles de parchemin qui s'enroulent et se tordent comme si elles essayaient de s'échapper de leur prison poussiéreuse. Nous passons devant des pièces où, dans l'une, un capitaine anglais et, dans l'autre, un capitaine flamand sont interrogés sur leurs cargaisons et les routes qu'ils ont suivies. Un coup d'œil dans une salle, et je vois des armoires ouvertes bourrées de livres à gros dos de cuir et de cahiers qui ne sont souvent constitués que de liasses de papier coincées entre deux planchettes et reliées par une ficelle. Tous les rapports de voyage d'une même caravelle ou d'un même galion se retrouvent rangés sur la même étagère. C'est à cet endroit que sont conservés les écrits de Christophe Colomb. Cela sent tellement la pisse de chat que je doute que les souris osent s'aventurer jusqu'ici.

Des hommes vont et viennent sans cesse. Beaucoup sont vieux : après de longues années de service à bord d'un bateau, ils sont entrés à la Maison des Océans quand ils se sont vus contraints, à cause de leurs articulations douloureuses ou d'une fracture mal guérie, de rester sur la terre ferme, mais ils continuent de vivre tous ces grands voyages par procuration.

Quand les hommes me remarquent, ils me regardent bizarrement, mais le duc les rassure immédiatement, en me présentant comme « *mi hija* », sa fille. Tout le monde le félicite.

– Nous savons où se trouve chaque bâtiment espagnol dans le monde, dit le duc en souriant fièrement. Nous connaissons d'avance la route que suivent les navires à l'aller comme au retour. Lorsqu'un bateau accoste à Séville, le capitaine doit immédiatement nous faire un rapport circonstancié et nous rendre compte du contenu de sa cargaison. S'il revient du Nouveau Monde avec de l'or et de l'argent, un cinquième de sa cargaison sera retenu : c'est la part du roi. Nous envoyons également un exemplaire de tout colifichet, de toute nouveauté, de tout bijou au roi. Le souverain possède même un zoo où il collectionne tous les animaux du monde. Il veut tout connaître, tout savoir.

– Le roi Philippe est l'homme le plus sage du monde.

– C'est exact, répond le duc. C'est pourquoi nous sommes prêts à donner notre vie pour lui.

Nous prenons l'escalier qui mène au troisième étage de la Maison des Océans. Dans sept ateliers latéraux, des jeunes gens sont occupés à copier des cartes avec de l'encre et des pinceaux. Deux gardes barrent l'entrée de la grande salle des cartes. Le duc les rassure et dit que sa fille vient juste jeter un coup d'œil. Les gardes nous laissent passer. J'entre dans le saint des saints : la grande salle des cartes.

Dans les bibliothèques, les livres sont placés la tranche face aux visiteurs, pour que les pages puissent s'aérer. Ils ne sont pas non plus serrés les uns contre les autres, de façon à éviter la formation de moisissures. Les volumes ne comportent aucun titre, mais un chiffre et une lettre, de sorte que l'on est d'abord obligé de consulter le registre pour trouver le livre que l'on cherche. Je reconnais le cartographe Juan López de Velasco et le chroniqueur Rodrigo Zamorano.

– Elle a grandi ! dit le premier en tripotant ses deux paires de lunettes pour mieux me regarder. Et elle est devenue belle.

– Encore un peu et Juan López demandera ta main à ton père ! s'exclame Rodrigo en donnant gaiement une petite tape sur le dos du duc.

– Avec mes mauvais poumons et mes muscles raidis, je ne pourrais même pas la suivre dans la rue. Tout le monde me demanderait si je suis son arrière-grand-père, répond Juan López.

Il a en effet les poumons qui sifflent, mais ses mouvements sont souples et lui donnent l'air plus jeune.

– Tu as vu les jardins et le palais ?

– Oui. C'est le ciel sur la terre.

– Exact ! dit Juan López en riant. Et dire que les Arabes ont construit tout cela pour nous ! Nous n'avons eu qu'à les prier de rentrer en Afrique.

– L'Alcázar est espagnol, dit le duc sévèrement, et il le restera pour toujours.

Une énorme table circulaire recouverte d'une carte du monde occupe tout le milieu de la pièce. Je reconnais les continents, tels que je les ai vus sur le globe terrestre dans la maison du duc, mais ici, ils sont plus grands, avec des chiffres, des signes, des dates et des lignes en pointillés qui relient les colonies à Séville.

– Chaque navire qui revient du Nouveau Monde nous apporte de nouvelles informations sur la côte d'un territoire déterminé, explique le duc, mais également sur les habitants, sur les colonies espagnoles, sur le nombre d'habitations, etc. Nous reportons toutes ces données sur la grande mappemonde qui se trouve ici, dans la salle des cartes. Elle n'est jamais achevée. Nous l'adaptons chaque semaine, chaque jour.

On l'appelle le *Padron Real.* C'est le plus grand secret d'Espagne.

– Vous avez devant vous le monde ! s'exclame Zamorano.

– Elle est énorme, cette carte ! Il y a combien de tables en dessous ?

– Une seule ! explique Juan López de Velasco. Il s'agit en réalité d'un morceau du tronc de l'arbre sacré des Indiens abattu par les soldats de l'explorateur Pizarro. Il a fallu faire tomber un pan du mur extérieur de la chambre des cartes pour y faire entrer cet énorme bloc de bois.

Je me signe d'étonnement. Si le tronc de cet arbre était aussi large, il devait mesurer plusieurs dizaines de mètres de haut.

– Le monde entier se trouve sur cette table sacrée des Indiens… dis-je.

J'observe mentalement qu'elle se compose de sept feuilles de papier fort attachées l'une à l'autre par des agrafes en or. Fascinée, je fais le tour de la table en touchant de la main le secret le mieux gardé d'Espagne.

Tous les territoires indiens sont peints en or. En haut à droite, là où s'estompent les lignes de l'Asie, le Christ contemple le monde. La côte ouest des Amériques n'est pas dessinée, mais un océan est représenté sur la gauche. Je pointe mon doigt dessus.

– Le Roi a appelé cette mer l'Océan Pacifique, explique Juan López. Parce que l'Espagne y a apporté la paix.

– On y trouve également des îles espagnoles : les Philippines, d'après le nom de notre roi Philippe.

Une femme à la queue de poisson est dessinée dans cet océan paisible.

– C'est une sirène ? Elles existent vraiment ?

– Si tu le demandes à un matelot, répond Rodrigo, il te dira qu'il en a souvent entendu. Que, par mer calme, leur chant s'entend à mille lieues à la ronde. Si tu lui reposes la question après deux gobelets de vin, il te dira qu'il en a attrapé une dans ses filets et qu'en plus, il lui a fait plusieurs enfants !

– Et vous ? Vous pensez qu'elles existent vraiment ?

– La mer et le monde regorgent de mystères, dit Juan López en souriant. Alors, pourquoi pas ?

Un Indien coiffé de plumes aussi grand qu'un cavalier sur son cheval est représenté sur la carte des Amériques.

– C'est un *mequetrefe*, explique Rodrigo. Ils forment une tribu de géants originaires des montagnes interdites du Nouveau Monde. Ce sont des sauvages qui mesurent plus de trois mètres. Ils habitent près de l'arbre sacré dont nous parlions tout à l'heure. Les *mequetrefes* mangent les êtres humains. Ils sont très dangereux. Regarde !

Rodrigo me montre un crâne énorme qui a dû appartenir à un homme gigantesque. Le duc nous considère d'un œil amusé pendant que Juan López nettoie les verres de ses lunettes.

– C'est pourquoi nous allons construire des navires armés de quatre-vingt canons, dit le duc. Pour pouvoir les vaincre ! Le premier de ces navires est en construction.

Je fixe le crâne en me disant que de terribles monstres doivent peupler les Amériques.

– Tu es un excellent chroniqueur, mon cher Rodrigo, dit Juan López en riant. Allons bon ! Des sirènes et des *mequetrefes* !

– Personne ne remet leur existence en question, mon cher cartographe, dit Rodrigo, piqué au vif.

– Il y a quelque chose que je ne comprends pas, dis-je. La carte est secrète, mais chaque capitaine espagnol en reçoit une copie. Qu'arrive-t-il s'il est attaqué par un pirate anglais ?

– Le capitaine ne reçoit qu'une partie de la carte, celle où est dessinée sa route maritime à lui. Et la première chose qu'un capitaine doit faire lors d'une attaque de pirates, c'est justement de détruire sa carte, explique Zamorano. Lorsque le capitaine rentre à Séville, il doit la restituer. Quand il repartira, plusieurs mois plus tard, pour un nouveau voyage, on lui remettra une nouvelle carte, complétée des dernières informations. Chaque année, toutes les données venant du Nouveau Monde sont revues : la population des villes, la force des garnisons, le nombre de canons et surtout les routes maritimes.

– Il y a donc une nouvelle carte chaque année.

– C'est au mois de mai, avant le départ de la nouvelle Flotte d'Argent, que la nouvelle carte est prête et recopiée à la main par nos dessinateurs. Il lcur arrive de travailler jour et nuit pour la finir dans les temps.

– Vous en gardez une copie chez vous ?

– Non, personne de nous ne fait cela.

– Mais si, Fabián ! dit Rodrigo. Au mois d'août, avant la récolte des amandes, tu reprends la carte pour ton rapport annuel au roi !

Le duc jette un regard mécontent à Rodrigo. Il n'aurait pas dû divulguer cette information devant moi.

Simon Hendrickszoon donnerait son bras droit pour se trouver à la place où je me trouve en ce moment. C'est à cause de ces sept cartes que je suis ici.

– Vous avez là une fille bien curieuse, dit Zamorano en souriant.

– Excusez-moi, dis-je en inclinant la tête. Je trouve tout cela fascinant. C'est comme un conte de fées. Ce palais, ces patios, ces fontaines… Et puis cette pièce où sont répertoriées toutes les connaissances du monde… !

En voyant tous les yeux tournés vers moi, je rougis jusqu'à la racine de mes cheveux.

– Fabián, ta fille est à croquer, dit Juan López en se levant et en ajustant précautionneusement ses deux paires de lunettes aux verres maintenant propres afin de mieux me contempler.

– Elle sera la perle de Séville ! Si j'avais vingt ans de moins, vingt livres de moins et deux yeux neufs, je lui ferais la cour et j'essaierais d'arranger un mariage !

– Et si tu n'étais pas déjà marié, ajoute le duc en souriant.

D'un geste théâtral, Juan López se tape sur le front.

– Ah, oui, c'est vrai ! J'avais complètement oublié ce détail ! Heureusement que tu me le rappelles !

Mon père me reconduit à la porte, où m'attend Fernando El Viejo.

– Ynès, tu enchantes mes jours, dit le duc. Toute ma vie adulte, j'ai prié Dieu pour qu'Il me donne un fils ou une fille. Et puis, tu es venue. C'est comme si Dieu avait enfin entendu mes prières.

Je hoche la tête, morte de honte.

Le duc me caresse la joue. Le vieux serviteur me tend son bras. Je roule la main dans ma cape, comme Amparo me l'a appris afin de ne pas toucher celle de Fernando. Une femme au bras d'un homme n'est pas importunée dans la rue, même s'il a l'air d'un vieil oncle usé. C'est ainsi que nous rentrons.

Personne ne doit savoir que je me suis rendue à la Maison des Océans et personne ne doit savoir que le duc ramène les cartes chez lui pour pouvoir écrire son rapport au roi. Mon père a confiance en moi et je n'ai nullement l'intention de trahir cette confiance. Je donnerai des informations sans intérêt à Johannes et à Simon Hendrickszoon, jusqu'à ce qu'ils finissent par me laisser en paix. Je suis Ynès d'Almendraje et je ne ferai aucun tort à l'Espagne !

29

LE VENT TOURNE

Nous sommes deux jours plus tard, et c'est le soir. D'une humeur massacrante, le duc envoie les valets d'écurie porter des messages. Sans même me saluer, il demande à la cuisinière de porter des olives, de la viande froide, du chocolat et du vin à la chapelle parce qu'il a l'intention d'y recevoir des visiteurs. Il exige que chacun reste dans sa chambre.

Des flambeaux brûlent dans la cour intérieure. Des voitures s'arrêtent une à une devant notre maison. En descendent des Grands d'Espagne, en habits noirs stricts mais agrémentés de boutons brillants et de fils d'argent, qui traversent le patio et disparaissent dans la chapelle. L'ombre de leurs larges chapeaux dissimule leur visage, comme s'ils ne voulaient pas être reconnus. Chacun est accompagné d'au moins deux serviteurs armés. Ils se hâtent tous vers la chapelle. Je demande à doña Urraca ce qui se passe.

– Rien qui puisse t'intéresser, répond-elle d'un ton bourru. Ce sont des conseillers du roi qui doivent se concerter. Va te coucher !

Je passe la soirée dans ma chambre à regarder par l'auvent de papier huilé les gardes du corps qui fument leur pipe près de la porterie et la lueur des bougies dans la chapelle. Les hommes ne repartent que longtemps après minuit.

Après cette soirée, les pluies d'automne transforment les rues poussiéreuses et sans pavés en ruisseaux de boue. Le courant est tellement fort qu'il entraîne tout ce qui n'est pas attaché solidement. Malgré tout, je demande l'autorisation de me rendre à la cathédrale pour ma visite du vendredi. Les porteurs maugréent, surtout Fernando El Viejo, mais nous voici partis en zigzaguant à travers les rues de Séville. Dans les venelles étroites, la boue clapote le long des chevilles des deux hommes. Rue Française, Fernando glisse et s'étale dans la boue. Ses hauts-de-chausses et son pourpoint sont trempés. Il lance des jurons et des imprécations que je ne comprends pas. Enfin, ils déposent ma chaise devant les marches de la cathédrale.

Je suis à peine entrée que déjà je remarque Johannes qui marche à mes côtés. Il a quelque chose de changé. Sa peau est plus foncée, les boutons de cuivre de son pourpoint brillent, ses cheveux sont plus longs et la barbichette lui va bien, cette fois-ci. Nous avançons à quelques pas l'un de l'autre jusqu'au retable en or derrière l'autel.

– Comment ça va, chez l'imprimeur ? dis-je dans un murmure.

Nos regards s'évitent. Nous prions, les mains jointes, face à l'autel.

– Très bien ! Nous parvenons à peine à suivre la demande de Bibles. Les romances marchent encore mieux. Les Espagnols en raffolent. Du théâtre aussi. Nous avons pour le moment sous presse *Lazarillo de Tormes*, un roman d'aventures. J'ai également imprimé un livre sur le jeu d'échecs, le premier du genre.

– Un livre sur les échecs ?!

– Oui, écrit par un évêque espagnol, lui-même joueur d'échecs, Ruy López de Segura. C'est moi qui ai composé le livre et qui en ai dessiné les illustrations. Un bel ouvrage ! Quand je serai de retour en Flandre, je le traduirai et je l'éditerai. En Espagne, on appelle les pions du jeu d'échecs, des *peones*, des paysans. C'est eux qui doivent effectuer le travail le plus difficile. Le roi se contente de les regarder. Nous sommes tous les pions d'un prince ou d'un roi.

– Messire Johannes, le philosophe ! dis-je en le taquinant.

– Seulement quand tu es là, dit-il, tout sourire. À la vue d'une jolie femme, le philosophe ne se tient plus.

– Tout doux ! Nous sommes dans une église, face au calvaire du Christ.

– De l'idolâtrie ! murmure-t-il. Personnellement, j'y mettrais bien le feu.

– C'est un chef-d'œuvre de l'art flamand, dis-je. Et il savait faire autre chose qu'aligner des lettres et philosopher sur le jeu d'échecs, celui qui a créé cette merveille !

– Papiste !

– Gueux !

– Tous les soirs, je joue aux échecs avec Juan de Castillo. Quand nous ne jouons pas, nous parlons de livres. Savais-tu qu'il est obligé d'envoyer un exemplaire de chaque ouvrage qu'il imprime au roi, à Madrid ? Le souverain veut avoir la plus grande bibliothèque du monde dans son nouveau palais. Je ne pense pas que Juan retournera un jour en Flandre. Il aime ce pays et il a une femme espagnole qui fait merveilleusement bien la cuisine. Leurs enfants ne parlent même pas le flamand.

– Juan de Castillo est content de toi ?

– J'ai déjà reçu deux augmentations. Je gagne plus ici que je pourrais jamais gagner en Flandre.

– Tu devrais rester, dis-je en le taquinant. Qui sait, tu trouveras peut-être une maîtresse espagnole qui te fera merveilleusement bien la cuisine ?

Il me regarde en silence. Je ne dis plus rien non plus. Une clochette tinte. La messe va commencer. Nous nous rendons vers la nef latérale et nous entendons le curé commencer un sermon passionné sur le péché qui menace les Sévillans de toute part, même dans la cathédrale, qui est pourtant un lieu sacré. Les femmes soupirent et se lamentent en l'écoutant. Pour se libérer du démon, elles récitent des *Ave* si fort que le prêtre doit se mettre à crier pour se faire entendre. En conséquence, personne ne nous prête attention quand nous nous arrêtons devant la chapelle.

– Je ne peux pas rester ici, chuchote Johannes. Toi non plus.

– Aussi longtemps que nous faisons parvenir des informations à Simon Hendrickszoon et qu'il y trouve son compte, nous pourrons rester en Espagne, non ?

– Simon Hendrickszoon m'a écrit qu'il était très déçu des informations que nous lui avions fournies. Il dit que tu ne prends pas ta mission au sérieux. Que tu joues à la duchesse.

– Je fais ce que je peux ! Je dois être prudente. Je ne veux pas risquer ma vie !

– Cela ne lui suffit pas, dit Johannes en soupirant. Il te donne deux mois pour lui fournir des informations utiles. Sinon, il m'obligera à envoyer une lettre à un certain curé au sujet de ton épaule gauche. C'est un Italien, je crois. Il s'appelle Delafaille et il est spécialisé en interrogatoires.

Je sens le sang se glacer dans mes veines.

– Le père Delafaille ! Il est d'Anvers. C'est un jésuite.

– Les jésuites sont les pires, confirme-t-il.

– Johannes, s'il te plaît, dis-je en l'agrippant par le bras. Je fais ce que je peux. Crois-moi. Je t'en supplie !

– Que fais-tu ? dit Johannes en me regardant froidement. Il y a quelques semaines, tu me giflais. Et maintenant tu cherches à être gentille, pour m'amadouer ? Les Espagnols sont en train de reconquérir les Pays-Bas. Les gens fuient, les villes sont abandonnées. À Louvain, des quartiers entiers ont été désertés. Cet automne, les villages de Sas van Gent, Axel, Eeklo et Hulst sont tombés aux mains des Espagnols. Il ne reste plus que Gand. Ensuite, la route vers Anvers sera libre. Il semble bien que les Espagnols commenceront le siège d'Anvers l'été prochain. Les marchands s'enfuient déjà vers le nord.

– En ce qui concerne les nouvelles de la semaine, dis-je en soupirant, j'ai entendu le duc, le cartographe Juan López et le chroniqueur Rodrigo regretter que le Roi ait contracté de nouveaux emprunts en Italie et qu'il endette ainsi terriblement le pays. Il construit les plus grands galions jamais conçus par l'homme. Ils auront quatre-vingt canons chacun. Ils sont destinés aux Amériques. Une tribu d'Indiens vit là-bas, qu'ils appellent les *mequefretes*. C'est une tribu de géants qui viennent des montagnes interdites du Nouveau Monde. Ce sont des sauvages de trois mètres de haut. Des cannibales.

– Des géants ! soupire Johannes. Et tu crois ça ! Et un navire avec quatre-vingt canons, je voudrais bien voir ça ! Ces histoires, c'est de la propagande pour faire trembler l'ennemi. Ils veulent nous cacher quelque chose.

Nous arrivons à la chapelle de saint François. Nous nous agenouillons.

– J'ai vu le crâne d'un *mequefrete*, dis-je tout excitée. Ils existent vraiment.

– S'ils ont besoin de plus de galions, c'est pour se protéger des pirates anglais, dit Johannes.

– L'Angleterre et l'Espagne sont quand même en paix, non ?

– Oui, mais une paix peu commode. L'Espagne en veut à l'Angleterre parce que la reine Élisabeth ne tient pas ses pirates, répond Johannes. Guillaume d'Orange espère qu'elle finira par soutenir les troupes hollandaises. Mais, jusqu'à présent, elle n'a pas encore osé, de peur de déclencher une guerre ouverte avec l'Espagne.

Un des cierges allumés devant la statue de saint François crépite et s'éteint.

– Il y a une chose que je ne comprends pas. Si tu as vu le crâne d'un *mequefrete*, remarque-t-il, c'est que tu es allée à la Maison des Océans ?!

Je blêmis.

– Mais Margot, pourquoi tu ne me l'as pas dit ?!

– J'y suis passée en coup de vent. À part les *mequefretes*, je n'ai rien vu.

– Bien sûr que non, répond Johannes froidement.

Il se lève et quitte la chapelle sans même me saluer. Je reste près de la statue de saint François et je l'écoute s'éloigner. Ah ! Margot !

J'imagine cet imbécile de père Delafaille devant moi. Il me murmure : « Montre-moi donc cette épaule gauche ! » Je frissonne. Une petite femme infirme vient s'agenouiller à mes côtés pour réciter son rosaire. Je me signe trois fois, je me lève et, à mon tour, je sors de la cathédrale. J'ai l'impression que Séville flotte sur un océan de boue.

30

1584
UNE RÉUNION NOCTURNE
À LA CHAPELLE

Les semaines qui suivent sont sombres. L'année 1584 commence avec son rituel de vœux de bonheur, de joie et de prospérité. Le jour de la chandeleur, le duc attend les conseillers du roi dans la chapelle. En ce deux février, il fait un froid glacial. La *yaya* apporte différents mets et les pose sur une table à l'entrée de la chapelle. Je me faufile ni vu ni connu, je prends la clé dans la niche, j'ouvre la porte de la chambre de la peste et je m'y enferme, le cœur battant.

Ce sera tout ou rien, Margot ! me dis-je en m'asseyant dans le coin le plus sombre de cette pièce plongée dans le noir. Je sais que personne ne va jamais là. Je me souviens encore du jour de mon arrivée. Doña Urraca avait ouvert cette porte et avait immédiatement reculé de deux pas en faisant trois signes de croix, comme si elle avait peur que les esprits des pestiférés errent encore dans la chambre.

D'abord, c'est le silence. Je finis par entendre du remue-ménage dans le patio. On marche sur les dalles de marbre. Plus tard, j'entends des bottes claquer. Quelqu'un touche à la poignée de la porte et je fais presque pipi dans ma culotte tellement j'ai peur. À en juger aux voix, ils sont sept ou huit. Des hommes. Ils prient avant de jurer tous en chœur que tout ce qui sera dit restera *subrosa*, c'est-à-dire « sous la rose ». Je sais qu'une rose est posée à la clé de voûte de la chapelle. J'en conclus que les homes viennent de faire le serment que les informations qu'ils s'échangeront resteront entre eux et Dieu et ne seront jamais répétées à l'extérieur.

– Gloire à notre roi ! commence le duc. Que Dieu lui prête longue vie ! Qu'il règne et prospère sur le monde qui est le sien !

– Gloire à notre roi ! répètent les autres.

Une odeur de pipe me parvient. La réunion commence. Les hommes marchent en rond, je suppose que c'est pour se réchauffer. J'ai de la peine à comprendre ce qu'ils disent. Je sais qu'ils parlent de la situation internationale. Je saisis le mot « *mequetrefes* », et quelqu'un part dans un fou rire. Johannes a raison, ils font croire au monde qu'il y a des géants aux Amériques, mais en réalité, ils construisent des navires de guerre. Ils parlent continuellement du « petit-fils » qui commande les troupes espagnoles aux Pays-Bas. Quelqu'un dit qu'avec dix mille soldats, le petit-fils ne pourra jamais reprendre Anvers. Un autre rétorque que le petit-fils est un grand général. J'entends le duc dire :

– D'abord Anvers, puis l'Angleterre. L'amiral a déjà commencé ses préparatifs.

– Un noble catholique, Christoffel d'Assonleville, nous a écrit de Flandre, dit une voix grave, qu'il avait reçu la visite d'un catholique français fervent admirateur de notre roi, un certain Balthasar Gérard. Il demande si le Roi est prêt à donner une récompense de vingt-cinq mille ducats à ses parents s'il parvient à assassiner Guillaume de Nassau, prince d'Orange.

– J'ai écrit au Roi à ce sujet, complète le duc. Il m'a donné sa parole d'honneur que la famille de Balthasar Gérard recevrait la rémunération en question, ainsi que les lettres de noblesse exigées, s'il parvenait à réaliser son projet.

– Tu l'as bien connu, Fabián, demande une voix nasillarde, ce Guillaume d'Orange ?

– Oui, c'était mon ami. Et notre grand empereur Charles le considérait même comme son propre fils, soupire le duc. Mais Guillaume d'Orange a trahi le roi d'Espagne. Il a opté pour la cause des hérétiques et des calvinistes. C'est lui qui mène l'insurrection. À cause de lui, des milliers d'Espagnols ont péri dans le froid et la boue de Flandre. La mort de Guillaume constituera un important revers pour l'insurrection des Pays-Bas.

– Que Dieu nous pardonne, dit une voix traînante. Prions pour la réussite de nos projets !

J'entends les hommes s'agenouiller devant l'autel et prier. Mon corps est traversé de frissons. Ce sont les conseillers du roi, les Grands de Séville et d'Espagne qui éclairent le roi dans toutes ses grandes décisions.

J'entends ensuite des propos plus anodins. Il est question des problèmes de stérilité qui frappent les soldats espagnols et leurs femmes qui vivent au Pérou, sans doute parce qu'il s'agit d'un pays de montagne. Ils en sont fort affectés et voudraient rentrer au pays.

– Nous avons besoin des Pays-Bas, dit la voix nasillarde. On peut y faire des enfants de notre race, pas vrai, Fabián ?

– Merci, Andrés, dit le duc. Ma fille est presque une vraie Espagnole.

J'ai les oreilles qui me brûlent d'entendre parler ainsi de moi. Les conversations continuent encore pendant une heure, mais il n'est plus guère question des Pays-Bas. Puis, le moment de se quitter arrive. Les pas s'éloignent. Quelqu'un souffle les bougies et emmène les reliefs du repas.

Le silence est revenu dans le patio. Le chien lape l'eau de la fontaine. Fernando monte la garde dans la porterie. Je comprends subitement que, dans le silence de la nuit, il entendra tout de suite le crissement de la clé dans la serrure de la chambre de la peste. Alors, je reste là, sans aucun bruit, jusqu'au moment où une charrette passe dans la rue. Je sors précipitamment de ma cache et, après un coup d'œil à la chapelle, je referme la porte et je remets la clé à sa place, dans la niche. Je secoue la poussière et les toiles d'araignée de mes vêtements. J'enlève mon foulard pour le secouer avant de le remettre.

Tout à coup, j'entends des pas. Aussitôt, je m'agenouille devant la statue de la Vierge Marie. Fernando El Viejo paraît dans la chapelle.

– Oh, excusez-moi, doña Ynès, c'est vous ! murmure-t-il, étonné.

– Bonjour, Fernando. Je me suis levée tôt et j'ai décidé de me rendre à la chapelle.

– Ah, évidemment, hoche-t-il de la tête. Je n'ai pas dû vous voir quand vous avez traversé le patio.

– Je n'ai pas fait de bruit, dis-je. J'avais peur de réveiller quelqu'un.

Je fais mes trois signes de croix avec mon pouce, j'incline la tête et je quitte la chapelle.

– Bonne journée, Fernando.

– Merci, répond-il. Je vous souhaite moi aussi une bonne journée. Vous êtes un vrai soleil pour cette maison.

Je souris au vieux garde de nuit, qui baisse à nouveau les yeux et s'agenouille à son tour devant l'autel. Je rentre dans ma chambre et je me glisse à travers les rideaux fermés de mon lit. Encore un instant, et Amparo viendra me réveiller.

Deux soirs plus tard, j'aperçois de la lumière dans le bureau du duc. Je fais semblant d'admirer les étoiles dans le patio. Puis, mine de rien, je me penche par l'embrasure de la fenêtre ouverte. Le duc, assis à son bureau, lève la tête.

– Vous écrivez des lettres au roi ? dis-je, hardie.

Il hoche la tête.

– Je peux vous tenir compagnie ?

Il fait signe que oui tout en continuant à écrire. Devant lui trône un porte-encrier en argent contenant des encres de toutes les couleurs. Sur la lettre, je lis les noms d'une flotte de quatre galions. Il utilise le terme « *armada* » ; je n'ai aucune idée de ce que cela signifie. En regard de chaque bateau, le dessin d'un canon et un chiffre. Je comprends que chaque galion est équipé de quarante canons – et non quatre-vingt comme les Espagnols le clament partout. Johannes avait raison. J'essaie de mémoriser les noms des navires : San Martin, San Rafael… mais je vois le duc qui me fixe. Le rouge me monte aux joues. A-t-il vu que mes yeux glissaient de gauche à droite ?

Je montre le mot « armada » du doigt.

– C'est la lettre « a », là ? dis-je.

Il sourit. Ouf, il n'a rien remarqué.

– Oui, c'est le « a » de « armada ».

– Et qu'est-ce que c'est, une armada ?

– C'est la flotte des bâtiments de guerre.

Le duc me fait signe de m'approcher de son bureau. Je m'appuie de mon bras sur son épaule.

– Regarde, je signe la lettre de mon nom et de mon titre.

Le nom prend déjà trois lignes et est précédé de deux mots : « *su servidor* », votre serviteur. Je tente de lire ce qui suit son nom. Le duc trempe sa plume d'oie dans le pot d'encre noire. Ensuite, il saupoudre la feuille de papier de fines particules de bois.

– Je connais mes lettres, dis-je, parce que nous devions les broder au foyer des innocentes. Mais je ne sais pas lire les mots.

– Tu sais écrire les lettres ?

– Non, dis-je en mentant.

– Viens t'asseoir sur ma chaise et prends la plume.

Je m'assieds dans un vrai fauteuil, avec des accoudoirs. Il y a même un dossier. Je ne me suis encore jamais assise dans un tel siège et je ne sais pas quoi faire de mes bras. Le duc trouve une nouvelle feuille de papier.

– Prends la plume d'oie entre le pouce, l'index et le majeur.

La plume chancelle entre mes doigts. L'encre brille sur la pointe. Je fais trembler ma main pour donner l'impression au duc que je n'ai encore jamais écrit. Il pose sa main sur la mienne, guide la plume sur le papier et ensemble nous écrivons : « Ynès ».

– C'est mon nom ?

– Oui. Maintenant, il te faut un titre, dit-il en souriant.

Il continue à guider ma main, et ensemble nous écrivons : « *hija de la Casa de Almendraje* », ce qui veut dire « fille de la Maison d'Almendraje ». Il me lit le titre tout haut et je souris.

Le duc plie la lettre destinée au Roi. Puis, il prend le bâton de cire qu'il maintient au-dessus de la flamme de la bougie, presse le bout fondu sur le pli, enlève sa chevalière et l'enfonce dans la cire.

– Tu peux appuyer sur ma main.

J'obéis, et nous restons comme cela pendant un

bref moment, le père et sa fille, unis le temps de cacheter une lettre destinée au roi. Le duc range la lettre dans le large tiroir de la lourde armoire de chêne et la verrouille.

Le lendemain je demande aux porteurs de me mener à l'imprimerie de Juan de Castillo. C'est une maison dans le quartier de Santa Cruz, un véritable labyrinthe de ruelles et de portiques fatigués qui se ressemblent tous. Au-dessus de la porte de sa maison, il y a son blason : un homme et une femme unis sous le même heaume. Je suis reçue par l'imprimeur, qui semble être un joyeux luron à la grosse bedaine. Il appelle Johannes, qui arrive, embarrassé, les doigts et les mains tachés d'encre.

– Je veux acheter la romance dont tu me parlais dernièrement, dis-je. La romance que tu as imprimée.

– Acheter ?! s'étonne Juan de Castillo. En Espagne, une jolie femme ne doit rien acheter à un homme. Elle reçoit tout ce qu'elle demande.

Je suis Johannes jusqu'à son atelier. Les porteurs m'attendent dehors, dans le patio. Nous pouvons parler librement. Johannes me montre le livre en question.

– Prends-le, dit-il. Mes doigts sont trop tachés d'encre.

– Ils parlent d'un petit-fils qui serait un général brillant, dis-je.

– C'est Alexandre Farnèse, réagit Johannes. Le petit fils de Charles Quint. Il commande les Espagnols aux Pays-Bas.

– Il dispose de dix mille hommes avec lesquels il doit prendre Anvers.

– Rien de neuf, réagit-il. Il est évident qu'Anvers est la clé de la reconquête des Pays-Bas.

Rien de neuf ! Il m'énerve.

– L'homme qui va assassiner Guillaume d'Orange est un Français du nom de Balthasar Gérard.

La bouche de Johannes s'ouvre de stupéfaction.

– Ça, ça te convient ?

Toujours bouche bée, il hoche la tête.

– Si j'étais toi, j'enverrais tout de suite une petite lettre à Simon Hendrickszoon, dis-je. Et merci pour le livre.

31

AU THÉÂTRE

Un peu plus tard dans le mois, il est prévu que j'accompagne doña Urraca au théâtre. Zabaleta doit défaire l'ourlet de mes jupes pour les rallonger : j'ai grandi. Amparo me pomponne, en prévision de cet après-midi en ville. Elle étale la moitié d'une boîte de couleurs sur mon visage, mes oreilles et mon cou.

Tôt dans la matinée, les gens se rassemblent déjà au théâtre pour bavarder en petits groupes. À partir de midi, c'est la cohue dans la ruelle où se trouve le plus beau théâtre de Séville, El Corral de Doña Elisa. Nous rencontrons Fina et Valeria, les deux amies de ma mère.

– Tu as bonne mine, Urraca, dit Fina en souriant. On voit que tu es heureuse d'être avec ta fille.

– Quel âge as-tu, maintenant, Ynès ? demande Valeria.

– Environ seize ans.

– Tu deviens une belle jeune femme !

À l'entrée de la petite rue, des crieurs clament à qui veut l'entendre que *La Perle de Séville* est à l'affiche et que c'est une pièce sensationnelle.

– La pièce, crie l'un, parle de naufrages, de poursuites, de monstres, de géants, de fausses filles et de princes travestis, de grandes batailles et d'amour-passion, de feu d'artifices et de canons ! Et tout cela, en un seul après-midi ! Nos meilleurs acteurs sont au sommet de leur art, notamment l'adorable Isabel de Covadonga, qui montre sa jarretière, et l'irrésistible Anselmo de Mediodía, que vous verrez flotter dans les airs ! Cette pièce est la meilleure jamais écrite, plus passionnante et plus véritablement véridique que les aventures de Cortès au Mexique !

Le crieur recommence ensuite son baratin depuis le début, au grand plaisir des badauds.

Le crieur d'un autre théâtre, El Corral de Doña Elvira, qui se trouve à quelques rues de là, vient faire l'article pour inciter la foule à aller écouter *Un Roi sans Royaume*, une pièce qui elle aussi regorge de naufrages, d'évasions et de jarretières, sans oublier des chevaux et un perroquet qui parle, et un finale avec un feu d'artifices spectaculaire. C'est bien sûr le meilleur spectacle, le plus passionnant, le plus authentiquement véridique lui aussi.

Les gens se pressent des coudes, s'interpellent, s'injurient. Doña Urraca plaque ses deux mains sur mes oreilles.

– Cet espagnol-là, tu ne dois pas le connaître, dit-elle.

– Ils se lancent des mots qui ne sortiraient même pas de la bouche du plus crapuleux des peaussiers, m'explique Fina.

L'entrée du théâtre grouille de vendeurs, d'artisans, de pages, d'étudiants, de curés, d'écrivains publics, de soldats, de serviteurs, d'écuyers… Des mendiants nous demandent l'aumône. Comme en Flandre, la moitié d'entre eux sont de faux aveugles, de faux bancroches ou des gens qui demandent qu'on leur prête un peu d'argent parce qu'ils ont oublié leur bourse chez eux. Nous payons un *cuarto* à la première porte pour notre billet d'entrée, trois *cuartos* à la deuxième pour les bonnes œuvres et encore vingt *maravedís* un peu plus loin pour obtenir une bonne place.

Le théâtre est en plein air. Au parterre, les gens doivent lever la tête pour voir la scène. Les loges, destinées aux riches, se trouvent à gauche et à droite. Je suis contente de ne pas me trouver en bas. Les hommes et les femmes y sont séparés, comme à l'église. Le côté des femmes est un vrai enchevêtrement de jupes, d'éventails et de manteaux. On y crie, on s'y tire, on s'y pousse. Deux femmes se tapent dessus à coups d'éventails. De l'autre côté du parterre, il y a les hommes, pour la plupart de jeunes galants aux boutons de cuivre bien astiqués et aux grandes moustaches dégoulinantes de pommade. Quelques *alguaciles* vont et viennent dans le couloir du milieu et exhortent au calme ceux qui se disputent.

– Il y a toujours des escrocs qui essaient de rentrer sans payer en se faisant passer pour un noble et en lui prenant la place assise qui lui est réservée, m'explique Fina. On tire l'épée ou le poignard pour un oui ou pour un non.

Je lève la tête vers les loges qui se trouvent au premier étage à gauche et à droite du parterre. Les plus chères se trouvent juste au-dessus de la scène. Certaines sont fermées par des rideaux perses ou par des jalousies. On les baisse pour protéger les spectateurs du soleil ou des regards indiscrets. J'observe les silhouettes de ces personnages importants que je vois bouger derrière ces rideaux et je me demande qui ils peuvent être. Je suis impatiente de rejoindre notre loge, mais il y a tellement de monde que nous progressons très lentement sur l'escalier qui mène au premier étage. Autour de moi, je vois autant de marchands dans leurs vêtements bariolés que de curés en habit noir – d'après la rumeur, les jésuites les plus austères raffolent des pièces de théâtre sur l'amour courtois et l'honneur –, de fonctionnaires, d'artisans et de soldats. Il y a aussi des femmes, certaines couvertes d'une capuche, d'autres, cheveux au vent et col déboutonné. Je vois de fiers *hidalgos*, la main droite sur le pommeau de leur épée, et des coupeurs de bourses à l'affût, avec leur costume troué.

Enfin, nous arrivons au premier étage. On a déroulé un tapis rouge sur la passerelle de bois, mais il est déjà crasseux en raison de la boue qui colle aux chaussures. Amparo nous précède vers notre loge, mais nos cinq places sont déjà occupées par trois hommes et deux femmes.

– C'est notre loge, dit Amparo à un des messieurs moustachu qui porte une balafre près de l'œil.

– Fiche-nous la paix, sale négresse ! répond l'homme. Ce sont nos places.

– N'insultez pas ma duègne, intervient doña Urraca. Ceci est la loge du duc d'Almendraje et je vous prie de libérer immédiatement ces places, vous et votre compagnie.

– C'est ma loge, Madame. Je l'ai payée avec ma solde, nous aboie-t-il à la figure. J'ai versé mon sang pour l'Espagne, Madame ! J'ai tué de mes propres mains des pirates maures et des hérétiques hollandais. Je resterai assis là, aussi vrai que je m'appelle don Batista.

Les deux amis de don Batista ne nous jugent même pas dignes d'un regard. Ils attendent, en savourant la scène. Une des dames de compagnie du nommé Batista nous toise d'un air hautain et nous chasse avec son éventail Fina arrache la chaise de sous les fesses de la bonne femme, laquelle tombe en avant sur les genoux de son compagnon. Furieux, don Batista se lève pendant que ses deux amis aident la malheureuse à se relever. Il répète qu'il est de la noblesse et que nous occupons sa loge. Il nous ordonne de partir : si nous n'obtempérons pas, nous aurons affaire au fidèle compagnon qui pend à sa ceinture, fabriqué dans le meilleur acier de Tolède !

– Je crois que vous vous méprenez, señor Batista, dit une voix derrière nous. Cette loge appartient bel et bien au duc d'Almendraje, mon oncle.

Je me retourne. Splendide dans sa chemise blanche et ses hauts-de-chausses noirs, don Domingo avance. C'est le chevalier Tirant le Blanc en personne. Derrière lui, ses trois amis, tous la main sur le pommeau de leur épée.

– Je suis certain, don Batista, que vous n'avez pas payé ces places et que vous vous êtes battu contre de vieux taureaux et des filles de cul-terreux plutôt que contre des pirates maures et des hérétiques hollandais. Vous offensez les vétérans d'Espagne !

Don Batista pousse Fina de côté et dégaine son épée au même moment que don Domingo. Doña Urraca hurle. Les épées s'entrechoquent, mais il n'y a guère de place pour bouger. Doña Urraca tombe à la renverse et entraîne dans sa chute la compagne de don Batista. Ses deux amis essaient de tirer leur épée, mais don Leonciño se jette sur eux. Ils passent tous les trois à travers le rideau de la loge voisine, d'où montent immédiatement des cris et des insultes.

Batista et Domingo croisent le fer, à quelques centimètres l'un de l'autre. Chacun essaie de pousser l'autre en arrière, mais ils sont de force égale. Batista agrippe de sa main gauche son poignard, mais don Fortuño le remarque et pousse l'estoc de son épée sur la gorge de don Batista.

– Je serais vous, je laisserais ce poignard là où il est, don Batista, dit calmement don Fortuño. Mon ami a encore des examens à passer, et j'ai promis à sa mère qu'il obtiendrait son diplôme. De plus, vous aurez une meilleure vue sur la scène en bas.

Don Batista gémit, hoche la tête, recule d'un pas et rengaine son épée. Ses amis sont encore ensevelis sous l'énorme corps de Leonciño, le suppliant de leur laisser un peu d'air. Don Alonso aide Leonciño à se relever. Les amis de Batista se redressent tant bien que mal, inspirent l'air à grandes goulées et remettent de l'ordre dans leurs vêtements avec ostentation. Il leur faut sauver la face. Puis, ils suivent le vaincu dans l'escalier. Où donc est le pourfendeur de pirates maures et de hollandais hérétiques ?

– Nous avons été sauvés par don Domingo et ses trois mousquetaires ! s'exclame doña Urraca en souriant pendant que je l'aide à se relever.

Don Domingo et ses amis s'alignent, enlèvent leur chapeau d'un même mouvement et nous adressent la plus belle des révérences.

– Quelle joie de vous revoir, don Domingo ! dis-je.

– Et moi qui croyais que vous étiez en train d'étudier, lui reproche doña Urraca en riant.

– J'espère que vous nous tiendrez compagnie dans notre loge, demande Fina d'un air coquin.

Les quatre jeunes gens se sourient. Doña Urraca, Fina, Amparo, Valeria et moi, nous prenons place sur les chaises. Les quatre héros de l'après-midi se postent derrière nous. Je ne vois pas don Domingo, mais je sens sa présence dans mon dos. Je me rafraîchis avec mon éventail. Mon Dieu, l'après-midi devient de plus en plus excitant !

Dehors, les cloches de Séville sonnent deux heures. Dans le théâtre, quelqu'un tape trois coups sur les planches au moyen d'un bâton.

– Les comédiens frappent ces trois coups pour éloigner les mauvais esprits, me chuchote don Domingo dans l'oreille.

Je sens la chaleur de son haleine contre ma joue.

Les *alguaciles* crient d'une voix claire «*sombreros !*», le signal pour tout homme du public et des tribunes d'enlever son chapeau afin de ne pas masquer la vue aux personnes se trouvant derrière lui. Quand le premier acteur apparaît sur les planches, les applaudissements et les cris enthousiastes fusent de partout.

– Voilà Anselmo de Mediodía, murmure don Domingo, un comédien très populaire.

Une femme s'avance sur la scène. Les mousquetaires applaudissent.

– C'est Isabel de Covadonga, me sussure don Domingo. La plus belle femme de Séville. Enfin, presque.

Continue à me parler, don Domingo, continue à souffler cette haleine chaude contre mon oreille ! Brûlante d'ardeur, je prends mon éventail pour me rafraîchir un peu.

Je ne parviens pas à saisir tout ce que les comédiens disent. Ils parlent vite et en rimes. Quand doña Urraca me lit des pièces de théâtre, elle parle lentement, en articulant, pour que je comprenne. Le spectacle est malgré tout extraordinaire. J'ai l'impression que, là, dans cette cour intérieure, le temps s'est arrêté. Comme si la vraie vie avait lieu là, sur les tréteaux, et que notre vie à nous, la vie simple de tous les jours, n'était qu'un songe. Le monde entier, l'océan, une île lointaine sont convoqués sur les tréteaux, et j'y crois.

La pièce raconte l'histoire d'une jeune femme dont le père très sévère se vante continuellement de batailles auxquelles il n'a en réalité jamais participé. Elle tombe amoureuse d'un *hidalgo* qui vient jouer une sérénade à la guitare sous ses fenêtres. Cela excite la jeune femme. Elle danse, elle chante et elle montre ses jarretières. Elle va même à confesse chez un dominicain peu recommandable qui veut lui pincer les seins. Elle lui donne une bonne tape sur les mains et nous nous esclaffons, sauf don Alonso, qui trouve qu'au théâtre, on se moque un peu trop de l'Église. Les mousquetaires crient « *brava* ! ». Comme dans toutes les pièces, l'amour de la jeune femme et de son amant est contrecarré par le père. Ici, il ne veut rien savoir. Il menace de fracasser la guitare du jeune homme sur sa tête s'il revient jouer la sérénade à sa fille. Les mousquetaires applaudissent, pour la beauté des rimes.

Le premier acte est suivi d'un intermède. Don Domingo nous offre un verre d'eau fraîche au jus de fraise. Me forçant à ne pas le dévisager continuellement, je me tourne vers doña Urraca qui parle avec ses amies, vers Leonciño et don Alonso qui fument une petite pipe, et puis vers don Fortuño qui fait rire Amparo. Quand mes yeux reviennent à don Domingo, ils plongent dans les siens. Je détourne le regard. Mon cœur s'affole. Mon ventre s'enflamme. J'ai l'impression de me brûler et de me noyer en même temps.

Le deuxième acte commence sur un enlèvement. L'*hidalgo* ravit la jolie jeune femme et ils s'embarquent tous les deux vers le Nouveau Monde, à bord d'une caravelle qui s'appelle *La Gloire de l'Espagne*. Elle fait naufrage sur une île où les hommes ont deux têtes et raffolent de la chair des jeunes filles rôties. Mais l'*hidalgo* arrive à sauver sa bien-aimée des marmites et à couper les doubles-têtes de ces voyous. Ils s'enfuient de l'île sur un radeau. Et voilà qu'ils croisent le bateau d'un pirate anglais très efféminé dénommé *El Draque*, le dragon, qui frappe lâchement notre courageux *hidalgo* dans le dos en proférant ces paroles : « Tu es mort, l'Espingoin ! » Sur quoi Leonciño se lève et crie :

– Hé ! Va vendre du poisson, l'acteur !

L'Anglais dit vouloir faire des choses bien peu honorables avec la jeune fille, mais, à la dernière minute, elle est sauvée par son père qui transperce El Draque au fil de son épée et le jette aux cabillauds tout en le traitant, toujours en rimes, d'hérétique, de pirate et de sale porc anglais. Au tomber du rideau, le père et sa fille se tombent dans les bras. Elle finit par obtenir l'autorisation de se marier avec son courageux *hidalgo*, qui s'est en réalité très vite remis de ses blessures.

– Ah ! *Hija* ! gémit le père.

– Ah ! *Papá !* gémit la jeune fille.

Nous applaudissons à tout rompre. Tous les comédiens reviennent sur la scène pour saluer. On pousse des cris de joie. Quand l'acteur qui jouait El Draque avance, les mousquetaires se mettent à le siffler. On lui jette des trognons de pommes, mais l'homme ne réagit pas. On le traite de jésuite raté, de larve d'hérétique, mais il en a l'habitude. Ce n'est pas facile de jouer un Anglais sur les scènes de Séville. Ce rôle n'est pas sans risque, et il est probablement mieux payé que les autres. Tous les acteurs se mettent ensuite à chanter que l'Espagne règne sur les flots et que les nobles Espagnols propagent la bonne parole de par le monde, même aux sauvages à deux têtes.

– *Me encanta el teatro !* dis-je à don Domingo, j'aime tant le théâtre.

Nous rentrons, doña Urraca et moi, bras dessus, bras dessous.

– Je le trouve charmant, votre neveu, doña Urraca ! dis-je.

– Et lui te trouve tout aussi charmante, me répond-elle.

Mon corps flotte et scintille dans l'air. Comme sur le bateau, mais en plus agréable. Je regarde doña Urraca dans les yeux. Elle doit voir les étoiles dans les miens.

– C'est un bon étudiant, sourit-elle. Il cherche à impressionner le duc. Mais il n'a pas de maisons, ni de terres qui rapportent. Avec le diplôme qu'il obtiendra à Salamanque, il pourra sûrement travailler comme fonctionnaire à Séville, Madrid ou Cadix. Je suis sûre que mon mari lui assurera un bel emploi à la Maison des Océans.

Je hoche la tête en faisant un gros effort pour me contrôler, mais j'ai l'impression qu'en cette soirée obscure, je brille comme le soleil.

32

L'ARBRE DE MAI

Cela fait dix mois que je suis à Séville. En ce jour printanier, je me rends au carnaval avec Amparo. Tout débute, bien sûr, par une longue messe et beaucoup de prières, mais vient ensuite l'heure du cortège. Parés de leurs plus beaux costumes et portant d'énormes masques de papier qui leur enveloppent toute la tête, les comédiens paradent dans les rues en dansant.

Après le carnaval, place aux jeux. Je suis harnachée de mon panier baleiné et de mes trois jupes. Pour l'une ou l'autre raison, Amparo et moi, nous croisons de nouveau don Domingo et ses trois amis. C'est toujours don Fortuño qui fait le plus rire Amparo.

Après avoir traversé le pont flottant qui bouge légèrement sous le poids des promeneurs et des charrettes, nous arrivons au quartier de Triana.

– Jadis, me raconte don Domingo, il y avait ici des villas romaines. Ce quartier s'appelle ainsi à cause de l'empereur Trajan, mais il ne reste plus rien des villas.

C'est un quartier où les maisons sont basses et trapues.

– Voilà l'église qu'ils appellent la petite cathédrale ! continue Domingo.

Nous passons devant un large bâtiment à cinq entrées qui pue la charogne.

– On y fait du savon à partir de suif, c'est-à-dire

de graisse animale, explique-t-il. Le savon de Séville est le meilleur du monde !

Sur la place se dresse un arbre d'au moins cinq mètres de haut dont on a enlevé l'écorce et que l'on a poncé aux endroits où il portait jadis des branches. On l'a aussi enduit d'une bonne couche de suif. Une bourse est posée en son sommet. Les hommes qui souhaitent tenter leur chance doivent payer vingt *maravedís* au propriétaire de l'arbre pour essayer de l'escalader. Les uns après les autres, ils glissent et retombent par terre. Certains dérapent doucement en essayant vaille que vaille de freiner leur chute, quand d'autres dégringolent d'un coup comme un sac de viande, s'écrasent dans le sable et doivent être aidés pour se remettre debout. Une foule nombreuse s'attroupe, attirée par le spectacle. Domingo, Alonso et Leonciño rient à gorge déployée quand un homme mord la poussière avec une telle force que l'on entend craquer une côte. Je regarde autour de moi, et je repère don Fortuño et Amparo qui se parlent devant le marchand de vin. Il la fait boire dans sa timbale. L'arbre de mai ne les intéresse pas vraiment.

– À qui le tour ? Quel Espagnol courageux osera escalader l'arbre de mai ? Qui parviendra à mettre la main sur les dix bonnes pièces d'argent qui l'attendent là-haut ? crie à la ronde le propriétaire de l'arbre.

C'est un bon gros Espagnol avec un œil crevé. Son chapeau porte une broche qui représente un pénis sur pattes.

– Eh bien, don Domingo ? dis-je.

– Non, répond-il. Nous, les nobles, nous préférons la corrida.

– C'est ce jeu avec des taureaux ?

– Oui, nous devons guider notre cheval sur le

côté du taureau et piquer une courte lance dans ses flancs. La pointe est en acier, mais le manche en bois. Il faut essayer de rompre le manche. Celui qui arrive à piquer le plus de lances dans les flancs du taureau et à en briser le manche est le vainqueur. C'est un jeu pour les nobles. Celui-ci s'adresse à la populace.

– En Flandre, nous ne connaissons pas la corrida, dis-je.

– Évidemment, répond-il d'un air suffisant. La corrida est un jeu dangereux. Il faut être excellent cavalier.

– Par contre, nous avons des arbres de mai comme celui-ci, dis-je en souriant.

Le public pousse des cris de joie. Le dernier homme qui vient de tomber est emporté par deux de ses amis, qui lui font aussitôt boire le vin d'une outre pour l'aider à reprendre ses esprits. Il me semble que la plupart des hommes qui tentent leur chance ont trop bu pour mener à bien cette escalade de cinq bons mètres.

– Il n'y a donc personne pour oser grimper ? crie l'homme.

De son œil valide, il fait le tour de la foule.

– Ce ne sont pas des piécettes de cuivre, là-haut ! reprend-il. Ce sont de vraies pièces d'argent. Dix *reales* ! Personne d'assez courageux ?

J'ai l'impression de me retrouver en Flandre, à la foire. Ici aussi, il doit y avoir une diseuse de bonne aventure qui s'appelle Esméralda, un apothicaire qui se fait appeler Pedro El Negro et un coupeur de bourses baptisé Carlos qui pisse contre les façades des églises.

– N'y-a-t-il vraiment personne pour grimper à l'arbre de mai ?

– Moi !

Don Domingo, don Leonciño et don Alonso n'en croient pas leurs oreilles.

– Une femme ! crie l'homme avec sa broche en forme de pénis accrochée à son bonnet.

Le silence règne sur la foule stupéfaite.

– Si les hommes ne s'y risquent pas, il faut bien qu'une femme le fasse ! dis-je en m'avançant d'un pas.

J'enlève ma cape et je la tends à Domingo. Je m'approche de l'arbre. Mon panier me gênera, mais je pense pourtant réussir mon coup. Les femmes peinturlurées de couleurs vives poussent des cris de joie. Ce sont des filles d'auberge, des femmes qui ont non seulement un décolleté, mais aussi un gars à chaque orteil.

– Ynès ! Tu ne vas tout de même pas faire cela ! proteste Domingo.

– Si tu paies vingt *maravedís* à cet homme, je te donnerai la bourse d'argent et tu me devras un baiser.

Plusieurs filles d'auberge qui m'ont entendue sifflent et agitent leur éventail. Domingo rougit.

– Mais si tu grimpes à l'arbre… bégaie-t-il. On verra tes jupons et tes jarretières !

– Tu n'as qu'à veiller à ce que personne ne lorgne sous mes jupes, dis-je en riant.

Il ne sait comment réagir. Il jette un coup d'œil à Alonso, qui fait la tête de quelqu'un qui a mordu dans une pomme surette et à Leonciño, qui lui adresse une large grimace.

– Et alors, l'Espagnol ? Souviens-toi que je suis à moitié Flamande ! En Flandre, les femmes sont prêtes à faire ce que les hommes ne font pas. Et en plus, elles ont la langue bien pendue !

Les femmes de l'assistance n'arrêtent pas de crier en faisant des mouvements obscènes du bassin.

– Si ton père apprenait cela ? finit-il par demander.

– Tu veux un baiser ou pas ? dis-je hardiment.

Il soupire et tend vingt *maravedís* au forain. La foule applaudit et pousse des cris enthousiastes. Le nombre de spectateurs grossit. Fortuño et Amparo accourent.

– D'abord quelques préparations ! dis-je à l'homme pendant qu'il glisse les pièces de cuivre dans la bourse déjà bien remplie qui pend à sa ceinture.

Je détache le panier qui donne du volume à mes jupes. Cela ne va pas sans mal, et deux filles de joie viennent m'aider à le délacer en gloussant. Leur haleine sent la boisson. Leurs seins débordent généreusement de leur corsage. Le panier tombe d'un coup de mes jupes et roule dans le sable. Elles applaudissent et crient :

– *Olé* !

Je cours à la fontaine asperger mes habits d'eau. Ma poitrine est trempée, comme mes jupes. J'enlève mes chaussures et j'entre une partie des jambes dans l'eau. Don Leonciño sourit.

– Jolies jarretières ! dit-il.

Domingo fait non de la tête. Il n'est pas content. Je me rends compte que je me suis laissé entraîner par le désir de lui en imposer. Et si je me rendais ridicule ? Et si mon père l'apprenait ? Et si je mettais en péril ma mission et ma nouvelle vie ?

– Vous venez, noble dame ? se moque le forain. Ou vous avez seulement l'intention de vous laver ?

– Laissez-la un instant ! crient les filles de joie. Un peu de patience !

Je pousse un soupir. Je me suis mise dans un sale pétrin. Mais les dés sont jetés, comme disaient les Gaulois. Je plie les genoux et je me roule dans le sable.

– Ynès, mais que fais-tu ? balbutie Domingo.

Du sable collant à mes vêtements et à mes mains, je m'avance vers l'arbre écorcé. J'en fais le tour. Karel le Pisseur d'église disait toujours qu'il fallait bien étudier un mur avant de l'escalader. Je remarque quelques nœuds dans le bois, qui dépassent légèrement. Je pourrai y prendre appui. Mes habits me collent au corps. Je me frotte les mains une nouvelle fois avec du sable. Amparo et don Fortuño surgissent devant moi.

– Ynès, tu es devenue folle ? crie Amparo, consternée.

– Trop tard, don Domingo a déjà payé les vingt *maravedís*.

La foule applaudit. Il y a bien cinquante personnes réunies autour de l'arbre, maintenant. Domingo et ses mousquetaires se postent autour du tronc pour veiller à ce que personne ne s'approche de trop près et ne lorgne sous mes jupons. Je pense à tous les murs que j'ai escaladés durant les dix-huit mois où j'étais élève en filouterie.

– Oh, Karel, si tu me voyais !

Je glisse ma main le long de l'arbre. On l'a abondamment enduit de graisse, mais je sais comment m'y prendre. Enfermant le tronc dans le cercle de mes bras et dans celui de mes jambes, je commence mon ascension. Le sable sur mes vêtements, sur mes mains et mes jambes m'empêche de glisser. Mes jupes se font lourdes, mais je continue à progresser en prenant appui sur les quelques nœuds qu'il y a encore dans l'arbre. J'arrive assez vite à un mètre du sommet. J'ai le souffle saccadé. J'y suis presque ! Sans plus essayer de tenir la foule à distance, Domingo et ses trois amis observent ma silhouette. Je me demande s'ils ne profitent pas de l'occasion pour jeter un coup d'œil sous mes jupes. Je poursuis ma progression. Tout à coup, ma jambe droite perd son appui, et je commence à glisser. Je me cramponne de toutes mes forces avec mes manches mouillées et pleines de sable. Je continue à glisser, mais de plus en plus lentement. Je finis par m'arrêter, plus ou moins à la moitié de l'arbre. Je reprends ma respiration et je regarde en haut. J'espère qu'il y a encore assez de sable qui colle à mes vêtements et à mes mains pour pouvoir me hisser là-haut.

Pouce par pouce, je remonte. Les muscles de mes bras et de mes jambes me font horriblement mal. Lorsque je parviens à cinquante centimètres du sommet, la foule ne se contient plus. Personne n'est arrivé aussi haut.

– Vas-y ! Tu y es presque ! crie une des deux filles d'auberge.

L'homme à l'œil crevé est beaucoup moins enthousiaste. Il commence à se rendre compte qu'il pourrait bien perdre sa bourse et les dix *reales* qu'elle contient. Je remarque qu'une épaisse couche de graisse recouvre le sommet. Je ne trouve aucune prise. J'ai les bras trop courts. Pendant un instant, j'ai l'impression de glisser à nouveau, mais je colle ma joue contre l'arbre et je continue à l'étreindre.

– Tiens bon, Ynès ! crie Domingo.

Cela redouble mes forces. Je jette mon bras droit en l'air et j'arrive tout juste avec le bout des doigts au sommet de l'arbre. J'essaie de me hisser, par petits coups. Un de mes ongles se casse. Je sens une douleur lancinante dans mon doigt. Je pousse un cri pour me donner du courage. Oui, je tiens bon. Mes doigts s'accrochent. Voilà, je lance mon autre main sur le sommet. Puis, d'un coup de rein où je mobilise mes dernières forces, je me hisse en l'air. Je saisis la bourse entre mes dents, je passe mon coude par-dessus l'arbre, et je pousse mon corps en avant. Une seconde plus tard, je suis assise au sommet de l'arbre, la bourse et les *reales* dans la main.

La foule acclame, siffle, crie. Je suis à bout de souffle et je saigne, mais ça n'a aucune importance.

– Domingo, où es-tu ?

Il est là, mon héros de légende ! Je lui jette la bourse et il l'attrape avec un mouvement des plus gracieux. Ensuite, je me lance dans le vide, je plie les jambes à la perfection et je me reçois sur mes pieds. La foule en reste stupéfaite.

Je lance à la cantonade, dans le plus pur patois anversois :

– Un an et demi de stage auprès de mon maître ès filouterie, Karel le Pisseur d'église !

Je sais que personne ne me comprendra.

Amparo vient vers moi et m'enveloppe dans ma cape.

– Tu n'as pas honte, *Flamenca* ! dit-elle. Tu te couvres de ridicule Tu as vu de quoi tu as l'air ?

Mes habits sont souillés par l'eau, le suif et le sable. Nous rentrons précipitamment, mais je laisse Amparo me devancer. Domingo m'attire dans une ruelle. Cela sent le poisson pourri, mais je m'en fiche.

– Je suis stupéfié ! Ébahi ! Ébloui ! Par toi ! balbutie-t-il.

– Je l'ai bien mérité, mon baiser, non ?

Il me caresse la joue et m'embrasse sur les lèvres.

– Encore.

– Promets-moi de ne plus jamais recommencer ! chuchote-t-il.

– Promis.

Il m'embrasse. Encore. Encore.

Quand nous rentrons, Amparo est furibonde. Afin d'échapper aux regards du duc et de la duchesse, je me suis entièrement enveloppée dans ma cape pour traverser le patio. Quelques minutes plus tard, nous filons dans ma chambre. Je me dépêche de retirer mes jupes.

– Pourvu que doña Urraca n'apprenne rien de ce qui s'est passé ! dit Amparo. Elle me punirait, moi aussi.

– Toutes mes excuses, Amparo ! J'étais de si bonne humeur ! Tout cela me rappelait tellement la Flandre !

– Fais attention à don Domingo, *Flamenca*. Il a beau être un excellent étudiant, il n'en reste pas moins un *hidalgo*, un aventurier. Il a un tas de petites amies à Salamanque, toutes folles de sa jolie frimousse. On dit qu'il s'est déjà battu en duel plusieurs fois. Il est chatouilleux quand son honneur est en jeu.

– Comment sais-tu tout cela ?

– J'entends des choses, dit-elle mystérieusement. Ça ne me plaît pas trop, ces histoires.

– Ce ne sont que des ragots. Tu es jalouse !

– Ce ne sont pas des ragots, dit-elle. Il a un peu trop envie de succéder au duc en te faisant la cour. Si, avec la permission du duc, il se marie avec toi, il héritera de tout ce qu'il possède. C'est un chasseur de fortune !

– Pauvre idiote, qu'en sais-tu ? Et toi alors, toi aussi tu chasses la fortune ! Je sais bien que ce n'est jamais par hasard que nous rencontrons si souvent don Domingo et ses amis. Je te vois fricoter avec don Fortuño, tu sais ! Si tu penses que doña Urraca sera d'accord qu'un *hidalgo* t'achète... !

– Il m'aime, dit-elle.

– Je te crois. Et don Domingo m'aime aussi.

Elle me dévisage.

– Tu me crois ?

– Bien sûr ! Don Fortuño ne te quitte pas des yeux.

Pour la première fois, elle me sourit.

– Viens, je vais te laver.

– Non, je le ferai bien moi-même.

– Bégueule ! dit-elle en secouant la tête. Pourquoi personne ne peut-il donc jamais te voir nue ?

Je ne réponds pas. Je me déshabille peureusement derrière les lourds rideaux de mon lit. Elle quitte la pièce avec mes vêtements dégoûtants, pendant que j'enfile dans le noir une chemise fraîchement amidonnée.

33

FEU D'ARTIFICES SUR LE GUADALQUIVIR

Les quarante jours qui précèdent Pâques, nous faisons carême. Cela signifie que nous ne pouvons rien manger entre le lever et le coucher de soleil. Nous prenons le petit-déjeuner dans la pénombre : un bout de pain blanc – le pain des riches – avec un peu d'huile d'olive et d'ail, heureusement accompagné d'un bol de chocolat. Nous nous rendons ensuite à la chapelle de la maison où nous suivons l'office d'un Dominicain, pendant une bonne heure, et cela trois fois par jour. Qui saute une messe risque une amende du saint Office.

Le lendemain du mercredi des Cendres, je suis assise auprès de doña Urraca et de ses amies. Comme c'est carême, nous nous limitons à une petite cruche de chocolat et nous ne touchons pas au *bucaro*. J'apprends les derniers potins : les fiançailles, les naissances, les décès et les duels. Comme elles, j'ai un pince-nez pour être tout à fait à la mode.

– Vous avez entendu ce qui s'est passé au carnaval ? demande Fina d'un air mystérieux.

– À Triana ? demande Ana. Oui, j'ai entendu.

– Qu'est-il arrivé ? demande doña Urraca.

– Une jeune fille bien née a enlevé ses jupes de dessus et a grimpé le long d'un arbre enduit de graisse pour attraper une bourse, chuchote Fina comme si les murs avaient des oreilles.

Je sens la peau de mon visage me brûler. Je prends une gorgée de chocolat.

– Elle a enlevé ses jupes de dessus ?! demande Teresa, choquée.

– Tu sais qui c'est ? demande Valeria.

– Une jeune fille de bonne famille, ça, c'est sûr, explique Fina. Aux cheveux clairs. Accompagnée d'une duègne noire.

– De nos jours, tout le monde a une duègne noire, soupire doña Urraca. Cela ne veut plus rien dire.

– Du haut de l'arbre, elle a jeté la bourse à son admirateur, un *hidalgo*, poursuit Fina.

– Elle a poussé des cris dans une langue que personne n'a comprise, ajoute Ana. Elle vient sûrement du nord de la Galice.

– Ah, ces fichus Galiciens ! peste Teresa. Pires que les gitans !

– Ça ne peut pas être quelqu'un de notre rang, affirme Fina. C'est sûrement la fille d'un marchand qui a fait fortune aux Amériques. Une petite bourgeoise qui pense faire partie de la noblesse.

À ce moment, je remarque que doña Urraca me scrute. Elle doit bien voir que je suis rouge comme une tomate. Ses yeux me transpercent.

– Ynès, toi, tu ne ferais jamais ça ? demande-t-elle.

Je la regarde, en essayant de faire montre de toute la stupéfaction dont je suis capable. Les amies de doña Urraca me dévisagent à travers leur pince-nez.

– Moi ?! dis-je, aussi scandalisée que possible. Grimper sur un arbre ?! Je ne suis pas un singe !

Les dames s'esclaffent, sauf doña Urraca. Elle a un tout petit rire curieux.

Une heure plus tard, après le départ des dames en chaise à porteurs, doña Urraca me prend la main.

– Et alors, ma fille ?

– Je suis désolée, mère, dis-je sans oser la regarder dans les yeux. Je voulais impressionner Domingo. Je n'ai pas réfléchi. Je ne ferai plus jamais une chose aussi stupide. S'il vous plaît, ne dites rien au duc !

– Domingo ? demande-t-elle.

– Je suis désolée, dis-je.

– Sois prudente, mon enfant, chuchote-t-elle. Tu sais tout de même comment finit l'histoire de Tirant et Carmésine ? Elle reste seule avec ses larmes pour seules compagnes sur une île déserte. Dans les histoires de passion, les femmes se meurent toujours d'amour.

Les soirs de carême, nous mangeons du fromage, de la viande et un gâteau aux amandes, accompagnés d'un verre d'eau. Le duc ne rentre que très tard dans la soirée parce qu'il prépare l'arrivée de la Flotte d'Argent en provenance du Nouveau Monde. Il est toujours accompagné de Lope et de Fernando El Viejo, qui gardent leur poudre au sec et leurs armes prêtes à l'emploi.

À son arrivée à la porterie, des marchands, des banquiers ou des propriétaires de bateaux attendent mon père. Tous veulent savoir s'il a déjà des nouvelles de la Flotte, parce que celle-ci rentre toujours à cette époque de l'année, profitant des courants chauds et des bons vents de mars. Le duc leur dit qu'ils feraient mieux de passer à la Maisons des Océans, mais ils lui répondent que les gardes ne les laissent même pas entrer. Ils ont seulement l'autorisation de se rendre à la chapelle pour prier. Selon un marchand, la rumeur court que la Flotte d'Argent a été signalée non loin des Îles Canaries. Un banquier a entendu dire que le pirate anglais El Draque avait été remarqué au large de l'Afrique, d'où il lorgne sans aucun doute sur la Flotte, comme un dragon affamé à l'haleine de feu et de soufre.

Le duc leur répond que les seigneurs de Séville entendent et propagent bien plus de rumeurs que toutes les lavandières d'Espagne réunies. S'il devait prêter l'oreille à tous les racontars, il croirait que ce pirate anglais a des dents d'acier et des balles de plomb et que son bateau est capable de traverser les nuages. Or, El Draque est un marin comme les autres. Son nom est tout simplement Francis Drake et il n'a rien d'un dragon. Comme tout un chacun, il utilise son pot de chambre tous les jours. Le scorbut lui a fait perdre la moitié de ses dents, de sorte qu'il n'arrive même pas à parler normalement.

Après avoir bien fait rire les banquiers, les marchands et les propriétaires des bateaux de Séville, le duc leur dit qu'il est comme eux : il doit attendre l'arrivée de la première patache qui précède la Flotte d'Argent pour obtenir des informations plus précises.

Quelques jours plus tard, la patache arrive enfin. Beaucoup plus rapide que le reste du convoi, la petite caravelle remonte le Guadalquivir et jette l'ancre près de la large plage, sous les remparts de Séville. Une foule immense l'attend et bombarde son équipage de questions, mais le capitaine doit faire son rapport à mon père, à la Maison des Océans. On dirait que la ville de Séville tout entière s'est attroupée dans les jardins de l'Alcázar. Mon père explique aux Sévillans que la Flotte d'Argent est bel et bien partie à la date prévue. La patache a quitté le convoi au large des Açores. Si Dieu le veut, la Flotte d'Argent devrait accoster dans une semaine.

Les commerçants, les banquiers, les propriétaires de bateaux, les femmes de capitaines, les mères des marins, les filles de joie, les débardeurs, les moines et les escrocs, tous sont soulagés. Mais très vite l'inquiétude les reprend. Et s'il y avait une tempête ? Et si les pirates anglais tendaient une embuscade à la Flotte d'Argent ? Et si la tempête se levait au moment de l'accostage ? Et si les bateaux allaient s'écraser sur les récifs dans l'embouchure du Guadalquivir ?

Les jours qui suivent, la tension est à la limite du supportable. Les églises ne désemplissent pas. Des centaines de cierges brûlent devant le retable doré de la cathédrale. Le 19 mars, enfin, on signale les premières voiles de la Flotte d'Argent.

L'archevêque de Séville bénit les bateaux qui accostent. C'est une année faste, aucun navire ne s'est perdu. Les caravelles les plus petites de la Flotte d'Argent sont halées jusqu'à Séville le long du Guadalquivir ; la cargaison des plus grands vaisseaux est chargée sur des embarcations moins larges. L'arrivée de la Flotte donne lieu à de grandes explosions de joie. Une armée de débardeurs et de bons à rien se présente pour décharger les bateaux, voire, si l'occasion s'en présente, pour subtiliser une chose ou l'autre. Pour le duc, les officiers et les comptables de la Maison des Océans, la journée n'est pas de tout repos. Il doivent inspecter les marchandises, veiller à ce qu'on en vole le moins possible et qu'un cinquième de l'or et de l'argent soit empilé à la Maison des Océans, à l'intention du roi. Cette année, il n'y a pas moins de deux cents charretées d'or et d'argent.

La ville est en liesse. On a tendu un câble depuis le sommet de la cathédrale jusqu'à la rive du Guadalquivir et on y a pendu un oiseau géant sur lequel on a installé un dispositif de feu d'artifices. En début de soirée, on allume les mèches de l'oiseau de feu et on le fait glisser depuis la cathédrale. Des flèches de feu fusent en gerbes de son bec et de sa queue. Quand il atteint la plage, ses ailes s'embrasent, et l'oiseau incandescent éclate en flammes rouges, blanches et orange avant de disparaître en gros bouillons dans les eaux noires du Guadalquivir tandis que de grands bouquets de flammes illuminent le ciel en mourant au-dessus du fleuve.

– Splendide, n'est-ce pas, petite Espagnole ! dit une voix derrière moi.

Je me retourne pour me retrouver nez à nez avec l'horrible Simon Hendrickszoon. Il porte le chapeau et l'habit espagnols, avec une longue cape. Une barbe cache les terribles balafres qui zèbrent ses joues et sa gorge. Il me fait un salut maladroit de son unique bras. Je regarde autour de moi, inquiète. Mais Amparo et doña Urraca se trouvent au bord du Guadalquivir, elles ne peuvent pas me voir. Quant à don Domingo, il accompagne mon père vers la tente des marchands de vin.

Juste derrière Simon Hendrickszoon, j'aperçois Johannes, qui essaie de se donner l'air viril.

– Vous êtes à Séville ?

Question idiote !

– Ne te fais pas de soucis, ils sont tous en train de regarder le feu d'artifices, dit Simon Hendrickszoon. C'est le moment où personne ne fait attention, le moment où les coupeurs de bourses font leur coup. Tu dois connaître ça, non ?

Je hoche la tête en continuant à regarder autour de moi.

– Je suis installé à l'ermitage *La Cruche et le Téton*, de l'autre côté du fleuve, près de la petite cathédrale, me murmure-t-il.

– Un ermitage ?

– Ici, c'est comme ça que la populace appelle les auberges, explique Simon Hendrickszoon.

– Je n'appartiens plus à ce monde-là, comme vous pouvez le remarquer.

– J'y suis connu sous le surnom d'*El Apesgado,* l'Ivrogne, poursuit Hendrickszoon en ignorant ma réponse. Mais officiellement je suis en Espagne comme négociant de vins et mes papiers sont au nom de Simon Simplus. Je ne sors qu'à la nuit tombée. Sinon, je me fais trop remarquer. Je compte bien sur une visite de ta part.

J'acquiesce. Avec son unique bras et toutes ses cicatrices, il attire plus l'attention que le rhinocéros du zoo de Philippe II.

– Enchantée, Señor Simplus. Avez-vous reçu mon message concernant ce Français catholique qui veut raccourcir votre prince d'une tête ?

– Le prince est puissamment gardé, ne te fais pas de souci pour lui. Selon mes sources, ce Français est un amateur qui raconte ses projets d'assassinat à chaque jésuite qu'il rencontre. C'est le genre d'idiot qui regarde dans le canon de son fusil quand la balle ne part pas assez vite.

Johannes vient se planter à ma droite.

– J'ai également rapporté à Johannes que plusieurs galions équipés de quatre-vingt canons allaient partir pour refouler les *mequetrefes*. Mais dans une lettre du duc au roi, j'ai lu que ces galions n'avaient en réalité pas plus de quarante canons. Et comme les conseillers du roi rient quand ils parlent des *mequetrefes*, je m'interroge sur leur existence. Pourtant j'ai vu un de leurs crânes de mes propres yeux !

– Il ne faut pas croire ces bobards, réagit Simon Hendrickszoon. C'était probablement le crâne d'un singe. Le roi Philippe a un zoo d'animaux d'Afrique, ne l'oublie pas !

– Cette lettre faisait mention d'une « armada », dis-je. Et j'ai entendu les conseillers du roi parler d'Anvers et de l'Angleterre.

Simon Hendrickszoon a besoin d'un moment pour comprendre les implications de ce que je lui rapporte. Il semble inquiet.

– Cela voudrait dire que le roi Philippe prépare une flotte de guerre, dit-il enfin. Mais une flotte qu'il n'utiliserait pas contre les Indiens des Amériques ou les Turcs de la Méditerranée, mais pour faire la guerre dans le Nord.

Le feu d'artifices se poursuit au-dessus de nos têtes. Les gens crient de joie.

– Messire Simplus et Messire Johannes, puis-je vous demander de vous éloigner quelque peu ? dis-je froidement. Ma duègne va revenir d'un instant à l'autre. Mes parents et mon fiancé sont également dans les parages. Un peu de distance, *un poco de distancia, por favor.*

Simon Hendrickszoon referme sa cape et recule d'un pas, mais Johannes me fixe, bouche bée, comme s'il attendait que les hirondelles viennent y faire leur nid.

– Ton fiancé ? balbutie-t-il.

– Johannes, on y va, s'impatiente Simon Hendrickszoon.

– Ne me regarde pas avec cet air de merlan frit ! Tu es marié, pense à Cornelia !

Johannes se poste devant moi et retire le voile

qui dissimule la moitié de mon visage.

– Pourquoi te caches-tu devant moi ? demande-t-il. Je t'ai toujours aidée. Je t'ai sauvé la vie.

– Rends-moi mon voile, Johannes. Les gens me connaissent, ici.

– Viens, Johannes. Ce n'est pas une bonne idée.

– Ils te connaissent sous le nom d'Ynès d'Almendraje, dit Johannes. Mais moi je sais que tu es toujours Margot fille de Personne !

Tout à coup, quelqu'un tire Johannes en arrière. C'est Domingo, accompagné de ses trois amis. Toujours là quand il faut et où il faut, ce cher *hidalgo* !

– Cet homme t'importune ? demande Domingo, qui se met à côté de moi en toisant Johannes avec mépris.

– Un compatriote. Puis-je te présenter à un Flamand dont j'ai fait la connaissance sur le bateau ? Señor Vuylsteke, marchand de gaufres.

– Voulez-vous rendre son *tapado* à ma cousine, señor gaufrier ?

– Je suis typographe, corrige Johannes en me rendant mon voile.

– Marchand de gaufres ou typographe, peu importe, dit Domingo froidement. Si je puis me permettre, pourquoi aviez-vous le voile de ma cousine dans les mains ?

– Il s'est mis dans la tête de tomber amoureux de moi, dis-je. Il a trop bu. *Descuida,* Domingo, laisse tomber.

– Mes excuses, doña Ynès, balbutie Johannes. Je me suis laissé emporter. Cela n'arrivera plus.

Johannes veut se retourner pour s'en aller, mais don Leonciño et don Fortuño lui barrent la route. Je vois Simon Hendrickszoon observer la scène de loin, la main sur le pommeau de son épée. Je sais qu'il s'interdit d'intervenir. Cela mettrait en danger toute sa mission.

– Voulez-vous que je lui donne une petite leçon, chère cousine ? demande don Domingo. Si ce marchand de gaufres ne fait pas attention, il finira avec deux pouces d'acier dans le gaufrier et il poussera son dernier souffle avant de pouvoir confesser ses péchés.

Je ne peux pas distinguer la couleur du visage de Johannes, dans cette nuit éclairée par la pleine lune, mais je peux facilement m'imaginer qu'il a la blancheur du lait d'amandes.

– C'est… c'est… un malentendu, noble seigneur, bégaie-t-il. J'ai fait la connaissance de votre cousine sur le bateau qui allait de Flandre à Séville et…

– Marchand de gaufres flamand ! réagit furieusement don Domingo. Vous n'avez pas à importuner ma cousine, dans l'état d'ébriété où vous vous trouvez ! J'ai entendu dire qu'aux Pays-Bas, les hommes boivent tellement qu'ils ne tiennent déjà plus sur leurs jambes quand sonnent les vêpres.

– Non, cela est inexact, proteste fièrement Johannes. Nous ne sommes pas un peuple d'ivrognes.

– Des ivrognes, des hérétiques et des tueurs de curés, voilà ce que j'ai entendu dire, vitupère don Domingo. Votre peuple n'a pas d'honneur.

– Señor, vous m'offensez, répond Johannes, tremblant de colère.

– Voilà des paroles qui me vont droit au cœur, répond don Domingo. Et que pensez-vous faire, étant offensé ?

– Il est ivre, Domingo, s'il te plaît, dis-je. Il n'a pas de mauvaises intentions. Il est juste un peu simplet.

– Je ne suis pas plus simplet que lui, doña Ynès ! rugit Johannes.

Je le fusille du regard.

– Vous connaissez la pratique du cercle, Monsieur ? demande Domingo.

– Je connais cette pratique, Monsieur, répond Johannes aussi calmement que possible. Mais je refuse de tirer l'épée. Je ne sais pas si vous avez déjà entendu parler de la maîtrise de soi. À en juger par les crimes de guerre perpétrés par votre peuple en Flandre, un Espagnol ignore complètement cette notion.

– Et qui n'arrivait pas, tout à l'heure, à se maîtriser en présence d'une dame ? s'écrie don Domingo.

Il court autour de Johannes en traçant un cercle dans le sable, puis heurte les mollets de Johannes d'un coup d'épée, pour le provoquer, mais celui-ci ne dégaine pas la sienne.

– J'ai présenté mes excuses à cette dame, réplique-t-il.

Don Domingo donne un petit coup d'estoc sur les fesses de Johannes.

– Mais arrêtez, je vous avertis !

– Oh, oh ! On se fâche ! réagit don Domingo. Oh, j'ai les genoux qui flageolent de peur !

C'en est trop pour Johannes : il tire enfin son épée. Malheureusement, elle est un peu plus courte que celle de don Domingo.

– Oh ! dit don Domingo. Cette épée, grandira-t-elle encore ou restera-t-elle toujours aussi courte ?

Johannes se fâche et brandit son arme. Don Domingo pare le coup, se jette en avant et serre le bras qui tient l'épée de Johannes sous son aisselle. Johannes est bloqué contre le corps de don Domingo.

– Lâche ! souffle Domingo à l'oreille de Johannes. Lâche !

Domingo est sur le point de briser le bras de Johannes. Celui-ci laisse tomber son épée.

Domingo fait cinq pas en avant jusqu'au bord de la plage. Il tient toujours le bras de son adversaire coincé sous son aisselle. Il lâche Johannes à l'endroit précis où le fleuve se jette dans la mer. Il ne doit même pas lui donner une pichenette pour le faire tomber dans le Guadalquivir. Au-dessus de lui, les deux dernières flèches du feu d'artifices montent dans le ciel et éclatent en fleurs pourpres et jaunes, comme pour couronner la fête de la Flotte d'Argent.

Domingo saisit l'épée de Johannes et me la tend.

– Madame*, por favor !* dit-il en m'adressant un sourire magnifique.

Je prends l'épée par son pommeau ouvragé. Je fais trois pas vers Domingo et je lui donne un baiser sur la joue. D'abord étonné par cette attention, il se met à rire. Je vois Johannes nager en direction de la rive.

– Il ne s'est tout de même pas noyé ? demande Domingo, d'un ton détaché.

– Mais non, dis-je. La pourriture flamande remonte toujours à la surface.

Je regarde derrière moi vers Simon Hendrickszoon, mais il a disparu. Le feu d'artifices est fini. Des nuages de poudre et de soufre flottent encore dans l'air.

34

LA CRUCHE ET LE TÉTON

Quelques nuits plus tard, je marche sur le toit munie d'une corde dans laquelle j'ai fait des nœuds. Je vois le vieux Fernando dans la porterie qui joue aux dés avec Lope. Le chien me suit des yeux, mais ne bronche pas. Je noue l'extrémité de la corde à une gargouille qui donne sur l'extérieur du mur d'enceinte. La gargouille a la forme d'une tête de lion ; je cale la corde entre ses dents et la laisse tomber le long du lierre qui envahit le mur. Dans l'obscurité, le passant occasionnel ne la remarquera pas entre les feuilles. Après m'être laissé glisser le long de la corde, je déambule telle une ombre par les ruelles de la ville. Je n'ai pas mis ma jupe à panier. Mon chapeau d'homme me cache les cheveux. Je porte des braies qui me tombent sur les genoux, à la façon des âniers, et un pourpoint aux boutons de cuivre. Personne ne peut se rendre compte que je suis une femme. J'ai une épée sous ma cape. Je la fais cliqueter contre le fer de ma ceinture pour effrayer les bandits ou les mauvais drôles tapis dans les embrasures sombres des portes. À mes oreilles résonnent les paroles que Karel le Pisseur d'église me serinait quand il s'agissait de se battre à l'épée. « Imagine que tu doives fracasser une vitre. Un coup vers la gauche. Un coup vers la droite. Et puis un coup droit devant toi. Avec cette recette, tu envoies deux pouces d'acier entre les côtes de ton adversaire. Le sang va tellement gicler qu'il va te supplier aussitôt de voir un prêtre pour sa dernière confession. »

Je passe sous la porte de l'Arenal et montre aux gardes ma médaille à l'effigie du roi. Ils me demandent où je vais et je leur donne à chacun une pièce d'argent pour qu'ils ne posent plus de questions. Je passe rapidement par l'Arenal, où cinq bateaux ont été tirés sur la plage. Çà et là, des débardeurs montent la garde à côté d'un tas de caisses et de tonneaux. Je traverse en courant les pontons déserts du pont flottant et j'arrive dans le quartier de Triana. Je passe sur la place où j'ai gagné cette bourse pour Domingo en montant à l'arbre de mai. J'arrive ensuite à la petite cathédrale, *la catedral chica*. C'est une bâtisse assez sobre en briques derrière laquelle commence un enchevêtrement de ruelles sombres qui me font penser aux bas-fonds d'Anvers. Serré entre les petites maisons, je trouve le fameux ermitage de Simon Hendrickszoon, *La Cruche et le Téton*, avec son balcon au premier étage décoré de fleurs. Je pousse la porte. Des effluves de fumée de tabac m'agressent les narines. Sur la table, un poêlon plein de cendres contre lequel hommes et femmes heurtent leur pipe. La salle sent le vin, le cuir et la pisse. Je me dirige vers l'aubergiste et je lui glisse dix *maravedís* dans la main.

– *El Apesgado* ?

Il me montre trois doigts pour indiquer le troisième étage. Je hoche la tête, j'enjambe un Espagnol qui roupille en ronflant sur le sol et je prends l'escalier. Une affreuse odeur de renfermé empuantit le premier étage. Le sol craque et les portes sont sorties de leurs gonds. Il leur manque des bouts de bois aux coins et aux côtés. On les a peut-être un peu trop souvent enfoncées ou forcées chez ce genre d'ermites. Contre toute attente, il y a une chambre dont la porte déglinguée est marquée par le chiffre 3 à la craie. Alors que je m'apprête à frapper, elle s'ouvre d'un coup et je me retrouve nez à nez avec le canon d'un fusil.

– Qui êtes-vous, *cavallero* ? souffle Simon Hendrickszoon.

Avec mes vêtements de garçon et mon large chapeau, il ne me reconnaît pas.

– Ne soyez pas aussi nerveux, señor Simplissimus, dis-je.

– Simplissimus, corrige-t-il en me laissant entrer.

Il n'y a pas de tabourets ni de coussins dans la chambre. Le lit est recouvert d'un ramassis de draps moisis et tachés qui, dans une autre vie, ont dû servir de nappes sur lesquelles on aurait renversé trop de vin et d'huile. Je suis aussitôt attaquée par les puces qui me dévorent les jambes.

– Elles ne vous incommodent pas, ces puces ?

– Non, j'ai le cuir trop épais. Elles me laissent tranquille.

J'en écrabouille une entre mes ongles. Comme avant, dans les auberges, quand j'étais en vadrouille avec Pict le Noir et sa bande.

– Où est Johannes ?

– Je n'ai plus besoin de lui, répond Hendrickszoon. Surtout s'il se conduit comme le dernier des idiots, comme l'autre jour à l'Arenal. Je l'ai suspendu de sa mission. Il achève son boulot chez son imprimeur et il reprendra le premier bateau pour Anvers. Je n'aurais jamais cru que tu valais autant. Le mal qu'on s'est donné pour te sauver de la potence ! L'argent qu'on a déboursé pour te payer cinq mois d'étude dans ce couvent et ensuite ta traversée en bateau ! Pour être franc, j'ai cru que c'était peine perdue. J'avais mes doutes au début, mais ton information sur la flotte, sur les *mequetrefes* et sur cet énergumène catholique, ce Balthasar Gérard, tout cela nous a été fort utile. Margot fille de Personne, tu es une espionne exemplaire pour la Maison d'Orange !

– Vous l'avez déjà recherché, ce Gérard ?

– Non, mais on a noté son nom, à Delft, où le prince séjourne. Ce Français ne mettra pas un pied dans la ville, crois-moi.

– Que voulez-vous encore de moi, Messire Hendrickszoon ?

– Johannes me dit que tu t'es mise à aimer l'Espagne, comme tous les Flamands qui viennent ici, dit Hendrickszoon en riant. Je comprends. Je suis même prêt à oublier notre contrat, si tu fais une dernière chose pour moi.

Je suis toute ouïe, l'œil brillant.

– Tu es allée à la Maison des Océans, dit-il très bas, comme s'il avait peur que les puces aient des oreilles. As-tu vu la carte ?

Je hoche de la tête. Il me regarde, incrédule.

– La mappemonde espagnole ?

– Je l'ai vue, mais je ne pourrais pas la décrire. Elle était remplie de pointillés, de symboles et de chiffres auxquels je n'ai rien compris.

– Est-il vrai qu'elle se compose de sept parties ?

– Oui, et il y a aussi sept salles où l'on copie ces parties de la carte.

Il frappe trois fois du plat de la main sur la table, embrasse la petite croix qu'il porte autour du cou, déambule dans la chambre et se tourne enfin vers moi.

– Cette carte, je la veux !

– Eh bien… Il vous faudra toute une armée pour attaquer la Maison des Océans. Il faudra aussi louer quelques canons, parce qu'on ne peut pas passer les portes comme ça. Et munissez-vous aussi du feu grégeois, parce que…

– Je n'ai nullement besoin d'armée, puisque je t'ai, toi.

– Comment pensez-vous que je puisse y entrer ? En dansant ? Avec un masque de carnaval sur la tête ? Je fourrerais les cartes dans mon jupon à panier et je m'envolerais par la fenêtre sur mon balai ?

– Est-ce que le duc emporte parfois les cartes chez lui ?

– Jamais.

Hendrickszoon soupire et secoue la tête. Je me souviens tout à coup qu'il affirmait flairer le mensonge. C'était du bluff. Personne ne peut sentir quand quelqu'un ment ou pas. Et puis, il est parfaitement logique que le duc ne reprenne jamais les cartes chez lui et…

– Tu mens, petite Espagnole, dit-il d'une voix égale.

– Non, Messire Hendrickszoon. Je le jure.

– Tu sais bien que feue ma mère disait toujours que j'avais le flair d'un chien de berger, dit-il. Je sens à nouveau cette sueur de vieille femme.

– Vous ne comprenez pas ! Le duc ne peut absolument pas faire cela. Les cartes doivent rester à la Maison des Océans. Supposons qu'on lui vole les cartes chez lui ou en chemin, il perdrait tout. Son honneur, sa position auprès du roi, son pouvoir et sa richesse. Il ne prend jamais les cartes chez lui, vraiment jamais et…

Simon Hendrickszoon se lève d'un bond et me pince violemment le nez entre les deux doigts de sa main droite. Je sens les élancements d'une douleur si fulgurante que j'en ai les genoux qui tremblent. Les larmes jaillissent de mes yeux. Mes oreilles bourdonnent. L'homme me tire la tête en arrière, et je ne peux que plier les genoux. Je tombe par terre. La douleur est insupportable.

– Pour la dernière fois : est-ce que le duc prend parfois les cartes chez lui ?

– Non !

Il explose mon nez entre ses doigts.

Je hurle de douleur.

– Je ne le demanderai pas une troisième fois. Réponds !

La douleur est tellement forte que je n'arrive même pas à m'évanouir.

– Oui !

Hendrickszoon me lâche le nez et je m'écroule sur le sol. Mon nez brûle de douleur.

– Pourquoi les cartes ? dis-je en balbutiant, sans oser me toucher le nez.

– Parce que le prince Guillaume a besoin de l'aide de l'Angleterre, lâche Hendrickszoon. Et ce que la reine d'Angleterre veut par-dessus tout, ce sont les cartes marines espagnoles. Elles permettront aux pirates anglais de tendre une embuscade à la Flotte d'Argent l'année prochaine, histoire de s'emparer d'un bateau ou deux, et, si possible, de bouter le feu à quelques colonies espagnoles du Nouveau Monde. La perte d'un seul navire de la Flotte d'Argent serait déjà un coup dur pour l'Espagne. C'est simple : le Roi ne pourrait plus payer la solde de ses soldats en Flandre.

– La reine d'Angleterre n'a pas peur que l'Espagne lui déclare la guerre ?

– Bien sûr que si, répond Simon. Alors elle prétend aux ambassadeurs espagnols en poste à Londres qu'elle n'arrive plus à maîtriser ses pirates et qu'ils se sont mis à écumer les mers pour leur propre compte. En réalité, les pirates ne travaillent que pour elle. Si nous pouvons donner les cartes à la reine d'Angleterre, elle enverra plusieurs milliers de soldats aux Pays-Bas. Ces cartes, c'est pour nous la victoire assurée !

– Le duc les ramène chez lui, en été. Mais à ce moment il est accompagné d'au moins trois gardes du corps.

– Je les attendrai avec quelques amis et je veillerai à ce qu'ils me donnent les cartes.

– Ils seront tous les trois armés d'arquebuses, de pistolets et d'épées. Ils préféreront mourir plutôt que de donner les cartes ! Ce sont des Espagnols ! Et même si vous parvenez à les maîtriser tous les quatre et à vous emparer des cartes, le bruit fera, à coup sûr, venir les gardes de nuit.

Hendrickszoon lance un gros mot et mord le tuyau de sa pipe.

– Quand il ramènera les cartes chez lui, tu les voleras pour moi.

– Il les garde dans une armoire qui, chaque soir, est verrouillée. Il y a aussi deux gardes de nuit devant la porterie. Les hangars à amandes derrière le patio donnent sur le quartier des magasins d'argent et de soie. Les *alguaciles* y patrouillent à chaque heure de la nuit.

– Quoi d'autre ?

– Il y a un chien.

– C'est simple : tu commences par le chien. Tu lui jettes un sac sur la tête et tu l'étrangles. Tu fais ensuite descendre une corde par-dessus le mur. Dès que je serai dans la maison, nous éliminerons les gardes.

– Nous éliminerons les gardes ?

– Tu les attireras dehors. Ils te connaissent. Ils ne s'y attendront pas. Je les assommerai d'un coup.

– Vous mentez. Vous ne prendrez pas ce risque.

Hendrickszoon fait une grimace et tend le doigt vers moi. Il doit se dire que je suis maligne, très maligne.

– Bon, le premier, je lui mets ma main devant la bouche et je lui taille un second sourire, dans la gorge. Toi, de ton épée, tu abats le second garde.

– Quoi ?!

– Tu caches l'épée dans ton dos, explique-t-il. Tu cales la pointe dans ta ceinture et tu maintiens le pommeau entre tes omoplates. Ainsi tu pourras la tirer comme un éclair : une petite astuce de gueux. Les gardes n'auront pas le temps de dire ouf. Quand ils seront éliminés, tu forceras la serrure de l'armoire. Un jeu d'enfant, pour toi, non ? Je prends les cartes et je disparais. Tu me donnes quelques minutes et tu te mets à crier, parce que, dans ton sommeil, tu as entendu quelque chose et tu viens de découvrir les gardes morts. Personne ne te soupçonnera.

Je vois la scène devant moi : une nuit sans lune, la porterie, Fernando El Viejo et Lope, baignant dans leur propre sang.

– Je ne peux pas, dis-je dans un balbutiement à peine audible.

– Si tout va bien, j'aurai disparu avec les cartes avant même que l'on ne se rende compte de quoi que ce soit. Entre minuit et les cloches de deux heures.

– Je ne peux pas, dis-je une deuxième fois.

Hendrickszoon se redresse. Je recule d'un pas.

– Bien sûr que tu peux ! Si tu m'aides et si j'arrive à récupérer les cartes, je déchirerai notre contrat et tu seras libre. Tu seras à jamais la fille d'un duc espagnol et plus personne ne pourra le démentir. Tu pourras prendre ton fiancé dans tes bras. Tu vivras longtemps, tu seras heureuse et tu auras beaucoup d'enfants. Tu seras celle que tu veux être.

Je le regarde droit dans les yeux.

– Je le jure, petite Espagnole, sur ma Bible, sur Guillaume d'Orange, sur la tombe de mon père : les cartes, en échange de ta liberté.

Je le fixe longuement. Je serai quitte de ma mission, je deviendrai une dame d'Espagne. Je serai duchesse. Mais j'aurai du sang sur les mains. Le sang de Fernando El Viejo. Le sang de Lope ou d'Eduardo. Le sang de la *yaya* ou du duc, peut-être, s'ils arrivent, alarmés par le bruit. Du sang qu'aucun savon de Séville ne pourra jamais laver.

– Et ma marque au fer rouge ? La potence que je porte, dessinée sur l'épaule ?

– Personne ne va te demander d'enlever ta chemise quand tu veux faire l'amour avec ton Espagnol ? Considère-la comme un petit souvenir.

– Un souvenir ! dis-je comme dans un cauchemar.

Je reviens à moi en entendant le bruit d'une chaise que l'on casse et un rire gras dans la salle du bas.

– Eh bien, ta réponse, petite Espagnole ? dit Hendrickszoon en affûtant son poignard contre une pierre.

Pourquoi aiguises-tu ce poignard, Simon Simplus ? Parce que tu penses que je vais te dire non ? Parce que tu penses que je vais te dire que je ne veux plus jamais voir ton visage immonde ? Parce que tu penses que jamais je ne trahirai mon père ? Aiguises-tu ton poignard parce que tu sais que je vais refuser ? Me mettras-tu tout de suite une main devant la bouche et me tailleras-tu, sans confesse ni pardon, un second sourire dans la gorge, comme tu l'as dit si joliment ? Est-ce pour cela que tu aiguises ton poignard ?

Mais je ne veux pas mourir !

Je prends une profonde inspiration. Je n'avale que de l'air vicié par la pipe de mon interlocuteur.

– Ton père, le duc, quand il était chef de camp en Flandre… Sais-tu qu'il a fait pendre et enterrer vivants des *hérétiques* ? Il a également pris la décision d'organiser des attentats contre Élisabeth d'Angleterre et Guillaume d'Orange. Lui aussi, il mérite de mourir. Mais les cartes ont plus d'importance.

Je me tais. Je tremble sur mes jambes. Hendrickszoon arrête d'aiguiser son poignard.

– Ta réponse, fille d'Espagnol ?

– Chaque année, le duc fait un rapport au roi avant de partir pour sa résidence à Jerez de la Frontera, où il contrôle la cueillette des amandes, dis-je. Il a les cartes chez lui quand il rédige ce rapport.

– Quand part-il vers ses terres ?

– À la fin de l'été, dis-je d'une voix à peine audible. La cueillette des amandes a lieu en septembre.

Ma réponse semble l'étonner et il fait la grimace.

– Je reviendrai en été, vers la fête de l'Assomption, réfléchit-il tout haut.

Je hoche la tête.

– Le duc recevra un livre, un cadeau de l'imprimeur Juan de Castillo, continue-t-il. Ce sera pour toi le signal que je suis de retour en ville. Tu viendras aussitôt me voir. Nous préparerons ensemble le vol des cartes. Je sais que ce n'est pas facile, dit-il en glissant le long poignard dans son fourreau, mais nous sommes en guerre. L'Espagne met la Flandre à feu et à sang ! La possibilité qu'Anvers tombe est minime, mais tout de même. Nous avons besoin des Anglais. Nous pouvons faire la différence. Le rôle que tu joues est capital.

Je descends l'escalier. Mes jambes sont lourdes comme du plomb. La douleur sourd encore dans mon nez. Je suis perdue. Ma vie prendra fin cet été, aux alentours de l'Assomption.

35

PÂQUES À SÉVILLE, NOËL À ANVERS

Le dimanche des Rameaux marque le début des fêtes de la Semaine sainte qui précède Pâques. Des lamentations s'élèvent dans les rues. Des voix d'hommes chantent le calvaire du Christ sur sa croix, le Christ dont les souffrances sont aussi grandes que celles de l'Espagnol aujourd'hui. Des cris retentissent :

– Ay-ay-ay-ay !

Les hommes se lamentent sur leur mère qui a dû se sacrifier pour son mari et ses enfants.

– Ay-ay-ay-ay !

Ils se lamentent sur Marie, qui a connu la souffrance des sept douleurs. Sept douleurs qui, comme sept épées, lui ont transpercé le cœur.

– Ay-ay-ay-ay !

Ils se lamentent sur le climat espagnol, torride comme l'enfer pendant six mois, et froid comme la nuit des temps pendant le reste de l'année.

Ils se lamentent sur les hérétiques du Nord, les Maures du Maroc, les Turcs d'Orient et la reine d'Angleterre, la grande prostituée de Babylone qui brûlera au purgatoire. Ils chantent notre Seigneur et sa résurrection du tombeau qui symbolise la renaissance de l'empire espagnol.

– Ay-ay-ay-ay !

Ils entonnent *El Canto del Loco,* la Complainte du Fou.

Portant des crucifix et des palmes (les rameaux), les prêtres ouvrent la procession, suivis d'enfants en robe de bure blanche. Chacun est assis sur un âne que tire son père. Viennent ensuite sept Indiens portant un masque et des boucles d'oreille en or massif, des perroquets bariolés aux poignets. Le vent souffle fort, comme si Dieu en personne voulait souligner le côté dramatique de la Passion du Christ.

Le Vendredi saint, jour où le Christ est mort sur la croix, on fait sortir des centaines de prisonniers du château de l'Inquisition et on les pousse dans les rues en une longue procession pour qu'ils fassent pénitence. Ils sont affublés de chaînes et d'effrayants capuchons blancs en pointe qui leur recouvrent le visage. Ils ressemblent à des fantômes. De temps en temps, les fouets claquent contre leur dos nu, pour rappeler que Jésus fut frappé dans les rues de Jérusalem sur le chemin du Golgotha. Viennent ensuite les flagellants, ces pénitents qui se flagellent le dos nu pour se faire pardonner leurs péchés. Ils font gicler le sang, surtout quand ils passent devant une dame, pour l'impressionner. Au passage du cortège, du sang pleut sur ma robe. Amparo me dit que je dois crier «*gracias*» parce que c'est un véritable honneur de recevoir le sang d'un pénitent. Je hoche la tête en reculant d'un pas.

C'est ensuite au tour d'une grande statue de la Vierge en argent massif portée sur un *paso*, ou autel portatif, par les fils des notables de la ville. Le duc mon père suit avec les autres Grands de Séville, juché sur Santiago, son plus beau cheval, un étalon blanc à la longue crinière. Je marche derrière lui, mais je me tiens à bonne distance de l'animal. On ne sait jamais. Mon père veut montrer sa fille au monde entier. La foule nous acclame. Je suis la fille d'une des familles les plus illustres d'Espagne. Je suis Ynès d'Almendraje !

Nous sommes le premier avril 1584, et, en ce dimanche de Pâques, nous fêtons la Résurrection. Mon père a invité les Grands de Séville, les hommes aux tuniques noires et aux boutons de cuivre, dans le patio de sa maison. Bien sûr, Domingo est là, resplendissant comme toujours, avec son magnifique sourire. Mon père m'invite à danser la chaconne. Je me suis déjà exercée avec doña Urraca.

– Celui qui ne se met pas à danser dès sa naissance n'est pas un vrai Espagnol, dit mon père, rayonnant.

La chaconne est une danse lente, assez statique, où il faut garder le dos et les épaules parfaitement droits. Les Espagnols la dansent comme ils font de l'escrime : sans fioritures, raides et distingués, mais brûlants d'un feu intérieur. Cela diffère fortement des danses paysannes sauvages qu'on danse en Flandre aux fêtes de la moisson au son des cornemuses et des luths et où les femmes dénudent leurs chevilles et leur cou.

Mon père me demande de chanter quelque chose en flamand. Les hommes et les femmes continuent leurs conversations. Mon père tape dans les mains pour attirer l'attention. Le brouhaha s'arrête. Le duc m'adresse un signe de la tête. Après avoir avancé d'un pas, je me concentre en pensant au temps que j'ai passé chez les nonnes. Nous réchauffions la chapelle glaciale en entonnant des hymnes à la gloire du Christ. Ma voix s'élève dans le salon du duc :

– Sois le bienvenu, Seigneur Jésus. Tu viens de si haut, Tu viens de si loin. Sois le bienvenu, des cieux d'en-haut ici-bas. Kyrie eleison[5].

Les paroles me reviennent en flamand, même si je ne les ai pas chantées depuis des mois. Je ferme les yeux malgré moi, et je revois le temps où je portais un surcot rouge, où l'hiver on nous emmitouflait dans des bonnets de cuir, de grosses moufles et des couvertures trouées en peau de chien. La neige tourbillonnait dans le ciel noir d'Anvers, les torches flambaient et les brasseurs distribuaient de la bière chaude. Je nous revois patiner sur la glace, les filles en surcots et bas rouges. Comme nous riions, comme nous criions sur l'Escaut gelé ! Je repense à Trees, envoyée dans la famille d'un diamantaire juif. À Marieke, qui a atterri dans les cuisines de la famille Van Ryhove. À la petite Jobbe, désormais chez un marchand de vin portugais. Et à Hendrickje qui m'avait fait jurer qu'elle n'allait pas mourir. Je suis prise d'une tristesse effroyable. Je veux m'arrêter après la première strophe, mais les paroles de la deuxième me viennent automatiquement à l'esprit et jaillissent de ma bouche malgré moi.

– Des bergers dans les prés entendirent un chant nouveau. Jésus était né, de cela ils ne savaient rien encore. Suivez l'étoile, et vous le verrez. C'est à Bethléem que tout est arrivé. Kyrie eleison.

Je revois Karel le Pisseur d'église qui m'a appris à escalader un mur en repérant toujours trois prises d'avance, à Piet le Noir, qui baratinait les badauds en clamant que sa pommade miraculeuse était le meilleur remède contre la gueule de bois, à Esméralda la Boiteuse, dans sa tente, qui s'exclamait que jamais elle n'avait contemplé une main où la bonne

5. Noël ancien en flamand du XVe siècle.

fortune était si clairement inscrite, à saint François, dont les chiens, par leurs aboiements, récitaient les saintes Écritures pendant qu'il imposait ses mains sur un complice pris du haut mal, à Ric la Science, qui racontait à qui voulait l'entendre que sa poule était morte et qu'il mettait de l'argent de côté pour s'en acheter une nouvelle. N'avait-on pas quelques sous à lui donner ?

– *Trois rois mages arrivaient d'une terre lointaine, les bras couverts de présents : de l'or, de la myrrhe et de l'encens ! Ils venaient rendre hommage à l'Enfant-Roi.*

Et là, subitement, je revois ma mère devant moi. Ses splendides boucles d'un brun roux qui lui tombaient sur les épaules. Son rire argentin qui résonnait dans l'auberge quand elle posait sur les tables les brocs écumeux de bière à la cannelle. Le blanc de ses yeux dans l'obscurité et sa voix qui me promettait que nous mangerions un bol de riz au lait, ensemble, jusqu'au dernier grain.

– *Kyrie eleison*, conclus-je.

L'assemblée applaudit en criant :

– Ay-ay-ay-ay !

– C'est un vrai chant flamand ? demande un des convives.

– Ma fille est à moitié *flamenca*, dit le duc, mais entièrement espagnole.

– C'est un peuple triste, trouve quelqu'un d'autre. Je ne comprends pas les paroles, mais cela me semble bien triste.

Doña Urraca me prend par les épaules et je regarde dans les yeux la femme qui m'a donné mon nouveau nom.

– La Flandre te manque beaucoup, ma fille ?

– Non, pas du tout, lui dis-je en souriant un peu bêtement.

Don Domingo me tend un bol de chocolat à la vanille en me couvant du regard. Nos doigts se touchent, et j'en ai la chair de poule. Il me sourit. Je me sens femme, dans toutes les fibres de mon corps.

36

LE HANGAR À AMANDES

Au début du mois de juin, don Domingo, qui a terminé ses études, s'installe chez nous et commence à travailler comme clerc à la Maison des Océans. Il fait les trajets avec le duc. Le matin, il s'occupe des chevaux blancs de mon père avec les palefreniers et les promène dans Séville et ses environs. Avec leur longue crinière blanche, leur petite tête et leur belle cambrure, les chevaux aiment parader. Don Domingo dit qu'ils sont aussi coquets qu'une jolie femme. Mon père est content que quelqu'un s'occupe aussi bien de ses chevaux.

Quand Domingo quitte la maison, je suis sombre, je m'ennuie et je me languis. Le soir, à son retour, nous prenons le repas tous ensemble. La *yaya* nous sert des olives, du fromage *manchego* avec du pain rassis, frotté à l'ail, qu'elle a grillé au-dessus du feu et où elle a étalé des morceaux de tomates hachées. Nous mangeons poliment, avec nos doigts, et le duc et son neveu par alliance sirotent leur unique verre de vin. Pendant le repas, j'essaie d'éviter le regard de Domingo, à un tel point que je me demande si doña Urraca et le duc ne le remarquent pas. Doña Urraca interroge Domingo sur sa journée de travail à la Maison des Océans. Rien qu'à entendre le son de sa voix, la vie jaillit en moi. Je suis comme un poisson échoué sur la grève qui entend la mer et espère y retourner.

Lorsque l'étouffoir en terre est mis sur le feu,

que les dernières bougies sont soufflées et que Fernando El Viejo, muni de son pistolet chargé, de sa longue pipe et de sa tabatière, a pris sa place à la porterie, je compte lentement jusqu'à mille et un en espagnol. J'écoute si la *yaya* ronfle déjà. Elle s'endort assez vite. Je sais qu'elle boit du vin en cachette quand elle prépare le repas et que cela la fait sombrer dans le sommeil.

Après avoir enfilé ma cape sur ma chemise de nuit, je traverse la cuisine sur la pointe des pieds. Je sais avec certitude où poser les pieds pour ne pas me cogner. J'ai très exactement treize pas et demi à faire. Je me faufile ensuite par la petite porte qui donne sur l'arrière du patio et je glisse parmi les ombres des écuries jusqu'à l'endroit où m'attend Domingo. L'un derrière l'autre, nous longeons les chevaux blancs et le chien qui nous lèche la main au lieu d'aboyer. Nous grimpons au grenier du hangar à amandes, où il fait noir comme dans un four.

L'amour aura toujours pour moi l'odeur des amandes douces. Les planches de la grange sont solidement fixées, mais elles sont recouvertes d'une couche de poussière et sentent la pisse de souris. Je m'en moque totalement.

J'embrasse la ravissante bouche de Domingo, je lui lèche les dents. Mes doigts rampent sous sa chemise comme un insecte. Je suis impatiente de sentir sa peau. Il me prend par le poignet et chuchote :

– Du calme ! Ils vont nous entendre ! Sois prudente !

Mais je n'arrive pas à être calme ni prudente. C'est comme si je n'avais plus que quelques semaines à vivre et que la peur de mourir me faisait bouillonner de passion. Il me caresse la joue, le cou. Sa main glisse le long de mon épaule, sur ma chemise de nuit. Je l'écarte rapidement pour entrelacer nos doigts. J'enfonce mes ongles dans le dos de sa main et je m'agrippe à lui comme s'il me tenait au-dessus d'un ravin si profond qu'on n'en voit pas le fond. Jamais je ne le lâcherai. Sa main remonte le long de ma cuisse et j'explose presque. C'est ça l'amour : ça vous ronge de l'intérieur, ça vous coupe le souffle. Nous faisons l'amour. Je me jette sur Domingo comme une bête affamée qui sort du désert. Je lui fais l'amour jusqu'à ce qu'il demande grâce en soupirant. Mais je ne m'arrête pas, je continue. Quand il me demande de nouveau grâce, je ne m'arrête toujours pas. Je le serre de mes quatre bras, de mes quatre jambes, je l'embrasse de mes trente-cinq bouches, je le caresse de mes mille doigts. Je m'agrippe à lui comme s'il était la vie même.

Après l'amour, nous restons allongés dans la poussière, épuisés. Mais je ne m'endors pas. La vigilance garde mes yeux grands ouverts. J'entends à nouveau l'horrible voix de Simon Hendrickszoon me dire qu'il flaire le mensonge et qui me demande : « Pour la dernière fois : est-ce-que le duc emporte les cartes chez lui ? » Je veux me lever et m'enfuir. Mais Domingo me chuchote à l'oreille de rester tranquille. Il dit que je suis *guapa* et *unica* et encore mille autres choses merveilleuses à souhait. Je le regarde dans les yeux, dans l'obscurité quasi complète.

Nous ne nous lâchons qu'après la première ronde de nuit de Fernando El Viejo, vers minuit. Domingo ramasse ses vêtements et descend l'échelle du hangar à amandes, pris de fou rire. Toujours en chemise, je rentre sur la pointe des pieds dans la cuisine et je passe devant le lit clos de la *yaya*. Elle ronfle encore plus fort que saint François, alors que, dans son sommeil, il faisait autant de bruit que toutes les cloches de Rome et de la Trinité. Treize pas et demi, et me voilà dans ma chambre. Je me mets au lit, mais je ne peux pas dormir. Je vis au milieu d'un roman de chevalerie. Je suis une héroïne tout droit sortie des romances à l'eau de rose de doña Urraca. Je vais connaître des naufrages, des géants, des énigmes, et puis la solitude. Je suis Carmésine et je mourrai d'amour pour un noble. Mon histoire finira comme finissent toutes les histoires, sur un dernier baiser et un dernier soupir. Mais pas encore maintenant. D'abord l'amour, rien que l'amour !

Je ne m'endors que beaucoup plus tard. Chaque nuit, je rêve d'une ville plongée dans le brouillard. J'ignore s'il s'agit d'Anvers ou de Séville, mais chaque fois je vois le duc marcher dans la rue, le visage dissimulé sous son chapeau à plumes de cygne, les bras enfouis sous sa cape. Il rentre chez lui. Sept hommes coiffés d'un chapeau rouge l'attendent. Ils lui demandent le monde et lui refuse de le leur donner. Avant qu'il n'arrive à dégainer, il est transpercé par sept épées. Les lames s'enfoncent profondément dans sa chair, jusqu'à la garde. Les sept assassins retirent en même temps leur épée de son corps. Le duc tombe dans la boue. Il est mort. Chaque assassin a embroché une carte sur la pointe de son épée dégoulinante de sang. Chaque fois, je me réveille en sursaut de cet horrible cauchemar et je tire les rideaux de mon lit pour m'assurer que ce n'était qu'un rêve. Il fait encore nuit dehors. J'aperçois la lueur de la pipe de Fernando El Viejo dans la porterie. J'entends le ronflement paisible de la *yaya* dans la cuisine.

L'amour est une maladie. L'amour est une fièvre. L'amour vous ronge de l'intérieur. Je me traîne à longueur de journée. La lumière du soleil me fait mal aux yeux. Le chocolat de la *yaya* me paraît bien trop amer et les fruits juteux sont fades et surets à côté des mille saveurs du corps de Domingo. Ma mère espagnole me lit ses livres sur les croisés et les princesses maures, mais cela comme le reste me semble ennuyeux et sans âme. Je vis une aventure. Chaque nuit, sur le plancher poussiéreux qui sent la pisse de souris, je vis une aventure et je m'ouvre à l'amour.

Le jeudi, la visite des amies de doña Urraca ne parvient pas à me sortir de ma torpeur. Je commence à bien les connaître, toutes les quatre, et j'arrive même à imiter leurs tics.

– Elle a l'air en petite forme, ces temps-ci, déclare Fina, celle aux plumes de perroquet.

À chaque remarque, elle aspire une petite goulée d'air.

– Le climat espagnol est peut-être trop chaud pour elle, suggère Valeria avant de rompre son bout de *bucaro* en tout petits morceaux pour le faire durer.

– Est-ce qu'elle mange assez de grenades ? Tu sais combien ce fruit vous ravigote, dit Ana, la femme à l'ocelot, qui a des problèmes de dents pourries et qui n'ose pas aller chez le dentiste.

Depuis des semaines elle se tient une cruche d'eau glacée contre la joue.

– Il lui faut peut-être aller vite à confesse, remarque Teresa l'aigrie en reniflant.

– Elle est simplement un peu fatiguée. Les nuits sont trop chaudes pour dormir, assure doña Urraca avec conviction.

Amparo me demande de l'accompagner au marché. Nous allons faire des courses chez la vieille Fabricia de la Corona, qui vend du poisson depuis trente ans sur l'Arenal et qui en demande beaucoup trop d'argent. Son étal est entouré de chats maigres et pelés, à la queue coupée, qui n'arrêtent pas de miauler comme s'ils étaient les bêtes les plus affamées sur la terre. La vieille Fabricia les ignore complètement. Lorsque son sabot écrase la queue d'un chat, on entend un hurlement abominable qui fait reculer d'effroi félins et badauds, mais elle s'en fiche. Elle dépose les sardines, le thon et la pieuvre dans les plats que nous avons amenés et nous assure que tout est plus frais que frais. Nous passons ensuite chez les vendeurs de riz, les marchands de coton et le boucher, qui est occupé à chasser les mouches des têtes de vache écorchées. Mais mes pensées s'envolent vers le hangar à amandes et vers l'odeur des cheveux de Domingo. Je veux entendre sa voix m'enivrer de ses «*guapa*», «*juepucha*», «*deliciosa*» et «*unica*».

– Qu'est-ce que tu fabriques ? me demande Amparo un matin.

– Qu'est-ce que tu veux dire ? dis-je aussi innocemment que possible.

– Regarde ta chemise de nuit ! suggère-t-elle. Mais regarde !

Ma chemise est pleine de traces noires de la poussière du grenier aux amandes. Elle est tachée et, par endroits, déchirée. Je fixe Amparo dans les yeux. Je ne trouve rien à répondre.

– Tu fais précisément ce contre quoi je devais te protéger.

– Ce n'est pas de ma faute, dis-je. Je l'aime.

Elle me dévisage longuement et son regard s'adoucit.

– Au nom de Dieu, mets vite une nouvelle chemise ! dit-elle en me donnant une chemise repassée. Déjà que tu te laves à peine…

Je hoche de la tête et je referme les rideaux de mon lit. Je suis certaine qu'elle est en train de rouler les yeux en marmonnant. J'enfile rapidement ma chemise propre et lui tend la sale.

– Où cela va-t-il te mener, Ynès ? demande-t-elle. Doña Urraca finira bien par l'apprendre. D'ailleurs, je ne serais guère surprise de voir don Domingo se vanter à ses mousquetaires de ses nuits passées avec toi.

– Il ne fera jamais ça, dis-je en chuchotant. Il m'aime aussi.

– Il n'a qu'à demander ta main au duc, alors !

Je prends le petit-déjeuner avec doña Urraca. Elle me dit que j'ai l'air fatiguée et me demande si je dors bien. Je réponds par l'affirmative.

– Y a-t-il quelque chose que tu voudrais me raconter ?

Oui, doña Urraca, je voudrais vous supplier de me sauver. Je voudrais tout vous avouer. Je voudrais vous dire que j'ai une marque de potence sur mon épaule. Je voudrais vous confesser que je suis une ancienne voleuse qui vous espionne pour le compte des Pays-Bas. Mais vous ne me feriez plus jamais confiance. Personne ne me ferait plus jamais confiance.

– Non, dis-je. Il n'y a rien.

– Tu sais que tu peux tout me raconter ?

Je souris.

– Bien sûr.

Quelques jours plus tard, le duc reçoit un exemplaire du livre sur le jeu d'échecs de Ruy López de Segura, envoyé par l'imprimerie de Juan de Castillo. Je comprends que Simon Hendrickszoon m'attend. Et que ma vie est finie.

37

AMEN

Le lendemain, je me suis rendue à la cathédrale pour me confesser. Les portes de bois des confessionnaux étaient alignées le long du mur face à la sacristie. Un rideau dissimulait le prêtre et le pénitent aux regards indiscrets. Les sculptures qui ornaient la porte représentaient un père embrassant son fils prodigue. Chaque confessionnal était surmonté d'une rose. Chaque rose portait un secret.

Une petite dame sort du confessionnal. J'y entre à mon tour et je m'agenouille. Un panneau coulisse ; la seule chose que je vois, c'est la bouche du prêtre. Nous faisons ensemble nos signes de croix. Voilà, c'est maintenant. Je dis que, depuis trente jours, je commets chaque nuit le péché de la chair, même plusieurs fois par nuit, et deux fois le dimanche. Que j'ai menti à des personnes qui me sont chères et qui m'aiment. Que j'ai donné ma parole à quelqu'un et qu'il m'est impossible de la tenir. Le prêtre écoute le flot de paroles qui jaillissent de ma bouche. Je conclus en disant que je regrette mes fautes et que je lui demande le pardon de mes péchés.

La voix du prêtre retentit de l'autre côté du panneau. Il s'exprime avec lenteur. J'imagine un vieux monsieur au corps chenu, les poumons usés. Il me demande si j'aime l'homme avec qui j'ai commis le péché de la chair. Je lui réponds que oui.

– Pourquoi ne te maries-tu pas avec lui ? demande le curé.

– Nous n'en avons pas encore parlé.

– Il vaut peut-être mieux en parler, avant de pécher de nouveau, conclut-il d'une voix lasse. Pour chaque fois que tu as commis le péché de la chair, tu réciteras un *Seigneur, prends pitié* et un *Je vous salue Marie.*

Je hoche la tête. J'espère avoir assez de grains à mon chapelet.

– Et, poursuit lentement le curé, si tu as un peu d'argent, donne une pièce d'or à un pauvre hère. Pendant un mois, tu ne mangeras pas de *bucaro.* Voilà ta pénitence.

– C'est tout ? dis-je, étonnée de m'en tirer à si bon compte.

– Je suis trop vieux pour croire encore au repentir, dit le prêtre après un moment de silence.

Je ne dis rien. Je l'entends respirer difficilement.

– Je ne veux pas te donner une plus grande pénitence, ma fille. Je pense que tu t'es déjà mise dans un sale pétrin. Cela risque de te coûter cher.

Je prends peur en entendant ces paroles.

– Regarde à l'intérieur de toi. Observe qui tu es, dit-il enfin. Et accepte-toi telle que tu es. Voilà la clé du bonheur. Je te pardonne les péchés pour lesquels tu te repens. Au nom du Père, du Fils et du Saint-Esprit, *amen.*

Nous faisons tous les deux nos signes de croix et je quitte le confessionnal.

La nuit, je déroule la corde dans laquelle j'ai fait des nœuds et que j'ai cachée près du nid de cigognes, sur le toit de la porterie. De nouveau, je la fixe à la gargouille et je la laisse tomber le long du lierre. Après m'être faufilée tout en bas, je traverse les rues comme une ombre, une épée dissimulée sous ma cape. Je présente ma médaille aux gardes près de la porte qui mène au pont de Triana, je leur paie leur silence et je traverse les pontons avant de longer la petite cathédrale. Quand, au loin, je vois apparaître les lumières de l'auberge, mes jambes refusent tout service. Je tombe à genoux. Je ne pense plus qu'aux chaînes qui enserraient mes chevilles quand, il y a un an et demi, on m'a conduite à l'échafaud. Même sans chaînes, mes jambes me pèsent. Je pourrais m'enfuir. Je pourrais me mettre à courir. Je pourrais disparaître dans le néant, ou dans le désert. Mais quelle direction prendre ? Le nord ? Le sud ? Cadix ? On connaîtrait vite mon identité. Le duc me ferait rechercher, et que lui raconterais-je s'il me trouvait ? Que je suis une espionne ? Que je voulais lui voler ses cartes, mais que je me suis repentie ? Il me ferait tout de suite mettre les menottes et me laisserait pourrir dans un cul-de-basse-fosse. Et si Hendrickszoon me trouvait le premier ? Il m'attendrait à l'ombre d'une porte cochère, plaquerait sa main devant ma bouche, me chuchoterait à l'oreille que personne ne peut jouer au plus fin avec lui, et certainement pas une gamine comme moi. Ensuite, il me trancherait la gorge en prenant tout son temps. Au début, cela ne ferait pas trop mal, mais je finirais par m'affaler sur le sol en aspirant une goulée d'air dans un dernier spasme. Mes poumons se rempliraient de mon propre sang. J'étoufferais.

Il n'y a aucune solution, aucune issue à ce que je vis.

Peut-être devrais-je profiter d'un moment d'inattention, quand Simon Hendrickszoon me tournera le dos, pour le trucider d'un coup d'épée. Mais cet homme est trop fort, et surtout beaucoup trop rusé. Il sent le traquenard à mille lieues. Et même si j'arrivais à le tuer, comment, ensuite, vivre avec son sang sur les mains ?

Eh bien, Margot fille de Personne, te voilà à la dernière station de ton calvaire. Esméralda la Boiteuse aurait-elle pu prédire cela ? Saint François aurait-il pu m'aider ?

– Señor, quelques sous pour deux pauvres hères ! dit une voix à un mètre de distance en me faisant sursauter.

J'aperçois les deux hommes devant moi, tapis dans l'ombre. Un couteau brille dans l'obscurité. Aussitôt, je brandis mon épée. Un coup à gauche, un coup à droite. Je n'ai même pas besoin de donner le troisième. Ils ont déjà déguerpi. J'ai une seule chance, me dis-je, une seule chance de tuer Simon Hendrickszoon. Si je frappe quand il m'ouvre la porte. Et le péché mortel ? Et l'enfer ? On verra ça plus tard ! comme disait Karel le Pisseur d'église.

À chaque pas que je fais en direction de l'auberge *La Cruche et le Téton*, je suis plus convaincue. C'est lui ou moi. C'est lui ou moi. Oui, c'est lui ou moi.

Quand j'entre dans l'auberge, un Espagnol joue de la guitare devant l'âtre. Quelques hommes claquent des mains en rythme. Une femme teinte en blonde, vêtue d'une courte cape, chante à tue-tête, assise sur les genoux d'un officier. Ils entonnent une complainte tzigane dont Esméralda dirait qu'elle vient de Petite Égypte. L'aubergiste s'avance vers moi. Je lui tends dix *maravedís* en demandant *El Aspegado*. Il m'indique des yeux le premier étage.

Je monte l'escalier. J'hésite avant de frapper à la porte. Je serre le pommeau de mon épée, prête à l'action. Allons, Margot ! C'est lui ou moi ! C'est lui ou moi.

– Ne reste pas là, devant la porte, petite Espagnole ! crie la voix de Simon Hendrickszoon depuis la chambre. Entre !

Je reste plantée là. Je ne dois pas obéir. Je dois attendre qu'il ouvre la porte lui-même. Et alors là : un coup à gauche, un coup à droite et un coup droit devant moi. Avec un peu de chance, il tombera raide mort. C'est lui ou moi. Mais voilà que mes mains se mettent à trembler. J'étreins le pommeau de mon épée. Mon bras gauche est pris de secousses. Je n'y arriverai jamais.

Tout à coup, la porte s'ouvre. Mes doigts se crispent autour du pommeau de mon épée. Je serre les dents. C'est lui ou moi.

Mais toute envie de meurtre m'abandonne d'un seul coup. Johannes apparaît dans l'embrasure de la porte, avec son habituel sourire niais.

– Bonjour, Margot !

Je dissimule mon épée sous ma cape. Simon Hendrickszoon, sa longue pipe en main, m'observe depuis l'intérieur de la chambre.

– Donne ton épée à Johannes, dit-il. Tu risquerais de te couper les doigts.

J'obéis, sans parvenir à maîtriser le tremblement de mes mains. Est-ce vraiment la fin du voyage, la Rousse ? J'espère qu'il y aura du riz au lait au paradis et que je pourrai m'attabler avec toi.

– Comment vas-tu ? demande Johannes.

L'imbécile ! Comment croit-il que je vais ? Je vais bientôt mourir !

– Johannes a tout de même su se rendre utile, commence Simon Hendrickszoon.

– Ah, oui ? dis-je dans un balbutiement.

– Il a dessiné la feuille de route de notre fuite. Pas si bête, ce garçon. Dès que nous aurons les cartes, nous fuirons vers cette auberge. Trois chevaux nous attendront à l'écurie. Nous galoperons en direction de la côte, vers un petit village appelé Zahara de los Atunes. Tu connais ?

Je fais non de la tête. Je n'ai jamais entendu parler de ce village et je ne veux pas en entendre parler.

– C'est un village de pêcheurs de thon, raille-t-il. Tu t'y sentiras tout de suite à l'aise. C'est le paradis des *picaros*. C'est là qu'échouent tous les faux mendiants, les pseudo-curés, les coupeurs de bourses, les assassins, les voleurs, les maquereaux, les faux-monnayeurs, les blasphémateurs, les escrocs, les empoisonneurs, bref tous ceux qui n'ont nulle part où aller. Les officiers du roi se gardent bien d'y mettre ne fût-ce qu'un orteil. Pour nous, c'est l'endroit le plus sûr d'Espagne.

Je hoche la tête.

– De là, nous embarquerons dans la chaloupe d'un pêcheur qui nous conduira en pleine mer, jusqu'à une caravelle chargée de xérès en route pour Flessingue.

– Ça a l'air d'être un bon plan, dis-je d'une voix monocorde.

– Tu ne demandes pas pourquoi Flessingue ?

– Pourquoi Flessingue ? dis-je, prise d'une grande lassitude.

– Parce que les troupes d'Alexandre Farnèse ont commencé le siège d'Anvers. Les Espagnols ne font pas les choses à moitié. Splinter Matthijs est pour le moment à Flessingue, où il dirige les troupes de Guillaume d'Orange. C'est à lui que nous remettrons les cartes.

Je hoche la tête.

– Qu'as-tu à nous dire, petite Espagnole ?

Simon Hendrickszoon me regarde droit dans les yeux. Il y lit mon affolement. Son regard s'assombrit. Il m'a percée à jour.

– Tu refuses de coopérer ? grommelle-t-il. Non, pas possible !

J'incline la tête. Je ne vais pas pleurer. Vas-y, prends ton poignard, sale gueux ! Tue-moi !

Johannes m'observe, abasourdi.

– Regarde-moi ! rugit le Hollandais.

Se dressant de toute sa hauteur, il marche vers moi. Le plancher vibre sous sa stature massive. Il fouille dans sa ceinture et en extirpe un couteau. Johannes regarde à gauche et à droite et recule d'un pas.

– Qu'est-ce qui se passe ? demande-t-il naïvement.

– Je te donne une dernière chance ! hurle Hendrickszoon en m'agrippant par mon pourpoint.

Il me fait tourner sur moi-même et m'envoie valdinguer contre le mur. Je ressens une douleur foudroyante. Il m'a cassé le nez. J'ai dans la bouche un goût de glaise séchée et de chaux. Que ça aille vite, Seigneur ! Que ça aille vite !

– L'Espagnole, tu vas nous aider à voler ces cartes ! Il y a dix mille soldats espagnols stationnés autour d'Anvers. Cet hiver, toutes les provisions seront épuisées. Je te rappelle qu'il y a ta famille à Anvers. Ce vieil apothicaire et sa folle de femme ! Eux aussi mourront de faim.

– Piet le Noir et Esméralda la Boiteuse se débrouilleront toujours, dis-je.

– Tu vas m'aider à voler ces cartes, salope ! rugit Simon Hendrickszoon en pointant la lame de son poignard contre ma joue.

Je ferme les yeux. Je renifle l'odeur du mur : c'est l'odeur de ma mort. Le bruit de la guitare et des voix, au rez-de-chaussée, se fait de plus en plus fort. « Ay-ay-ay-ay ! » Sans le savoir, ces gens pleurent la fille venue de Flandre qui voulait devenir duchesse, mais qui trouvera bientôt la mort de la main d'un Hollandais. C'est mon chant funèbre.

En pensée, j'embrasse une dernière fois Domingo. J'ai goûté à l'amour. Je suis prête. Hendrickje, me voici, j'arrive !

– Attends, Hendrickszoon ! dit Johannes, depuis l'autre bout de la chambre. Un peu de patience ! Nous arriverons bien à la convaincre !

– Tais-toi, cloporte ! crie Hendrickszoon sans se retourner. Si tu ne m'aides pas, je te promets mille et une douleurs, me souffle le Hollandais. Tu regretteras pour l'éternité de ne pas avoir fait ce que je te demandais !

– J'ai confessé mes péchés, dis-je. Je suis une feuille blanche. Mon âme est pure.

– Toute cette peine pour rien ! grommelle Hendrickszoon.

– Lâche-la, je suis armé ! crie une voix.

Du coin de l'œil, j'aperçois Johannes, un pistolet Puffer à la main. Il est en train de le charger. Hendrickszoon jure, m'agrippe par les cheveux et me tire vers lui. Je hurle.

Hendrickszoon s'avance vers Johannes en martelant le plancher de ses bottes. Johannes dirige le pistolet vers le plafond. J'espère que le bruit de la déflagration fera monter les gens. Il appuie sur la détente. Le ressort se relâche. Un.

– Imbécile ! rugit Hendrickszoon.

La roue dentelée frotte à une vitesse folle contre la pierre à fusil. Deux. Des étincelles rougies sont projetées dans la poudre. Johannes s'étonne que le coup ne parte pas immédiatement. Au dernier moment, il baisse le pistolet.

Trois. Une flamme. La balle est propulsée en avant d'un coup sec. Des effluves de soufre me picotent le nez.

Johannes laisse tomber son arme, tout étonné que le coup soit parti. Il fait deux pas en arrière, comme s'il craignait que ce géant de Simon Hendrickszoon ne le charge. Mais je sens que le Hollandais est en train de lâcher prise. Je me tourne vers lui. Un petit trou est percé au-dessus de son œil droit. La plaie saigne à peine. Sa main droite remue l'air ; elle essaye de trouver son front, sans succès. Hendrickszoon l'agite autour de sa tête, comme s'il voyait tout quatre fois plus gros. Il ne semble pas y croire. Il me regarde, les yeux remplis de stupeur, mais sa main, trop lente, n'arrive pas à m'atteindre.

C'est à ce moment qu'il se rend compte que tout est fini.

– Le prince d'Orange ! bégaie-t-il. Sauvez le prince d'Orange !

L'instant d'après, Hendrickszoon s'écroule sur le sol dans un bruit mat. J'ai peur qu'il ne passe à travers le plancher. Dans le silence qui suit, je crains que les gens ne montent tous voir. Mais la musique de la guitare et les « ay-ay-ay-ay » continuent tout simplement.

– Mon Dieu ! gémit Johannes. Je ne voulais pas

Je regarde l'énorme corps immobile de Simon Hendrickszoon. M'agenouillant, je colle mon oreille sur sa poitrine pour écouter si son cœur bat encore. Je perçois des pulsations faibles et irrégulières.

– Tu entends quelque chose ?

Je ne réponds pas. Les battements diminuent, puis s'arrêtent tout à fait. Je redresse la tête et referme les paupières du Hollandais.

– Il est... il est… ? demande Johannes.

– Il est aussi mort que Charles Quint.

– Je voulais seulement tirer vers le plafond.

– Le plafond ?

– Je voulais tirer un coup en l'air pour avertir les gens d'en bas. Je voulais l'empêcher de te tuer. Je ne comprends pas. Le pistolet…

– Si tu presses sur la gâchette de ce genre de pistolet, il faut compter jusque trois, dis-je. Le coup ne part qu'après. Tu rabats le chien, tu comptes jusque deux, tu vises, et puis, trois, et pan !

– Tu comptes jusque deux, tu vises, et puis, trois, et pan ! répète-t-il un peu sottement.

Toute ma fatigue m'a abandonnée d'un coup. L'avenir m'appelle ! L'avenir m'acclame avec des cris de joie !

– Qu'allons-nous faire, Margot ? demande Johannes.

– Rien. Nous n'allons rien faire. Nous prenons sa bourse, pour que cela ait l'air d'un vol. Est-ce que quelqu'un t'a repéré quand tu es entré ?

– Non, pas vraiment. Je portais un grand chapeau et je parlais espagnol.

– Nous sommes dans l'estaminet le plus dangereux de Séville. Ici, il y a un cadavre toutes les semaines. L'aubergiste garde une brouette dans l'arrière-cour pour porter le macchabée de la semaine vers le cimetière. Aucun officier ne s'en mêle jamais. Ils balanceront Hendrickszoon dans un trou, jetteront un peu de terre sur son cadavre et planteront une croix portant l'inscription : « Ci-gît El Aspegado ».

– On le laisse là, alors ? demande Johannes.

– Il faut déguerpir, et vite ! Avant qu'on ne vienne frapper à la porte !

– Nous devons tout de même dire quelques mots. Je veux dire, le pauvre n'aura même pas droit à des funérailles !

– D'accord, mais sans perdre de temps.

Nous nous agenouillons à côté du corps sans vie de Simon Hendrickszoon.

– Notre Père qui êtes aux cieux, que votre nom soit sanctifié, commencé-je. Ici, dans cette auberge, repose le corps sans vie de votre serviteur, Simon Hendrickszoon, dont je n'arrive pas à dire beaucoup de bien.

– Il était soldat d'Orange, reprend Johannes. Il a reçu plus de pierres et de fer dans le corps que quiconque. C'était un héros de la révolte contre la tyrannie espagnole. Il était à la tête des espions en Espagne pour la Maison d'Orange. Il s'est jeté dans les bras de la mort par ma faute, ma très grande faute.

– Par sa propre faute, dis-je, parce que c'était un assassin et un tyran. Au nom du Père, du Fils et du Saint-Esprit. Repose en paix, Hendrickszoon, et bon débarras. *Amen*.

– C'est tout ? demande Johannes.

– Puisque j'ai dit « *Amen* ».

Je tends la bourse d'Hendrickszoon à Johannes, nous nous relevons et nous quittons la chambre sans plus attendre. Je m'enroule dans ma cape et Johannes enfonce son chapeau sur sa tête, et nous dévalons des escaliers. L'aubergiste ne remarque même pas que nous passons dans l'autre sens. Le guitariste chante toujours « Ay-ay-ay-ay ».

L'air de la nuit nous fait du bien. Nous courons à toutes jambes par les rues, franchissons le ponton et rentrons à l'intérieur des remparts de la ville. Je suis en nage.

– C'est fini, dis-je.

– Tu crois ? dit Johannes.

– Tout est fini. C'est la dernière fois que nous nous voyons. Prends le bateau pour Anvers. Retourne chez ta femme et oublie tout !

Il hoche la tête.

– Adieu, balbutie-t-il.

Il s'incline et disparaît dans les brumes de la nuit. Je trouve ma corde dans le lierre et grimpe le long du mur, nœud après nœud. Je détache la corde et je la pose dans le nid des cigognes, sûre que personne n'ira chercher là. Puis je marche sur le toit du premier étage. Je me laisse glisser dans le patio. Le chien vient à ma rencontre et me lèche les doigts. Je jette un coup d'œil vers la porterie et je vois Fernando El Viejo. J'embrasse le chien, je me redresse, je secoue mes habits pour en faire partir le plus gros de la poussière et je me faufile dans la cuisine.

Quelque part dans ma tête, une petite voix me susurre qu'il y a quelque chose qui cloche. Je m'arrête dans l'embrasure de la porte, toute ouïe. Je n'entends rien. Seul le bruit de mon souffle haletant. Plus que trois pas et demi et je serai dans ma chambre. Un, deux, trois…

– Qu'est-ce que tu fais là ? demande une voix.

Mon cœur bat si fort qu'il va sauter hors de ma poitrine. C'est la voix de la *yaya*. Elle se tortille hors de son lit-cage comme une vieille tortue. Ses pieds font un bruit d'enfer sur les carreaux de la cuisine. Son bras normal est pointé vers moi. Son bras plus court dort encore. Ses yeux sont de petits points blancs.

– D'où viens-tu ? me demande-t-elle en me menaçant de son bras droit.

Je meurs d'envie de la frapper pour l'aider à retrouver le sommeil.

– Ça ne te regarde pas, vieille sorcière !

Elle recule d'un pas et croise ses bras sur sa poitrine.

– Tu n'as pas le droit de sortir de ta chambre la nuit ! bégaie-t-elle.

– Tu n'es qu'une servante ! lui dis-je d'une voix

tranchante. Et tu n'as rien à me dire.

Je fais encore huit pas vers la porte, je l'ouvre d'un coup et je la referme doucement derrière moi. Je me déshabille, je ferme les rideaux de mon lit et je me pelotonne dans les draps. Enfin, je suis en sécurité à la maison !

38

TOUT EST DÉCOUVERT

Le lendemain, je me réveille tard. Pour la première fois, Amparo n'est pas venue me réveiller. J'entre dans la cuisine. La *yaya* est occupée à épicer la viande.

– Je regrette pour cette nuit, dis-je. Je n'aurais pas dû te traiter comme ça.

Elle m'ignore complètement et agite son bras long pour me voir disparaître. Elle veut rester seule. Je prends un morceau de pain et je sors dans le patio. La chaleur est torride.

La voix du duc retentit derrière moi.

– Ynès !

Je frissonne malgré la fournaise.

J'entre dans le salon. Le duc porte sa chemise de dessous blanche sur ses trousses noires. Doña Urraca est assise par terre, sur un coussin, et me sourit. Elle semble nerveuse. Je veux m'asseoir à côté d'elle.

– Reste debout, ma fille ! ordonne le duc.

Je reste à côté du globe terrestre.

– Qu'as-tu fait cette nuit ? demande le duc.

Je rougis et regarde doña Urraca, qui attend mes explications en me fixant.

– Alors ? As-tu grimpé par-dessus le mur, cette nuit ? Comment, bon Dieu, es-tu arrivée à faire cela ?

Que voulez-vous que je vous raconte, cher père ? Que, cette nuit, j'ai parcouru les rues de

Séville, une épée et un poignard à la main ? Que je suis entrée à l'auberge *La Cruche et le Téton*, qui est aussi un bordel notoire, et que j'y ai été complice de l'assassinat du chef des espions hollandais, Simon Hendrickszoon ?

Mon cœur bat la chamade. Je vais être obligée de tout leur dire. Eh bien soit. Advienne que pourra !

– Eh bien, ma fille ?

Je redresse la tête, je regarde le duc et je soupire. Advienne que pourra !

– C'est clair, tout de même ! bougonne doña Urraca.

– Qu'est-ce qui est clair ? crie le duc. Que se passe-t-il dans ma propre maison que j'ignore ?

Doña Urraca se lève et regarde le duc, indignée.

– Tu as beau tout savoir sur les océans, réplique-t-elle vertement, tu ne connais rien aux femmes !

– Qu'est-ce que je ne sais donc pas, femme ? fulmine le duc.

– Elle est amoureuse !

– Amoureuse ? demande le duc comme s'il n'avait encore jamais prononcé ce mot de sa vie.

– De Domingo, soupire doña Urraca.

– C'est vrai ? demande le duc inutilement.

Je hoche la tête.

– Je viens d'interroger sa duègne, dit doña Urraca. Il paraît qu'ils se voyaient la nuit, dans le hangar à amandes.

– Où est Amparo ?

– Je l'ai envoyée faire les courses.

Le duc me fixe. Sur son visage, on peut lire la lutte que se livrent des sentiments contradictoires. Il essaie de se maîtriser. Il court vers la fenêtre, fait signe à un valet d'écurie et lui crie d'aller chercher don Domingo.

– Depuis quand ? demande-t-il enfin.

– Depuis que Domingo est venu s'installer ici, soupire doña Urraca. Enfin, c'est ce que pense sa duègne.

– Ce qui fait qu'Amparo nous cache que ma fille commet le péché de la chair sous mon propre toit ? Pourquoi donc avoir une dame de compagnie si elle laisse ma fille se faire séduire par le premier *hidalgo* venu ?

– Mon cher duc ! Elle a seize ans ! Elle est amoureuse !

– Je vais flanquer Amparo à la porte ! rugit le duc.

– Non, vous ne pouvez faire cela ! dis-je.

– Tu ne vas pas me dire ce que je dois faire ou ne pas faire ! hurle le duc. Tu es une chienne en chaleur, comme ta mère, sans honneur ! On ne peut pas te faire confiance ! Je lui ai donné de l'argent ! Je l'ai parée de bijoux, je lui ai acheté de beaux vêtements. Et même là, elle m'a trompé en veux-tu en voilà !

– Mais tu étais marié avec moi ! hurle doña Urraca. Elle n'avait pas d'avenir avec toi !

Le duc fait fi de ses arguments.

– Femme, ton neveu a abusé de notre hospitalité, dit le duc, la voix tremblante. Ma fille n'est plus bonne que pour le couvent.

– Elle aime don Domingo, dit doña Urraca calmement.

– Pas question, femme ! Elle et don Domingo, jamais de la vie !

– Et pourquoi pas ?

– Parce que c'est moi et personne d'autre qui lui trouverai un époux ! Encore faut-il qu'on la veuille toujours ! fulmine le duc. C'est moi et personne d'autre qui déterminerai celui qui me succédera après ma mort et qui héritera des terres de mes ancêtres ! Cette conversation n'aurait même pas dû avoir lieu si tu m'avais donné un fils ou une fille au lieu d'être dotée d'un ventre sec et stérile !

Doña Urraca traverse la pièce et soulève le vase japonais de son socle de fer.

– Ma fille épousera l'homme qu'elle aime, crie doña Urraca en levant le vase pour le jeter par terre.

– Comment, ta fille ? Ce n'est pas ta fille ! lui crie-t-il.

– Je le laisse tomber ! menace-t-elle.

– Vas-y, laisse-le donc tomber ! hurle le duc.

À ce moment, on entend frapper timidement à la porte.

– Entrez ! hurle le duc.

Don Domingo entre en traînant les pieds et reste à proximité de la porte. Il incline la tête vers chacun de nous, avec son élégance habituelle. Je respire. Sa présence me rend plus sûre de moi. Plus forte.

– Alors, qu'as-tu à dire, l'étalon ? demande le duc.

– Je vous prie de me pardonner, gémit don Domingo en faisant une génuflexion.

– Non, pas de pardon ! répond mon père. L'as-tu séduite ? As-tu volé son honneur ?

Don Domingo relève la tête.

– Père ! dis-je.

– Tu m'as trahie, ma fille ! crie le duc. Comme ta mère !

– Je comprends votre colère, Père, dis-je très doucement, de sorte qu'ils doivent tous tendre l'oreille pour me comprendre. Mais don Domingo ne m'a pas séduite et ne m'a pas volé mon honneur. Il ne m'a même pas touchée.

Un silence profond s'abat sur la pièce. Le duc porte la main à son front. Il peut faire face à sept océans et mille clercs. Le roi d'Espagne écoute tout ce qu'il a à dire. Mais devant sa famille, il est totalement démuni.

Don Domingo et doña Urraca me regardent en ouvrant de grands yeux ronds.

– Le seul péché que don Domingo ait commis est de m'avoir lu des poèmes d'amour, dis-je en chuchotant presque. Et je reconnais que moi aussi, j'ai péché. En rêve et en pensées, je l'ai aimé des milliers de fois. C'est pourquoi, hier, je suis allée à confesse.

Le duc me dévisage. Je prends une Bible et pose la main sur la croix dorée qui orne la couverture de soie. Une fois de plus, j'espère qu'elle ne s'enflammera pas pour me brûler la peau alors que je débite des mensonges, la main sur les Saintes Écritures.

– Il ne m'a pas touchée, dis-je avec sérénité. Je le jure par Dieu et le Saint-Esprit.

Le visage de don Domingo est devenu blême. Doña Urraca me regarde, bouche bée, et semble en oublier le grand vase qu'elle tient encore entre les mains.

– Repose ce vase, femme ! commande le duc.

Le vase japonais avec ses hirondelles, ses chapeaux pointus et ses maisons aux toits pentus retrouve son socle de fer.

– On en reparlera ce soir, conclut le duc. Je vais à la Maison des Océans.

– Je vous accompagne au bureau ? demande don Domingo.

– Non, tu n'y retourneras plus, dit le duc d'une voix sans appel. Va-t-en te trouver un régiment, avec tes trois mousquetaires ! Comme ça, vous pourrez prouver votre vraie valeur à l'Espagne ! Inutile de te montrer encore à la Maison des Océans.

– Mais tu es impossible ! crie doña Urraca. Où est ton humanité ? Où est ta compréhension ? Où est ton amour ?

Le duc sort en claquant la porte. Doña Urraca nous regarde tour à tour, Domingo et moi.

– Il ne faut pas qu'il mette Amparo à la porte, dis-je à doña Urraca. Elle rêve tellement de sa liberté !

– Ne vaudrait-il pas mieux parler de vous ? dit doña Urraca. Eh bien, mon neveu…

Don Domingo baisse la tête.

– Ynès, tu l'aimes ?

– Je ne veux pas vivre sans lui, dis-je.

Domingo me regarde avec un mélange d'étonnement et de tendresse.

– Et que comptes-tu faire, Domingo ? demande doña Urraca.

Il la regarde, sans trop savoir quoi répondre.

– Et s'il nous rejetait ? balbutie Domingo nerveusement. S'il nous déshéritait ?

– La vie est une romance, répond doña Urraca. Parfois, elle finit mal, parfois pas. Qui ne risque rien n'a rien.

– J'ai trahi le duc, dit don Domingo. Il ne me donnera plus rien.

– Tu es tombé amoureux de sa fille. Et tu es quelqu'un qui aime ses chevaux, répond doña Urraca. Si tu aimes ses chevaux, tu gagneras aussi son cœur de père. Tu l'exaspères parce que tu es jeune et irréfléchi. Mais cela passera. Et il le sait. Tôt ou tard, il s'en rendra compte. Il changera bien d'avis. Je m'en occupe, mon cher neveu.

– Merci, ma tante.

Domingo n'ose pas me regarder. Il croise les bras et cache ses mains sous ses aisselles parce qu'il ne sait pas trop quoi en faire.

– Tu as le choix, soupire doña Urraca. Tu peux t'en aller et fermer derrière toi la porte de la maison d'Almendraje pour aller t'enrôler dans un régiment qui ira en Flandre et en revenir grand officier. Tu peux tenter un second choix. Je ne dois pas te faire un dessin ? Tu n'as besoin que d'un curé et d'une église.

Don Domingo me regarde, soulagé. Il essaie un petit sourire.

– Que penses-tu de cette église et de ce curé ? me demande-t-il.

Je cours vers lui et me jette dans ses bras.

– Je t'aime, je t'aime, je t'aime ! lui dis-je à l'oreille en prenant son visage dans mes mains. Tu es toute ma vie !

39

LA MARIÉE DE JUILLET

Une heure plus tard, la *yaya* me sert des *heuvos de la vega*, des « œufs des prés », ce qui est une jolie façon d'appeler les testicules de taureau. Beurk ! La *yaya* a frit ce drôle de mets à la poêle, avec des oignons, mais cela a l'odeur de la pisse et le goût d'un vieux bout de foie pourri. Je recrache immédiatement le premier morceau dans ma main. Je suis incapable d'avaler ça !

– Il faut les manger, crie la *yaya* en agitant une cuillère de son bras court. Sinon ton utérus restera aride comme un désert et tu n'auras jamais d'enfants !

Je mange tout sous le regard de la *yaya*. Elle est capable de me tuer d'un coup de cuillère dans la nuque si j'en laisse la moindre miette. Quand il ne reste plus rien, elle s'empare de l'assiette et me dit que je peux me marier le cœur tranquille.

Je suis une mariée de juillet. Nous sommes le jour de la saint-Procope. Je porte une robe blanche brodée de fil d'or. Elle est un peu trop petite, mais Zabaleta vient de la rallonger en catastrophe. Elle a dit que j'étais jolie à croquer et m'a embrassée. Je demande à doña Urraca si je peux porter une *zibellino* sur l'épaule et elle m'offre une fourrure de martre avec des piécettes d'argent à la place des yeux, presque comme celle de la grand-place d'Anvers, il y a un an et demi. Je rayonne. Je me suis blanchi les yeux avec du sel cristallin. Je porte du laurier-rose dans les cheveux et don Domingo m'a offert un bouquet de sept herbes qui me rendront féconde. Décidément… Doña Urraca a loué une douzaine de petits pages pour m'applaudir et pour me jeter des fleurs d'oranger.

Nous devons d'abord aller nous confesser, dans le même confessionnal, chacun d'un côté du prêtre. Nous sommes bien trop excités pour pouvoir débiter toutes nos fautes. Le curé nous fait un sermon de plus d'une demi-heure sur le péché et la pureté. Une fois bénis, nous pouvons enfin nous marier sous le portique de la grande cathédrale, décoré par une trentaine de statues de saints auréolés qui contemplent le monde de leurs yeux sans vie. Avant la cérémonie, Domingo m'a remis treize pièces d'or en gage de fidélité éternelle. Selon la coutume, je lui ai dit :

– *Yo las recibo,* je les reçois.

Ensuite, je descends les marches de l'escalier avec doña Urraca, ces mêmes escaliers où les marchands de Séville parlent bateaux, lettres de change et prix de l'argent. Nous avançons jusqu'au puits des souhaits, devant le parvis. Je dois y jeter ma treizième pièce d'or. Comme je suis assez prévoyante, j'ai caché un *maravedí* de cuivre dans l'ourlet de ma chemisette ce matin. Parce que, s'il y a quelque chose qu'il ne faut pas exiger d'une ancienne coupeuse de bourses, c'est bien de jeter une pièce d'or dans un puits ! Je suis toujours adroite et, du bout des doigts, j'ai vite fait de changer le *peso* d'or pour le *maravedí* de cuivre, alors que doña Urraca me précède vers le puits. Elle ne remarque rien. Je glisse le *peso* dans ma chemisette et je laisse tomber le *maravedí* dans le puits des souhaits. La pièce de cuivre tombe plusieurs mètres plus bas, sous la grand-place de Séville.

– Voilà, tu as payé pour échapper au malheur ! dit doña Urraca en souriant. Les beaux jours peuvent commencer. Ton père changera d'avis. D'ici quelques semaines, il organisera une grande fête pour ton mariage.

L'espace de quelques secondes, je me demande si j'ai bien fait d'échanger la pièce d'or contre une piécette de cuivre, mais c'est trop tard. Nous remontons les escaliers, bras dessus, bras dessous, pour rejoindre Domingo qui m'attend avec son merveilleux sourire.

C'est don Alonso, qui a entretemps terminé ses études de prêtre et de théologien, qui bénit notre union. Mais comme toujours, il a l'air de mâcher un limon amer et de se demander où il pourrait en cracher le zeste. C'est à peine s'il me regarde dans les yeux lorsqu'il me demande, Bible en main, si je veux prendre don Domingo pour époux et si je vais l'aimer dans ce monde comme dans le suivant.

– *Volo*, réponds je en latin. Oui, je le veux.

Il se tourne ensuite vers don Domingo et lui pose la même question.

– *Volo*, répond-il lui aussi avant de me passer une merveilleuse bague à l'annulaire de la main droite.

Alonso lève les yeux au ciel, demande au Seigneur le pardon de nos péchés et conclut en disant que l'amour est plus fort que la mort.

Doña Urraca se tient à ma droite. À la gauche de mon époux se trouvent don Leonciño et don Fortuño. Ce sont nos témoins. J'embrasse don Domingo sur le parvis de la cathédrale en lui mordant la lèvre inférieure. Je la lâche lentement, très lentement. Aucun saint dans les niches du portail ne détourne sa tête de pierre. Fortuño et Leonciño rient. Doña Urraca rayonne. Seul don Alonso ne peut supporter cette vue et regarde le ciel comme s'il demandait à Dieu de lui donner du courage. Je lui serre la main pour le remercier. Il la prend mollement et me fait un signe timide de la tête.

Doña Urraca nous conseille de passer quelques jours dans le domaine de la famille de Domingo, un peu en dehors de Séville, jusqu'à ce que le duc ait changé d'avis. D'ici là, elle a beaucoup de choses à raconter à ses amies.

– C'est ta propre romance que tu vis ! me chuchote-t-elle. N'aie pas peur ! Le duc ne te rejettera pas. Tout finira par s'arranger.

Nous partons l'après-midi même. Je suis assise devant Domingo, sur son cheval, et ses trois amis mousquetaires le suivent. Après une petite heure, nous arrivons à une vieille bâtisse de pierre un peu délabrée entourée de vignobles. Je suis fourbue. Comme je déteste les chevaux !

– Voici ma maison ! dit Domingo en souriant.

Les lions de pierre qui gardaient jadis l'entrée ont été volés il y a longtemps déjà. Le blason de la famille de Domingo, gravé au-dessus de la porte, a été effacé par le vent et les intempéries. La vigne s'étend à perte de vue parmi les collines arides. Une petite vieille, vêtue de vêtements pas très nets, nous ouvre.

– Bonjour, petite grand-mère ! salue chaleureusement Domingo.

Toute heureuse de le revoir, elle se dépêche d'allumer le feu dans l'âtre et d'aller chercher du vin à la cave. Elle me salue furtivement sans me regarder et monte l'escalier quatre à quatre pour chasser le sable, les scarabées, les araignées et les scorpions de la chambre.

– Voici mon domaine ! dit Domingo en souriant. Ce n'est pas grand-chose, hein ?

– C'est plus qu'assez. Je pourrais rester ici toute ma vie avec toi.

Domingo renifle et sourit distraitement. Il décide de me montrer les vignobles. Les vieux ceps s'alignent à une distance régulière. Nous pénétrons dans un village abandonné au sommet d'une colline.

– Ce village s'appelle Bollullos de la Mitación, explique Domingo.

– Bollullos ?

– Les *Bollullos* sont des raisins pour le vin, répond-il en saluant un vieillard qui, aidé de son petit-fils, est en train d'écraser des raisins dans une grande bassine.

J'espère qu'ils se sont bien lavé les pieds, tous les deux.

– Voici ma femme, Ynès d'Almendraje ! dit Domingo.

Le vieil homme enlève son chapeau et incline la tête.

– Peut-on goûter au moût ? demande Domingo.

Il va chercher une grande cuillère et me fait goûter le liquide suret et sirupeux.

– C'est le premier vin de l'été, explique Domingo. Les raisins doivent reposer pendant quarante jours. Dans le temps, ma famille possédait toute la vallée. Aujourd'hui, nous n'avons plus que cette colline.

– Je voudrais m'excuser pour aujourd'hui, dis-je. À cause de moi, tu as dû te marier à la sauvette.

– Bah ! Ce n'est pas si grave que ça !

Nous nous embrassons et reprenons notre marche. Toute la vallée couverte de vignobles s'étend à nos pieds. Derrière les vignes, j'aperçois la chaumière en pierre de Domingo. Je l'adore. Des volutes de fumée montent de la cheminée. Au premier étage, la grand-mère secoue des draps. J'aperçois don Fortuño en train de balayer la salle à manger. Même les mousquetaires se plient en quatre pour rendre la maison agréable pour notre nuit de noces !

– Quelle étrange journée ! grommelle Domingo. Ce matin, je me suis réveillé célibataire, fonctionnaire et protégé du duc. Ce soir, je suis marié, je n'ai plus de travail et me voilà en fuite avec la fille du duc !

J'essaie de le rassurer.

– Ma mère m'a assuré qu'il finirait par changer d'avis.

– Tout est arrivé si vite ! Et puis tu as menti et juré sur la Bible.

– Nous avons tout de même été nous confesser avant qu'Alonso nous marie, dis-je. On recommence à zéro.

– Je pense que j'étais rouge comme une pivoine quand le duc a parlé de nos petites aventures dans le hangar, soupire Domingo.

– Pas aussi mort de honte que moi le jour où je suis arrivée et que le docteur Monardes m'a examinée.

– Ah oui, acquiesce Domingo. Le docteur de la peste ! Il est renommé, tu sais. C'est l'homme le plus âgé d'Espagne. Il est presque centenaire.

– Il voulait vérifier que je n'avais pas de pustules et me tâtait partout sous ma chemise, devant tout le monde. J'étais très embarrassée !

– Le jour de mes onze ans, j'ai dû me déshabiller complètement dans le salon de ma tante. Un médecin m'a tripoté devant tous les hommes et toutes les femmes de la famille ! La honte ! Le médecin m'examinait pour voir surtout si mon cep avait la bonne courbe.

– Ton cep ?! dis-je en pouffant de rire.

– J'ai été jugé bon pour le service. À partir de ce moment-là, j'ai pu porter des vêtements d'homme, dit Domingo en souriant. Dans le temps, mon père avait de l'argent et beaucoup de terres. Mon frère aîné a tout dilapidé. Je suis le deuxième fils, *el segundo*. Je ne pouvais hériter de rien et j'étais destiné à partir pour le Nouveau Monde afin d'y chercher de l'or. Mais, il y a deux ans, la peste a emporté mon frère et le reste de la famille. Je n'ai plus que ma grand-mère. La maison est restée longtemps inhabitée. La plus grande partie de la vallée a été vendue à la Couronne pour payer les dettes de mon frère. C'est grâce à ma tante Urraca que j'ai pu faire des études.

– Ce n'est pas grave, dis-je. J'aime beaucoup cet endroit.

– J'espère seulement que ma tante arrivera à convaincre le duc, dit Domingo d'un air soucieux, et que je pourrai retourner à la Maison des Océans. Je n'ai pas envie de rester ici, tu comprends. À Séville, je suis chez moi. C'est là que tout se passe. C'est là qu'est le monde.

Je hoche la tête.

– On aurait dû faire tout cela plus calmement, soupire-t-il. J'aurais dû demander ta main au duc. Il aurait réfléchi et doña Urraca l'aurait persuadé que c'était la meilleure solution pour moi, pour toi et pour la fortune des Almendraje. C'était ce que j'avais prévu.

– Comment ça, ce que tu avais prévu ?

– Je veux dire, c'est ce que j'aurais pu prévoir, reprend-il rapidement. Mais tout s'est déroulé si vite !

– Parce que cette vieille bique de *yaya* m'a surprise quand j'allais te rejoindre, dis-je. De toute façon, tu devais bien te douter que nous allions finir par être repérés un jour ou l'autre. Nous faisions l'amour dans le grenier depuis quatre semaines.

– Tu n'aurais pas dû te faire surprendre, dit-il, irrité.

– On ne va tout de même pas se disputer ! On n'est mariés que depuis quatre heures !

Le visage de Domingo s'est assombri, comme s'il comprenait seulement ce qui venait de se passer, comme s'il se rendait subitement compte que sa vie avait irrémédiablement changé et comme si les anges noirs de la fatalité l'avaient touché.

– Je te rendrai heureux, Domingo !

Il prend le chemin du retour, et je lui emboîte le pas.

Le sol et l'escalier qui mène au premier étage sont recouverts de fleurs d'oranger.

– Allons, les tourtereaux ! Il faut monter vous unir dans l'amour ! dit don Fortuño en riant. Et vous occuper de donner une progéniture à la maison de Yzquierda Barrera !

– Demain, nous partons tous les trois, ajoute Alonso. Nous devons nous présenter à la garnison de Cadix. Nous partirons ensuite pour la Flandre. Je suis heureux que vous vous soyez unis par les liens sacrés du mariage et que vous ne viviez plus dans le péché.

– Trinquons ! crie Leonciño, exubérant.

Il lève le petit tonneau qu'il a sous le bras et remplit à ras bord trois timbales de vin. Je n'ai encore jamais bu de vin. La boisson est capiteuse, mais je n'ai pas envie de m'arrêter. Je pose le récipient vide devant moi.

J'embrasse don Fortuño sur la joue. Sa grosse moustache me chatouille le nez.

– As-tu revu Amparo ? Le duc avait l'intention de la vendre.

Don Fortuño sursaute. Ses yeux ne rient plus.

– Pourquoi aurais-je revu Amparo ? répond-il brièvement en jetant un regard inquiet vers Alonso et Leonciño.

Je m'étonne de cette réaction. Renie-t-il sa relation avec Amparo, ou a-t-il peur que ses amis l'apprennent ?

Quelques heures plus tard, nous montons à l'étage. La grand-mère a fait le lit. La chambre pleine de fleurs tangue autour de moi. Je me rends compte que je suis totalement ivre.

– Je veux t'aimer jusqu'à ce que les étoiles s'arrêtent de briller dans le ciel, dis-je à Domingo.

– Il n'y aura plus de lumière dans le monde, répond-il.

On n'a pas besoin de lumière ! L'amour préfère l'obscurité.

Je souffle les bougies une à une, pendant qu'il enlève son pourpoint et que j'ôte ma robe de mariée. La chambre est noire comme la nuit. En bas, dans le jardin, les trois mousquetaires crient « *Brava ! Brava !* », pour nous encourager. J'embrasse Domingo comme si ma vie en dépendait. Il veut enlever ma chemise, mais je repousse ses mains.

– Non, je la garde toujours, mon chéri, dis-je en chuchotant. C'est ma timidité de Flamande.

Après avoir voyagé au pays de l'amour et des ceps de vigne et après avoir couvert de baisers mon amoureux comme les héroïnes des romances de doña Urraca, je m'endors d'un sommeil de plomb, ivre de vin et d'amour. Dehors, les cigales chantent.

Le reste de la nuit oscille entre rêve et réalité, comme si, entre veille et sommeil il y avait encore une troisième forme de conscience. Un endroit où chantent les anges, où déferlent les vagues et où le parfum des fleurs vous coupe le souffle.

Je m'éveille au point du jour. J'ai l'impression que ma tête va éclater. Le vin a ramolli mes méninges. Je sors du lit en titubant et je glisse presque sur la fourrure de martre qui a atterri sur le plancher. Je dois me tenir au mur pour ne pas tomber. Sois toujours vigilante ! m'avait dit Karel le Pisseur d'église. Ne baisse jamais la garde !

Je m'accroupis pour faire pipi dans le pot de chambre. Je repousse le volet en me protégeant les yeux du soleil. Je jette le contenu du pot par la fenêtre sans trop regarder. Je remarque trop tard don Leonciño, endormi sur la table : il a reçu le contenu du pot de chambre sur la tête sans broncher. Le vent d'ouest espagnol, que l'on nomme ici le *zefir*, me caresse les cheveux. Des vignes monte un chant d'oiseau. L'odeur terreuse des raisins mûrs flotte autour de la maison. Désormais, je suis Ynès de Almendraje y Yzquierda Barrera, dame d'Espagne, fille du duc d'Almendraje ! J'aspire l'air frais, mais mon mal de tête ne disparaît pas.

Quand je me retourne, je surprends le regard étonné de don Domingo, assis sur le bord du lit. Il me fixe, bouche bée.

– Bonjour, mon tendre époux ! lui dis-je en souriant.

La douleur me laboure la tête. Je ressens des élancements rien qu'en plissant les lèvres.

– Qu'est-ce que tu as là ?

Je baisse les yeux. Ma chemise entrouverte laisse voir mes seins.

– Qu’est-ce que tu as là ?! demande-t-il de nouveau.

– Mes seins, dis-je simplement.

Je veux lui sourire, mais il arbore un masque froid et dur.

– Pas là, dit-il en élevant la voix.

Il se lève.

– Tourne-toi !

– Pourquoi ?

– Qu’est-ce que tu as là ? Là, sur l’épaule !

Je m’aperçois à ce moment que les cordelettes de ma chemise se sont dénouées et qu’elle a glissé de mon épaule. Je ne l’avais pas remarqué tout à l’heure quand je me suis levée. Je regarde de nouveau Domingo. Je dois avoir le visage bouffi à cause du vin d’hier. Mon époux lit la peur dans mes yeux.

– Ce n’est rien, dis-je, bête comme une bécasse. Rien du tout.

Il me gifle le visage du plat de la main.

40

MI AMOR

Il n'y a pas grand-chose à expliquer à quelqu'un qui découvre votre marque au fer rouge. Un jour, j'ai vu, à la foire de Bergen-op-Zoom, un homme accusé d'avoir volé un pain. Il cachait sous son écharpe une marque au fer rouge. Un signe cramoisi de chair brûlée, profondément incrusté dans sa peau. L'homme fut immédiatement jeté dans une cellule. Deux semaines plus tard, son corps était pendu aux remparts de la ville et laissé en pâture aux corneilles. Aucune pitié pour ceux qui ont échappé à la corde !

La marque sur mon épaule signifie la même chose dans chaque langue, dans chaque pays. Le nœud coulant suspendu à la potence est le signe de la malédiction des voleurs d'église, des cambrioleurs et des assassins qui ont eu une seconde chance. Si une personne marquée au fer rouge est prise la main dans le sac, elle ne devra plus compter sur aucune miséricorde.

– Laisse-moi tout t'expliquer, mon amour ! dis-je en essayant de me relever.

Ma joue brûle encore sous l'effet de la gifle que je viens de recevoir, et j'ai toujours la migraine à cause du vin de la veille.

Domingo a le visage livide

– Qu'est-ce que tu vas encore me raconter ?! aboie-t-il. Quel crime as-tu commis ?

– Aucun, j'étais innocente ! dis-je sans réfléchir.

C'était il y a un an et demi. J'étais sur la grand-place d'Anvers. Des singes se sont échappés. Il y avait une jeune fille avec un… avec un…

– Un quoi ?

– Un *zibellino*, dis-je en saisissant ma fourrure de martre par terre. Les singes le lui ont arraché et je l'ai ramassé. J'ai été accusée, jugée et marquée au fer rouge. Voilà la vérité. J'en ai tellement honte que je n'ai jamais osé le dire. C'est un terrible malentendu.

Les mots ont fusé de ma bouche. J'en suis encore toute haletante.

– Un malentendu… répète Domingo, et il détourne la tête, torturé par le doute et la confusion.

Je vois bien que ses pensées s'entrechoquent dans sa tête.

– Il faut me croire, mon amour ! C'était un malentendu ! Je le jure sur la Bible !

Son regard se fige.

– Hier, je t'ai aussi vue jurer sur la Bible, dit-il d'un ton glacial.

– J'ai menti pour nous sauver.

– Qui es-tu ?

– La femme qui t'aime. Ynès de Izquierda Barrera, fille du duc d'Almendraje. J'ai été condamnée en Flandre injustement parce que…

Sa seconde gifle me fait tituber. Je tombe en arrière sur le plancher. Il hésite à m'en donner une troisième. Il se retourne et commence à arpenter la chambre, toujours vêtu de sa seule chemise de nuit qui lui tombe sur les genoux. Il donne un coup de poing dans le mur. Une fois. Deux fois. Son corps se tord comme s'il avait perdu le contrôle de ses propres muscles.

– Ce n'est pas possible ! Ça ne peut pas m'arriver à moi ! marmonne-t-il. Ça ne peut pas m'arriver !

Il vient s'asseoir devant moi, sur le sol. Il prend la petite croix en or qui lui pend au cou et marmonne un *Ave*. Sa respiration se calme, il passe la main sur sa petite moustache et son menton lisse. Il laisse même entrevoir un sourire.

– Bon, tu as été arrêtée pour vol à Anvers, il y a un an et demi, récapitule-t-il lentement. Sur la grand-place.

– Mais je n'avais rien fait…

– Très bien. Je comprends. On t'a jetée en prison. Tu as dû donner ce que tu possédais.

Je hoche la tête et je lui prends la main. Il se laisse faire. Tout n'est pas perdu. Il veut essayer de me croire. Une douleur sourde cogne dans ma tête. Il faut que je garde les idées claires.

– Un bourreau t'a marquée au fer rouge ? continue-t-il. Le bourreau de la ville d'Anvers ?

Je lève la tête vers lui. La panique hurle à travers tout mon corps.

– Oui, le bourreau de la ville, sans doute, dis-je nerveusement. Qu'est-ce que je savais, moi, si c'était le bourreau de la ville ou pas ? Il y avait aussi son fils.

– Son fils ?

– Oui, il devait apprendre le métier.

– Tu as été bannie à tout jamais d'Anvers à cause de la marque ? demande-t-il. C'est sûrement la coutume, en Flandre comme en Espagne ? On est banni de la ville qui vous a marqué au fer rouge.

Je dois pouvoir m'en sortir en le baratinant. En prétendant que le juge, ensuite, est arrivé à la constatation que j'étais aussi innocente que l'agneau pascal.

– Donc, répète-t-il, lentement et calmement, tu as dû donner tout ce que tu possédais. Tu as été bannie d'Anvers et expulsée hors des remparts. C'est bien ce que tu me racontes, *mi amor ?*

Je sursaute à ces mots : « mon amour ». J'embrasse ses doigts, je pousse ma joue contre la paume de sa main. Qu'il arrête de parler, qu'il m'embrasse, qu'on ne parle plus jamais de tout cela ! Qu'on s'enlace sans jamais plus se lâcher ! Qu'on fasse l'amour ! Même si mille diables m'enfoncent des clous dans la tête ! Il réfléchit et laisse passer un silence.

– Comment se fait-il que tu aies pu garder ton camée, que tu aies pu louer pendant cinq mois une chambre dans ce couvent pour apprendre l'espagnol et qu'ensuite tu aies pu te payer une cabine sur un navire marchand entre Anvers et Séville ?

Je ne dis rien. Mon corps entier est pris de tremblements. Mon cerveau gémit. Peut-être pourrais-je lui raconter que j'avais enterré un pot contenant de l'argent. Ou que j'avais sauvé de la noyade l'enfant d'un marchand. Et que celui-ci, par gratitude, m'avait payé ce voyage en Espagne. Mais toute ma cervelle semble s'enrouler autour d'une broche à viande. Je n'arrive pas à réfléchir clairement ! Je perds pied.

– *Mi amor* ? demande-t-il calmement.

– Il faut me croire, mon amour, dis-je en le suppliant. J'ai commis des erreurs dans le passé. J'ai fait des bêtises. Mais j'ai fait pénitence. Je me suis confessée. J'ai reçu le pardon. Tout cela est fini.

– Des erreurs ? Quelles erreurs ?

– Mon chéri ! dis-je en me traînant à genoux vers lui et en saisissant l'ourlet de sa chemise de nuit.

– Quelles erreurs ? répète-t-il. Je dois savoir. Tu dois me dire la vérité. Je suis ton mari. Tout ce que tu me raconteras restera entre nous. Comme une confession. Je te le promets.

Il sourit seulement un tout petit peu, mais d'un air engageant.

– J'ai volé. Parce que je n'avais rien à manger. J'ai coupé des bourses. J'ai cambriolé des maisons de bourgeois. J'ai crocheté des armoires. J'ai volé des bijoux et des candélabres. Tout ce que Gus l'Aveugle pouvait fondre ou vendre. Parce que je n'avais rien à manger.

Il hoche la tête et semble s'être calmé.

– Je comprends, dit-il en caressant mes cheveux. Tu avais faim. On ferait n'importe quoi pour manger.

– C'était l'hiver. Il n'y avait pas de nourriture et pas de bois de chauffe. Karel m'avais appris à couper les bourses. À voler. À cambrioler.

– Karel ?

– Mon maître ès filouterie.

– Il t'a aussi appris à te donner aux hommes ? Dis-le moi honnêtement, *mi amor.*

– Non, je n'ai jamais fait cela.

– Tu semblais avoir de l'expérience, dans le hangar à amandes, murmure-t-il d'une voix douce comme la soie.

– Il m'est arrivé d'embrasser Karel, dis-je en pensant à la façon dont il me tripotait les seins et se frottait contre moi. Mais rien de plus.

– Rien de plus ?

– Non, c'est vraiment tout. C'est mon secret. Tu es le seul à le connaître. Je suis Ynès et le duc est mon père. Je suis à toi et je t'aime.

– Bon, mais il faudra tout me dire, reprend-il calmement. Ta duègne a raconté à don Fortuño que tu ne savais ni lire et écrire. Mais elle t'a vue, dans ta chambre, lire un livre. Et à chaque fois que tu allais prier à l'église, tu avais d'après elle un rendez-vous secret avec un homme, un Flamand. C'était aussi un de tes amants ?

– Non.

– C'était qui, alors ?

– Le marchand de gaufres que tu as poussé dans le fleuve.

– Évidemment, acquiesce-t-il. Je l'avais oublié, celui-là ! Qu'est-ce qu'il te voulait ?

Je me tais.

– Qu'est-ce qu'il te voulait, *mi amor* ? Cela restera entre nous.

– J'étais une espionne, dis-je doucement, pour un officier de Guillaume d'Orange.

– Une espionne ? demande-t-il sur un ton presque gentil.

– Mais je n'ai presque rien dit d'important, dis-je. Et l'officier est mort. Je suis libre. Je n'espionnerai plus jamais. Tout ça, c'est du passé. Toi, tu es l'avenir. J'aime l'Espagne et je t'aime, toi.

Il hoche la tête et met ses hauts-de-chausses. Il enfile un pourpoint sur sa chemise.

– Qu'est-ce que tu vas faire ?

– Il faut que je réfléchisse. Je dois mettre de l'ordre dans mes idées.

– Reste ici, mon amour. Recouchons-nous.

– Je reviendrai avec du chocolat, promet-il. Retourne au lit. Je suis content que tu aies été sincère. Je regrette de t'avoir frappée.

Mes mains s'agrippent au cuir de son pourpoint. Je presse ma bouche contre la sienne. Ma lèvre inférieure en sang laisse une tache rouge sur sa joue.

– Attends un peu, murmure-t-il.

Il me mène au lit et m'embrasse de nouveau. Puis, il referme le volet de la fenêtre. Il quitte la chambre obscurcie, verrouille la porte et descend les escaliers.

Je me sens vide et exténuée. Si seulement je pouvais m'endormir et me réveiller tout à l'heure de ce cauchemar ! Des coups de marteau résonnent dans ma tête. Subitement frigorifiée, je m'enveloppe dans ma robe de mariée sans attacher les cordelettes et je m'allonge sur le lit. Peu après, je glisse dans un léger sommeil.

Un bruit m'éveille. Le crissement d'une botte, peut-être. Ou le marmonnement d'une voix. Peut-être un « *Madre de Dios* » étouffé.

Un malaise diffus envahit mon esprit. Je me réveille en sursaut. J'ouvre les yeux, mais j'ai le tournis. Ma tête semble prise dans un étau. La lumière me fait mal aux yeux. Quatre hommes sont debout autour de mon lit. Ils me fixent. Leurs pourpoints, leurs chapeaux, leurs hauts-de-chausses sont noirs. Leurs visages sont gris et pas rasés. Ma robe de mariée est déchirée à l'épaule gauche. Ils fixent tous les quatre ma marque au fer rouge. Je cherche les yeux de Domingo.

Son beau visage est déformé par le mépris et la haine.

L'instant d'après, on me roule dans un drap de lit. J'essaie de me libérer en gigotant, mais les bras de don Leonciño sont trop puissants et le drap, trop serré. Mes membres sont maintenus le long de mon corps. Leonciño me soulève et me jette sur ses épaules comme un sac. Il descend les escaliers. Au rez-de-chaussée, j'entends encore la voix confuse de la grand-mère. Puis, je sens le soleil brûler le drap quand on me fait sortir.

Tout est perdu.

41

DANS LA CLAIRIÈRE

Sous mon ventre, un cheval galope. Je suis ligotée, couchée en travers de l'animal. À chacun de ses pas, je prends un coup dans l'estomac. Je vomis du vin acide, des morceaux de pain mal digérés, des glaires et de la bile, jusqu'à me vider complètement. Des filets de sang collent à mes joues et à mon menton. Sous le drap, la chaleur est insupportable. J'ai l'impression de suer toute l'eau de mon corps. Mes lèvres et ma gorge sont terriblement sèches. Quand cette course folle s'arrête enfin, une cloche sonne midi, au loin. Le cheval hennit.

On me soulève du cheval, on me jette à terre et on déroule le drap. Je suis traînée sur un sol desséché et sale, jonché de gravats, de boue durcie et d'aiguilles de pin brunies. Le bas de mon corps est dénudé, je tire sur ma jupe. Le soleil me brûle les yeux. Tout me fait mal. Tous les muscles de mon corps sont comme distendus. Je dois me mettre debout. Filer à toute allure. Mais j'en ai à peine la force. Je n'arrive pas à me relever. Je me retourne sur le dos et je vois Domingo et ses trois mousquetaires. Don Fortuño scrute les environs pour s'assurer qu'il n'y a personne. Don Alonso vacille et se tient à un arbre ; il est encore ivre. Domingo et don Leonciño attachent leurs chevaux à une branche basse. Allez, Margot ! Réfléchis ! Réfléchis calmement ! Ne baisse jamais les bras ! J'entends à nouveau Hendrickje crier qu'elle ne va pas mourir.

Nous nous trouvons dans une clairière, dans une pinède. Il y a toujours moyen de s'en sortir. Une branche… Une pierre affûtée… Je peux courir. Je me ramasse, je me redresse et je fais quelques mètres en chancelant.

Derrière moi, j'entends des pas lourds. Je me laisse tomber sur le ventre en gémissant pour induire en erreur celui qui se trouve derrière moi. C'est don Leonciño qui me tire vers lui par les chevilles. Ma tête me fait souffrir, mais j'arrive à réfléchir de façon claire. Il y a toujours une issue.

– Toi, tu n'iras nulle part ailleurs ! grogne Leonciño en me prenant en étau entre ses jambes.

Je me retourne vers lui. Mon petit corps se trouve prisonnier entre ses bottes.

– *Por favor* !

Il secoue la tête, comme pour me signifier qu'il ne sert à rien de supplier.

Il est distrait un très court instant. C'est ce que j'attendais. Toujours allongée sur le sol, je plie lestement les genoux et je projette mes pieds en l'air de toute la force dont je dispose encore. Ils heurtent violemment ses testicules. Leonciño semble se vider de son air. L'instant d'après, je lui brise la mâchoire avec une pierre plate. Il mord la poussière, comme un taureau dans l'arène. Je me relève aussitôt et je m'enfuis dans la pinède.

Cours, Margot ! Cours !

Mes pieds volent au-dessus de ce sol de gravats et d'aiguilles de pin. Je ne regarde pas autour de moi. Droit devant ! Toujours droit devant ! Par-dessus les arbres abattus… À travers le lit asséché d'une petite rivière… Parmi les fougères et les ronces... Entre les arbres… Rien ne m'arrête ! Je ramasse un morceau de bois mort. Mon cœur bat à tout rompre. La peur fait vaciller mes jambes. Et soudain, Domingo surgit devant moi. Fracasse la vitre, Margot ! me souffle ma petite voix. Un premier coup de branche morte à gauche. Un second à droite. Et le troisième droit devant. Mais devant moi, c'est Domingo. Domingo, mon bien-aimé. J'hésite. Domingo saisit la branche avec son gant et me l'arrache des mains.

Un coup violent m'enlève tout l'air de mon corps. Domingo vient de me défoncer l'estomac d'un coup de genou. Je n'arrive pas à me relever. Je sombre. J'entends les cris de joie de la populace d'Anvers. J'entends le rire de Simon Hendrickszoon.

Domingo me porte vers la clairière. Leonciño est assis par terre, complètement recroquevillé sur lui-même. Quand il m'aperçoit, il tire son pistolet, mais don Fortuño se place devant moi.

– Arrête ! dit-il.

Leonciño, gémissant de douleur, rengaine son arme.

Domingo me couche par terre et retire l'alliance qu'il m'avait offerte.

Mes amis, vous êtes mes témoins ! s'écrie-t-il. Cette femme est une catin ! Une cambrioleuse, une voleuse, bannie de la ville d'Anvers, et qui m'a séduit avec ses mensonges et ses tromperies. Une espionne des parpaillots par-dessus le marché ! Mon honneur – tout ce que j'ai, tout ce que je suis et tout ce que je serai –, elle me l'a enlevé et souillé à jamais. Un homme n'est rien sans son honneur. Aujourd'hui, nous allons achever le travail que le bourreau d'Anvers avait commencé.

– Laisse-la partir ! essaie Fortuño. Elle ne peut tout de même aller nulle part. Qu'elle finisse sa vie comme mendiante, comme fille d'auberge ou comme esclave !

– Si tu ne supportes pas ça, raille Domingo, va-t-en ! Mais rappelle-toi qu'à Salamanque, nous nous sommes juré de toujours nous entraider. Nous avons croisé nos épées. Nous, les mousquetaires !

Je suis pétrifiée à la vue de la corde dans les mains de Domingo. Il a déjà fait un nœud coulant.

– Vous êtes mes témoins ! répète Domingo. Je rends la justice.

– Non ! Amenez-moi chez mon père !

– Ton père est au courant ! dit Domingo. Je lui ai tout raconté. Il était furieux. Il m'a ordonné de faire de toi ce que je voulais et ensuite de partir le plus vite possible faire la guerre en Flandre avec mes amis.

– Mais tu m'avais promis de ne rien dire ! dis-je en gémissant. Cela devait rester entre nous !

– Écoute, continue-t-il. Si quelqu'un apprenait que le duc a accueilli dans sa maison une fille qui en réalité est une espionne, il tomberait en disgrâce. Il perdrait sa position de conseiller royal et son titre de duc. Ce serait sa perte.

– Et doña Urraca ?

– Elle apprendra seulement que tu as été tuée à cause de ta marque à l'épaule, répond-il. Par un époux à qui tu as volé son honneur !

– Non, Domingo ! *Mi amor* ! Ne fais pas ça !

– Il s'agit de mon honneur ! hurle don Domingo. Le seul bien qui me reste encore ! C'est la moindre des choses que je puisse faire pour le duc si je veux encore me faire un nom et une réputation en Espagne. Que possède un homme, hormis son honneur ?

– Domingo ! Pense à notre amour !

– Laisse-la-moi, que je l'étrangle ! rugit Leonciño, la voix étouffée par sa mâchoire brisée.

– Laissez-la partir ! plaide Fortuño. Donnez-lui

encore une chance ! Elle ne peut plus faire de mal à personne.

– Trop tard ! crie Domingo.

Il jette la corde par-dessus la grosse branche d'un chêne-liège. La corde est épaisse et tressée, comme celles qu'utilisent les âniers. Ils n'ont rien trouvé de mieux à la ferme.

– Fais ta dernière prière, femme ! zézaye Alonso, toujours ivre. Que Dieu pardonne tes offenses, comme il nous les pardonne !

Je m'agenouille et je prie. Je récite un *Ave* et un *Pater* et je contemple le soleil de midi au-dessus de la pinède. Je regarde la colline derrière laquelle se trouve Séville. Mais je ne pleure pas. Ça ne sert à rien, de pleurer. Je pense à la Rousse et à son riz au lait, à Karel le Pisseur d'église et à ses pommes, à la charrette de Piet le Noir qui bringuebalait à travers la boue et les pluies de Flandre, à Esméralda la Boiteuse qui prédisait bonheur et prospérité, à maître Adriaan qui me pourchassait avec sa Bible, à Jobbe qui passa sa dernière soirée au foyer des innocentes à filer et à me donner du courage pour la suite de ma vie.

– Dis « *Amen* » ! ordonne Alonso.

Je reste silencieuse, les mains nouées, je prie pour prier, continuant à espérer un miracle.

– Selon moi, elle a déjà dit « *Amen* », conclut Alonso.

Domingo me met la corde autour du cou et la serre. Il me soulève pour me mettre debout. Il me pousse sous la branche du chêne. Je le regarde dans les yeux avec tout l'amour que je ressens encore pour lui. Mais il évite mon regard et se détourne de moi. Leonciño et Alonso viennent le rejoindre. Ensemble, ils tirent sur la corde. Pour la deuxième fois de ma vie, une corde se resserre autour de mon cou.

– Viens nous aider, Fortuño ! crie Domingo.

– Je n'assassine pas une jeune fille ! répond-il avant de sauter sur son cheval.

Les trois hommes me hissent en l'air. Mes pieds ne touchent plus terre et se débattent dans le vide. Les hommes continuent à me tirer en l'air jusqu'à ce que je sois suspendue à un mètre et demi au-dessus du sol. Comme si la hauteur les rassurait. La lumière s'obscurcit. Je bande les muscles de mon cou. Ma nuque ne se brise pas. J'arrive toujours à respirer, par petites saccades, malgré la corde qui m'étreint.

Les quatre mousquetaires me regardent. Une fille qui pend au chêne-liège, la nuque de travers.

– Tire sur ses jambes pour que son cou se brise, crie don Fortuño depuis son cheval. Tu ne vas pas la laisser souffrir comme cela ?

– Non, je veux qu'elle meure lentement ! souffle Domingo.

– Je ne reste pas ici une minute de plus, crie don Fortuño.

– Où vas-tu ?

– Je vais chercher une église et un prêtre, crie don Fortuño en faisant six signes de croix, pour confesser mes péchés abominables, et j'espère qu'ils me seront pardonnés.

En poussant un « Ya ! » sonore, il lance son cheval à fond de train.

– Maintenant, c'est nous qui sommes des assassins, dit Alonso en essuyant ses mains en sueur à son pourpoint, comme s'il voulait aussi effacer son crime. Il fait également de nombreux signes de croix, saute sur son cheval et part au galop derrière don Fortuño.

– J'ai besoin d'un médecin ! gémit Leonciño. J'ai l'impression que ma mâchoire va tomber. Ça fait un mal de chien. Laisse-la aux corbeaux.

Et lui aussi quitte la clairière au galop.

Seul mon bien-aimé est là, qui me regarde. Sa femme, pendue au bout d'une corde, et qui remue à peine. Il hésite. Va-t-il tirer sur mes pieds pour m'offrir la mort ou va-t-il laisser la corde faire son lent travail d'étouffement ? Il se signe, me crache dessus et fait volte-face. Il éperonne son cheval. Le sable et la poussière tourbillonnent dans son sillage.

J'entends s'éloigner le bruit des fers de son cheval. Je suis seule avec le chant des cigales. Les muscles de ma nuque se contractent douloureusement. J'ai mal partout. Ils n'auraient pas dû prendre cette grosse corde d'ânier. Elle m'étouffe lentement. Trop lentement.

Levant à grand-peine les bras, j'essaye d'introduire mes doigts entre la corde et mon cou. Pas moyen. La corde serre trop fort. Je la saisis, juste au-dessus de ma tête. Mes doigts sont poisseux à cause du sang, de la salive et de la poussière, mais j'arrive à me hisser un pouce plus haut, et cela fait diminuer un tout petit peu la pression sur ma nuque.

Je me hisse à la force de mes doigts, le long de la corde tressée, torsade après torsade Le soleil darde sur mon corps. Une sueur d'agonie a trempé mes habits. Je sens la pisse couler le long de mes genoux. Ma vie est reliée à cette corde. Je continue à me hisser, torsade après torsade. « N'abandonne jamais ! m'avait dit un jour Karel le Pisseur d'église. Tu es la reine des coupeuses de bourses, la fée du caniveau ! Tu peux éloigner la mort en dansant ! »

Une torsade pour Piet le Noir.

Une pour saint François d'Ardooie, qui, là-haut, dans le ciel des escrocs et des faux saints, me sourit.

Une torsade pour les chiens. Une pour Matthieu, une pour Marc. Et une pour Luc. Et une pour Jean. La corde est mon chapelet et, à chaque grain, je me rapproche de la branche. Je sens l'écorce rude du chêne-liège. Il me faut lâcher la corde pour attraper la grosse branche. Si mes doigts ne trouvent pas d'appui, je tomberai et je me romprai la nuque, d'un coup. Mes yeux jailliront hors de leurs orbites et je m'arrêterai d'exister. Moi, Margot fille de Personne, perdue dans cette pinède espagnole…

Les doigts de ma main droite s'agrippent à la branche. Je lance ma main gauche de l'autre côté. Je suis à présent accrochée des deux mains à l'arbre. J'ai les bras qui tremblent. Mes doigts n'en peuvent plus. Je n'arrive pas à me hisser plus haut. Je n'en ai plus la force.

Non, Margot, n'abandonne pas ! Pas maintenant ! Pas si près du salut ! Aide-moi, saint François ! Aide-moi ! Il me reste encore une chance, une seule. Je balance le bas de mon corps de gauche à droite. De plus en plus vite. Mes ongles saignent. Ma tête bourdonne. Encore un peu, et je vais tomber dans les pommes. Avec les dernières forces que j'ai encore dans les reins, je m'élance vers la branche. Ma jambe droite s'y accroche. Puis, ma jambe gauche passe de l'autre côté. Je cale mon pied droit avec mon genou gauche, comme j'ai vu faire les funambules à la foire d'Erps-Kwerps. Je lâche les mains. Je tombe en avant. Pendant un moment j'ai peur que mes jambes ne flanchent, mais elles sont bien accrochées. Me voici suspendue, la tête en bas, et je sens mon sang refluer dans ma tête. Les muscles de mes bras me font pleurer de mal. Il faut faire vite. Mes doigts desserrent peu à peu le nœud jusqu'à ce qu'il soit assez large pour que je puisse y passer ma tête meurtrie. Voilà ! Maintenant, je n'ai plus qu'à décrocher mes jambes et à me laisser tomber. Mon épaule heurte le sol mou dans un petit bruit sourd.

Je suis en vie ! Je le crie, je le hurle, mais je n'entends qu'un léger gargouillis. La corde m'a volé ma voix. La douleur me brûle la gorge et la nuque. Mais je suis en vie !

Je suis Margot fille de Personne, impératrice du caniveau ! Et il en faut plus que quatre mousquetaires espagnols pour me faire manger les pissenlits par les racines !

42

SUZANNEKE LA FOLLE

Je reste couchée sous le chêne-liège. Je n'en peux plus. Je n'ai plus aucune volonté. Je suis complètement épuisée. J'ai perdu celui que j'aime. Qu'on vienne m'achever ! Maintenant ! Vite ! Deux pouces d'acier entre les côtes, s'il vous plaît ! Une balle en plein cœur, dans mon pauvre petit cœur brisé ! Qu'un coup de gourdin défonce ma sale bobine ! N'importe quoi, pourvu que ça aille vite ! Je me suis déjà confessée. Je suis à l'abri, mes péchés m'ont été pardonnés. Avec un peu de chance, je monterai au paradis par la petite porte.

Margot, fille de Personne, tu es couchée là, par terre. Mariée depuis un jour et ton mari t'a déjà pendue à un orme. Pardon, à un chêne-liège. Dans ce pays, il n'y a même pas d'orme pour pendre les gens. Eh bien, maître Adriaan, vous aviez raison. On ne peut pas échapper à son destin. Je finirai là où je devais finir, les os blanchis à la corde. En fait... peut-être pas, Maître Adriaan... Il faut tout de même que je vous le dise : ça ne marche pas si facilement que ça ! Même mon très cher et très noble Espagnol, maître dans l'art de la guerre et de l'amour, n'est pas arrivé à me pendre ! Trois gentilshommes espagnols sont venus à sa rescousse, et eux non plus n'y sont pas parvenus ! Parce que, moi, Margot fille de Personne, je vis encore ! Un tout petit peu, certes, mais je vis encore.

Je ferme les yeux, mais je ne perds pas conscience. J'essaie de lever la main, sans y arriver. Je dois penser à Suzanneke la Folle, la poupée à la foire, qui tournait en bourrique les curés et les moines et qui recevait des coups sur la tête plus souvent qu'à son tour. Sur le sol, ensuite, il ne restait plus d'elle qu'un petit tas de bois, de chiffons et de fils. Elle ne bougeait plus. Était-elle morte ? Vivait-elle encore ? La lune se levait, un loup hurlait et disait qu'il sentait de la chair fraîche, de la chair de fillette. Et les enfants criaient : « Réveille-toi, Suzanneke ! Lève-toi, Suzanneke ! » Parce qu'ils savaient que Suzanneke avait la tête dure, une tête de bois. Alors, le marionnettiste tirait sur les ficelles attachées à ses poignets et à ses chevilles, et Suzanneke la Folle bondissait sur ses jambes. Le loup sursautait. Suzanneke la Folle lui donnait quelques coups de pied au derrière. Les gamins criaient de joie, pleuraient, l'acclamaient. Allez, Suzanneke la Folle !

Allez, Margot ! Ce que Suzanneke la Folle peut faire, tu peux le faire aussi ! D'un bond, je relève le haut de mon corps. Voilà. Je suis assise. J'ai le tournis. Le soleil est brûlant. Cela tambourine dans ma tête. J'ai la peau du cou complètement râpée. Les mouches se gavent de la chair rose et luisante de la plaie que j'ai à hauteur de la gorge. Mets-toi debout, Margot ! Debout ! Sur tes deux jambes ! Je m'appuie de la main droite sur le sol, je pousse et je me lève. Je chancelle, mais je ne tombe pas. Je fais quelques pas en direction de la pinède. L'ombre des arbres me fait du bien. Je m'appuie contre un pin. La tête me tourne. Le soleil m'a brûlé la peau.

Il faut partir d'ici, Margot, et vite ! D'ici peu, le duc et les officiers de la garde vont peut-être arriver. Il faut que je retourne à Séville. Que je retrouve Johannes. Il est le seul à pouvoir m'aider. J'ai toujours à mon poignet la médaille d'Espagne, mon laissez-passer. Je traverse la pinède. D'abord lentement, avec difficulté, en titubant comme un ivrogne, jusqu'au lit sec d'un ruisseau. Allez, Margot ! Je me dépêche pour le traverser. Je trébuche sur un galet. Je me relève. Le soleil m'assomme.

Tout à coup, un jeune berger se dresse devant moi. Il n'a pas plus de treize ans. Il est entouré de ses moutons et porte uniquement une courte culotte de cuir. Il semble tout droit sorti d'un chapitre oublié de l'Ancien Testament. Son chien vient me renifler. Je veux lui demander s'il a de l'eau. Mais aucun son ne sort de ma bouche, juste une sorte de murmure. J'ai l'impression qu'un instrument de torture m'enfonce des clous dans la gorge. Le garçon me regarde, stupéfait, et fait immédiatement plusieurs signes de croix. Ce n'est pas tous les jours qu'il voit une femme habillée en robe de mariée en lambeaux et au col taché de sang séché. Je me traîne vers lui comme la sorcière des enfers. J'indique son outre en peau de porc et ma bouche. Mes lèvres forment les mots « *agua, por favor* ». De l'eau, s'il te plaît. Le berger me tend son outre. Je laisse couler l'eau dans ma gorge. Déglutir est une torture. L'eau de cette outre en peau de porc est chaude et elle pue, mais c'est l'eau la plus délicieuse du monde. Remis de sa surprise, le garçon me demande ce qui m'est arrivé. Je ne suis tout de même pas une sorcière ? Je le regarde et j'ai envie de lui dire que je suis tombée de mon balai quand j'ai voulu allumer ma pipe en plein vol, mais, comme je ne peux plus parler, je hausse les épaules et je lui réponds muettement un « *gracias* ».

Je continue ma marche le long du lit du ruisseau à sec. Après un temps, j'arrive enfin à une vraie rivière. Je plonge ma tête dans l'eau. La plaie ouverte de mon cou brûle horriblement, mais l'eau me rafraîchit. Je reprends des forces. J'accélère le pas le long de la rivière, et voilà qu'elle débouche sur le grand, le large Guadalquivir, avec ses dizaines de petits bateaux et leurs auvents blancs contre le soleil. Enfin, voici les remparts et les tours de Séville !

Je déchire un morceau de mon jupon pour y cacher mes cheveux blonds et sales. J'en rabats un bout devant ma bouche, en guise de *tapado*. J'enlève le plus possible les fils d'or de ma robe, pour ne plus avoir l'air d'une mariée, et je noue mon col pour que les gardes aux portes ne remarquent pas ma plaie. Il s'agit maintenant de me tenir bien droite en marchant et d'espérer qu'ils ne me posent pas de questions. Je me hâte de passer les pontons. Cela grouille de gens, de chevaux et de charrettes. Moi, on ne me voit pas. On ne m'entend pas. Je suis une ombre grise dans la foule bariolée. À la petite porte San Juan, je montre ma médaille au soldat. Il me demande cinq *maravedís*. Je me fige. Je n'ai pas d'argent sur moi. Puis je me souviens de la treizième pièce d'or, celle que j'ai cachée dans l'ourlet de ma petite chemise. Je tâtonne mes habits et je la trouve. Je la montre au soldat. Il me regarde, étonné.

– Vous ne m'avez pas vue, forment mes lèvres, et j'indique mes deux yeux en faisant non de la tête. Il me prend la pièce et d'un mouvement du menton me fait signe de passer.

Dans les rues de Séville, je regarde anxieusement autour de moi. Il ne faut pas qu'on me reconnaisse ni qu'on me reconduise chez le duc ! Il ne faut pas que je rencontre Leonciño, Fortuño, Alonso, ni Domingo ! La tête baissée, je garde une main sur mon *tapado*. Dans le quartier de Santa Cruz, je cherche en vain la maison de l'imprimeur. C'est un grand enchevêtrement de ruelles qui se ressemblent toutes. Ma fatigue revient et la force de mes jambes diminue. Où suis-je ? Où donc est la venelle où loge cet imprimeur ? Je n'en peux plus. J'ai l'impression de tourner en rond, mais je n'ose pas demander mon chemin. Enfin, je reconnais le blason au-dessus d'une porte : un homme et une femme avec un heaume au-dessus de leurs têtes. Je me jette sur la porte et laisse retomber le heurtoir contre le bois. Tiens bon, Margot ! Tiens bon ! La porte s'ouvre en grinçant et je recule d'un pas. Je regarde la servante espagnole droit dans les yeux.

– Qu'est-ce que tu veux ? croasse-t-elle.

Je veux dire que je viens pour l'imprimeur flamand et pour son assistant, mais les mots ne sortent pas de ma gorge. Je tends la main et la femme croit que je demande l'aumône.

– Va-t-en, mendiante ! crie-t-elle. Va chercher de la *sopa boba* au couvent !

Elle veut refermer la porte, mais je me jette en avant et je tombe dans le patio. Je me relève. La bonne femme se met à crier comme si ses jupons prenaient feu. Je titube. Je regarde à droite, à gauche. Une grosse cuisinière et un valet s'avancent vers moi. Je veux appeler Johannes ou Juan de Castillo, mais ma gorge ne laisse passer qu'un râle affreux, comme si quelqu'un m'avait arraché la langue. Le valet me prend sous les aisselles. Je me laisse tomber. La cuisinière saisit mes deux jambes et les tient solidement coincées. Ils me soulèvent et me portent vers la sortie. On ne s'embête pas avec les mendiants, ici !

– *Alto*, dit une voix. Halte !

Le valet et la cuisinière s'arrêtent devant la porte ouverte.

J'entends un pas traînant se rapprocher et je revois ce visage plus moucheté qu'un œuf de perdrix, puis trois, quatre poils de moustache et de barbiche. Johannes ! Tous mes muscles se détendent.

– Margot ! Qu'est-ce qui t'est arrivé ?! Margot !

Ma bouche s'ouvre et se referme. Je n'arrive pas à articuler le moindre son. Je dégage mes bras et les porte à mon cou. Il ne comprend toujours pas. Mes doigts tremblent comme ceux d'une folle, en défaisant lentement le bouton de mon col et en ouvrant ma robe de mariée. Le valet et la cuisinière sursautent à la vue de la chair tuméfiée. Johannes me dégage le cou et tous voient maintenant la profonde empreinte qu'y a laissée la corde.

Johannes a les larmes aux yeux. Il a toujours été un garçon sensible. Malgré la douleur et la difficulté de ma situation, je ne peux m'empêcher de sourire.

43

COMBIEN DE VIES?

On enduit ma plaie d'une pommade qui me démange horriblement. C'est insupportable. Mes muscles et mes articulations sont terriblement engourdis. J'ai mal à chaque mouvement que je fais, comme si, d'un seul coup, j'étais devenue une petite vieille. Je n'ai pas encore retrouvé ma voix. Chaque son que j'essaie d'articuler râpe l'intérieur de ma gorge tuméfiée. Johannes m'apporte une assiette de « pommes de coton » coupées en petits morceaux et saupoudrées de cannelle que je mange avec les doigts. Le jus et la chair du fruit me font du bien.

– Eh bien, voilà la deuxième fois que tu survis à la corde ! dit-il en grimaçant.

Je ne réponds pas.

– Combien de vies as-tu, Margot ?

Je hausse les épaules.

– Je crois qu'il est temps de rentrer, dit-il enfin. La caravelle chargée de xérès à destination de Flessingue part de Cadix dans une dizaine de jours. Je pense que ce ne serait pas très intelligent d'aller à Cadix. Tu n'as plus de papiers et le duc doit te faire rechercher. Il vaut mieux suivre le plan que j'avais mis au point avec Simon Hendrickszoon.

Johannes fait plusieurs signes de croix, mais je ne suis pas son exemple. Je haïssais cet homme, et je suis contente que nous ayons eu l'idée de lui voler sa bourse avec ses pièces d'argent.

– Nous prendrons la route vers Zahara de los Atunes. Un pêcheur de thon qui se fait appeler El Almadraba nous amènera en haute mer.

Je fronce les sourcils en répétant son nom de ma voix muette.

– El Almadraba veut dire « le Frappeur », m'explique Johannes. C'est un surnom fréquent à Zahara, parce que les pêcheurs frappent la tête du thon à coups de gourdin et qu'il ne se passe pas un jour sans qu'un habitant de ce village n'en reçoive lui-même. C'est un vrai nid de pirates. J'y suis allé. Tu t'y sentiras chez toi.

Je ne trouve pas cela drôle.

– Nous prendrons donc la mer le matin du 19 août avec la chaloupe d'El Almadraba. Puis, nous monterons à bord de la caravelle de Juan de Castillo en direction de Flessingue.

Je hoche la tête.

– Nous en avons eu, des mésaventures, toi et moi, hein ? dit-il.

Je me demande s'il veut parler de notre romance ou de nos activités d'espion.

– Tu penses que ça ira ? Tu pourras partir dans quelques jours pour Zahara ?

Je fais oui de la tête. Plus vite j'aurai quitté Séville, mieux cela vaudra.

Johannes se lève et sourit d'un air goguenard. Que se passe-t-il ? Je lève le menton en fronçant les sourcils, pour lui montrer que je m'interroge.

– Je n'arrive pas à m'habituer à ton silence. Toi qui d'habitude me noyais sous un flot de paroles !

Je lui adresse un faible sourire. Après m'avoir saluée, il me laisse seule.

La nuit, je rêve de Domingo. Nous faisons l'amour dans le hangar à amandes. C'est un véritable feu d'artifices. Je rêve ainsi que tout est amour, jusqu'au moment où je me réveille à cause de ma nuque qui me fait si mal.

Cinq jours plus tard, je me sens déjà beaucoup mieux. En fin de journée, je me rends dans le patio de l'imprimerie pour y savourer les odeurs du soir. Il est beaucoup moins bien aménagé que celui du duc. Les dalles sont fissurées et le banc de pierre est envahi par le lierre. Des enfants courent en pourchassant un chat. Quelque part, dans la rue, quelqu'un joue *La Complainte du Fou*. J'entends résonner : « Ay-ay-ay-ay ! » Mon Dieu, comme l'Espagne va me manquer !

Juan de Castillo vient à ma rencontre et me dit en flamand qu'il regrette beaucoup le départ de Johannes. Il aurait aimé le garder plus longtemps à l'imprimerie.

Le lendemain, une mendiante en haillons frappe à la porte. Elle porte un voile et un foulard, mais je la reconnais tout de suite à sa démarche majestueuse : Amparo ! Aussitôt, je cherche un couteau pour me défendre. La servante la mène auprès de moi.

– Cette femme prétend vous connaître, dit-elle.

Lentement, Amparo enlève son voile et découvre son fier visage. Elle a un petit reniflement hautain et s'assied par terre, devant moi. Je la regarde avec méfiance. Déroutée, la servante rentre précipitamment dans la maison.

– Je pensais bien que tu étais ici, *Flamenca*, dit-elle en grimaçant. Je me souvenais que tu étais venue chercher un livre ici et que tu y avais rencontré cet homme au visage moucheté.

J'essaie de parler, mais seul un faible gémissement sort de ma bouche.

– Mon Dieu ! dit Amparo en se signant plusieurs fois. Ils t'ont pendue comme un vieux chien ! Tu vois bien que tu n'es qu'une pourriture flamande !

Ses yeux lancent des flammes. Elle voudrait que je me fâche, mais je suis trop abasourdie par la situation. Je vois Johannes approcher lentement, un pistolet à la main. Il serait capable de se tirer une balle dans le pied ! Amparo tourne la tête vers lui, nullement effrayée.

– Je n'aurais pas dû te protéger, commence-t-elle, rageuse. J'aurais dû prévenir la duchesse quand tu t'amusais avec Domingo dans le hangar à amandes ou quand tu avais tes rendez-vous avec ce Monsieur Mouche que voilà.

Johannes est tout étonné. On ne l'a encore jamais appelé Monsieur Mouche.

– Le duc m'a chassée, dit Amparo d'un ton amer, alors que j'ai été pendant huit ans la *dueña* de la duchesse. Elle m'avait promis de me donner ma liberté au bout de dix ans et de me donner un salaire normal de servante. Mais il m'a mise à la porte sans un seul *maravedí*. Hier, j'ai dû mendier au couvent pour un bol de *sopa boba* et j'ai dormi sur les dalles d'une église. Tout ça, c'est de ta faute.

J'acquiesce d'un mouvement de tête. Mes lèvres ébauchent une excuse. Elle renifle.

– Doña Urraca était désemparée quand elle a appris qu'on t'avait pendue, continue Amparo. Il y a eu une violente dispute entre elle et le duc. Il lui a dit que tout était de la faute de Domingo, mais doña Urraca avait vu son neveu arriver le lendemain de la noce et discuter avec le duc. Elle avait compris que c'était lui qui avait ordonné à Domingo de te pendre. Doña Urraca était furieuse. Elle a fracassé le vase japonais en mille morceaux.

Je souris. Bon débarras ! Ce vase japonais…

– Don Domingo se cache dans un lieu consacré, le patio de los Naranjos, le champ clos aux orangers, à côté de la cathédrale. Là, les officiers ne peuvent pas l'arrêter. Mais il est avec toute la racaille de Séville…

Je la regarde d'un air étonné.

– Tu sais, on ne tue pas comme ça une jeune dame, qu'elle soit espagnole ou flamande, même pour une question d'honneur ! Les gens racontent que Domingo t'a tuée par jalousie. Mais comme on n'a pas retrouvé ton cadavre, théoriquement, il n'y a pas encore de crime. Le duc est au bord du désespoir. Il a tellement peur que le roi ou les Grands d'Espagne apprennent qu'il a été roulé dans la farine par une gamine de seize ans ! Il ne s'était même pas rendu compte que sa fille venue de Flandre était marquée au fer rouge ni, si j'ai bien compris, que c'était une espionne, par-dessus le marché ! Quelle honte ! Si cela se savait, il serait ruiné. Le roi l'enverrait à la guerre, avec prière de ne plus revenir et de mourir glorieusement sur le champ de bataille !

Après m'être assise en face d'Amparo, je me penche vers elle pour lui parler. Chaque parole me déchire la gorge.

– Reste avec moi, Amparo ! Viens avec nous en Flandre !

– En Flandre ? Qu'est-ce que tu racontes ? demande Johannes. Tu veux l'emmener en Flandre ?!

Je hoche la tête en regardant Amparo. Elle me dévisage, les yeux noirs de colère.

– Je n'ai pas besoin de ta pitié, *Flamenca* ! Il y a plein d'hérétiques aux Pays-Bas. Il y pleut trois cents jours par an. En hiver, il y gèle à pierre fendre. Mon pays, c'est l'Espagne. Je reste ici.

– Qu'est-ce que tu veux, alors ? demande Johannes. Pourquoi es-tu venue ici ?

Elle nous jette un regard noir et passe la main sur ses haillons de mendiante.

– Le duc a promis une récompense de cinquante *pesos* d'or à celui qui retrouvera sa fille.

Des frissons me parcourent la colonne vertébrale.

– Alors… Soit je vais tout droit chez le duc pour tout raconter, soit tu me les donnes toi-même, les cinquante *pesos* d'or.

Elle a le regard dur comme l'acier. Des enfants pleurent dans une des pièces de la maison. Dans l'atelier, les presses s'activent. Quelque part dans la rue, des coups de pistolet et des cris retentissent. Amparo renifle. J'interroge Johannes du regard. Il pousse un soupir.

– Je pense avoir cinquante *pesos* d'or, dit-il en se levant.

Il prend la direction de la maison.

On entend de nouveau des détonations à l'extérieur. Puis des acclamations, des cris de joie. On doit fêter quelque chose. Je m'appuie contre Amparo et chaque mot que je prononce enserre ma gorge comme dans un étau.

– Pourquoi ne m'as-tu pas trahie ?

– Parce que toi et moi, nous sommes les mêmes. Nous sommes toutes les deux des esclaves. Nous sommes le rebut de Séville, mais tu as une âme et moi aussi. D'une certaine façon, nous sommes des sœurs. N'empêche, si tu ne me donnes pas l'argent, je te dénoncerai !

Johannes revient avec la bourse de Simon Hendrickszoon. Amparo l'ouvre et compte les pièces. Vingt pièces d'or. Trente *maravedís*.

– Ça ne fait pas cinquante *pesos* d'or, conclut-elle.

– C'est tout ce que nous avons, dit Johannes.

– Bon, ça ira, soupire-t-elle en se levant.

– Attends ! Quelle garantie avons-nous que tu ne nous dénonceras pas au duc ?

– Vous avez ma parole de bonne catholique, répond-elle avec fougue avant de faire volte-face.

Une fois de plus, je suis frappée par sa prestance.

– *Buena suerte, Amparo,* dis-je, bonne chance !

Elle s'arrête un temps, étonnée.

– *Buena suerte*, *Flamenca*, répond-elle en souriant avant de disparaître de la maison et de ma vie.

Des coups de canon retentissent au loin. Que peut-on bien fêter ?

La porte s'ouvre en grand. C'est Juan de Castillo, l'imprimeur. Il a l'air consterné.

– Ils l'ont tué ! dit-il.

Nous le regardons, complètement abasourdis.

– Guillaume d'Orange a été tué à Delft ! explique-t-il. D'un coup de pistolet. Il y a deux semaines. C'est un Français qui a fait le coup, un certain Balthasar Gérard.

Je le regarde, les yeux écarquillés : nous avions tout de même prévenu !

– Gérard a pris un faux nom et persuadé les gardes qu'il était protestant et qu'il voulait voir Guillaume d'Orange. Il a pu s'introduire dans le palais. Le 19 juillet, juste après les coups de midi, il a abattu le prince de deux balles.

– Tout est perdu !

Je pousse un profond soupir. Johannes éclate en sanglots, se laisse tomber sur le banc et commence à se gratter la tête comme s'il avait des poux. L'idiot ! Ça ne sert à rien, de pleurer. Partout dans Séville éclatent des coups de pistolet et de canon. Ce soir, toutes les auberges seront pleines. Le vin coulera à flots.

Et nous qui avons prévu de partir demain matin pour Zahara !

– J'ai besoin de vêtements noirs, dis-je à Juan.

– De vêtements noirs ? Pourquoi ? demande-t-il.

Johannes lève la tête. Je parviens encore à sortir un mot de ma gorge :

– Almendraje.

44

CRUELLES RETROUVAILLES

Séville est en effervescence. Guillaume d'Orange est mort. D'ordinaire si sobres, les Espagnols boivent du vin à même leur outre en peau de porc. La nuit est déjà bien avancée lorsque je traverse les rues de Séville. Je suis Margot, coupeuse de bourses, voleuse de fourrures de martre et de peignes de nacre, cambrioleuse d'églises, monte-en-l'air et rat de caniveau !

Les nuits sont dangereuses à Séville. Je porte une énorme torche qui me permet de brûler le nez à tous ceux qui voudraient m'importuner. À mon arrivée dans la ruelle pavée qui mène à la maison du duc, je l'éteins. J'attends un long moment, tapie dans l'ombre. Personne. Je me colle contre le lierre et je cale mes doigts entre les pierres, là où les joints ont lâché. Parvenue sur le toit après de longues minutes d'escalade, j'avance à quatre pattes sur les tuiles, doucement, pour ne pas les faire bouger. Heureusement que je suis légère ! M'aplatissant contre le toit, j'ai une vue plongeante sur tout le patio.

Dans la porterie, j'aperçois Fernando El Viejo qui fume sa trente-cinquième pipe de la nuit. Le chien dresse les oreilles. Je descends du toit par le mur plongé dans l'obscurité, entre la maison et le hangar à amandes. Je lève la tête. C'est là que je me suis donnée corps et âme à Domingo. Je n'arrive pas à croire que tout cela appartient désormais au passé. Pourrai-je un jour revivre quelque chose d'une telle intensité ? Avec cette confiance illimitée, cet abandon de tout mon être ?

Ce n'est pas le moment de reculer, Margot !

Le hangar est vide : il attend la récolte de septembre. Le chien arrive vers moi en grognant. Je lui donne ma main à renifler ; il remue la queue et me lèche les doigts. Je m'élance vers le bureau du duc, situé au rez-de-chaussée, et je m'y faufile par la fenêtre. Maintenant, il va s'agir de me déplacer dans le noir sans rien renverser et sans faire de bruit ! Je longe les coussins du salon des femmes où je retrouvais si souvent doña Urraca et ses amies, la cloison vers le salon des hommes, le globe terrestre, la table où, avec le duc, j'ai scellé une lettre destinée au roi. Me voici devant la fameuse armoire. J'introduis mes deux petites tiges de fer dans la serrure. J'écoute le mécanisme. Toutes les serrures se ressemblent. Après quelques minutes, j'entends le déclic libérateur. J'ouvre le battant et je trouve les sept cartes, enroulées avec une liasse de lettres adressées au roi. Je fourre le tout dans le sac que je porte sur le dos et je le referme soigneusement.

C'est alors que la porte s'ouvre. Doña Urraca apparaît dans la pièce. Elle ne me reconnaît pas tout de suite.

– Ynès, balbutie-t-elle. C'est toi ? Tu es encore en vie !

Elle vient vers moi. Je recule. Je ne sais pas quoi faire. Je vois des larmes dans ses yeux.

– Ma fille ! dit-elle.

Je n'arrive pas à articuler une réponse. La gorge me gratte. Puis cela sort d'un coup de ma bouche :

– Maman !

Elle tend la main vers mon visage et remarque

tout de suite les gros bandages enroulés autour de ma gorge. Elle sait ce qu'ils m'ont fait. Elle m'embrasse le front et les yeux. Elle me caresse les cheveux. Je la laisse faire.

– Ma fille ! Tu es vivante ! chuchote-telle. Dieu soit loué ! Tu es vivante !

Je l'embrasse à mon tour. Je m'agrippe à elle, comme si elle avait déjà disparu de ma vie, comme si elle n'était déjà plus qu'un souvenir. Je sais que je ne la reverrai plus jamais. Je suis déjà très loin, à l'autre bout du monde, ou c'est elle qui est déjà loin. Là, en ce moment, elle me tient dans ses bras, mais ce moment n'existe déjà plus. J'ai un nœud qui ne cesse de grossir dans la gorge, les larmes gonflent mes yeux et la morve me coule du nez. Je serre doña Urraca si fort que je sens quelque chose craquer dans ma colonne vertébrale. Il y a tellement de choses que je voudrais lui dire ! Je voudrais tout lui raconter ! Mais je n'ai plus de voix. Je pleure comme une enfant.

– Éloigne-toi d'elle, Urraca ! dit une voix glaciale derrière nous.

Je sursaute. Mes cheveux se dressent sur ma tête. Je ne l'ai pas entendu entrer. Il est là. Le duc. Un pistolet à la main. C'est un Puffer, un pistolet à rouet. Il remonte la roue, ferme le bassinet et rabat le chien. Il tient le pistolet vers le plafond, afin que la poudre reste en place. Il est froid et calme, un vrai soldat espagnol.

– Viens ici, Urraca ! ordonne-t-il.

– Fabián, attends ! dit-elle d'une voix suraigüe.

– Viens ici ! crie-t-il.

Doña Urraca me lâche les mains.

– Fabián, non ! dit-elle, la voix tremblante.

Elle vacille vers lui, désespérée, se tire les cheveux, se frotte les mains et commence à réciter tout haut un *Ave*. Le duc continue à me fixer sans sourciller.

– Tu m'as menti, grince le duc. Tu m'as espionné. Ta trahison a souillé ma vie et ma maison. Tu es pire qu'Ève au jardin d'Éden !

– Ne fais pas ça, Fabián ! supplie doña Urraca. C'est notre fille !

– Elle ne sera jamais notre fille, aboie-t-il. Sache, Urraca, que je fais preuve de miséricorde ! Je pourrais la livrer à l'Inquisition, qui l'emballerait dans du plâtre et de la paille pour la faire brûler à petit feu comme l'hérétique qu'elle est !

– Ne fais pas ça, Fabián ! dit doña Urraca en pleurant.

Elle tombe à genoux devant son mari en reprenant ses *Ave*.

– Ne fais pas ça !

Il baisse le pistolet et me vise. Je ne peux pas m'enfuir. Les larmes dégoulinent le long de mon menton. Voilà, Margot, c'est la fin du voyage. Il appuie sur la détente. Le ressort se relâche.

Un.

Plus le temps de dire un *Ave*. La roue frappe à une allure folle la pierre à fusil.

Deux.

La pierre à fusil lance des étincelles incandescentes sur la poudre, qui s'enflamme. Tout à coup, doña Urraca se jette devant le pistolet de son mari.

Trois.

Une courte détonation, la balle est propulsée en avant et renverse doña Urraca comme une poupée de chiffons. Elle tombe sur les coussins où, avec ses amies, elle a si souvent parlé des amourettes, des fiançailles et des mariages de Séville. Elle a un trou dans la tête et sa bouche est ouverte comme si elle cherchait encore de l'air. Le duc semble stupéfait. Il a l'air de ne pas croire à ce qui vient de se produire. C'est maintenant ou jamais.

Je me jette par la fenêtre en entraînant l'auvent en papier qui protège la pièce du soleil en journée. Je fais une culbute dans le patio, me ramasse et me retrouve nez à nez avec le canon de l'arquebuse de Fernando El Viejo. Il est ahuri.

– Doña Ynès ! balbutie-t-il en baissant son arme.

Je pivote et traverse le patio en courant.

– Tire, Fernán ! hurle le duc.

Fernando tire. La balle percute la porte du hangar à amandes. Il ne s'est pas donné la peine de me viser. Je grimpe à toute vitesse le long de l'échelle, cours sur le plancher du hangar à amandes et me lance sur le toit. Trois mètres de vide me séparent de celui de la maison, mais je saute. Les tuiles bougent et craquent quand j'atterris dessus.

– Donne-moi ton pistolet, Fernán ! hurle le duc.

Pas de temps à perdre ! Au moment même où retentit la déflagration, je me jette du toit dans la profondeur noire de la ruelle. Je crois entendre siffler la balle au-dessus de ma tête. Je flotte un instant dans l'air. Fléchis les genoux et laisse-toi rouler en boule ! me dis-je en me rappelant les paroles de Karel le Pisseur d'église. Je tombe sur les pavés de la rue dans un bruit sourd. Ma tête heurte les pavés. Une douleur cuisante me traverse le crâne. Toute étourdie, je parviens malgré tout à me relever et à courir alors que la porte s'ouvre en grinçant derrière moi et que le duc s'écrie :

– A las armas !

Cette nuit, on sortira les *alguaciles* des auberges avec l'ordre de passer au peigne fin les rues de Séville à la recherche d'une jeune fille. Mais comme ils auront trop bu pour fêter la mort de

Guillaume d'Orange et la gloire de l'Espagne, leurs recherches bâclées ne donneront rien. Je passerai entre les mailles du filet.

À l'aube, une cargaison de fûts de Juan de Castillo est chargée sur une charrette. Elle passe par la porte de la ville et se dirige vers l'Arenal. Là, on roule les tonneaux sur un bateau qui les mènera à Cadix.

Deux heures plus tard, passé un méandre, à trois lieues de Séville, on ouvre deux de ces fûts. Johannes et moi en sortons, contents de respirer enfin l'air frais. Mais nous n'avons pas le temps de nous remettre. Le capitaine flamand a mené le bateau près de la rive, et c'est le moment d'y aller. Johannes saute de l'embarcation, boit presque la tasse, puis m'offre ses épaules pour me porter jusqu'à la plage. Je tiens le sac avec les cartes et les lettres en l'air pour les protéger de l'eau. Nous nous affalons dans la boue et les pierres du bord du Guadalquivir, pendant que le bateau poursuit sa course vers Cadix. Johannes m'aide à me relever. Il sourit.

– C'est du travail bien fait, Margot ! dit-il.

– Fiche-moi la paix !

– Qu'est-ce qu'il y a encore ? demande-t-il, étonné.

– Ma mère…

– Ta mère, quelle mère ? demande-t-il.

Je le regarde. Mais quel imbécile !

– Doña Urraca est morte par ma faute ! Elle est morte !

J'ai crié, et maintenant, je martèle sa poitrine à coups de poings.

– C'est ma faute, ma faute, ma très grande faute !

D'épuisement, je tombe à genoux devant Johannes.

– Margot, fille d'Espagnol, dit-il calmement. Je suis désolé pour ta mère, mais il y a trois jours de marche pour Zahara de los Atunes.

Je renifle en hochant la tête. Johannes reprend le sac avec les cartes et les lettres et m'aide à me relever. Je secoue la boue de mes vêtements.

Et nous nous mettons en marche vers Zahara de los Atunes.

45

ÉTONNANTE NOUVELLE

Zahara de los Atunes veut dire « désert des pêcheurs de thons » et c'est l'endroit le plus dépravé de la côte sud de l'Espagne. Le village est un amoncellement de petites maisons grises que la mer semble avoir jetées sur la grève. Les gens de Zahara pêchent le thon rouge pour le duc Medina Sidonia dont le château, à flanc de montagne, domine toute la côte. Dans les hangars à salaison du duc, le poisson est découpé et les darnes sont mises à mariner dans du sel et de l'huile. Tant qu'ils font cela, le duc les laisse tranquilles. Officiellement, les bateaux de Zahara ne sont utilisés que pour la pêche au thon. Mais tout pêcheur de Zahara mène d'autres activités bien plus lucratives. Habite ici la plus grande collection de *pícaros* qui, pour un fût de xérès, vendraient leur belle-mère, coupée ou non en darnes. Ici, on fait affaire avec les pirates, et la traite des blanches est des plus florissantes.

– Nous ne resterons pas très longtemps à Zahara, dit Johannes, pas vraiment rassuré alors que, depuis les marécages de l'intérieur, nous voyons enfin apparaître les toits de la petite ville.

Johannes veut continuer à marcher, mais je l'arrête en le tirant par la manche.

– Attendons l'obscurité ! dis-je péniblement, la gorge à vif.

– Tu as raison. Comme cela, personne ne nous verra arriver et personne ne pourra nous trahir.

Je hoche la tête. Nous nous asseyons, épuisés et à moitié morts de faim. Johannes me contemple, avec mes vêtements de garçon et mes cheveux blonds, coupés court, cachés sous un bonnet.

– Tu n'as pas changé ! Tu es exactement comme lorsque nous avons quitté la Flandre !

Je ne réponds pas.

– Tu crois qu'ils soupçonnent que nous sommes ici ?

Je fais oui de la tête.

La nuit tombe. Nous marchons dans les rues. Partout flotte une odeur de poisson pourri. De grands filets munis de crochets sèchent contre la plupart des maisons. Devant les portes, de longues rames sont fichées dans le sol. Personne ici ne songe à voler les rames de son voisin. Sur la plage, des bateaux retenus par des chaînes attendent la marée haute. Plus loin sur la plage gît l'épave d'un galion échoué il y a des années.

Johannes entre dans l'auberge à l'enseigne du *Dernier Soupir du Maure*. L'aubergiste est un Hollandais qui s'appelle Piet et qui s'est converti à la religion des Maures parce que sa femme Zaïda est une *Morisca*, bien qu'elle ne porte pas le voile et que ses boucles noires lui tombent sur les épaules. Zaïda nous fait entrer par la porte de derrière et nous donne une chambre au premier étage. Elle nous sert une assiette de pain à l'huile et de thon cru. Assis à même le sol, Johannes et moi, nous nous empiffrons. Je me lèche les doigts pour ne pas perdre une miette de ce festin. J'ai une faim de loup et je ne me préoccupe pas de ma gorge qui me fait mal chaque fois que j'avale quelque chose.

Peu après, Piet nous rejoint. Comme la plupart des habitants de Zahara, il se fait appeler El

Almadrabra, le Frappeur. Pour faire plaisir à sa femme, il introduit le mot « Allah » dans chacune de ses phrases.

– Comme convenu, je vous amènerai au navire flamand après-demain, *inch'Allah*, dit-il. J'ai appris l'assassinat de Guillaume d'Orange. Une vraie catastrophe pour les Pays-Bas !

Johannes est entièrement d'accord. Pourvu qu'il ne se mette pas de nouveau à pleurer !

– Et Simon Hendrickszoon, il ne s'en est pas tiré ? demande Piet.

– Une rixe, dans un estaminet, explique Johannes. Ils l'ont retrouvé au matin dans sa chambre, une balle dans la tête. Sa bourse avait disparu. Personne ne sait qui est le coupable.

– Pauvre Simon ! soupire Piet. Qu'Allah puisse l'accueillir dans son paradis !

– Je ne sais pas s'il appréciait beaucoup Allah !

– Oh, Dieu ou Allah, qu'importe… dit Piet en soupirant. Zahara est le seul endroit en Espagne où on peut encore prononcer le nom d'Allah. Dites-le ailleurs, et vous recevrez aussitôt une amende du saint Office. Ou bien pire… Alors nous, les *Moriscos*, pour éviter ça, on dit tout le temps « *Olé* ! »

Par la fenêtre, je vois les contours de l'énorme galion se dessiner sur la plage. On dirait un vaisseau fantôme.

– Ce bateau est à l'origine de la bonne fortune des habitants de Zahara, explique Piet. C'est un navire de la Flotte d'Argent qui s'est enlisé ici, sur la plage, durant une tempête, il y a trente ans. L'équipage a été attaqué par des inconnus et tout l'or a été raflé. Les jours qui ont suivi, les officiers du roi ont interrogé les gens de Zahara. Personne n'avait vu ou entendu quoi que ce soit ! Vous pensez bien, par gros temps, tout le monde reste calfeutré chez soi !

Les officiers du roi n'ont jamais retrouvé leur or ni leur argent. Mais, quelques mois plus tard, toutes les femmes de Zahara étaient couvertes de bijoux…

Je hume l'air de la mer et j'ai tout à coup envie de vomir.

– Oui, dit Johannes en souriant. Margot est comme ça. Elle vomit rien qu'à la vue d'un bateau.

Zaïda m'aide à me relever, mais je ne peux pas m'arrêter de vomir. J'ai un goût âcre dans la bouche. Zaïda me tend un gobelet d'eau. Le récipient heurte mes dents tellement je tremble. Zaïda pose sa main fraîche sur mon front.

– Non, je ne veux pas être malade ! dis-je en gémissant.

Elle me palpe les seins et sourit.

– Tu n'es pas malade, répond-elle. Tu es enceinte.

Johannes s'étrangle dans son verre de vin.

– Si ma femme le dit, c'est que c'est vrai ! dit Piet. Zaïda le voit tout de suite quand une femme est enceinte, Allah est témoin. Le plus souvent, elle le sait même un mois avant. Ha ha !

Piet le Frappeur est le seul dans la pièce à apprécier son humour.

– Comment as-tu fait pour te retrouver enceinte ? demande Johannes stupidement.

– C'est la cigogne, dans la maison du duc, dis-je d'une voix faible.

Cela fait rire encore plus fort Piet le Frappeur. Ses deux hôtes flamands l'amusent follement.

– Les femmes qui ont un enfant ici, continue-t-il après avoir essuyé ses larmes, vont le plus souvent à Séville pour l'y abandonner devant l'orphelinat. Qu'Allah les protège ! Quand on fait le métier de fille d'auberge, il n'est pas indiqué d'avoir un gosse dans ses jupes, pas vrai ?

Je ne réponds pas. Zaïda me tend un croûton de pain noir et de l'eau. Je la remercie d'un mouvement de tête. Je m'installe dans un coin de la chambre, sur un bout de tapis et je m'endors, les bras croisés sur mon ventre.

Le lendemain, un étrange bruit de trompette résonne dans les rues. Piet entre en trombe dans notre chambre.

– Les pêcheurs soufflent dans leurs conques ! s'exclame-t-il d'une voix fébrile. Cela signifie que les soldats du roi arrivent.

Johannes et moi, nous nous regardons.

– Vous n'auriez pas une boîte à couleurs ? dis-je.

Les *alguaciles* arrivent au galop dans le village. Ils sont armés jusqu'aux dents. Ils crient qu'ils cherchent une femme hérétique, disciple du diable, nièce de Belzébuth, qui a volé un Grand d'Espagne et assassiné sa femme. Les soldats entrent dans les auberges. On entend partout le martèlement de leurs bottes. Partout on crie. À l'auberge *Le Taureau fou*, une échauffourée éclate. Je m'imagine les têtes de thon voler à travers la salle de l'auberge. Je suis assise à l'extérieur, contre un mur, le capuchon tiré sur ma tête, dans mes vêtements de garçon. J'agite une crécelle. Un officier me désigne du doigt.

– Un lépreux, explique Zaïda. Ce garçon est là depuis plusieurs semaines.

– Enlève ton capuchon ! crie l'*alguacil*.

J'ai juste eu le temps de teindre mes cheveux courts en noir et de me dessiner des taches rouges et brunes sur le visage. À distance, l'officier me scrute d'un air méfiant. Il se rapproche. Je prends un bâton auquel j'ai attaché un gobelet et je le lui tends.

– Il veut une aumône, dit Zaïda. Je serais vous, je ne m'approcherais pas trop.

Mais l'officier veut en avoir le cœur net. S'il vient plus près, il verra que les taches sont fausses. Mais j'ai besoin de vomir. Je recrache le contenu de mon estomac. Encore. Et encore.

L'officier se signe trois fois et se retourne.

– Pauvre gamin !

Il n'en dit pas plus.

Après avoir fouillé le village pendant plus d'une heure, les officiers s'en vont. Le calme revient à Zahara de los Atunes. Je n'arrive pas à trouver le sommeil. Je suis enceinte, nom de nom !

Le lendemain matin, Piet nous emmène dans sa barque. Il rame jusqu'à la ligne du ressac, puis hisse une voile et nous prenons la pleine mer. Vers midi, nous voyons apparaître les voiles de la caravelle. Nous sommes reçus par le capitaine portugais, payé à l'avance par Simon Hendrickszoon. Nous n'avons pas de cabine, mais nous dormons avec les matelots dans un *hamaca*, une sorte de toile à voile suspendue à des crochets. Les Indiens du Nouveau Monde dorment également dans ce genre de lit, en écorce, qu'on accroche en hauteur pour ne pas être mordu par toutes les vermines de la forêt vierge. Mais ici, sur ce navire, le hamac est taillé dans une toile tellement large que j'arrive à m'y envelopper entièrement. Je me balance au gré de la houle. J'aurai moins de bleus qu'à l'aller. Au moins, je ne tomberai pas de mon lit.

Les nausées ne cessent pas. Je vomis tellement que j'ai l'impression de me liquéfier complètement. Au quatrième jour du voyage, Johannes m'appelle sur le pont. On aperçoit à l'horizon une lueur rouge vers le nord.

– C’est une aurore boréale, dit le capitaine.

– Et là, à hauteur du golfe de Gascogne ? demande Johannes.

– J’ai vu la même chose plus au sud, répond le capitaine, au large de Gibraltar. Le roi d’Espagne et sa suite avaient pris la mer. Cela ne pouvait être que la lumière de Dieu. Le roi était fort décontenancé parce que cette lumière venait du nord, de chez les hérétiques. Il voulait la rejoindre. Mais le capitaine a pu le convaincre que jamais il ne pourrait l’atteindre.

Nous contemplons cette lumière rouge diffuse, la main dans la main, pendant que le bateau tangue sur la mer capricieuse. Pour la première fois depuis mon départ, j’ai le mal du pays. J’ai le mal de la Flandre.

46

LA BOURSE DE FLESSINGUE

Le voyage du retour est plutôt difficile. Dans la Manche, des vents contraires soufflant en continu nous empêchent d'avancer. Nous n'arrivons à Flessingue que fin septembre. Avec ses chaloupes de pêcheurs et ses bateaux armés de gueux balancés par la houle, le port ressemble à une forteresse en pleine mer. La ville fourmille de réfugiés. Et il y a à chaque coin de rue des soldats qui parlent le hollandais, l'allemand et même l'anglais.

Le douanier de Flessingue est un Ostendais du nom de Wannes qui porte de longs bas noirs sous une trousse bouffante. Il monte à bord de notre bateau et me demande mes papiers en espagnol. Je réponds en flamand que je n'en ai pas. Il demande à voir ma Bible et je lui montre une Bible espagnole. Il la saisit, y jette un coup d'œil et la balance par-dessus bord. La Bible sombre dans l'Escaut, sous les regards abasourdis du capitaine et des matelots.

– C'est la mauvaise Bible ! déclame-t-il, plein de conviction. Les Pays-Bas sont calvinistes. Tous les catholiques viennent du Sud.

– *Cabrón* ! est la réponse étouffée que je laisse échapper.

Il lui faut un moment avant de comprendre que je viens de l'insulter. Il est sur le point de faire signe à un soldat de me passer les menottes quand Johannes intervient.

– Elle est avec moi, dit-il. J'ai des papiers. Je peux tout vous expliquer.

– Attendez votre tour, Monsieur, lui crie l'Ostendais. Ce sera à vous quand j'en aurai fini avec cette garce de papiste !

– Vous ne comprenez pas, dit Johannes. Nous sommes des agents au service de la Maison d'Orange.

– Moi aussi, Monsieur. Je suis au service de la Maison d'Orange, crie le bonhomme. Si vous n'attendez pas votre tour, je vous laisserai moisir toute une nuit en cellule. À Flessingue, nous ne nous laissons pas dicter la loi par des papistes !

– Je me porte garant d'eux, monsieur Lammens, crie un homme ventru depuis le quai.

– C'est Wannes, pas Lammens, rétorque vivement l'Ostendais.

– Je me porte garant d'eux ! répète l'homme depuis le quai.

C'est sans doute le marchand de vin Godefriedus van Thienwinkel qui, depuis des années, fait des affaires avec Juan de Castillo. Lui seul est au courant de notre arrivée.

– Vous vous portez garant d'eux, Maître van Thienwinkel ? répète, étonné, l'Ostendais.

– Absolument, Monsieur Tammes, absolument !

– Wannes ! s'il vous plaît, hurle l'Ostendais.

– Johannes Vuylsteke et Margot fille d'Espagnol sont bel et bien des gens au service de la Maison d'Orange, crie à nouveau l'homme. Je me porte également garant de tout l'équipage. Lisez leurs papiers, notez leurs noms et laissez-les partir, au nom de Dieu !

Déçu, Wannes se tourne vers moi en brandissant son crayon et son ardoise.

– Nom ?! me demande-t-il sans me jeter un seul

regard.

Je ne réponds pas.

– Nom ?! demande-t-il une fois de plus sans me regarder.

Je ne réponds toujours pas. Il lève les yeux.

– Nom ? demande-t-il plus doucement.

Je m'exécute enfin, avant de passer devant lui et de prendre l'échelle rouillée qui mène au quai. Godefriedus se dépêche de me tendre la main et de me hisser sur la terre ferme. Après toutes ces semaines passées en mer, je suis très contente de retrouver le plancher des vaches.

– Bienvenue à Flessingue ! dit le marchand de vin en souriant.

La cargaison de xérès est déchargée à quai. Godefriedus est abordé par des messieurs qui ont dû être riches et bien comme il faut, mais qui maintenant portent un pourpoint taché et troué. Ils demandent si le capitaine peut les emmener, avec leur famille, vers Douvres. Ils ont de quoi payer. Godefriedus leur répond que le capitaine est portugais et que, la semaine prochaine, il repartira avec une cargaison de marchandises vers le sud.

– Des familles entières de Flandre ont chargé leurs tabourets, leurs couvertures et leurs vases de nuit sur une charrette pour trouver refuge ici, explique Godefriedus. Les Espagnols ont vidé leurs maisons. Les soldats prennent tout ce qu'ils peuvent utiliser, le bois de chauffage, le bétail, les chaudrons, les cuillères, même les chaussures. Beaucoup de Flamands ont fui vers les îles zélandaises, principalement vers Middelburg et Flessingue. Ici, il y a pratiquement plus de Flamands que de Zélandais. Beaucoup parmi eux veulent se rendre à Douvres. Ce n'est pas évident, par les temps qui courent.

– Mon Dieu, balbutie Johannes.

– Les habitants de la ville s'enrichissent avec ces réfugiés. Dans les auberges, on loue des chambres à des prix prohibitifs. Le pain et la bière sont beaucoup trop chers. Le conseil communal vient d'imposer des tarifs à ne pas dépasser.

– Et ceux qui sont restés en Flandre ?

– Ils habitent des maisons vides et survivent en cueillant des herbes et en attrapant des lapins, explique Godefriedus. Des villes comme Geel et Mol se sont littéralement vidées. À Hoogstraten, il ne reste plus que trois cents paroissiens et à Kalmthout, il n'y a plus que six familles. On compte des dizaines de villages fantômes. À Essen, Halle, Duffel, il n'y a plus âme qui vive. Breda, Zutphen et Groningue sont aux mains des Espagnols. Nous ne nous maintenons qu'à l'ouest, près de la mer.

Nous marchons dans les rues de Flessingue avec Godefriedus. Il fait un temps épouvantable. La pluie tambourine sur nos capes et de grandes flaques se forment dans les caniveaux. Partout, les canons sont protégés des pluies d'automne par des bâches. Leurs bouches à feu sont tournées vers l'estuaire de l'Escaut. Ce n'est pas demain la veille que l'Espagnol se risquera à assiéger Flessingue !

Godefriedus nous mène vers sa maison de maître, près de la grand-place, où l'hôtel de ville est en construction. Sa femme, qui l'appelle *Godje*, « le petit Dieu », nous accueille chaleureusement. Elle m'installe tout de suite sur un tabouret. On me donne du lait chaud au miel et une tartine avec de l'oignon frit. Je mets mes affaires dans le lit clos où je pourrai dormir avec le personnel. Johannes trouve une petite place dans le grenier du dépôt de vin. Nous n'avons plus d'argent.

Nous n'avons encore dit à personne que nous

transportions avec nous les sept cartes du monde établies en Espagne.

Un peu plus tard, Johannes et Godfriedus fument leur longue pipe devant la cheminée décorée de carreaux de Delft.

– Est-ce qu'Anvers tiendra le coup ? veut savoir Johannes.

– La mort de Guillaume d'Orange a découragé beaucoup de gens, explique Godefriedus. Le commandant d'Anvers, Marnix de Sainte-Aldegonde, a plus de problèmes avec les Anversois qu'avec les Espagnols. La guilde des bouchers s'est opposée à ce qu'il fasse percer les digues pour inonder les polders. C'est précisément sur ces digues que les Espagnols ont construit leurs fortifications. Ils sont en train de construire un pont flottant sur l'Escaut. Ils veulent attacher trente ou quarante bateaux l'un à l'autre, avec des chaînes, de sorte qu'aucune chaloupe ne puisse entrer à Anvers pour approvisionner la ville. Une folle entreprise ! Personne ne pense qu'ils y parviendront. Pour le moment, des embarcations amènent de la nourriture de Flessingue à Anvers, en profitant de la marée, mais les choses deviennent chaque jour plus difficiles. On leur tire dessus depuis les enceintes et depuis les navires espagnols qui patrouillent sur l'Escaut. Les propriétaires de chaloupes ont doublé le prix des vivres qu'ils apportent à Anvers. Les Anversois rouspètent, mais ils oublient que nos bateliers risquent tout de même leur vie dans l'opération.

– Et les Anglais ?

– C'est plus compliqué, se plaint Godefriedus. La reine d'Angleterre ne veut pas qu'Anvers tombe aux mains des Espagnols. Mais, si elle envoie des troupes vers les Pays-Bas, ce sera interprété comme une déclaration de guerre à l'Espagne. Bref, elle laisse des pirates anglais attaquer impunément des navires espagnols, mais elle-même n'ose rien faire. Officiellement, l'Angleterre n'est pas en guerre contre l'Espagne.

– Je dois me rendre à Anvers, dit Johannes. Ma femme y est encore.

– À votre place, je m'en abstiendrais, dit Godefriedus. D'ailleurs, vous ne trouverez probablement aucun Zélandais qui accepte de vous y conduire. Si les Espagnols arrêtent une embarcation, ils liquident le capitaine et jettent tous les passagers par-dessus bord ! Dernièrement, deux chaloupes ne sont jamais revenues.

– Mais c'est justement là que nous pouvons arrêter l'avancée des Espagnols ! riposte Johannes.

– Pourquoi veux-tu aller à Anvers, dis-je d'une petite voix. Pour défendre la Flandre ou pour retrouver ta femme ?

Johannes ne répond pas. Un ange passe.

Godefriedus nous regarde sans trop savoir quoi dire. Il doit comprendre qu'entre Johannes et moi plane le récit d'une longue histoire qu'on ne peut raconter.

Le lendemain, nous partons pour le bâtiment de la Bourse, où les échevins de Flessingue tiennent une réunion. À l'entrée, une série de clercs sont installés derrière des tables pour noter les demandes des réfugiés et des marchands. Quel désordre ! Derrière les clercs, des soldats hollandais armés arpentent la pièce pour éviter toute révolte et pour identifier chaque personne qui entre. Nous faisons la queue dans la cohue. Derrière la longue rangée de tables et de clercs, nous apercevons les échevins en réunion. Ils sont assis autour de deux planches placées côte à côte et posées sur des tabourets. Ils boivent de la bière. J'ai la nausée et j'ai de la peine à respirer. Quelqu'un me donne un coup dans le ventre, et je me recroqueville sous la douleur. Johannes m'aide à me relever. Il repousse ensuite d'une main ferme les gens qui nous entourent et se faufile jusqu'à un clerc. Je marche derrière lui.

– Monsieur, vous dépassez tout le monde ! crie quelqu'un derrière nous.

– Nous devons voir le capitaine Splinter Matthijs, dit Johannes au clerc.

– Pourrais-je vous demander les raisons pour lesquelles vous souhaitez le voir ? répond le clerc, sa plume d'oie dégoulinante d'encre. Je dois déposer votre demande par écrit. Revenez demain pour connaître la réponse du capitaine.

Je tire sur la manche de Johannes. Splinter Matthijs est là, assis sur un banc avec quelques militaires, à côté des tables des échevins. Ils fument leur pipe, écoutent ce qui se dit dans la réunion et échangent des remarques de temps en temps.

– Il faut faire la queue, retournez en arrière ! crie quelqu'un.

– Nous devons voir Splinter Matthijs immédiatement ! s'obstine Johannes.

– Je noterai votre demande, réagit le clerc qui ne doit pas avoir plus de dix-sept ans. Mais vous devez faire la queue. Nous travaillons selon les règles…

– C'est très important ! insiste Johannes.

– Imbécile ! Nous venons d'Espagne pour le voir ! dis-je de ma voix rauque et éraillée.

Les gens nous observent, étonnés. Le clerc, à moitié indigné par l'affront, demande qui nous sommes.

– Je m'appelle Margot fille d'Espagnol, lui dis-je.

– Et moi Johannes Vuylsteke. Nous sommes espions pour le compte de la Maison d'Orange, ajoute-t-il.

Tout à coup, le silence s'est fait autour de nous. Deux soldats, alertés par l'agitation, se dirigent vers nous.

Le clerc les tranquillise d'un geste et part d'un pas traînant vers le banc où se trouve Splinter Matthijs. Il lui souffle quelque chose à l'oreille et nous montre du doigt. Splinter Matthijs regarde d'un air las dans notre direction. Quand il nous reconnaît, il en laisse tomber sa pipe de stupéfaction et jure tellement fort par tous les noms de Dieu que ses paroles blasphématoires résonnent dans toute la salle. Les militaires s'interrogent. Les échevins, dérangés par le tapage, lèvent la tête. Splinter Matthijs s'avance vers nous.

– Vous, ici ?

Nous hochons de la tête.

– Où est Simon Hendrickszoon ? demande-t-il.

Johannes hésite avant de répondre.

– Mort pour la patrie, dis-je d'une voix rauque.

– Mais nous avons accompli la mission qu'il nous avait confiée, reprend Johannes.

– Quelle mission ?

Les autres militaires se sont rangés derrière le capitaine. Un échevin marche vers nous à grandes enjambées. L'atmosphère dans la salle a complètement changé. En quelques secondes, le brouhaha a cédé la place à des bruits de chaises déplacées et à un énorme murmure.

– Eh bien… Il nous avait demandé de voler les sept cartes du monde à la Maison des Océans, dit Johannes d'un ton aussi neutre que possible.

Splinter Matthijs le fixe avant de faire non de la tête.

– J'ai écrit à Simon que c'était de la folie. Qu'il fallait se limiter à ce qui était faisable, réagit-il en se fâchant presque. Personne n'est jamais parvenu à voler quoi que ce soit à la Maison des Océans. Les projets de Simon étaient plus fous les uns que les autres !

Johannes sort alors du sac qu'il a sur le dos le rouleau de toile contenant les sept cartes.

– Alors ? Ça vous intéresse ? demande-t-il.

Splinter Matthijs nous fait pénétrer dans la grande salle.

Les échevins se lèvent de leurs tabourets et s'interrogent pour savoir ce qui se passe, sans attendre vraiment de réponse. Je m'agenouille et prends la première carte que Johannes me tend. J'étends devant nous l'Océan Pacifique et je pose quatre petits galets sur les coins pour que la carte ne s'enroule pas sur elle-même. Puis j'étale la deuxième carte, celle qui montre le Nord des Amériques. Sur la ligne côtière sont dessinées toutes les colonies des Espagnols, avec, à côté, en toutes petites lettres tracées à l'encre noire, toutes sortes de chiffres et, ici et là, une sirène aguichante ajoutée par Juan López. Je déroule ensuite les autres cartes et je les attache les unes aux autres avec de petites broches métalliques, comme je l'ai vu faire à la Maison des Océans.

En ce dernier jour de septembre, on pourrait entendre une mouche voler à la Bourse de Flessingue. Sur le sol de la grande salle, les sept cartes forment une figure ovale représentant toutes les mers et tous les continents de la planète. Les soldats tiennent à grand peine les curieux à l'écart.

– C'est toi qui les as volées ? demande Splinter Matthijs à Johannes qui n'en croit pas ses yeux.

– Non, c'est Margot, répond Johannes. Cette jeune fille a plus de vies qu'un chat.

Splinter Matthijs s'accroupit devant moi.

– Sacrée fille ! dit-il en m'adressant une large grimace.

– Cette carte doit être remise à la reine, murmure un militaire anglais à Splinter Matthijs. Avec cette carte, nos pirates battront les Espagnols à plates coutures !

Splinter Matthijs se relève, hoche par deux fois la tête et se caresse la barbe.

– Bien sûr, approuve-t-il. Mais pour le moment, les cartes resteront aux Pays-Bas.

Sur un signe de sa part, deux gardes enroulent prudemment les précieux documents.

– Poursuivez la réunion ! crie-t-il à travers la salle. Je vais commencer par écouter le rapport de Margot fille d'Espagnol et de Johannes Vuylsteke. Vive la Maison d'Orange !

La salle entière clame « Vive la Maison d'Orange ! » Johannes en a presque les larmes aux yeux.

Splinter Matthijs nous accompagne vers l'âtre. Les échevins se bousculent autour de moi, leur tabouret à la main. Ils me proposent tous de prendre place sur le leur. Finalement, je me rabats sur celui du bourgmestre. Puis, Johannes raconte notre histoire. Il est resté bon conteur, comme au temps de mon procès. Il embellit les épisodes de notre aventure en Espagne, passant sous silence nos différends, mon amour de ce pays et les colères de Simon Hendrickszoon. Il raconte mon mariage avec Domingo et ma pendaison au chêne-liège sous un soleil torride. Quelques échevins répriment un gémissement d'horreur. La plupart oublient même de tirer sur leur pipe. Johannes poursuit en racontant notre fuite grâce à l'aide de Piet le Frappeur, qui nous a emmenés en haute mer jusqu'à la caravelle, nous permettant d'échapper aux soldats espagnols. Il omet de dire que nous nous sommes tenus par la main en regardant l'aurore boréale. Les cloches sonnent midi quand il conclut avec notre arrivée à Flessingue. Les échevins poussent des soupirs de soulagement. Un à un, ils rallument leurs pipes avec une allumette.

– Du beau travail ! s'exclame Splinter Matthijs. Drôlement bien mené !

Johannes ne sait comment réagir. Il se sent toujours coupable.

– Dommage pour Simon Hendrickszoon, ajoute-t-il.

– Oui, bien sûr, répond Splinter Matthijs. Mais, croyez-moi, à l'heure qu'il est, ce dingue danse sur les tables du paradis pour fêter la réussite de votre mission pour la Maison d'Orange !

– Vive la Maison d'Orange ! crie un échevin, la gorge nouée, en laissant rouler les larmes sur ses joues.

Très ému, lui aussi, Johannes me prend la main. Il déborde de bonheur. Il est un soldat au service de la Maison d'Orange.

47

LA CARTE DU MONDE

Le lendemain, Splinter Matthijs vient nous rendre visite dans le cabinet de travail de Godefriedus van Thienwinckel. Sa femme s'inquiète beaucoup à mon sujet depuis que je lui ai dit que j'attendais un enfant. En vraie mère poule, elle me serre contre sa poitrine et son tablier blanc. Elle me gave de pain, de viande et de gâteaux au fromage.

– Regarde-moi ça ! Comme tu es maigre, ma fille ! soupire-t-elle. Ça ne va pas. Avec la vie que tu portes dans ton ventre, tu dois manger pour deux.

Je la remercie. Elle ferme les portes derrière elle. Johannes et moi sommes assis devant Splinter Matthijs. Il dépose deux bourses sur la table. Je défais la cordelette.

– Vingt pièces d'or et vingt pièces d'argent, explique Splinter Matthijs. Ne dépensez pas tout d'un coup.

La bourse de Johannes est aussi lourde que la mienne.

– Je vous nomme aujourd'hui capitaine d'Orange, annonce Splinter Matthijs. Mes félicitations, capitaine Vuylsteke.

Il serre la main de Johannes qui, de joie, esquisserait presque quelques pas de bourrée.

– Vous avez pu retirer des informations de cette carte ? dis-je.

– On peut effectivement y discerner des chiffres

près de la ville de Cadix, qui pourraient indiquer le nombre de galions en construction, énonce Splinter Matthijs. Cela confirmerait nos craintes : Philippe est bel et bien en train de se constituer une flotte de guerre.

Je complète.

– Une *armada.*

– Seulement, cette flotte n'est absolument pas destinée aux Amériques ni aux *mequetrefes*, continue-t-il. Ils veulent envahir le Sud de l'Angleterre et obliger la reine Élisabeth à abdiquer. On peut voir sur cette carte une route maritime qui part de Cadix, continue vers un fort espagnol en Irlande et passe par Anvers. Cette route mène en Angleterre, et cela n'a de sens que s'il s'agit d'une flotte de guerre.

– Les Espagnols veulent envahir l'Angleterre depuis Anvers ?

Il acquiesce d'un mouvement de tête.

– Margot, fille d'Espagnol, j'ai encore un service à te demander.

J'écoute en mettant ma main sur mon ventre et la vie qu'il contient.

– Je suis en train d'écrire une lettre à Marnix de Sainte-Aldegonde, le bourgmestre d'Anvers, commence-t-il. Guillaume d'Orange l'avait désigné comme chef de la ville. Mais Marnix est arrogant et ne connaît pas un traître mot de hollandais. À l'enterrement de soldats, n'a-t-il pas eu la folie de crier : « Vivent les morts ! » Il a également renvoyé tous les fonctionnaires catholiques et les a remplacés par des calvinistes. Il a interdit la confection d'hosties et se méfie de tous ceux qui marmonnent un *Ave*. Il lui arrive de recevoir du crottin durci sur la tête en pleine rue. Si tu pouvais retourner à Anvers, Margot, cela pourrait remonter le moral des gens. Tu es la fille qui s'est emparée de la carte du monde au nez et à la barbe du roi d'Espagne. Tu t'es jetée dans la gueule du loup et tu en es revenue. Tu as mené les Espagnols en bateau. Si une jeune fille de seize ans parvient à ridiculiser les Espagnols, une ville comme Anvers, grande, riche et fortifiée, devrait pouvoir y arriver elle aussi.

J'hésite. Je porte un enfant dans mon ventre, ma tête est mise à prix en Espagne et Splinter Matthijs me demande tout simplement de retourner dans une ville encerclée par dix mille Espagnols ?!

– Anvers ne tombera pas, promet-il. Anvers ne peut pas tomber. La reine d'Angleterre et la Maison d'Orange ne le permettront pas.

– Moi, de toute façon, je dois y retourner, réplique Johannes. Ma femme est là-bas.

– Non, capitaine Vuylsteke. Votre femme est dans les îles zélandaises, à Middelburg. Avec monsieur votre père bien-aimé. L'air maritime des îles lui fait le plus grand bien.

– Oh ! dit seulement Johannes.

Je m'imagine un instant cette épave crachotante de Vuylsteke père, le nez au vent marin…

– Votre père a acheté une maison à Middelburg et votre femme y a trouvé refuge, continue Splinter Matthijs. Je suis certain qu'il sera heureux de vous revoir.

Je vois déjà Vuylsteke fils s'adresser à son père en lui donnant du « honorable juge » et du « très vénérable bailli » et Vuylsteke père traiter son fils d'imbécile qui a suivi vers l'Espagne la première coupeuse de bourses venue, au lieu de faire carrière dans l'appareil judiciaire d'Anvers.

– Pour dix pièces d'argent, vous trouverez un cheval. Faites les quinze lieues au galop et, ce soir même, vous serrerez votre femme dans vos bras.

Johannes hoche la tête.

– Je partirai cet après-midi pour Middelburg, dit-il d'une voix atone.

– Et toi, Margot? demande Splinter Matthijs. Les gens d'Anvers, qu'ils soient catholiques ou calvinistes, verront ta venue comme un bon présage, comme un signe de Dieu.

J'hésite. Ne ferais-je pas mieux de fuir vers le Nord? Ou vais-je me rendre à Anvers pour essayer d'y retrouver Piet le Noir et Esméralda la Boiteuse?

– Je t'accompagne, dit Johannes brusquement. Je t'accompagne à Anvers.

– Mais, capitaine Vuylsteke! tente Splinter Matthijs. Votre femme va sûrement apprendre dans les jours qui viennent votre retour à Flessingue. Elle vous attendra.

– Eh bien, il faudra lui dire que je ne rejoindrai Middelburg que lorsqu'Anvers sera libérée!

– Johannes! dis-je de ma voix cassée. Va retrouver Cornelia!

– Si je vous ai bien compris, capitaine, réagit Johannes, il me semble que le bourgmestre a besoin de toute l'aide possible pour défendre ma ville.

Splinter Matthijs soupire et se gratte la tête.

– Vous en avez fait assez, Johannes, essaie-t-il encore. Vous avez mérité du repos. Une récompense.

– Je ne pourrais pas trouver le repos tant que l'on tirera des coups de canon sur Anvers!

– Bon sang, Johannes, laissez tomber! Allez retrouver Cornelia! Vous ne pouvez pas lui faire ça! insiste Splinter Matthijs.

– Mon père a toujours voulu que je l'épouse, et c'est ce que j'ai fait, répond-il. J'irai les rejoindre, elle et mon père, quand je l'aurai décidé, moi et moi seul. Et puis, Margot, nous avons vécu tant de choses ensemble, toi et moi! Je ne te laisserai pas y aller seule. *Samen uit, samen thuis.* On part ensemble, on rentre ensemble

Un silence s'abat sur la pièce. Splinter Matthijs étudie ses ongles en deuil. Il n'a pas besoin de beaucoup d'imagination pour comprendre qu'il y a une jeune femme vers qui va toute l'affection de Johannes et que cette jeune femme n'est pas Cornelia.

– J'irai à Anvers, monsieur Matthijs, dis-je très lentement de ma voix rauque, mais en échange d'une récompense. Pour nous deux.

– C'est promis, acquiesce-t-il.

– Et vous, vous ferez en sorte qu'Anvers ne tombe pas ! dis-je encore.

– Cela ne dépend pas de moi, dit-il. Cependant, Anvers dispose de remparts de plusieurs mètres d'épaisseur, de près de cent mille habitants, de milliers de soldats et de suffisamment d'acier et de poudre pour se défendre. Sans compter que Dieu est avec nous !

J'ai la vague impression d'avoir déjà entendu cette dernière phrase, dans une autre langue.

Splinter Matthijs me pose encore quelques questions sur Almendraje et la Maison des Océans. Je lui dis ce que je sais. La femme de Godefriedus nous apporte ensuite de la viande froide avec une timbale de lait chaud. J'avale le tout d'un trait. Bientôt, je serai tellement grosse qu'ils pourront me rouler jusqu'à Anvers.

48

SUR L'ESCAUT

Trois jours plus tard, nous sommes prêts à appareiller pour Anvers quand nous recevons de nouveau la visite de Splinter Matthijs. Pendant ces trois jours de repos, Johannes m'a appris à jouer aux échecs et moi, je lui ai appris à devenir un époux attentionné pour Cornelia. Le soir de notre départ, nous avons partagé de la *kriek* chaude, une bière à la cerise.

Splinter Matthijs s'est muni d'une torche. Nous disons adieu à Godefriedus et à sa femme, qui ne peut retenir ses larmes en nous souhaitant un bon voyage.

C'est la nouvelle Lune. La nuit d'automne est froide et sent la terre mouillée. La marée monte. L'eau coule vers l'intérieur des terres. L'Escaut est majestueux et large. Splinter Matthijs a remis au marinier, Jan Poppe, une belle somme : la « prime de la peur », pour nous mener sains et saufs à Anvers.

Poppe veut repartir d'Anvers cette nuit-même, à marée basse. Il ira deux fois plus vite au retour, surtout que le vent viendra de l'intérieur des terres, et qu'il pourra hisser la voile. Le voyage aller l'inquiète et il espère voguer assez vite. Le bateau n'est lesté que de cinq sacs de froment et d'une liasse de lettres pour l'hôtel de ville. La chaloupe n'a pas beaucoup de tirant d'eau et semble avoir été entièrement passée au goudron, tant elle est noire. Elle est très légère. Elle chavire presque quand j'y pose le pied. Si le batelier Jan Poppe ne m'avait pas prise par le bras, je me serais probablement retrouvée dans les nénuphars jaunes. Johannes grimpe à bord sans aucune aide et garde un équilibre parfait, comme si, de toute sa vie, il n'avait fait que ça.

– Bonne chance ! nous crie encore Splinter Matthijs.

Jan Poppe pousse le bateau à l'aide d'une perche et se met à la barre. Nous naviguons vers le milieu du fleuve en nous laissant dériver au fil du courant rapide de la marée haute. La frêle embarcation glisse sur l'eau.

– Vous deux ! dit le batelier Poppe nerveusement. Vous restez couchés derrière le bastingage. Vous ne levez pas la tête si vous entendez tirer. Vous n'allumez pas de pipe. Et surtout, vous restez silencieux !

Notre bateau file comme une flèche sur l'Escaut. La nuit est d'un noir d'encre. Les rives ont disparu. Pour les gardes espagnols, notre chaloupe ne doit être qu'une ombre sur l'eau. Poppe se coiffe d'un heaume espagnol qu'il a entièrement peint en noir. Il porte sur les épaules des plaques d'acier également peintes en noir, d'où dépassent ses longs cheveux blancs. Nous sommes couchés côte à côte à l'avant étroit du bateau. Nous nous entrevoyons une dernière fois à la lueur des flambeaux de Flessingue. Johannes me tend la main. Je l'imite. Nos doigts se touchent et s'entrecroisent. Puis, l'obscurité est totale et nous ne pouvons plus nous voir, alors que nous sommes si proches. Je regarde défiler les étoiles, et mes doigts ne lâchent plus ceux de Johannes.

– Tu aurais dû rester chez les Zélandais, lui disje dans un chuchotement voilé.

– Et rater cette aventure avec toi ! rétorque-t-il à voix basse.

– Silence ! On passe par les fortifications espagnoles !

Au loin, nous apercevons les feux des Espagnols et les contours des retranchements derrière lesquels ils campent.

– Couchés ! grommelle Jan Poppe. Nous ne les voyons pas, mais eux nous voient.

Poppe a certainement des yeux de chat. Nous lui obéissons. J'ai l'oreille collée sur le bois du pont. J'entends le clapotis de la rivière sous le bateau. Nous passons inaperçus. Personne ne nous voit. Personne ne nous entend. Nous glissons dans la nuit vers Anvers, au nez et à la barbe, enfin à la barbichette, des Espagnols et de leurs arquebuses.

Le temps s'écoule comme le fleuve. Nous nous tenons toujours la main.

Tout à coup, la chaloupe vire brusquement. Jan Poppe tire de toutes ses forces sur la barre. Je lève la tête et vois apparaître devant nous un mur noir. Une caravelle espagnole, à l'ancre au milieu de la rivière, dans l'intention précise de bloquer et de couler toutes les embarcations comme la nôtre. Poppe arrive de justesse à éviter une collision frontale. Nous longeons le navire à une lenteur exaspérante. Personne ne nous entend. Personne ne nous voit. Nous retenons notre souffle. Mais le courant finit tout de même par nous pousser contre le bordage du navire espagnol et le choc sec et rapide du bois contre le bois résonne avec une force incroyable dans le silence de la nuit.

Immédiatement après, des bottes battent le pont et des voix crient en espagnol. Mais notre chaloupe a déjà dépassé la caravelle. Nous disparaissons presque dans la nuit. J'entends les Espagnols crier et préparer leurs pistolets. Ils jettent une torche de notre côté et pendant un bref moment notre bateau est visible. Cinq salves crépitent. Ils tirent sur une ombre dans l'Escaut. J'entends deux balles atterrir dans l'eau et deux se ficher dans le bois de la chaloupe. Ils nous ont ratés, me dis-je. Mais je sens la main de Johannes desserrer son étreinte. Je crie.

– Johannes !

Je glisse sur mes genoux vers lui. Je le distingue à peine. D'un mouvement lent, il agite les bras et ses doigts essaient d'agripper mes mains.

– Johannes ? Où es-tu touché ?

Il ne me répond pas. Je garde sa main entre les miennes. Une balle l'a touché à la naissance du cou. Il baigne dans son sang. Je me penche vers lui et je sens les soubresauts de son agonie.

– Margot ! parvient-il à gémir.

Je serre ses mains et l'embrasse sur la bouche. Il me rend mon baiser. Les muscles de son cou se relâchent. Il retombe. Ses mains agrippent les miennes. Et puis, tout est fini.

L'imbécile ! Je lui avais bien dit de rester chez les Zélandais ! D'aller retrouver sa Cornelia, à Middelburg ! Splinter Matthijs le lui avait dit aussi. C'est ça, tu voulais encore te la jouer capitaine, à Anvers ! Tu t'es vu, couché ici, avec tes deux trous rouges au côté droit ?! Et tout ce sang sur le bateau de ce monsieur Poppe ! Si tu m'avais écoutée ! Johannes ! Plus borné qu'un âne bâté !

Suivent d'autres coups. Je les entends siffler juste au-dessus de ma tête et je me penche sur Johannes. Ses lèvres sont encore chaudes et douces contre ma joue. Je me serre contre lui pendant que, lentement, la chaleur quitte son corps. Je lui ferme les yeux. Je ne te lâcherai jamais, Johannes. Je ne te lâcherai jamais.

Les tirs se sont arrêtés. Nous changeons de cap.

– Qui va là ?

Cette voix me sort de ma prostration.

– Des amis d'Anvers, répond le marinier.

Je vois sur le quai des feux et l'ombre des soldats qui accourent. Les embouts rouges des mèches incandescentes de leurs arquebuses apparaissent par intermittence dans la nuit. Puis la lumière des torches dessine dans l'obscurité les contours des façades à pignons des hôtels de commerce. Anvers !

Jan Poppe éclaire le visage maintenant livide de Johannes. Il pousse un soupir.

– Quel gâchis, la guerre !

Il ne trouve rien d'autre à dire. Il recule de deux pas vers la barre. La chaloupe racle le quai d'Anvers. On nous aide à sortir de l'embarcation et nous sommes immédiatement entourés de soldats. L'officier de la garde de nuit salue Jan Poppe, qui se met à lui raconter comment il a heurté une caravelle espagnole et à lui expliquer qu'il repart dans une heure, à marée basse. Il me salue et s'excuse pour le malheureux incident. Je dis à la garde que j'ai des lettres pour le bourgmestre. Le corps de Johannes est posé sur un brancard.

– Vous prendrez soin du corps du capitaine Vuylsteke ? Il mérite des funérailles avec les honneurs militaires.

L'officier me promet de faire le nécessaire. Deux soldats me conduisent à la grand-place. L'hôtel de ville est toujours à moitié caché par des échafaudages. C'est ainsi depuis huit ans, depuis l'incendie, et les travaux ne sont toujours pas achevés.

Les soldats me présentent aux gardes de l'hôtel de ville, qui me conduisent dans une salle d'attente glaciale. On m'informe que le bourgmestre est déjà au lit et qu'il n'en sortira plus avant l'aube. Après leur avoir dit que j'attendrais, je me couche sur le plancher de la salle d'attente. J'entends les gardes parler doucement dans la porterie. Au loin, les crieurs de la ville hurlent qu'il est deux heures du matin et que tout est calme. Mais dans mon corps se lève un grand tumulte. Je fixe l'obscurité, les yeux grand ouverts. J'entends la voix de Johannes : *Samen uit, samen thuis.* On part ensemble, on rentre ensemble.

49

LES CISEAUX ROUILLÉS

Il est plus de neuf heures quand arrive Marnix de Sainte-Aldegonde, détenteur des clés de la ville, chef de la police et commissaire des milices communales. Il porte une pelisse noire par-dessus son pourpoint et une large fraise recourbée. C'est un bonhomme trapu et bedonnant ; un peu de jaune d'œuf est resté collé dans sa moustache. Je constate avec surprise que ce n'est pas un militaire. Les militaires sont plus musclés, moins avachis. De la même façon, il est surpris de voir une jeune femme dans son bureau. Il est flanqué de deux gardes du corps, qui doivent sans doute aussi recevoir le crottin durci qu'on lui lance dans la rue.

Avec un léger signe de la tête, je lui remets la liasse de lettres. J'attire son attention sur celle de Splinter Matthijs dans laquelle il raconte toute mon histoire. Il la lit, assis sur un tabouret près de la fenêtre. De temps en temps, il lève la tête vers moi comme s'il n'arrivait pas à croire que je suis bien la personne dont parle la lettre.

– Où est Johannes Vuylsteke ? demande-t-il, après avoir retourné le dernier feuillet.

Je corrige.

– Le capitaine Vuylsteke.

Il a un regard étonné.

– Exact, réagit-il, un peu mal à l'aise.

– Le capitaine Vuylsteke a péri quand notre bateau est entré dans Anvers, dis-je d'une voix rauque. Nous avons heurté un navire espagnol. Ils ont tiré. Il n'a pas eu de chance.

– Que Dieu ait son âme, dit-il en se signant. Il est de plus en plus difficile pour les Zélandais de forcer le blocus.

– J'ai demandé qu'on lui rende les honneurs militaires.

– Bien sûr. Je vous présenterai tout à l'heure au Grand Conseil. Les Grands d'Anvers y siègent : cinq quarteniers, les colonels, les capitaines et les maîtres des guildes, autrement dit tous ceux qui m'empêchent de défendre correctement la ville.

Il ricane et déambule devant moi comme un coq qui se pavane, toutes plumes dehors, devant une jeune poule. Le commandant d'Anvers est une andouille. Le jour où il mettra fin au blocus espagnol, les cigognes viendront hiberner en Flandre.

Un peu plus tard dans la matinée, je suis assise sur un tabouret au Grand Conseil pendant que Marnix de Sainte-Adelgonde lit à voix haute la lettre de Matthijs Splinter. Le Grand Conseil apprend ainsi comment j'ai séjourné pendant un an et demi à Séville, comment j'y ai espionné les conseillers du roi et volé les cartes des sept parties du monde. Sept cartes qui sont maintenant aux mains des Hollandais. Sept rouleaux de papier fort qui, dans quelques semaines, assureront aux Pays-Bas le soutien définitif de la reine d'Angleterre. Enfin, l'Angleterre et les Pays-Bas pourront faire la nique aux Espagnols !

Je reste assise les yeux baissés. Mes pensées vont vers Johannes. Les quatre-vingt membres du Grand Conseil me regardent bouche bée. Marnix finit par me donner une accolade.

– Allez près d'eux ! me dit-il.

Morte de fatigue, je me lève et m'avance de quelques pas. La tristesse doit se lire sur mon visage. Les hommes ne me quittent pas des yeux. Tout à coup, je reconnais Jacobus Croës, le garde de ville que j'ai gratifié, il y a deux ans, d'une belle entaille à la main. Je me fige sur place.

Jacobus se lève d'un bond, bouscule deux personnes et vient vers moi. Son épée cliquette contre sa ceinture et ses hauts-de-chausses. Je recule instinctivement. Il se poste devant moi, m'examine de près et, comme cette fois-là, je lève les yeux vers lui. Il est maintenant sûr que c'est moi.

– Je suis très heureux que nous ne t'ayons pas pendue, ce jour-là ! dit-il avec une grimace. Bienvenue à la maison !

Il incline la tête pour me saluer. Je fais la même chose. Puis il se tourne vers la foule.

– Voici Margot ! dit-il bien fort. La meilleure voleuse d'Anvers ! Celle qui a fait la nique au roi d'Espagne ! Vive Margot !

Les quatre-vingts hommes m'acclament. Jacobus pose la main sur mon épaule et me pousse en avant. Tous ces Grands d'Anvers essaient de me serrer la main ou de toucher un bout de ma manche comme si j'avais fait un miracle en Espagne et comme si j'étais un porte-bonheur ambulant.

L'après-midi, je traverse les ruelles d'Anvers jusqu'à la maison de Piet le Noir. Je n'arrive pas à croire qu'elle tienne encore debout. Les ciseaux rouillés pendent toujours au-dessus de la porte, mais ils sont plus petits que dans mon souvenir. Le grenier touche presque la façade d'en face. Je tambourine contre la porte avec mon poing. Un chien se met immédiatement à aboyer.

C'est peut-être le vieux Matthieu. J'entends du remue-ménage à l'intérieur, et des pattes qui grattent. La porte grince. Ric la Science apparaît dans l'entrebâillement. Il me regarde de son seul œil valide tandis que l'autre plonge vers le sol.

– C'est pourquoi ?

– C'est moi, Ric ! dis-je de ma voix éraillée, sans pouvoir empêcher mes yeux de se remplir de larmes.

Matthieu se faufile dehors, pousse sa truffe contre mon ventre et me lèche les mains. Il remue la queue. La vieille bête tremble et jappe de joie.

Ric la Science ne comprend tout d'abord rien. Et puis, subitement, l'expression de son visage change.

– Duchesse ! s'écrie-t-il, incrédule. Margot, nom de Dieu !

Il me tombe dans les bras. Je l'embrasse. Les larmes coulent maintenant le long de mes joues. Merde ! Tu ne vas pas te mettre à pleurer, Margot ! N'en rajoute pas !

Piet le Noir apparaît derrière Ric la Science, le visage couvert de rides.

– Margot ! s'exclame-t-il en souriant de ses chicots pourris, encore plus petits et plus noirs qu'avant.

– Piet le Noir ! dis-je en guise de salut. Comment vas-tu ?

– Et toi, duchesse ?!

Ils m'embrassent, Ric la Science et lui, là, en pleine rue, sous les grands ciseaux rouillés.

Piet le Noir me fait entrer. La maison est froide, obscure et humide. L'énorme armoire trône toujours contre le mur, avec ses pots d'apothicaire, ses cruches et ses bouteilles.

– Esméralda ! crie-t-il. Margot est revenue !

Quelques minutes plus tard, Esméralda la Boiteuse descend prudemment l'escalier, marche après marche. Je suis surprise de voir qu'elle a si peu changé. Elle a même meilleure mine que la dernière fois que je l'ai vue, repliée sur elle-même et priant pour son pardon.

– Ce matin, j'ai dit à Piet qu'aujourd'hui quelqu'un allait revenir !

– Mais tu n'as pas dit que ce serait Margot !

– Tu prédis toujours l'avenir ?

– Oui, tous les jours des gens viennent me voir pour connaître leur avenir. Tu sais, c'est un bon métier, dans une ville assiégée.

– Je t'ai amené un joli morceau de lard.

Je sors de mon sac la moitié d'un gros morceau de poitrine fumée. Elle le prend et me regarde.

– Tu as très mauvaise mine, mon enfant, dit-elle comme à chaque fois.

– Merci.

– Il n'y a pas de quoi.

Elle prend un couteau pour se couper un morceau de lard.

– Où est Karel ?

– Après avoir essayé de te délivrer de ton couvent, il a quitté Anvers pour de bon, dit Piet le Noir. On n'a plus jamais entendu parler de lui.

Je secoue la tête. « Ah, Karel ! Cela n'aurait jamais marché, nous deux. Je me demande contre quelle église tu es en train de pisser à présent ? »

Plus tard, nous mangeons un morceau de lard devant l'âtre, assis sur des tabourets. Le chien est couché à mes pieds.

– Tu as retrouvé ton père ? demande Piet le Noir.

Je le regarde.

– Non, je n'ai pas trouvé de père en Espagne.

– De qui est l'enfant dans ton ventre ?

– De moi.
– Et qui en est le père ?
– C'est mon enfant, dis-je. Je peux vous raconter tout cela demain ? Je n'en ai pas trop envie ce soir.
Je tombe de sommeil. Esméralda m'accompagne au grenier. J'entends dans la paille le crissement familier des souris que la lumière soudaine de la bougie fait sursauter.
– Je peux sentir ton enfant ? demande-t-elle.
Je soulève mes robes et elle pose sa main sur mon ventre dur.
– Tu le sens ?
Esméralda a fermé les yeux et ses pensées errent à travers le temps.
– Ce sera une fille, chuchote-t-elle.
– Arrête ces bêtises, Esméralda.
– Elle a du sang mêlé, continue-t-elle. Flamand et espagnol.
– Allons, Esméralda…
– Attends, je vois quatre hommes ! crie-t-elle.
Mon cœur chavire dans ma poitrine. Je sens mon ventre se contracter.
– Quatre hommes qui veulent l'enfant. Ils forment une sorte de fraternité. Ils croisent les pointes de leurs épées. Ils arrivent !
– Arrête ! dis-je de ma voix rauque en repoussant sa main. Arrête !
Elle me regarde, un peu décontenancée, comme si elle me voyait pour la première fois. Puis, elle se lève, marche en clopinant vers la porte et la referme derrière elle.

Mes pensées vont vers Johannes. Je suis épuisée et fiévreuse, mais je n'arrive pas à trouver le sommeil.

Des heures plus tard, je descends les escaliers. Piet le Noir fume sa pipe devant le feu.

– Je peux filer un peu de laine ? dis-je comme si j'habitais là depuis des mois. Je n'arrive pas à dormir.

Il m'indique la filasse sur la quenouille et la petite cruche d'eau suspendue au crochet. Je mouille mes doigts et j'enroule le fil sur la quenouille. Je ferme les yeux. Les paroles d'Esméralda m'obsèdent. « Quatre hommes qui croisent les pointes de leurs épées. Ils arrivent. »

50

1585
FRANCISCA

Mon histoire court dans tout Anvers. Celle de la jeune fille condamnée à la potence qui a volé des documents secrets en Espagne et qui, en plus, est encore vivante pour tout raconter. Mon nom apparaît sur les libelles et les pamphlets vendus pour un sou dans les rues. Si une gamine de seize ans arrive à pisser contre les mollets du roi d'Espagne, comment ce roi pourrait-il mettre au pas Anvers, la perle du Nord, le carrefour de toutes les nations ? Je deviens le joyau de la ville. Ils m'appellent la princesse des gueux, la demoiselle Uylenspiegel de Séville. On passe aux *Ciseaux Dorés* pour me saluer, pour me voir, pour me toucher, afin de vérifier que j'existe vraiment.

L'hiver est doux et chaque jour je sens remuer la vie en moi. En février, mon ventre est un vrai ballon. Le même mois, les Espagnols achèvent leur pont flottant sur l'Escaut. Trente-deux navires plats sont reliés côte à côte par des chaînes. On a construit sur les navires une passerelle assez large pour faire passer dix soldats de front. On y a également installé des canons. D'un côté du pont, les Espagnols ont levé le Fort Sainte-Marie, et de l'autre côté le Fort Saint-Philippe. Aucun bateau n'arrive plus à passer. Ce qui semblait à tous impossible, les Espagnols l'ont réalisé en à peine six mois. Les gens d'Anvers n'ont pas engrangé assez de blé pour passer l'hiver. La peur est palpable dans les rues. La nuit, on entend le peuple pleurer. Le jour, les églises ne désemplissent pas. Tout le monde tremble. Pourtant, Marnix de Sainte-Aldegonde s'évertue à dire qu'Anvers ne tombera pas, aussi longtemps qu'il restera en vie.

La nuit du 4 au 5 avril, trente-quatre chaloupes en feu sont lancées sur l'Escaut pour détruire le pont flottant. La plupart des brûlots partent à la dérive ou s'entrechoquent sans parvenir à atteindre leur cible. De plus, on a lancé deux bateaux, la cale bourrée de poudre de pierres tombales en marbre avec une mèche allumée. Le premier bateau, *La Fortune*, s'enlise à cent mètres du pont flottant dans l'eau trop peu profonde et explose sans provoquer de dégâts. Le second navire, *L'Espoir*, explose près du Fort Sainte-Marie, où il arrive à faire un gros trou dans les pontons et à envoyer une centaine d'Espagnols dans les bras de saint Pierre. Les cloches d'Anvers carillonnent pour annoncer la victoire, mais quelques jours plus tard, Alexandre Farnèse a déjà colmaté la brèche.

Les cloches ne sonnent pas quand, le dimanche des Rameaux, je donne la vie à une fille que j'appelle Francisca, en mémoire de saint François. Piet noue un chiffon blanc autour du heurtoir de la porte pour que les gens sachent qu'une naissance a béni cette maison et qu'ils ne nous réveillent pas en frappant à la porte.

Francisca a la peau mate et les yeux foncés. Elle ressemble à une *Morisca*. Elle réclame mon lait en pleurant. *Aux Ciseaux Dorés*, devant la cheminée et devant le dernier morceau de lard, pendant que sa bouche sans dent me pince le téton comme un casse-noisette, je lui jure que je ne l'abandonnerai jamais. Elle n'est pas en âge de comprendre, mais je le lui répéterai chaque soir de sa vie.

Quelques semaines plus tard, les jeunes gens d'Anvers attaquent les digues occupées par les Espagnols, et une fois de plus, les cloches sonnent, parce que la victoire est proche. Mais le petit-fils de Charles Quint et ses Espagnols tiennent bon, et l'attaque est repoussée. La victoire devient alors plus éloignée que jamais. Les rues d'Anvers se remplissent de citoyens et de soldats blessés qui sont transportés vers l'hôpital Sainte-Élisabeth.

On construit un immense navire qui coûte cent mille florins. Les bastingages ont une épaisseur de plus de trois mètres et il peut contenir mille soldats et soixante canons. Johannes aurait sûrement crié qu'un bateau ne peut supporter autant de canons. Les officiers de la ville appellent la forteresse flottante La Fin de la Guerre. Au son des cloches, le colosse glisse vers le pont flottant. Mais le navire prend presque tout de suite l'eau et s'enlise après cent mètres dans la boue de l'Escaut. Les mille hommes doivent rejoindre la rive à la nage en abandonnant leurs canons. Les Espagnols remorquent le navire et en font du bois de chauffage.

À l'intérieur des hauts remparts de la ville, l'atmosphère se gâte, malgré le retour du soleil, malgré le printemps, ses belles couleurs, ses senteurs et ses mariées. Dans les maisons marchandes autour de la grand-place, on ne compte plus les pièces de monnaie portugaises, turques, italiennes et russes. Les maisons sont vides ou servent de dortoirs aux mercenaires. Nous nous nourrissons de rat à l'étuvée, de chair de chat et, quand la chance nous sourit, d'une perche égarée dans l'Escaut. Avant de manger le pain devenu dur, nous le mettons à tremper. Impossible de trouver des fruits ou des légumes. Autour de la ville rôde le petit-fils de Charles Quint. Il l'enserre lentement jusqu'à ce qu'elle rende gorge.

Les mercenaires veulent quitter Anvers et se mutinent. Le couvre-feu est décrété. Seuls les soldats peuvent encore patrouiller, munis de torches. Celui qui est surpris sans torche dans la rue peut être abattu après seulement une sommation.

Esméralda est inquiète.

– Je sens le malheur qui s'approche, répète-t-elle souvent. Je le sens.

– Mais qu'est-ce que tu sens ? demande Piet le Noir. Tant de malheur s'abat déjà sur cette ville ! Toutes les attaques de nos soldats sont repoussées. Les Espagnols utilisent nos navires comme bois de chauffage et nous, nous mangeons du rat. Comment pourrais-tu encore sentir d'autres malheurs ?

Chaque soir, je nettoie le pistolet à rouet, je vérifie si rien n'est bloqué et je le charge de petites balles de plomb fondu. J'ai dans la pochette de ma ceinture une provision de poudre et quelques balles de plomb. Je me fabrique un nouveau couteau de poche, un petit souriceau, avec une garde en corde, je l'affûte régulièrement avec ma pierre à merde. L'été approche. Une nuit de pluie et d'orages, alors que je donne le sein à mon enfant et que Matthieu dort à mes pieds, on frappe à la porte. Je ne l'entends pas tout de suite parce que le heurtoir est toujours enveloppé d'un chiffon blanc.

Je donne un coup de pied à Ric la Science qui dort en face de moi. Son œil droit me regarde, tout surpris. Le gauche semble continuer à dormir.

– Quoi ?

– Écoute !

– Qui est là ? demande Piet le Noir.

– Le garde de ville Sasbout, dit une voix derrière la porte. J'ai des nouvelles pour Margot, fille d'Espagnol !

J'ai déjà entendu cette voix quelque part, mais je n'arrive pas à l'identifier. Cette voix me remplit d'angoisse et de méfiance. J'enveloppe rapidement Francisca dans des linges. Elle pleure. Le lait coule sur ses joues.

J'ouvre d'un coup de pied la porte de ma chambre et je crie depuis le haut de l'escalier :

– Non, Piet ! N'ouvre pas !

Mais ma voix est encore éraillée. Piet le Noir ne m'a pas entendue. Il tire le verrou de la porte. Non ! Je virevolte, dépose ma file sur le sol et saisis le pistolet. Ma fille pleure de plus belle.

– Monsieur le garde Sasbout, dit Piet le Noir. Je n'ai pas l'honneur de vous connaître.

J'entends un coup sourd. Puis une voix qui parle le français avec un lourd accent espagnol. C'est la voix de Domingo. Il hurle quatre mots :

– Où est la catin ?!

51

MARGOT D'ANVERS

Matthieu grogne. Il voudrait descendre. Je le retiens. Je me retourne vers Ric la Science.

– File dans l'arrière-cour ! dis-je dans un chuchotement. Je te passe Cisca !

Ric la Science noue ses braies et se laisse tomber depuis le premier étage sur le tas d'immondices sous ma fenêtre. Il me tend les bras pour attraper mon enfant. J'embrasse Francisca sur le front et je la laisse tomber avec précaution. Un peu plus bas, Ric l'attrape. Elle hurle. Il la serre contre lui, enjambe le tas d'ordures et disparaît dans l'obscurité de l'arrière-cour.

En bas, j'entends plusieurs paires de bottes marteler le sol. Esméralda la Boiteuse hurle qu'ils n'ont pas le droit de frapper son Piet. Je saisis le pistolet et je le charge.

– Excusez-nous, Messieurs, dit Piet le Noir beaucoup plus fort que nécessaire. Mais pour les prostituées, ce n'est pas ici, c'est dans le quartier des mariniers. Je suis un vieux barbier et j'habite ici avec ma femme et mon fils. Vous vous êtes trompés de maison.

– Nous venons pour cette traînée qui loge chez vous ! crie Domingo. Où est-elle ?

– Je suis ici, dis-je d'une voix cassée.

Je descends les escaliers, le pistolet dissimulé dans mes jupes. Personne ne le remarque. Domingo grimace. Mon amant. Mon mari. Mon assassin.

Immédiatement, Leonciño tire son épée. Il fulmine L'homme qui parlait flamand et dont je pensais reconnaître la voix n'est autre que le père qui dégoulinait toujours de sueur en Espagne : le père Delafaille, le jésuite. Il est le seul à ne pas être armé. Don Fortuño se tient près de la porte. Il n'ose pas me regarder dans les yeux. Il se détache à peine de l'embrasure ; il est là pour monter la garde. Des quatre Mousquetaires, il ne manque que don Alonso.

Piet le Noir est assis par terre. Il a du sang collé aux tempes. Il gémit, couché contre son armoire d'apothicaire. Esméralda la Boiteuse, le regard anxieux, le soutient. Les mains de Piet le Noir se cramponnent autour d'un bocal de verre portant une étiquette marquée d'un grand « A ». Le « A » de « Acidus », le fameux savon acide qu'il faut dissoudre dans l'eau et qu'on ne peut absolument pas toucher avec les doigts.

– Mes pots sont précieux, noble sire, gémit-il, outré. J'ai eu besoin de beaucoup de temps pour me refaire une collection de médecines.

– Ta gueule, *viejo* ! dit don Leonciño.

Sa mâchoire est guérie. Il peut à nouveau parler normalement.

– Ma femme ! ricane Domingo. Je ne t'ai pas manqué ?

– Viens-tu pour ta vengeance ou pour ton honneur ? dis-je en mauvais espagnol.

– Je viens pour ma fille.

– Comment sais-tu que j'ai une fille ?

– Nous aussi, nous avons nos espions ! dit Domingo en regardant dans la direction du père Delafaille. D'ailleurs, ça n'était même pas nécessaire. Ton nom apparaît dans les libelles. La princesse des gueux, non ? Ce n'est pas comme ça qu'on t'appelle ? Ou la demoiselle Uylenspiegel de Séville ?

– Qu'est-ce que tu veux faire avec ma fille ?

– L'amener chez son grand-père, à Séville ! poursuit-il d'une voix calme. Par ta faute, il est tombé en disgrâce auprès du roi. Il a perdu toute sa fortune. Mais il veut sa petite-fille. L'enfant ne saura jamais que sa mère est une catin d'Anvers.

– Qu'on les tue tous et qu'on déguerpisse ! siffle Leonciño.

– Tu as tué doña Urraca, Ynès ! Tu brûleras en enfer ! crisse Domingo.

– C'est le duc qui a tiré. Doña Urraca a offert sa vie pour sauver la mienne.

Domingo sursaute. Leonciño hésite, lui aussi.

– Je n'aurais jamais tiré sur ma mère, dis-je.

– Comment oses-tu l'appeler ta mère ?! crie-t-il. Où est l'enfant ?

– Partie, dis-je d'un ton aussi décidé que possible en maintenant fermement le pistolet sous mes jupes.

Tout à coup, j'entends Francisca pleurer. Je me retourne et je vois Ric la Science entrer dans la pièce. Don Alonso est derrière lui, ma fille dans les bras.

– Margot ! crie Piet le Noir.

Je me retourne à nouveau et j'ai juste le temps de sentir Leonciño me donner un coup de poing dans la mâchoire. Je m'écroule. Leonciño me prend par le col et je vois son poing décrire une courbe en arrière pour s'abattre sur mon visage et le fracasser.

– Matthieu, attaque ! crie Esméralda.

L'instant suivant, le vieux Matthieu dévale les escaliers et se jette sur Leonciño. Le chien plante ses crocs dans la gorge de cet homme énorme. Il ne la lâche plus. Mais Leonciño est puissant, il arrive à glisser son poing entre les mâchoires du chien et à lui faire lâcher prise. Matthieu roule sur le sol en jappant. Alonso, qui a toujours ma fille dans les bras, embroche le corps du chien avec son épée et le cloue au sol. Le haut de la tunique de Leonciño est déchiré ; le sang gicle de sa gorge. Il renifle et revient vers moi, les mains en avant. Mais déjà j'ai sorti le pistolet de mes jupes et j'appuie sur la détente. Un. Le ressort est lâché. Le rouet râpe la pierre à fusil. Je dirige mon pistolet vers Leonciño. Deux. Les étincelles éclatent dans le bassinet. Leonciño, avec ses mains meurtrières prêtes à l'action, se rue sur moi. Trois. La balle sort du canon et s'enfonce en vrillant dans la poitrine de Leonciño, en plein cœur. Ses bras tendus se ramollissent d'un coup. Le corps du mousquetaire heurte lourdement les marches de l'escalier comme un gros sac de farine. Alonso fait immédiatement trois signes de croix sans même se départir de son épée pendant que Domingo sort son pistolet de sa ceinture et le braque dans ma direction. Au même moment, Piet le Noir lui lance la bouteille d'acide à la figure. L'acide le brûle et son pistolet part. La balle fait un trou dans le plâtre du mur à quelques centimètres au-dessus de ma tête. Le jésuite balbutie « Jésus, Marie, Joseph ! », ouvre la porte de devant et disparaît en titubant dans la nuit.

Je me retourne, saisis mon couteau de poche de ma manche et le plonge dans la cuisse de don Alonso. Il hurle des injures, mais garde Francisca dans les bras. Il me donne un coup de pied au visage et je tombe par terre. Il lui faut un moment pour soulever son épée et essayer de me donner un coup mortel. Une roulade et je me sauve vers la cuisine en passant par la porte de l'arrière-cour. Je file sur le côté, grimpe par-dessus le tas d'ordures, j'escalade le muret et j'aperçois Domingo et Alonso se traîner à l'extérieur, aidés par don Fortuño.

– Mon œil gauche ! Je ne vois plus rien ! crie Domingo. Vas-y, Fortuño ! Rentre ! Tue-la !

– Tu as l'enfant ! C'est pour ça que tu es venu, répond don Fortuño. Alors maintenant, on s'en va !

Don Fortuño reprend ma fille à Alonso, furieux, et que sa plaie à la cuisse fait boiter. Le jésuite est là, tout tremblant, une torche à la main. Il précède les Espagnols.

Je me faufile à nouveau *Aux Ciseaux Dorés*. Piet le Noir a posé sa tête couverte de sang sur les genoux d'Esméralda.

– Il ne va pas mourir ! me crie Esméralda. Va chercher ton enfant. Va !

Je m'agenouille à côté du corps de Leonciño et me saisis de son épée. Elle n'est pas trop lourde et je l'ai bien en main. Je recharge le Puffer. De la poudre dans le bassinet. Une balle de pierre dans le canon. Un quart de tour au rouet, avec la clé. Le chien calé sur le bassinet. Puis je cours, avec épée et pistolet, à travers les venelles d'Anvers. Elles sont noires comme l'enfer, mais je les connais toujours par cœur. Je vois au loin la torche du curé qui attend les trois hommes. Je m'arrête et glisse le pistolet dans ma ceinture. Je prends l'épée de Leonciño et la place dans mon dos, comme Simon Hendrickszoon me l'avait expliqué un jour, la pointe fichée dans ma ceinture. Un truc de gueux.

À travers l'étoffe de mes jupes, je sens l'estoc de l'épée prendre appui sur mes fesses. Le pommeau entre mes omoplates. Cela tient, aussi longtemps que je ne me mets pas à courir. Personne ne peut la voir, mais moi, je peux m'en emparer dès que j'en ai besoin. Je saisis le pistolet et je marche vers les quatre hommes. Ils sont près d'un mur percé d'une petite porte pour les contrebandiers. Elle est ouverte et donne sur un bras de l'Escaut. J'entrevois une petite embarcation qui se balance sur l'eau.

– Dépêchez-vous ! crie le curé. Il faut partir d'ici !

– Rendez-moi mon enfant ! voudrais-je crier, mais ma voix ne porte pas.

Le curé passe déjà par la petite porte et met un pied dans la chaloupe qui tangue dangereusement.

– Rendez-moi Cisca ! dis-je de toutes mes forces.

Domingo, Fortuño et Alonso se retournent vers moi. Le curé est à la barre, prêt à partir.

– Il faut y aller ! crie-t-il.

– Où est-elle ? crie Domingo. Où est-elle ? Je ne la vois pas !

– Je suis devant toi, mon cher mari.

Ma voix est rauque. Je tiens mon pistolet à la verticale.

– Ne fais rien, Domingo ! le met en garde don Fortuño. Elle a un pistolet !

– Je suis espagnol, crie-t-il. Je ne recule pas devant une femme armée d'un pistolet !

– Je suis plus espagnole que toi ! Tu as eu besoin de trois amis pour me pendre et malgré tout, tu n'as pas réussi. Tu n'as pas d'honneur, don Domingo ! Tu n'en auras jamais !

J'ai trop crié. Mes cordes vocales se déchirent.

Domingo fonce sur moi, brandissant son épée. La partie gauche de son visage est à vif, dévorée par l'acide. J'appuie sur la détente. Un. Le ressort se relâche. La roue racle la pierre à fusil. Je tends le bras. Deux. Les étincelles incandescentes s'incrustent dans la poudre. Domingo reste immobile, à quelques mètres de moi. Il serre les dents sous l'impact de la balle. Comme un Espagnol. Trois.

La poudre flambe dans le bassinet. La balle ne part pas. Et zut ! L'instant d'après, je me rends compte que je tenais toujours le pistolet en l'air et non pas incliné.

Domingo se rue vers moi en poussant un hurlement bestial. Je saute sur le côté. Pas assez vite. Son épée me traverse le flanc. La douleur éclate dans mon corps. Domingo retire son épée de la plaie. Le sang gicle. Je laisse tomber mon pistolet sans m'en rendre compte. J'ai l'impression de sentir le goût du sang dans ma bouche. Je vacille, je recule, j'arrive à peine à conserver mon équilibre.

– J'espère que tu n'es pas allée à confesse cette fois-ci ! crie-t-il. Tu mourras comme la catin sans âme que tu es !

Son épée fend l'air comme un éclair. Je fais lentement un pas de côté et la pointe acérée me lacère la manche et le bras. Je hurle de douleur. J'ai la tête qui tourne de plus en plus à cause du sang que je suis en train de perdre. Tout vacille autour de moi.

Les deux autres mousquetaires contemplent la scène.

– Tue-la ! crie don Alonso. Achève-la ! La garde approche !

– C'est ici que cela se termine pour toi, sorcière ! Et dire que je t'ai aimée !

– Tu n'as jamais aimé qui que ce soit, sinon toi-même et ton honneur !

La pointe de son épée se balance à hauteur de mon cœur. Je suis toujours debout. Je vois don Fortuño marcher vers la petite porte, avec mon enfant.

– Laisse-la donc ! crie don Fortuño. Nous avons l'enfant. Viens, Domingo !

Pendant un bref instant, Domingo tourne la tête.

– Je veux me venger, crie-t-il.

Cela me suffit pour agir.

Je jette mon bras droit par-dessus mon épaule et saisis le pommeau de l'épée de Leonciño. Elle glisse hors de ma ceinture et jaillit d'un coup. J'adopte la méthode allemande, celle de Karel le Pisseur d'église, mon maître ès filouterie. Un coup à gauche, un coup à droite, et puis, une pointe en avant. Si à ce moment ton adversaire n'est pas surpris, c'en est fini de toi. Mais j'estoque et la pointe de mon épée traverse cuir, tissus, peau, muscles et chair. L'épée de Domingo tombe en cliquetant sur les pavés d'Anvers.

– Ce sera pour une prochaine fois, mon beau mari !

Je n'ai même plus la force de retirer mon épée. Don Alonso accourt en boitant et attrape le corps de Domingo. Celui-ci regarde, paniqué, l'épée fichée entre ses côtes.

– *¡ Dios mío !* l'entends-je dire.

Alonso le porte vers la chaloupe.

– Tue-la ! dit-il dans un râle. Elle m'a assassiné !

– Ma fille ! dis-je dans un hurlement.

Don Fortuño s'arrête devant la petite porte des contrebandiers, Francisca dans les bras. L'enfant pleure.

– Ils sont là ! résonne la voix de Ric la Science au loin.

– Arrêtez !

C'est la garde de nuit.

– Ils ont mon enfant ! hurlé-je d'une voix éraillée. Mon enfant !

Le premier garde me dévisage et me reconnaît immédiatement. C'est Jacobus Croës. Alonso tire Domingo dans la chaloupe. Fortuño tend son épée comme s'il devait défendre la petite porte. Le curé veut pousser le bateau et l'éloigner du quai, mais Alonso lui crie d'attendre.

– Ne les laissez pas partir ! dis-je. Ils ont mon enfant !

Leonciño, Alonso et Fortuño sont venus avec Domingo pour l'aider à sauver son honneur, mais il est couché là, en sang et geignant comme un pestiféré dans les bras d'Alonso, sur l'Escaut, dans une misérable petite chaloupe qui prend l'eau, entouré par la boue, la vase et le froid de Flandre.

– Baissez les armes ! ordonne Jacobus Croës en agitant sa lance.

Ses soldats soufflent sur les mèches de leurs pistolets.

– Ne tirez pas, il a ma fille !

Fortuño s'arrête, silhouette massive et imperturbable avec sa magnifique tignasse de boucles noires et sa moustache dont les bouts semblent indiquer des points cardinaux opposés.

– Tuez l'enfant ! gémit Domingo. Je ne veux pas que ma fille soit élevée comme une hérétique !

Fortuño fait quelques pas vers moi et me tend Francisca.

– *Discúlpeme, Ynès,* dit-il, excuse-moi.

– *Gracias*, don Fortuño, dis-je en serrant contre moi ma petite qui pleure et se débat.

Mais le poids est trop lourd. Je tombe sur les genoux.

Domingo geint et râle.

– Non, traître ! crie-t-il à Fortuño, qui déjà s'est retourné. Tue-la !

– Confesse-toi auprès d'Alonso, réagit-il. Il ne te reste peut-être pas beaucoup de temps à vivre.

Fortuño est le dernier à grimper dans la chaloupe. Jacobus Croës hésite à agir.

– Laissez-les partir, lui dis-je.

Je tremble de tout mon corps. Toute force semble m'avoir quittée. Je baisse les yeux sur ma jupe trempée de sang. Toute la noirceur du monde m'envahit. Mon Dieu, Domingo m'a tuée ! C'est la seule pensée qui me traverse la tête. Je vais manger les pissenlits par la racine.

– Un médecin ! crie Jacobus Croës aux autres gardes. Allez chercher un médecin ! C'est Margot d'Anvers !

Les petits doigts de ma fille se serrent autour de mon pouce. Elle gigote. Elle hurle. Mais je ne l'entends déjà plus.

52

LA ROUTE DU NORD

Je rêve que je suis en Espagne et que je me balance au bout d'une corde qui m'étrangle. Heure après heure, nuit après nuit, je tente de me délivrer de cette satanée corde, mais, à chaque fois que j'atteins la branche à laquelle elle est attachée, je glisse et je tombe dans le vide. J'attends que ma nuque se brise. Mais rien ne se passe. Je reste suspendue à ma corde et je dois tout recommencer depuis le début. Une fois de plus.

Des gens marmonnent autour de moi. J'aperçois vaguement les couleurs de jupes de femmes ou de trousses d'hommes. Une sœur infirmière vient enlever le pus de ma plaie au moyen d'une cuillère. Puis, la fièvre m'envahit et je recommence à me hisser le long de cette corde qui m'étrangle, parce je n'ai pas le droit de mourir.

Un jour, je vois le soleil filtrer à travers le vitrail où beaucoup de carreaux ont été remplacés par des planches. Le vitrail représente Jésus, mais il a perdu son auréole, son pied droit et son bâton. Le palmier qui devait lui procurer ombre et fraîcheur dans sa Terre Sainte et torride a pratiquement disparu. Une sœur vient vers moi et me fixe.

– Où suis-je ? dis-je.

Elle continue à me fixer. Je pense un temps que je suis en Espagne et je répète ma question en espagnol.

– *¿ Dónde estoy ?*

La sœur se penche vers moi.

– À l'hôpital Sainte-Élisabeth. L'hôpital de guerre.

Je regarde autour de moi et je vois une série de lits en bois. À ma gauche, il y a un homme dont la tête est entièrement bandée de charpie. À ma droite, quelqu'un fume une pipe, assis sur le bord du lit. Il n'a qu'un bras et une jambe et demie.

– Et vous, qui êtes-vous ?

– Je suis sœur Geertje, sourit-elle. Je vous soigne depuis plusieurs semaines.

– Où est ma fille ?

Sœur Geertje détourne son regard et hésite à répondre.

– Où est-elle ? dis-je en gémissant.

– Elle est en bonne santé, dit sœur Geertje. Mais la femme qui s'en occupe et qui vient vous voir, chaque jour, avec elle, n'est pas très… convenable.

– Qu'est-ce que vous voulez dire ?

Sœur Geertje se penche vers moi.

– Elle boite, elle prétend être originaire de Petite Égypte et pouvoir prédire l'avenir, chuchote-t-elle sur un ton conspirateur. Mais seul Dieu connaît l'avenir ! Et puis, il y a cet homme qui dit qu'il est apothicaire et qui apporte toujours de drôles d'onguents. Le médecin croit que c'est un escroc.

Je fais non de la tête.

– Depuis quand suis-je là ?

Elle réfléchit.

– Environ six semaines, je pense. Aujourd'hui c'est la saint Jérôme, le dix-septième jour du mois d'août.

– Et la ville ?

– Il y a des pourparlers. Ils parlent de reddition. On ne trouve plus une miette de pain à manger.

J'essaie de me relever, mais elle m'arrête.

– Je veux voir ma fille.

– Je vais d'abord appeler le médecin.

Le soir même, j'apprends que Marnix de Sainte-Aldegonde a signé la reddition d'Anvers. Le commandant en chef, Alexandre Farnèse, le petit-fils de Charles Quint, a promis de ne pas piller la ville et de laisser partir les troupes d'Orange vers le nord avec toutes leurs armes. Les protestants auront le temps de vendre leurs biens et de quitter Anvers. S'ils se convertissent au catholicisme, ils pourront rester. La ville doit également payer quatre tonnes d'or au roi d'Espagne. Anvers est tombée.

Deux jours plus tard, un homme vient me voir à l'hôpital. Je le reconnais tout de suite.

– Je suis heureux de te revoir vivante, Margot, dit Splinter Matthijs.

– La mauvaise herbe, c'est résistant, capitaine.

Ma voix est toujours rauque, mais elle porte déjà un peu plus.

– Je suis désolé pour Johannes, dit-il.

Je fais oui de la tête. Il s'étire. Le pauvre est depuis si longtemps sur son cheval qu'il a le dos bien mal en point. Il est trop vieux pour la guerre.

– Les Anglais ?

– Il y a deux semaines, six cents soldats anglais sont arrivés à Flessingue en avant-garde, explique-t-il. Le mois prochain, il en viendra cinq cents autres. Ce n'est qu'un début.

– Trop tard…

– Trop tard pour Anvers, mais les Zélandais et les Anglais veulent prendre possession de tout l'estuaire de l'Escaut, depuis Flessingue. Farnèse a beau avoir Anvers, jamais un bateau espagnol ne pourra naviguer vers l'Angleterre depuis ici.

Je souris. Nous n'avons pas agi pour rien.

– Officiellement, tu es morte, me chuchote-t-il. Tu es enterrée à côté de l'hôpital, avec tous les héros d'Anvers. En réalité, c'est une mendiante qui gît dans la fosse publique, une pièce d'argent sur les lèvres.

– Je suis morte ? dis-je, stupéfaite.

Il me montre les pamphlets d'Anvers où on peut lire que moi, Margot fille d'Espagnol, espionne de la Maison d'Orange, j'ai succombé à la fièvre et que j'ai été enterrée par les gardes de la ville, qui ont tiré dix salves.

– Les Espagnols avaient mis ta tête à prix, grimace-t-il.

– Cinquante *pesos* d'or.

– Une véritable petite fortune. Les Espagnols sont convaincus que tu es bel et bien morte, enfin, c'est ce que je pense. Mais je te conseille quand même de quitter Anvers avec la première caravane qui partira pour le nord.

– Le nord ?

– Les protestants flamands s'en iront par milliers vers le Nord, soupire Splinter Matthijs. Ils sont beaucoup plus fanatiques que les protestants de Hollande. Ils veulent éradiquer toute idolâtrie catholique, jusqu'à ce qu'aucune statue de la Sainte Vierge ne reste entière.

– Pour que la vraie religion puisse complètement s'épanouir, dis-je, songeuse. J'ai déjà entendu ça quelque part.

Il caresse sa barbe grise et me tend une bourse en se redressant.

– Ta récompense, précise-t-il.

Je hoche la tête. La bourse est lourde.

– Adieu et bonne chance, l'Espagnole !

Les derniers jours du mois d'août, les soldats

d'Orange défilent sous la grand-porte pour quitter Anvers, suivis par une longue caravane de civils, des milliers d'hommes et de femmes assis sur leurs charrettes brinquebalantes sur lesquelles ils ont entassé enfants, tabourets, gobelets, marmites, tableaux, draps, livres, tapis, outils, etc.

Piet le Noir, Esméralda la Boiteuse, Ric la Science, Francisca et moi, nous suivons, nous aussi. Nous laissons derrière nous une ville vide aux maisons désertes, aux rues abandonnées et aux ateliers dépeuplés. Je repense à Neelken, qui disait que la vie allait s'enfuir de cette ville arrogante et de ses tours orgueilleuses, qu'Anvers deviendrait une ville fantôme et que les moutons brouteraient dans les rues.

Avec le contenu de ma bourse, Piet le Noir s'est acheté un cheval bien costaud pour tirer notre charrette qui trimbale son armoire avec ses dizaines de cruches et de pots. Tous les soirs, il soigne ma plaie avec un cataplasme purifiant à base de graines de moutarde. La plaie mettra plusieurs mois avant de guérir totalement.

Le soir, des centaines de feux de camp s'allument le long de la route du Nord. Les chauves-souris volettent entre les charrettes. Piet le Noir, Esméralda la Boiteuse, Ric la Science et moi, nous sommes assis sur une grande toile. Francisca, quatre mois, est allongée sur son dos dans l'herbe. Elle a de plus en plus l'air espagnol, avec ses yeux bruns, ses cheveux noirs et sa peau mate. Esméralda sort le pain d'un linge et Piet apporte un grand pot de fromage frais zélandais qu'il a mélangé à des herbes. Avant de manger, nous nous donnons la main et Piet me demande de réciter le bénédicité.

– Seigneur, bénissez ce repas que Votre main généreuse nous offre, dis-je à haute voix. Nous Vous prions pour saint François d'Ardooie, patron des forains, pour Johannes Vuylsteke, patron des espions, pour doña Urraca, patronne des mères. Donnez-leur un bol de riz au lait, là-haut, chez Vous, au paradis. *Amen.*

Je fais mes trois signes de croix espagnols et romps le pain. Piet, Esméralda et Ric me regardent d'un air étonné.

– Tes prières sont encore plus bizarres que celles de François, murmure Piet.

– Chacun a sa manière de prier, dis-je, et, affamée, je mords à belles dents dans mon quignon de pain.

– Et ces signes de croix ?

– Je resterai toujours un peu espagnole, dis-je en haussant les épaules.

La petite Francisca se met à pleurer. Je me penche vers elle et je joins les paumes de la main. Elle fronce les sourcils.

– Bonjour, Madame la foraine, dit mon majeur droit au majeur gauche en faisant la révérence.

Le majeur gauche imite son geste avant de dire :

– Bon après-midi, Monsieur le forain !

Les yeux de ma fille suivent les mouvements de mes doigts.

Puis, nous parlons du temps qui est à la pluie, des puces dans les lits, de la Rousse et de ses jupons qui flottent au vent, de Piet le Noir et de ses petits pots de sirop miraculeux, d'Esméralda la Boiteuse qui peut voir à la couleur du ciel qu'il fera beau demain, de Ric la Science qui mènera le cheval vers une autre foire, et des nobles qui s'essuient les fesses avec une coquille d'huître parce que celle-ci râpe mieux et ne laisse aucune trace.

La petite Francisca glousse et entoure de ses petits doigts potelés mon annulaire sans alliance. Sans s'arrêter de gazouiller, elle s'agrippe à mon doigt comme si sa vie en dépendait.

TABLE DES CHAPITRES